DAMEN TANGO

romane cu dragoste

Contesa din Toscana

Dinah Jefferies

Traducere din limba engleză de
MARIA ADAM

NEMIRA

Coperta: © Guliver/AA World Travel Library/TopFoto

© Guliver/ Getty Images /Tobias Ackeborn/ Steve Smith

© Guliver/Istock/Chris Crafter

© TREVILLION IMAGES

Redactor: Oana IONAȘCU

Tehnoredactor: Magda BITAY

Lector: Teodora TERCIU

Descrierea CIP a Bibliotecii Naționale a României
JEFFERIES, DINAH
    Contesa din Toscana / Dinah Jefferies; trad. din lb. engleză: Maria Adam –
București : Nemira Publishing House, 2020
    ISBN 978-606-43-0951-8

I. Adam, Maria (trad.)

821.111

Dinah Jefferies
THE TUSCAN CONTESSA
Original English language edition first published by Penguin Books Ltd, London in 2020
Text copyright © 2020 Dinah Jefferies
The author has asserted her moral rights.
All rights reserved.

© Nemira, 2020

Tiparul executat de tipografia EVEREST

Orice reproducere, totală sau parțială,
a acestei lucrări și închirierea acestei cărți
fără acordul scris al editorului sunt strict interzise
și se pedepsesc conform Legii dreptului de autor.

ISBN 978-606-43-0951-8

1.

Satul fortificat
Castello de' Corsi, Toscana
29 iunie 1944 – 7:15 p.m.

În piațeta străjuită de ferestre oblonite, balcoane și acoperișuri de teracotă, căldura e apăsătoare, aerul miroase a fum și locuitorii fie moțăie, fie stau ascunși. Singurele glasuri sunt cele ale rândunicilor micuțe, dar când o cioară mare cu aripi negre își ia zborul de pe vârful turnului crenelat se pornește un iureș asurzitor. Apoi încă o cioară. Și încă una. *Trei ciori*, își spune bătrâna. Trei înseamnă moarte. Le numără pe degete înainte de a sorbi din vinul îndoit cu apă. Stă pe scaun, în cadrul ușii unde fusese cândva casa fiului ei. Deși seara e călduroasă, își înfășoară bine în jurul umerilor un șal destrămat de lână și își înăbușă un căscat.

– Oase bătrâne, murmură ea.

Clădirile străvechi din piatră care înconjoară piața lucesc în lumina aurie a soarelui: case, câteva magazine, conacul cu oberlihturi mari și streșini adânci din care picură apa în timpul iernii. În plus, o singură arcadă la intrarea în sat, lată și suficient de înaltă pentru un cal cu căruță. Trandafiri roșii neîngrijiți într-un ghiveci ceramic mare se cațără până la primul etaj al conacului, iar parfumul lor îmbătător plutește în aerul înserării. În scurt timp, soarele – momentan o minge prietenoasă strălucind pe cerul azuriu – va începe să scapete și cerul va fi străbătut de roșu.

Este unul din rarele momente de acalmie, însă liniștea e tulburată când un țipăt răsună în piață. Câteva obloane închise la culoare zăngănesc. Unul se deschide larg și o femeie tânără și speriată se uită pe fereastră, cu ochii îndreptați spre piață. *Ce mai e acum? Ce mai poate fi acum?* Iar bătrâna ridică ochii ca și cum ar putea să știe deja răspunsul, deși nu e nimic de văzut în afară de câțiva porumbei care zboară spre bazinul din centru.

O adiere răscolește frunzele plate ale unui smochin și un băiețel aleargă pe sub arcada uriașă, țipând din nou în timp ce fuge după un câine alb cu trei picioare, având coaja de pâine a copilului între fălci. Se rotesc în jurul bazinului până când copilul alunecă pe o smochină și bătrâna râde în vreme ce câinele o tulește. *Bravo ție, micuțule cu trei picioare!* șoptește ea, deși îi cunoaște pe copil și pe bunica lui, Carla.

O femeie înveșmântată în albastru intră în piață și se oprește să cerceteze turnul. Îi face semn altei femei și îi arată cu mâna spre dreapta.

– Încearcă pe acolo.

Pe când cealaltă se strecoară pe o ușă în întuneric, femeia în albastru înaintează spre turn, oprindu-se doar o clipă când aude un motor. De bună seamă că nu sunt nemții, nu acum. Aliații, atunci? Stă o clipă să-și facă semnul crucii și merge mai departe.

Însă în clipa aceea, o clipă care va continua la nesfârșit în amintirea ei, aude un strigăt gâtuit. Se uită în sus la turn, umbrindu-și ochii, uluirea inundându-i toată ființa. O femeie e cocoțată pe parapetul crenelat din vârf cu spatele la piață. Cu capul plecat, doar stă, nu se mișcă, nu se uită în jur. Trec câteva secunde. Se simte o pală de vânt și, aruncându-și încă o privire în sus, femeia în albastru se încruntă nedumerită, nesigură de ceea ce văzuse. Strigă: „Ai grijă!" Niciun răspuns. Fusese o umbră sau erau doi oameni acolo sus? Femeia în albastru strigă din nou, dar totul se întâmplă prea repede acum, iar femeia din vârful turnului se lasă periculos pe spate. Ceva cade, fluturând, alunecând, plutind în bătaia vântului. Femeia în albastru aleargă, mai repede decât a alergat vreodată, cu picioarele împleticite. Vede eşarfa de mătase pe jos şi, cu inima bubuind, aleargă spre uşa turnului.

2.

Castello de' Corsi
Cu șapte luni înainte – noiembrie 1943

Cu un amestec de dor și speranță, Sofia privea către Val d'Orcia unde costișele brune se vălureau sub cerul violet, luminat din spate de soarele la apus. Părea să-și țină răsuflarea. În depărtare, Monte Amiata, gânditor și singuratic, stătea de veghe, cu viile auriu-roșcate și stejarii arzând sfidător în ultimele lor clipe, stârnind și mai mult pofta Sofiei de a recupera ce pierduseră. Iarna se apropia, dar ea încă tânjea după acele nopți amețitoare de vară când își afunda degetele goale în iarba uscată în vreme ce stăteau întinși și urmăreau licuricii și beau vin roșu din sticlă.

Îi plăceau aceste momente de trecere când preț câteva clipe lumea devenea încețoșată, magică, imposibilă; îi plăceau minutele dintre somn și trezie pentru că niciuna dintre cele două stări nu reușea să pună stăpânire pe ea. Putea să creadă că încă mai mergeau de mână prin crângurile prăfuite de măslini, țesând planuri de viitor fără să știe ce stătea la pândă.

În timp ce întunericul nopții se îndesea și începea să pătrundă în salonul mic, a tras obloanele scârțâitoare cu atâta forță încât tocul ferestrei s-a zdruncinat, apoi a închis fereastra și s-a întors să privească scena. A simțit aroma bogată și mângâietoare a trabucurilor lui Lorenzo în timp ce se ghemuia lângă vatră să mai pună un buștean pe foc, înainte de a se uita din nou la el acolo unde stătea pe sofaua lor de catifea albastră, cu amândoi câinii sforăind la picioarele lui. Când casa era învăluită în cea mai profundă liniște și în cel mai profund întuneric – acela era momentul când o urmăreau fricile. Umbrele din cameră se schimbau odată cu pâlpâitul flăcărilor, vii și monstruoase în timp ce se înălțau aproape până la tavan, apoi scădeau când flăcările își pierdeau din intensitate. Dar încă vedea strălucirea lor în ochii săi cenușii și blânzi. Habar n-avea la ce se gândea sau ce simțea. Jale, da, dar nuanța pe care o avea era nouă. El a bătut cu palma locul de alături pe sofa și ea s-a întins înainte de a se cuibări lângă el.

Chiar și în timp ce el își trecea degetele prin părul ei, îndepărtându-i-l de pe față, ea simțea că pierdea părți din ea însăși; și părți din el.

– Gata, acum te văd, a spus el.

– Întotdeauna m-ai văzut, a răspuns ea, apoi i-a mărturisit că se tot gândise la câmpurile de maci.

– Da?

– Mi-aș dori să fie iar luna mai și pe urmă totul să se termine.

– S-ar putea să nu fie așa, spuse el cu o față evazivă.

– I-am visat. Macii.

Dar nu a adăugat și faptul că roșul macilor se preschimbase și că din flori curgea sânge.

Îi ridică mâna și-i examină unghiile rupte, întrebând-o cu voce blândă.

– Asta nu e vopsea sub ce ți-a mai rămas din unghii, nu-i așa?

– Am grădinărit.

– A, da. Ei bine, *eu* mă gândeam la Florența.

– Adică, înainte?

– Când erai la Institutul de Artă și eu eram la Facultatea de Agricultură.

Ea a zâmbit amintindu-și de fata lipsită de griji care fusese la vârsta de nouăsprezece ani.

– 1920, a adăugat el. Și încă ești la fel.
– Mică? Palidă? Zbârcită?
– Câtuși de puțin.
Ochii i-au sclipit de amuzament.
– Elegantă. Frumoasă ca întotdeauna. Doar eu încărunțesc. Tu nu.
Și-a trecut mâna prin părul înspicat cu fire sure.
– Mie-mi place.
– Dar nu prea mai pictezi în ultima vreme, nu?
– Nu de când a început războiul, dar m-am reapucat.

Au devenit tăcuți, fiecare frământat de propriile gânduri. Ea tânjea să povestească despre zilele de demult, să-și reamintească cine era el cu adevărat, cine era ea însăși, dar nu-și găsea cuvintele. Îl privi cu atenție, el doar zâmbi, și se întrebă dacă se gândeau la același lucru. În liniștea aceea a auzit ticăitul ceasului cu pendulă peste trosnetul focului, marcând secundele, separându-le tot mai mult în vreme ce tăcerea se prelungea.

– Tu... a spus el într-un târziu, de parcă îi citea gândurile.
– Ce?
– Nu contează. Doar... mă gândeam, a zis el clătinând din cap.
– La ce?
– Păi... știi tu...

Ea s-a încruntat, nesigură. Știa?

– La noi, a spus el.
– A, da...

Dar au abandonat această stranie frântură de conversație, ea sperând că se îndreptau spre un teren mai sigur. În cele din urmă, el a fost cel care-a vorbit.

– Sofia, am tot vrut să spun... ei bine, am așteptat momentul potrivit. Dar... de fapt, nu există unul, așa că o s-o spun direct.
– Zi mai departe!

Ea a sesizat nuanța de neliniște din propria-i voce în timp ce el își freca absent bărbia.

– Chestia e că va trebui să plec, a continuat el.

Ea s-a retras și s-a mutat pe sofaua înflorată de pe latura opusă, strângându-și genunchii la piept și încercând să nu pară rănită.

– Și, ce e diferit în asta? Tu ești *mereu* plecat.

El s-a strâmbat.

– Și mereu mă întorc.

– Vrei să spui că de data asta nu te mai întorci? a întrebat ea, speriată de ideea de a se descurca singură cu toată moșia.

– Nu, dar s-ar putea să dureze mai mult.

– Mult mai mult?

El a încuviințat.

– Dar nu se va întâmpla imediat.

– Ce-o să faci?

– Nimic foarte dificil. Nu trebuie să-ți faci griji.

Dar tonul vocii lui era prea nonșalant, iar ea era sigură că el minte.

– Spune-mi! a insistat ea.

El a oftat.

– De curând mi s-a cerut să transmit informații care le-ar putea fi de folos Aliaților.

– Nu e groaznic de periculos?

El i-a susținut privirea și ea înțeles evidența.

– O să-ți păstrezi slujba de la minister?

– Desigur.

El s-a ridicat și ea l-a privit cu coada ochiului în timp el a scos din buzunar un pachețel cafeniu și bombat, pe care i l-a întins. Ea a înclinat capul, indicând că ar trebui să-l pună pe măsuța de cafea.

– Nu te uiți? a întrebat el.

– Mai târziu.

– O să fiți în siguranță la Castello? a întrebat el, iar ea și-a dat seama de emoția pură din ochii lui.

Întrebarea era una serioasă. El își imagina zidurile lor înalte și casa lor, nu tocmai un castel, ci conacul din satul lor mic, fortificat, din secolul al XIII-lea, cu unica intrare, sau ieșire, cu arcadă și zidurile pe care niciun dușman nu le-a putut străpunge vreodată. Până acum.

– În siguranță? Noi? Poate.

Dar nu și porcii noștri, s-a gândit ea. *Nici curcanii, găinile, rațele, bibilicile, mistreții, vitele.* Detesta furturile din cele treizeci și două de ferme izolate, aflate mai jos și mai departe de sat. O pradă ușoară.

– Nu o să fie cârnați anul ăsta.

Și dacă vocea îi era plină de amărăciune, nu-i păsa.

– Dar ai ascunse provizii de alimente?

– Câteva, dar va fi puțină carne pentru noi sau pentru fermieri. De ce crezi că tot mâncăm iepuri?

El a zâmbit, încercând să nu ia lucrurile în serios.

– Mie îmi place iepurele.

– Atunci e foarte bine.

Ea și-a privit mâinile o clipă.

– Ce e? a întrebat el.

– Nimic.

Și știind că încă nu-i spusese despre scrisoare, a schimbat subiectul. La urma urmei, probabil nu se va întâmpla și atunci avea să se bucure că nu-l îngrijorase.

– Ce-o să faci cu carnetul?

După ce a inspirat scurt, i-a aruncat o privire dezamăgită.

– Iar vorbim despre asta?

Ea s-a zbârlit.

– Ei bine, de la armistițiul cu Aliații...

După o clipă de tăcere, ea a continuat:

– Dar lucrurile *sunt* diferite, nu-i așa?

El a înclinat capul dintr-o parte în alta, dezmorțindu-și gâtul.

– E complicat.

Avea dreptate. Aici, unde trăiau sub legea marțială germană, era obligat să poarte carnetul de fascist, pentru propria siguranță.

– În sud, în teritoriul ocupat de Aliați, e diferit, a adăugat el. Dar știi cum a fost de când naziștii au ocupat aproape toată țara. Ori ești cu ei, ori împotriva lor, nu există cale de mijloc.

– Așadar vor continua să creadă că ești cu ei.

Spera ca el să poarte carnetul fără să bată la ochi. Și înțelegea. Chiar înțelegea. El nu voia să vorbească despre asta, era un subiect pe care îl evitau încă din 1932, când toți angajații la stat fuseseră nevoiți să se înscrie în Partidul Național Fascist dacă nu voiau să-și piardă locul de muncă. Ea nu a înțeles niciodată cu adevărat, pentru că el nu avea nevoie de un loc de muncă, atâta timp cât avea venitul de la moșie și investițiile lor. Dar lucra la Ministerul Agriculturii și îl mâna pasiunea pentru pământ. Fusese captivat de *bonifica integrale* a lui Mussolini, recuperarea și salvarea terenului cândva abandonat și de nefolosit. Era de-ajuns să te uiți la Val d'Orcia, la felul vizionar în care fusese cultivat când Lorenzo fusese vicepreședintele cooperativei locale. Fusese transformat dintr-un peisaj anost și prăfuit în teren fertil, cu recolte bogate și livezi înflorite.

Totuși, nu se putea abține să se gândească la tatăl ei educat și nespus de inteligent care refuzase să intre în partid și care acum locuia cu mama ei într-un apartament spațios într-un *palazzo* renascentist din Roma, abia având cu ce să supraviețuiască.

– Știu la ce te gândești, a spus Lorenzo cu o încercare de zâmbet.

A zâmbit și ea.

– Știi?

El s-a ridicat și și-a întins brațele spre ea. S-a dus la el și s-au legănat într-o îmbrățișare.

– Deci, ce *este* în pachetul acela?

S-a uitat la pachetul care se afla pe măsuța de cafea.

El a clipit și apoi a privit-o.

– E doar un pistol mic.

– *Cristo!*

Șocul era destul de mare.

– Și ai nevoie de unul acum?

– De fapt, eu am deja unul. Cel din pachet este al tău.
– Crezi c-o să am nevoie de el?
– S-ar putea.
– Și aveai de gând să mi-l înmânezi ca pe o cutie cu bomboane de ciocolată?

El nu a răspuns. *Un pistol, pentru Dumnezeu!* Dar avea să se gândească la asta mai târziu.

El s-a lăsat puțin pe spate ca să o privească în ochi.
– Ai cei mai negri ochi și cea mai frumoasă voce.

Ea a pufnit în râs.
– Schimbi subiectul... și, oricum, mereu spui asta.
– Și mereu spun c-aș putea să-mi petrec toată viața încercând să-i înțeleg și ascultându-te.

Ea și-a scos pieptenii din părul ce i-a căzut în valuri până la talie.
– Părinții tăi ar putea veni aici. Nu m-aș opune. E tot mai rău la Roma.
– Știi că nu vor să vină.

Avea dreptate, bineînțeles. Nu-i spuneau ei totul, dar știa că erau implicați în ceva. Și a fi *implicat în ceva* în Roma devenea tot mai riscant în fiecare zi.

– Carla mai e aici? i-a șoptit el în ureche, mușcându-i apoi ușor lobul.

Ea a simțit furnicătura obișnuită. Măcar nu pierduseră și asta.
– S-a dus la fiica ei, să-l culce pe micul Alberto. O să stea câteva ore. Cine știe cu ce o să se trezească? a întrebat ea, deși știa.

Pentru o clipă și-a imaginat-o pe Carla mergând cocoșată din cauza ploii îndreptându-se cu pași grăbiți pe una dintre aleile înguste și pietruite spre șirul de căsuțe de piatră ce se odihneau în umbra clopotniței înalte. Zidul strângea casele la un loc de parcă se susțineau reciproc, așa cum trebuiau să facă toți acum.

– Giulia? a întrebat Lorenzo.
– A plecat acasă. Suntem singuri în casă.

Ea a văzut cum ochii i se îmblânzesc.

– În acest caz, o să mai pun un buștean pe foc în timp ce tu îți scoți rochia. Vreau să-ți simt pielea.

– În fața focului? a chicotit ea.

Și mai presus de toate, mai presus de război, de supraviețuire, de a pierde sau a câștiga sau a se întreba ce naiba o să mănânce, îl dorea și ea. Era singurul lucru care făcea totul suportabil pentru că se temea de sosirea unei dimineți în care va sta față în față cu soțul ei în timp ce-și beau cafeaua de orz și nu-l va mai recunoaște sau nu va ști cine devenise.

A luat două perne de pe sofaua de catifea și vechea pătură tricotată care ascundea o porțiune roasă a canapelei. Pe urmă, s-a dezbrăcat și s-a întins pe covorul care acoperea pardoseala de gresie pictată, urmărindu-l pe Lorenzo cum își scoate hainele la rândul lui. Era înalt și zvelt, iar umerii îi luceau în lumina focului.

– Și șosetele, a arătat ea spre picioarele lui.

El a râs, dar s-a supus, pe urmă s-a strecurat sub pătură. Ea s-a înfiorat. Dincolo de zidurile fortificate, fantomele acestui război se adunau și creșteau la număr. Îi priveau acum, geloase, tânjind să-și găsească drumul înapoi în căldura vieților lor? Sau tremura din cauza frigului? Era o noapte de noiembrie și căldura focului îi încălzea doar o parte a corpului.

Lorenzo îi freca energic spatele și ea a râs din nou.

– Nu sunt unul dintre câini, să știi.

El a sărutat-o pe frunte, apoi pe vârful nasului.

– Mi-am dat seama.

După ce s-au încălzit, au făcut dragoste pătimaș. Așa fusese întotdeauna. Nu căzuseră în pericolul rutinei sau al dezinteresului nepăsător care puteau duce la infidelitate. În schimb, scânteia dintre ei crescuse, încă mai creștea, într-o legătură mai adâncă, mai contemplativă. Și amândoi știau că acel contact uman, legătură, iubire, oricum voiai să-i spui, era singurul lucru care avea să-i ajute să reziste. Ea a oftat și, cu fiecare atingere a buzelor lui, gândurile au început să se stingă, până când s-a lăsat în voia senzației trupurilor lor mișcându-se laolaltă, așa cum erau menite să fie. Avea să fie bine. Trebuia să fie așa.

3.

Roma

Maxine Caprioni și-a luat geanta cu haine și a ieșit din camera mohorâtă din Via dei Cappellari, unde stătea. Afară, și-a ridicat gulerul de lână să se apere de frig. Paltonul ei, de un cafeniu demodat, era bărbătesc, cu buzunare mari, așa că l-a înfășurat strâns pe corp și l-a prins cu o curea. A pornit grăbită pe strada neluminată, cu ochii mari, evitând băltoacele formate de ploaie. A auzit un râcâit și s-a uitat în urmă. Mormane împuțite de gunoi neridicat erau împrăștiate pe stradă și s-a strâmbat la vederea familiei de șobolani care mișuna prin mizerie. A trecut mai departe, prin cartierul Campo de' Fiori cu străzi înguste, piațete și biserici străvechi. Apoi a luat-o pe Via del Biscione, nu departe de ghetoul evreiesc acum pustiu. Un strigăt venit de după colțul clădirii din față a pironit-o pe loc. A tras aer adânc în piept, dar pe urmă, fără să se mai gândească, și-a ascuns sacoșa în întunericul unei alei și a fugit spre sunetul acela. Simțise pericolul? Probabil – dar mai degrabă, așa cum spunea mama ei, instinctul ei de a salva o pisică blocată undeva sau un copil agresat.

Când a ajuns după colț, s-a oprit la timp cât să nu se împiedice de doi bărbați ale căror jachete erau presărate cu insigne pe mâneci, guler și pe piept. Dedesubt, helăncile negre grăitoare. Cămășile brune, lovind un bătrân al cărui baston zăcea pe caldarâm, inaccesibil. Inima îi bubuia de furie în timp ce bărbații îl chinuiau pe omul fără apărare cu fiecare lovitură aprigă cu piciorul, pe urmă unul i-a ridicat capul și l-a lovit cu pumnul în falcă. Al treilea – la fel ca ceilalți, abia dacă avea șaptesprezece ani – a luat bastonul și, râzând, l-a rupt pe genunchi. Bătrânul, acum în șanț, sângerând abundent și scâncind în timp ce încerca să-și apere capul cu brațele, se ruga pentru viața lui. Maxine a cântărit șansele. Dacă intervenea, probabil avea să primească același tratament, dar dacă nu intervenea bătrânul avea să moară cu siguranță din cauza rănilor.

Acești bătăuși aveau mână liberă să cutreiere străzile înainte și în timpul stingerii, luându-se de oricine voiau. S-a uitat la ceas. Mai erau cincisprezece minute până la stingere.

– Hei, băieți, a strigat ea, desfăcându-și paltonul, dându-și capul pe spate și scuturându-și părul castaniu, lung și ondulat, așa încât să-i cadă seducător peste un umăr. Vreți ceva de băut?

Tinerii s-au oprit s-o privească.

– Ai ieșit târziu, a spus unul dintre ei tăios.

– Nicio grijă, mai e timp.

Era italiancă din naștere și, cu tenul ei măsliniu și ochii arămii expresivi, arăta ca o italiancă. Trebuia doar să spere că influența educației din New York nu avea să-i strice accentul toscan. A mers agale spre unul dintre ei și și-a desfăcut primii doi nasturi de la bluză.

– Uite, barul acela e încă deschis.

A arătat spre colțul opus.

Ei au ezitat, pe urmă unul a întins mâna.

– Documentele?

Ea a căutat în poșetă și a scos noua carte de identitate și un carnet de rații. Fusese nevoită să lase pașaportul american la ofițerul britanic de legătură.

– Fac cinste, a spus ea și a început să se îndepărteze, legănându-și șoldurile în timp ce se uita peste umăr să le zâmbească, bucuroasă că se dăduse cu rujul roșu. La douăzeci și nouă de ani, după ce crescuse în Mica Italie și apoi în East Harlem, Maxine mai dăduse peste huligani ca aceștia.

Unul dintre ei, probabil liderul, a dat din cap și, cu un ultim șut către omul mut acum, a pornit după ea, iar ceilalți doi l-au urmat.

Toți trei au venit după ea în bar și au comandat vin. Și acum? A făcut o glumă care i-a amuzat, dar i-a măsurat din priviri în același timp.

A auzit din nou vocea mamei ei. *Ești prea impulsivă, Maxine. Niciodată nu stai să te gândești.*

Mama ei avea dreptate. Unul dintre băieți o cuprinsese cu brațul pe după umăr, trăgând-o spre el în timp ce-i mângâia gâtul, ținându-și cealaltă mână greoi pe coapsa ei. Probabil credeau că e o târfă. *Mai scapă din asta acum!* șoptea mama ei.

A comandat încă un rând de băuturi, însoțit de pahare mari de coniac și s-a uitat la ceasul de pe perete. Minutele treceau greu.

În curând, avea să plece din Roma și să se îndrepte spre Toscana, unde avea să fie pusă în legătură cu grupurile-cheie ale Rezistenței – în cazul în care existau divizii de partizani de încredere. Nimeni din Anglia nu era sigur. Dacă verdictul ei era că exista o divizie – sau mai multe –, avea să facă legătura între Aliați și rețelele Rezistenței. Era o operațiune de mare risc și britanicii credeau că era practic imposibil să găsească italieni dornici să se întoarcă în Italia ca agenții SOE care să ia parte la spionaj, sabotaj sau recunoaștere. Ea însă profitase de ocazia de a găsi și a stabili detaliile strategice din *Resistenza*.

Avea o instruire minimă, ofițerul ei de legătură, Ronald, se străduise să sublinieze, spre deosebire de instruirea primită de agenții SOE trimiși în Franța. La urma urmei, Italia era o țară ocupată doar de la începutul lui septembrie și ea fusese intervievată de Ronald la numai câteva săptămâni după, în octombrie. Într-adevăr, fusese pe fugă, dar aveau nevoie urgentă de oameni în teren.

Băiatul îi strângea coapsa. Ea s-a smuls din mâinile lui, vorbind despre ceva lipsit de importanță, apoi a zâmbit cât de cald a putut. Imaginea bătrânului zăcând pe jos și furia ei față de tratamentul la care a fost supus o încurajau. O idee a început să se contureze; putea să meargă și poate că era singura ei ocazie. L-a văzut pe băiat holbându-se la ea, așa că și-a adunat curajul și l-a mângâiat pe obraz.

– Mă duc până la toaletă.

El a privit-o cu precauție.

Ea avea grijă să cunoască intrările din spate ale fiecărui bar – puteai să ai oricând nevoie de o cale rapidă de scăpare. Și era destul de vicleană să evite zona din apropiere de Via Tasso unde se aflau sediile naziste SS și Gestapo. Aici, probabil era la cel puțin patruzeci și cinci de minute distanță. S-a strecurat în curte, trecând pe lângă toaletă, zgâriindu-și mâinile în timp ce sărea peste zidul jos în curtea vecină, pe urmă peste un gard dărăpănat ce dădea în aleea paralelă cu strada. Și-a luat sacoșa din ascunzătoare, a fugit înapoi la bătrân, l-a ajutat să se ridice în picioare și a aflat în care *palazzo* locuia. Din fericire, era aproape de locul spre care se îndrepta ea.

– Trebuie să ne mișcăm repede, i-a șoptit ea agitată. O să vină după noi.

Au început să se miște, dar, cu picioarele atât de slăbite, bătrânul putea doar să-și târșâiască pașii, gemând întruna. Ea a încercat să-l facă să tacă, dar înaintau îngrozitor de încet în timp ce dădeau colțul spre altă stradă, din fericire cea spre care mergea ea. S-a auzit un strigăt de undeva din spatele lor, răsunând în spațiul gol. O, Doamne! Băieții! Să fie ei deja?

Au trecut de câteva clădiri și au ajuns la un *palazzo* cu ușa obișnuită de lemn, cu sculpturi bogate, dar ceva mai impunătoare decât majoritatea. Oare aceasta era? Nu știa, dar trebuia să fie în apropiere. Cum băieții erau acum pe urmele lor, a împins ușa. Slavă Domnului, s-a deschis. Pe jumătate l-a cărat, pe jumătate l-a târât înăuntru pe omul care gemea. În curtea interioară, s-a sprijinit de ușă și i-a acoperit gura bătrânului cu mâna. Răsufla prea repede și prea zgomotos, iar el se uita la ea cu ochii cafenii, mari și rugători, întrebându-se în mod evident dacă nu avea să-l rănească *și* ea. Ea a clătinat din cap și și-a strâns buzele la auzul cizmelor. Cu nervii întinși, a ascultat și i-a auzit certându-se, cei trei huligani sărind unul la altul în timp ce se apropiau de *palazzo*. Unul insista să meargă pe același drum, în timp ce liderul lor declara că în mod sigur ea venise pe aici. Ea a strâns din dinți, auzind lucrurile vulgare pe care aveau să o forțeze să le facă atunci când o prindeau. Dar cât mai putea sta bătrânul tăcut? Simțea miros de fum – nu doar fumul toxic care era nelipsit în Roma – și și-a ținut respirația. Băieții își aprinseseră țigări și se plimbau de colo până colo până când dădeau peste altă „distracție". Știau că era acolo? Nu avea să-l mai poată ține pe bătrân în picioare prea mult timp, nici să-l împiedice să geamă. Nu îndrăznea să-l miște. Strada era prea tăcută și ar fi fost auziți.

Lui Maxine îi bubuia capul de la tensiunea așteptării, dar se străduia să-și mențină respirația lungă și lentă. După încă vreo cinci minute, băieții s-au hotărât în sfârșit să plece în altă parte. În curte, Maxine l-a tras repede pe bătrân spre ușa de la parter pe care el i-a indicat-o ca fiind a lui. A deschis o femeie și și-a înăbușit un strigăt când a văzut sângele de pe paltonul ponosit și tăieturile și vânătăile de pe fața lui.

– *Mio Dio!* Mereu îi spun să nu iasă după ce se întunecă, dar e un bătrân încăpățânat. Mulțumesc că l-ai adus înapoi.

Maxine a murmurat că nu face nimic, apoi a întrebat:

– Știți unde locuiesc Roberto și Elsa Romano?

– Alături. Etajul de sus.

Maxine a ieșit cu grijă afară și a intrat în clădirea învecinată, apoi a urcat scara de marmură până la etaj.

Roma era ocupată de nemți de pe 11 septembrie. Preluaseră liniile telefonice și stațiile radio și, cum era deja penurie de petrol, oamenii se temeau că nu aveau să mai aibă nici electricitate în curând. Deși fusese declarată „oraș deschis" printr-un anunț un care promitea că soldații nu vor inunda centrul, Maxine văzuse că nu era adevărat. Îi văzuse mărșăluind în sus și-n jos pe Via del Corso fără alt scop decât să intimideze.

Acum, când ușa s-a deschis cu un scârțâit, a șoptit parola și o femeie mai în vârstă, cu părul încărunțit, i-a făcut semn s-o urmeze pe coridorul întunecat. Femeia s-a recomandat drept Elsa în timp ce o conducea într-o cameră luminată doar de lumânări și lămpi cu gaz. Făcuseră locul să arate primitor, în ciuda tavanului înalt și al frigului. Maxine tremura. Fusese cândva o cameră impresionantă și, deși mobila arăta uzată, era convinsă că aici trăiseră cândva oameni înstăriți. A privit în jur și a văzut cinci perechi de ochi mijiți care o priveau. Firește, primul lor instinct era să nu aibă încredere în ea.

– Bună seara! a spus ea, punând sacoșa jos și legându-și părul la spate în timp ce se așeza pe singurul loc liber la o masă mare, pe care fuseseră împrăștiate la întâmplare niște foi de hârtie capsate.

Femeia se uita cercetătoare la zgârieturile ei.

– Mâinile tale?

Maxine și le-a șters de pantaloni.

– Nu-i nimic. Scuze c-am întârziat. Abia am reușit să scap dintr-o încurcătură. Eu sunt Maxine. Eu...

Era pe cale să explice, dar și-a dat seama că ar fi mai bine să rămână tăcută și să nu spună nimic despre ce se întâmplase.

Câțiva dintre bărbații și femeile care se întruniseră au dat din cap.

Un bărbat cu o figură distinsă i-a zâmbit, deși când a vorbit și i-a întins mâna ea a remarcat un tremur.

– Eu sunt Roberto, soțul Elsei, a spus el. Acesta e apartamentul nostru. Ai recomandări foarte bune. Presupun că nu ai fost văzută?

Maxine i-a dat un răspuns evaziv. Elsa părea să fie încrezătoare, dar mâinile soțului ei au tremurat din nou când a ridicat un teanc de hârtii. Când sunetul mitralierelor a pătruns în cameră, toți au schimbat priviri neliniștite.

Elsa a clătinat din cap.

– Nu e aproape.

Poate nu, dar Maxine și-a spus că era o treabă a naibii de bună că avea să plece în Toscana de dimineață.

Foile de hârtie, a explicat Roberto, erau paginile terminate ale unei broșuri scoase în mod clandestin de membrii Comitetului Național de Eliberare din care el, Roberto Romano, făcea parte.

— Când nemții au zdrobit soldații noștri care apărau orașul la Porta San Paolo, a zis el, și apoi ne-au impus legea marțială nazistă, am format comitetul.

— Acum, a adăugat Elsa, răspândim veștile de la Radio Londra. Știi că e interzis?

Maxine a confirmat că știa.

— Și trimitem informațiile noastre partizane folosind presa clandestină precum *L'Unità* și *L'Italia Libera*.

— Și presa scrisă?

— Puțini primesc acele informații.

Maxine a privit în jur la oamenii adunați, dintre care cei mai mulți păreau intelectuali, cu excepția unuia. Părul negru cam lung și obrajii nebărbieriți îl făceau să pară partizan, în ciuda costumului elegant pe care îl purta. Poate fusese soldat? Bărbatul i-a surprins privirea, a ridicat din sprâncene și i-a făcut cu ochiul. Ea a continuat să-l privească. Avea ochi extraordinari, de culoarea caramelului, strălucind de inteligență și viață. Ochi periculoși, captivanți, s-a gândit ea. Avea o figură ascuțită și ea a remarcat un baston așezat lângă scaun. Atâtea suflete pierdute se ascundeau în Roma, inclusiv prizonierii britanici de război care scăpaseră sau fuseseră eliberați de soldații italieni ce nu mai luptau de partea germanilor. Bărbatul o studia la rândul lui. Nu arăta ca un britanic evadat.

După o clipă, a remarcat că Roberto aștepta un răspuns sau poate aștepta ca ea să facă ceva. Nici măcar nu acordase atenție întrebării, dacă existase vreuna.

— Îmi pare rău, s-a scuzat ea și a luat o broșură, a răsfoit-o și apoi s-a uitat la Roberto. Vreți să le iau?

— Păi, ai putea să le iei, dacă tot te duci în nord.

— În loc de o *staffeta*?

– E complicat pentru curierii noștri obișnuiți în acest moment. Dă mai departe manifestele partizanilor ca să le împartă oriunde pot. Știi unde să te duci?

– Încă nu. Ofițerul meu de legătură mi-a dat adresa voastră, mi-a spus când să fiu aici și că-mi veți da mai multe instrucțiuni.

Nu a spus nimic despre operatorul radio britanic pe care primise ordin să-l contacteze în Toscana. Informația aceea trebuia dezvăluită doar dacă era necesar. Iar ei i se spusese foarte clar că Italia nu era Franța, că Rezistența era extrem de împrăștiată, ceea ce însemna că scopul final de a afla unde și cum să le furnizeze arme și muniție avea să fie extrem de dificil.

– Trebuie să te duci la Castello de' Corsi în Toscana, a zis Roberto. La conac, întrebi de Sofia de' Corsi. Dacă îi spui că noi te-am trimis, te va găzdui. S-ar putea să fie și soțul ei acolo, Lorenzo de' Corsi. Poți să vorbești cu el, dar dacă e posibil discută cu Sofia mai întâi.

– Ea nu știe că vin?

– Nu chiar. Îi explici de ce ai venit acolo în realitate, dar când nu ești la Castello să nu scoți o vorbă despre asta. *Ei* poți să-i spui numele tău adevărat, dar, în rest, îți folosești acoperirea. Ți-ai pregătit povestea?

– Da. Mă gândeam să le spun oamenilor că am venit să scriu un articol despre cum afectează războiul bărbații și femeile de rând. Știți, înainte eram jurnalistă. Dar persoana de legătură m-a făcut să renunț la ideea asta.

– Mai bine așa, aș zice eu, mai ales dacă ar fi să „dai peste" nemți. Ar crede că ești spioană, a spus Roberto, apoi a continuat: De la Marco, aici de față, știm că partizanii din Toscana sunt o amestecătură – neinstruiți, nesăbuiți, furioși.

Ea a observat că Marco, tânărul cu ochii arămii, dădea viguros din cap și ea i-a zâmbit. *Era* partizan deci.

– Vei lucra cu Marco și el îți va da tot ajutorul de care ai nevoie, a continuat Roberto. Odată ce este clar cât de viabile sunt grupurile în realitate, câți oameni sunt, unde sunt, cine sunt liderii, *noi* putem transmite informația ofițerului tău de legătură Aliat sau, dacă-l poți contacta tu, trimite-i mesaj prin radio la sediul subsidiar al SOE din sud.

– Credem că inginerii britanici de radio și aparatele de radio vor fi parașutate în câteva locații, a spus Marco. Trebuie să extindem rapid rețeaua partizană de comunicații pentru că Aliații au nevoie să fim pregătiți.

Ea a dat din cap.

– O să fac tot ce pot.

– Și de unde provine familia ta? a întrebat Roberto.

– Toscana. Noi am vorbit mereu italiana acasă, engleza la școală.

– Accentul tău nu e rău. Niciun neamț nu o să-și poată da seama că ești din New York, deși localnicii ar putea să se prindă.

Ea i-a zâmbit. Nu i-a spus că o durea inima pentru mama ei de câte ori se gândea la Toscana. A oftat adânc, sperând că luase decizia corectă să vină. Împotriva obiecțiilor întregii ei familii, mersese mai departe și navigase spre Anglia drept corespondent acreditat de Statele Unite. Apoi, într-o cameră mohorâtă de hotel din Bloomsbury, totul se schimbase. O scrisoare fusese lăsată la agenția de știri la care lucra, menționând doar o oră și un loc și numele persoanei cu care avea să se întâlnească. Un anume Ronald Carter. Scrisoarea purtase antetul Biroului Serviciilor de Cercetare. Nu însemna nimic pentru ea și în timpul primului interviu cu Ronald – înalt, cu ochii negri și îmbrăcat elegant – rămăsese la fel de nelămurită. El îi spusese că a primit detaliile despre ea de la Biroul de Imigrări, care controla valurile de oameni strămutați, verifica refugiații și aplica regulile pentru permisele de ieșire din țară și așa mai departe.

El mijise ochii și spusese:

– Vreau să știu mai multe despre tine.

Ea crezuse că poate permisul ei de muncă în Marea Britanie fusese anulat și avea să fie trimisă acasă în curând. Dar în a doua ședință mai lungă cu Ronald, când el o întrebase despre personalitatea ei, loialitățile ei și abilitatea de a vorbi italiana, a aflat ce voia el cu adevărat. Și el era bilingv, astfel că o parte din interviu se desfășurase în italiană.

— Suntem în căutare de tineri cetățeni italieni atât în America, cât și la Londra, cu atitudinea și personalitatea potrivită pentru a fi recrutați, instruiți și trimiși degrabă sub acoperire în Italia, spusese el cu o voce serioasă.

I-a explicat apoi că, dacă ea era de acord, avea să meargă cu vaporul, alături de soldații britanici, debarcând în sudul Italiei, la fel ca el. După aceea, urma să fie parașutată în apropiere de Roma. Partizanii aveau s-o ducă în oraș, dar apoi era pe cont propriu.

După întâlnirea cu Ronald, fusese trimisă să se antreneze la un fel de academie de parașutiști timp de două săptămâni, unde absolvise cu brio după trei sărituri adevărate. Fusese înfricoșător, dar palpitant. Au urmat și alte antrenamente în timpul cărora a fost nevoită să desfășoare misiuni sub acoperire, de probă. Își stăpânise nervii și acum iat-o aici, iar părinții ei nu știau nimic despre asta.

— Apropo, spunea Roberto, întrerupându-i șirul gândurilor din nou și aducând-o înapoi în prezent. Va trebui să porți rochie.

— De ce? Doar mă duc cu *motocicleta*.

— În orice caz, o să te integrezi mai bine între femeile din Toscana dacă porți rochie, a zis el. Elsa?

În vreme ce Elsa s-a ridicat și a ieșit din cameră, Maxine se străduia să-și controleze supărarea. Deși era înaltă, cu picioare lungi și cu o siluetă pe care orice fată și-ar fi dorit-o, avea fler să treacă neobservată și se simțea cel mai confortabil făcând asta purtând pantaloni.

Elsa se întoarse cu un morman de haine.

Roberto a îndesat pamfletele într-o traistă ponosită.

Când a terminat, Maxine a luat-o împreună cu hainele. Elsa i-a sugerat să se schimbe în dormitorul ei și, în timp ce Maxine își punea rochia, îi auzi pe bărbații și femeile din adunare șușotind. S-a apropiat de ușă, dar nu a înțeles ce spuneau. În timp ce-și lega baticul, a auzit tropăitul cizmelor cu ținte de la câteva etaje mai jos. Apoi sunetul asurzitor al focurilor de armă și bătăile zgomotoase în ușile apartamentului.

— Isuse! Ce Dumnezeu se întâmplă?

Elsa a dat buzna în cameră.

– Repede! Ia-o pe scara de incendiu și te rog să-i dai cutia asta Sofiei de' Corsi; e fiica noastră și trăiește în vilă – adică, în conac – la Castello de' Corsi. Să-i spui că mama și tatăl ei îi amintesc de dulciuri. E important.

– Sigur. Voi veți fi în regulă?

Elsa a dat din mână cu un gest neutru.

– Cred că naziștii ne rechiziționează clădirea.

– Știați de asta?

– Am fost avertizați.

– Cristoase, de ce n-ați plecat?

– N-am vrut să cred. Niciunul dintre noi nu vrea vreodată să creadă.

Au auzit și vocile germane stridente strigând ordine, și femeile plângând când a cedat ușa.

– Sari peste balustradă până la terasa de sub camera asta și acolo găsești scara de incendiu.

I-a pus traista în brațe lui Maxine.

– Sunt și bani acolo.

– Și motocicleta?

– E cam uzată, dar este unde ne-am înțeles. Du-te la Castello mai întâi, dar nu uita că peste zece zile trebuie să fii la Caffè Poliziano, în Montepulciano, ca să te întâlnești cu Marco, pe care l-ai văzut mai devreme. Ai grijă să ajungi până la zece dimineața.

Apoi i-a șoptit parola nouă la ureche și Maxine a făcut un semn de încuviințare.

– Benzină? a întrebat ea.

– Da. Du-te!

Maxine a pus pe umăr geanta de voiaj și traista, apoi s-a apropiat de balustradă, cuprinsă de un fior de entuziasm. Povestea era ciudat de palpitantă și a început să simtă furnicături în tot corpul.

4.

Castello de' Corsi

În timp ce Sofia își petrecea noaptea cu soțul ei, bucătăreasa lor, Carla, era ocupată să-și aranjeze șalul ca să-i apere gâtul de curent și să se așeze în scaunul de lângă ușă în noaptea asta extrem de întunecată. Opt dintre ei se adunaseră în secret în casa fiicei ei în una dintre cele două camere friguroase de la etaj. După ce Alberto, în vârstă de trei ani, a adormit în sfârșit, femeile și-au făcut de lucru. Sara torcea lână într-un colț, Federica depăna lâna de pe fus, iar restul stăteau în jurul mesei, împletind șosete și pături. O lampă cu ulei lumina încăperea și o pătură acoperea fereastra așa încât lumina să nu poată ieși printre zăbrelele obloanelor.

Treptat, ritmul andrelelor păcănind și învârtitul roții s-au amestecat cu vocea Sarei, care a început să cânte încetișor. Pentru că erau singure, soții și fiii lor fiind plecați la război și nimeni nu știa unde ar putea fi, acest timp petrecut împreună le încălzea inima. Împletitul, statul împreună le uneau în solidaritate în timp ce lucrau, în ciuda stingerii, căci, dacă nu făceau asta, bărbații din păduri aveau să înghețe în iarna grea care urma.

După semnarea armistițiului, cum nu se mai luptau cu Aliații, soldații își abandonaseră posturile din armata italiană, riscând totul ca să ajungă acasă. Apoi însă, după ce a ocupat Italia , Germania voise ca oamenii să fie soldații *ei*, muncitorii ei, sclavii ei, aici sau în lagărele din Germania. Mulți porniseră spre dealurile împădurite și se alăturaseră partizanilor. Unii nu voiseră niciodată să lupte de partea nemților, dar fuseseră recrutați. Unii nu voiau să lupte pentru nimeni și mulți pur și simplu se săturaseră de fascism. Bărbații de la țară susțineau mișcarea comunistă în număr tot mai mare. Așa că acum, pe lângă războiul mondial, avea loc și un război civil între cei care îi susțineau pe fasciști și cei care se opuneau.

Carla s-a uitat la Anna, fiica ei cea mai mare, de douăzeci și cinci de ani, înaltă și puternică, dar și slăbuță, spre deosebire de Carla, care avea aproape cincizeci de ani și-și arăta vârsta. Dar soțul bietei Anna, Luigi, murise deja, se înecase când nava lui, *Zara*, se scufundase în 1941. Annei i se spusese că Luigi luase parte la misiuni menite să prindă convoaiele britanice din Mediterana. *Zara*, un crucișător masiv construit pentru *Regia Marina* italiană, fusese scos din luptă de un atac aerian britanic. Mai târziu, într-o noapte cumplită de lupte, fusese scufundat de flota britanică din Mediterana.

– Gabriela e la locul ei? a întrebat una dintre femeile mai neliniștite.

Carla și-o imagină pe fiica ei de șaisprezece ani, drăguță, voluptuoasă, ghemuită în bucătărie cu Beni, cățelul ei cu trei picioare, amândoi acaparând singurul foc din casă. Gabriela insistase să i se permită să stea de pază și, cum fluieratul ei era atât de strident că putea trezi morții, Carla se înduplecase.

– Ai mesaje noi de la bărbați? a întrebat-o o femeie pe Anna.

Cele din cameră știau că Anna era *staffeta*, un curier, pentru partizani, deși Carla și Anna vorbeau rareori despre asta. Deși femeile din sat erau prietene, nu puteai fi niciodată foarte sigur. De exemplu, Maria, bătrâna care locuia în colțul pieței, cea al cărei nepot, Paolo, intrase în rândul Cămășilor Brune ale lui Mussolini. Erau miliția voluntară pentru securitatea națională, nu pentru armată, și acum nimeni nu avea habar unde era Paolo. La începutul războiului, mulți bărbați din partea locului se înrolaseră în armata obișnuită sau în marină, iar oamenii acceptaseră mai mult sau mai puțin chemarea la arme, însă brutalitatea Cămășilor Brune fasciste față de propriul popor era ceva diferit. Erau detestați de o mare parte din populația rurală din Toscana.

— Nu sunt mesaje, a spus Carla înainte ca Anna să răspundă, cu vocea ei aspră de femeie de la țară, gravă și domoală.

— Pe cine urăști mai mult? a întrebat Federica. Pe nemți sau Cămășile Brune?

Camera a rămas cufundată în liniște pentru câteva clipe.

— Cămășile Brune, a răspuns Sara. I-am văzut în oraș împingând în șanț pe oricine nu le place lor. Chiar și pe femeile însărcinate. Tineri, bătrâni, nu le pasă.

— Cred că pot face orice vor.

— Pentru că *pot* face orice vor. Dar, ascultați ce vă spun, încă n-am văzut ce e mai rău din partea naziștilor.

În timp ce femeile șușoteau, gândurile Carlei s-au îndreptat spre mâncare, așa cum se întâmpla deseori. A doua zi avea să culeagă ciuperci sălbatice și să facă un rizoto cu ciuperci și castane. Cepele sălbatice, ierburile, chiar și fructele de pădure îi ajutau pe oamenii de la țară să reziste în vremuri grele. Iar fiul ei cu părul creț, Aldo, avea să iasă în curând să vâneze mistreții care mai rămăseseră.

S-a auzit o bătaie puternică în ușa de la intrare și apoi un fluierat pătrunzător.

— Repede, stingeți lampa! a spus cineva.

Carla simțea teama fiecărei femei în timp ce, stând în întunericul deplin, ascultau cu gurile uscate, cu gâtul încordat, cum voci aspre de bărbați se ridicau din stradă. Cămășile Brune, fără îndoială, care ieșiseră să se distreze puțin. Nemții nu-și asumau riscuri pe aleile întunecate dintr-un sat din Toscana pe timpul nopții.

Dar dacă intrau Cămășile Brune și te prindeau ajutând partizanii...

Carla a auzit ușa din față deschizându-se, apoi închizându-se, după care de afară s-a auzit un hohot de râs de bărbat, urmat de râsul unei femei. Râsul Gabriellei? Sigur nu.

5.

Trecuseră câteva zile de acum și, cum Lorenzo avea probabil să fie plecat o noapte sau două, Sofia i-a făcut cu mâna, apoi a fluierat după câini – doi prepelicari italieni într-o nuanță frumoasă de castaniu și alb, cunoscuți și drept braci italieni de vânătoare, deși ai lor erau cam bătrâni pentru vânătoare. Vestea că vechiul sat Chiusi, la granița cu Umbria, fusese bombardat de Aliați le dăduse sentimentul de nezdruncinat că sunt sortiți pieirii. Era la sud de Montepulciano, la cincizeci de kilometri distanță, dar totuși.

Era rece afară, iar cerul, atât de luminos, încât aproape o dureau ochii. Pământul scârțâia sub picioarele ei pe măsură ce se depărta de zidurile satului unde porumbeii se sfădeau, croindu-și apoi drum prin pădure. În văile de sub pădure, un ocean de ceață albă inundase priveliștea, astfel încât nu se mai vedeau decât pâlcurile de copaci care se înălțau ca niște insule pe culmile dealurilor.

În pădurile de castan, culegătorii erau la lucru. Culesul avea loc când crengile copacilor erau încărcate de tone de castane, acum o mâncare de bază. Femeile le uscau și le măcinau ca să facă făină pentru pâine, *pane d'albero*, pâine din arbore, făcută cu apă, drojdie și castane. Le prăjeau să adauge aromă la cafeaua din orz măcinat. *Caffè d'orzo.* Sofia o prefera în locul cicorii. Nimeni nu avea cafea adevărată de când guvernul făcuse tot posibilul să elimine toate importurile, deși unii spuneau că lipsa cafelei era de fapt rezultatul embargoului impus de

Liga Națiunilor asupra Italiei. Iar frunzele de castan le dădeau la porci și la păsări, cel puțin asta făceau cei care încă mai aveau animale.

Ea și Carla ascunseseră o parte din provizii, nu doar pentru conac, ci și ca să ajute sătenii. Pe acestea le păstraseră secrete. După ce Sofia primise scrisoarea de la comandantul Schmidt, îl rugase pe fiul Carlei, Aldo, să construiască un perete subțire la un capăt al cămării lor mari. De când terminase școala, Aldo fusese omul lor bun la toate. Așa că acum, în spatele peretelui fals, păstrau fasole uscată, fructe la borcan, salam făcut în casă și brânză, precum și cereale și carne uscată de mistreț. Dacă soldații nemți erau cantonați aici, *nu* aveau să consume tot.

Sofia își aminti de săptămâna de vara trecută când făcuseră conserve, singura dată când Carla îi dăduse voie să muncească în bucătărie alături de fiicele ei, Anna și Gabriella. Era o șansă să contribuie într-un mod practic, căci ce putea fi mai bun decât să ofere mâncare pentru toți? Cu poziția și statutul suspendate, a devenit o femeie ca toate celelalte și, cu toate că în restul timpului făcea tot posibilul să fie „Contesă", îi plăcea să lase garda jos. Se bucura de tovărășie în timp ce pregăteau smochine, piersici, cireșe și roșii pentru păstrare. Lorenzo nu știa. Familia lui fusese una de latifundiari nobili timp de sute de ani și el fusese crescut să creadă că fiecare trebuia să-și știe locul. Deși nu era genul care să țină la etichetă și era și un om foarte bun pe deasupra, totuși era mai conștient de statutul său, spre deosebire de ea. Nefiind educată să devină o nobilă doamnă, pentru ea era diferit.

Puseseră ardei, morcovi și verze la borcan, în bucătărie era o explozie de aburi și culori și arome bogate ale recoltei, iar în acele câteva zile au râs și au cântat și aproape au uitat de război.

Acum, când a ajuns în pădurile de castani, femeile munceau din greu. Cum bărbații erau plecați, ele constituiau mâna de lucru, ajutate de bătrâni și copii. Soția unui fermier, Sara, i-a făcut semn să vină și a întrebat-o dacă putea să ducă un sac de nuci acasă pentru Carla. Sofia o cunoștea bine pe femeie. Primise două scrisori care o anunțau de două pierderi, un frate și un fiu. Era de neimaginat cât de mult trebuia să sufere și totuși mergea mai departe. Câteodată, erau și avantaje în a nu avea copii, și-a spus Sofia cu asprime, apoi a strâns o clipă mâna Sarei, a luat sacul și a plecat.

Înapoi la Castello, a ocolit casa și a mers prin partea de grădină străjuită de lămâi, tufe de leandru și un rodiu mic și dulce care păzea ușa bucătăriei. De acolo, a întâmpinat-o aroma de pâine coaptă. Înainte, nu intra niciodată în bucătărie pe-acolo, dar acum, când se îngrijea de legume – varză, ceapă, spanac și fenicul – folosea mai des intrarea aceea. Carla păruse tulburată în ultimele zile și Sofia spera că noua provizie de castane avea s-o înveselească.

Bucătăria, cu aspectul unei peșteri, cu tavanul mare cu grinzi de stejar, podeaua veche din lespezi de piatră, pereții acoperiți de dulapuri verde pal și o masă mare și lustruită în mijloc, fusese dintotdeauna un loc relaxat și reconfortant. Cele două fotolii de piele se aflau în alcovuri de o parte și de alta a plitei și, pentru că obloanele nu erau complet deschise, nu a văzut de la început că cineva stătea sprijinit de unul dintre ele.

Carla stătea în picioare lângă plită, încruntată, cu părul strâns la spate și purtând șorțul ei alb obișnuit peste una dintre rochiile ei fără formă, din lână cenușie.

La vederea aluatului care creștea pe raftul zăbrelit de deasupra plitei, Sofia bănuia că bucătăreasa abia aștepta să-l frământe. O femeie robustă, care-și făcea sentimentele cunoscute fără prea multe vorbe, brațele încrucișate ferm ale Carlei spuneau totul, iar la privirea întrebătoare a Sofiei, și-a dat ochii peste cap.

Între timp, Aldo stătea lângă ușă, scărpinându-se în cap.

— L-am găsit chiar la marginea satului. A spus doar „Castello", pe urmă a vorbit întruna ca un nebun până a leșinat.

— Castello? La noi? Crezi că se referea la noi?

Carla a strâmbat din nas.

— La cine altcineva?

Sofia s-a uitat la Aldo și s-a gândit, cum făcea deseori în ultima vreme, că se transformase într-un adevărat crai. Un flăcău chipeș, cu ochii negri, gene lungi, buze pline și sprâncene brune. Era energic și vesel, iar Sofia se simțea mereu înviorată de câte ori îl vedea.

El și-a înlăturat câteva bucle castanii care-i intrau în ochi.

– Am crezut că poate se referă la sat, aici.

Sofia s-a dus la bărbatul de pe scaun ca să se uite mai bine la fața lui. Câinii, cu un pas înaintea ei, îl adulmecau cu grijă, dar pentru că el nu a reacționat și-au pierdut interesul și s-au îndepărtat. Ochii bărbatului au rămas închiși, părul era încâlcit și o rană urâtă îi făcuse obrazul drept să se umfle. Apoi a observat că avea haina îmbibată de sânge. Când l-a întrebat cine era, genele i-au tremurat pentru o clipă, după care a deschis cei mai albaștri ochi pe care îi văzuse ea vreodată.

– Cine ești? a repetat ea.

El și-a atins gâtul.

– Apă, Carla. Dă-i puțină apă.

Carla a umplut înciudată un pahar cu apă și l-a adus ca să-l apropie de buzele crăpate. În timp ce el înghițea, gândurile îi alergau prin minte. Dacă era un dezertor german? Dar pe urmă a luat-o prin surprindere vorbind într-o engleză corectă, fără accent.

– James, a spus el cu voce slăbită. Numele meu.

– Poți să ne spui ce ți s-a întâmplat?

El a închis ochii. Adormise?

– Cred că trebuie să fie englez, i-a spus Carlei.

– Asta ne mai lipsea! Cum am spus, bolborosea ceva când l-a găsit Aldo în depozitul de lemne de dincolo de ziduri. Nu părea să fie germană, zicea Aldo, dar nu era sigur.

– Are nevoie de un doctor.

Carla s-a strâmbat.

– Știu. Știu.

S-a uitat încăpățânată la Sofia, dar apoi a cedat.

— Presupun că-l putem duce în camera Gabriellei deocamdată. Și ea poate să vină la mine. Ușa are încuietoare, așa că nu o să poată face rău nimănui. Aldo o să doarmă la Anna, ca de obicei. Ei îi place să aibă companie.

Sofia i-a zâmbit, înțelegând. La început, Carla fusese nevastă de fermier, o *massaia*, care mai târziu a început să vină zilnic să gătească pentru ei la conac. Dar când soțul ei, Enrico, s-a îmbolnăvit și nu a mai putut munci, Sofia i-a adus pe amândoi să locuiască în patru camere destul de mari, una la parter, care era acum camera Gabriellei, și trei la primul etaj din aripa parțial nefolosită a conacului, cu propria scară interioară. Fuseseră camerele fostei menajere, dar aceasta se măritase și se mutase în sat, iar camerele ei rămăseseră neocupate. Toți trei copiii veniseră cu Carla, desigur, iar Anna muncea acum ca menajera lor cu jumătate de normă, locuind în afara conacului. Enrico fusese un bărbat masiv, jovial, care nu meritase să moară de tânăr și în anul cât zăcuse la pat Sofia ajutase la îngrijirea lui. După aceea, pentru că ea și Lorenzo nu putuseră avea proprii copii, își revărsase instinctele materne asupra copiilor Carlei, mai ales a lui Aldo care fusese devastat de moartea tatălui său.

În ciuda înfățișării exterioare uneori aspre, Carla pe care o știau cu toții era un suflet bun și generos, care se putea și relaxa când voia. Imaginile de la cina lor festivă din septembrie i-au venit în minte, trăgând-o după ele. Lorenzo și Sofia se apucaseră zdravăn de treabă înainte să vină norii negri și la sfârșitul săptămânii, rupți de oboseală de la culesul viei, se târâseră înapoi în casă. Aldo, purtând o cămașă albă strălucitoare care scotea în evidență frumusețea pielii lui măslinii, pusese mesele în piață și Carla spălase și călcase fețele de masă albastre cadrilate. În septembrie, chiar înainte să vină nemții, încă mai aveau din belșug *prosciutto*, mortadelă, salam și brânză de oaie cu care să însoțească pâinea și vinul. Când cineva a început să cânte la vioară, oboseala a dispărut ca prin farmec și au dansat sub cerul presărat de stele. Chiar și Lorenzo care, zâmbind de plăcere, căldură și dragoste, o învârtise întruna până amețise. Carla, cu râsul ei zgomotos și neînfrânat, a dansat mai mult ca oricine, până când Aldo a luat-o de pe jos și a dus-o înăuntru, farmecul lui delicat fiind suficient să-ți topească inima.

Amintirile s-au spulberat și Sofia se uita acum din nou la bărbatul din fotoliu.

– Nu arată ca și cum ar fi capabil să rănească pe cineva sau să plece undeva.

A analizat opțiunile în minte, dar și-a dat seama că, fără ajutor, nu avea prea multe șanse să supraviețuiască. Lorenzo avea să fie la Florența câteva zile, așa că, dacă găseau un loc pentru acest om, în următoarele patruzeci și opt de ore avea să fie în regulă. Nu voia să-l implice pe Lorenzo în asta. Avea destule pe cap și poate nu ar fi fost de acord ca ea să intervină.

Carla i-a răspuns cu un zâmbet silit.

– În legătură cu camera Gabriellei. Ești sigură?

Carla a dat din cap.

– Aldo o să ne ajute să-l mutăm, nu-i așa, fiule?

Aldo a încuviințat și Sofia l-a studiat din nou pe bărbat. Părul lui, dincolo de murdărie, părea blond, așa că putea fi german. Și era destul de masiv. Ciudat cât de masivi erau toți. O rasă de giganți. Pe de altă parte, dacă era cu adevărat englez și nu neamț, poate că era un prizonier de război care evadase. Arăta atât de pierdut. De unde venea? Avea familie? O soție? Copii? Nu se putea abține să nu compare acest bărbat solid cu soțul ei înalt, aristocratic, cu osatură delicată. Îmbrăcămintea acestui bărbat era banală și murdară, jachetă gri și pantaloni verde închis. Când i-a descheiat cu grijă jacheta, cămașa îmbibată de sânge a scos la iveală o pierdere de sânge atât de îngrozitoare, încât i s-a tăiat respirația.

Sofia a trecut la treabă, explicând ce trebuia făcut. Carla exclama și bombănea, dar Aldo, deși avea doar șaptesprezece ani și nu era musculos, era vânjos și reușiră în trei să-l care sau mai degrabă să-l târască pe omul suferind prin holul principal și în micul dormitor dintr-o parte a casei.

Carla a luat așternuturile fiicei ei și a întins o pătură veche pe saltea, apoi Aldo și Sofia au ridicat bărbatul pe pat. El a gemut, dar nu a deschis ochii.

– Gabriella o să fie de acord cu asta?

S-a mirat când Carla nu a răspuns, uitându-se în schimb în podea. Aldo i-a zâmbit dulce, ca o scuză, acel zâmbet care-l scăpase de necazuri în copilărie. Cât de vibrant strălucea viața în ochii aceia negri, și-a zis ea. Așa fusese dintotdeauna. Apoi l-a văzut dându-i Carlei un ghiont.

– Spune-i Contesei ce s-a întâmplat, a îndemnat-o el. Spune-i!

Sofia s-a uitat, pe rând, la amândoi.

– Ce să-mi spună?

– E vorba de Gabriella, a zis el, cu privirea încărcată de îngrijorare. Credem că a petrecut o oră cu unul din Cămășile Brune care le-a deranjat pe femeile de acasă de la Anna noaptea trecută.

Carla s-a uitat la Sofia ca și cum ar fi luat o decizie înainte să vorbească.

– Acum nu e momentul potrivit.

– Păi, spune-mi mai târziu, dar acum, Carla, un castron cu apă fierbinte, te rog, și niște cârpe curate, a cerut Sofia și a îngenuncheat lângă pat. Aldo, poți să mă ajuți să-l dezbrac?

– Contesă! obiectă Carla.

Sofia întoarse capul să o privească.

– Nu fi atât de pudică, trebuie să știu unde e rănit.

Carla încă părea jignită de ideea ca stăpâna ei să-l dezbrace pe rănit, iar Sofia a izbucnit în râs.

– O să-l dezbrac eu, a zis Carla. Dacă nu te deranjează să aduci apa, Contesă. Cârpele curate sunt în dulapul din dreapta chiuvetei.

Până să se încălzească apa și Sofia să aducă o carafă pentru Carla, bărbatul era deja pregătit de examinare.

– Are vânătăi pe umăr, a spus Aldo.

– Doar pe umăr?

El a dat din cap.

– Da. Și o rană de glonț în partea de sus a brațului.

Carla îi acoperise picioarele și părțile intime cu altă pătură pe care acum o trăgea ceva mai sus pe corp.

Sofia a râs din nou.

– Așadar, ai verificat?

– Nu e mai nimic de văzut, a murmurat Carla, apoi a pufnit în râs.

Sofia l-a examinat. Carla a adus sticla de coniac și, când el a deschis puțin ochii, au încercat să-l ajute să bea. Glonțul era încă în rană, așa că, după ce rănitul a înghițit puțin coniac, cu care spera să-i amorțească durerea, Sofia și-a luat inima în dinți și s-a apucat să-l scoată și apoi să curețe rana. Carla se oferise s-o facă ea, dar Sofia a considerat că e de datoria ei. Ea avea obiceiul să-i panseze pe muncitori când se răneau, deși nicio rană nu fusese atât de gravă ca aceasta. Bărbatul își schimonosea fața în timp ce ea lucra.

– Îmi pare rău, șopti ea, îmi pare rău, și se îngrijora din pricina chipului tot mai stins.

Nu era tocmai sigură de ce făcea, dar instinctul îi spunea că trebuia să curețe rana. Când a terminat, Carla a adus puțin antiseptic și i-au bandajat brațul ca să oprească sângerarea.

– Are nevoie de cusături, le-a spus Sofia îndreptându-și spatele.

– Nu poți să-l rogi pe doctor.

– Nu.

Erau într-o poziție dificilă. Doctorul local de la Buonconvento, cunoscut ca având simpatii fasciste, nu era de încredere.

– Dar călugărițele de la Sant'Anna? a întrebat Aldo. Ele nu merg la un doctor din Trequanda?

Sofia s-a gândit la refectoriul cu fresce frumoase de la mănăstire și la blânda maică stareță de acolo. Mănăstirile erau deosebit de utile în perioada aceea, căci pasajele lor ascunse erau rareori descoperite în raidurile naziste. Și, pentru că nemții aveau tendința să le ignore pe călugărițe, veșmântul lor era deseori o deghizare la îndemână. Ultima dată când o văzuse pe maica stareță discutaseră de o fată rebelă din sat care fugise de la familia ei și fusese găsită ascunzându-se în grădina mănăstirii. Stătuseră amândouă pe terasă, mâncând brânză de oaie și bând puțin vin de Montalcino în timp ce priveau către vest, spre dealurile Crete Senesi, stabilind împreună ce era de făcut. Cu siguranță, avea să-i ajute din nou.

Carla părea îngrijorată.

— Și dacă ne întreabă cine e? Nu vrem să le facem probleme călugărițelor. E periculos să găzduiești un englez, vreau să spun.

— Nu e nevoie să-l mutăm încă. Eu o să tot vin pe la el și, dacă vorbește din nou, o să-mi pot da seama.

— Înțelegi engleza, Contesă? a întrebat Aldo.

— Desigur, părinții mei au insistat să învăț engleza, germana și franceza și am petrecut aproape un an de studiu la Londra.

Aldo și-a înclinat capul și a căutat în buzunarul de la pantaloni, de unde a scos apoi ceva.

— Am găsit asta în jacheta lui.

Sofia s-a uitat la broșură și a frunzărit câteva pagini, dar nimic nu avea sens, așa că a decis s-o ascundă deocamdată și să-i lase să-și facă treaba.

Era prea frig să picteze afară, mai ales în vârful crenelat al turnului, unde vântul putea fi furios, dar Sofia terminase câteva schițe noi în timpul verii. Desenase turnul de atâtea ori în trecut, de pe o bancă de pe zidul jos ce înconjura fântâna din mijlocul pieței și de la ferestrele casei ei. Desenase și priveliștea chiar din vârful turnului, în care se ajungea pe o scară interioară abruptă. Înainte de război, își imaginase că transformă camera din vârful turnului în studio, dar Lorenzo a insistat că erau șanse mai mari să fie bombardat, așa că renunțase. Poate mai târziu. Deocamdată, își croia drum prin sala mare, unde erau expuse câteva dintre micile ei pânze, apoi într-un studio cu ferestre franțuzești ce dădeau spre grădina de trandafiri. Trandafirii încă înfloreau, chiar și în perioada aceea târzie a anului, iar priveliștea acelor câteva flori îi încânta inima. Sofia prefera să lucreze la peisaje în culori blânde, șterse, însă în loc să picteze turnul avea să continue cea mai recentă pânză, portretul mamei ei, Elsa.

Oricine era bărbatul rănit, spera să afle cu certitudine înainte să fie nevoiți să-l mute și înainte să afle Lorenzo că era acolo. Dacă nu, avea multe explicații de dat. Lorenzo nu ar accepta ca ea să riște sau să pună pe oricine din sat în pericol.

6.

În noaptea aceea, Sofia a visat o zi de primăvară, pășuni luxuriante de un verde atât de proaspăt încât străluceau cu o lumină interioară, a visat din nou maci de un roșu aprins și măslini argintii, craterele curbate din Senesi și chiparoșii întunecați care se înălțau în Val d'Orcia. A văzut cărările străjuite de șiruri de iriși violeți, câmpuri de gălbenele, trandafiri roz sălbatici, margarete albe și zambile albastre. Și, în timp ce visa la prânzuri prelungite în Pienza cu miez înăbușit de anghinare și miel fript, simțea mirosul rozmarinului proaspăt și al mentei sălbatice și vedea fluturii albaștri ce pluteau în aer. Din când în când, visa că mănâncă lipie toscană și brânză de casă în timp ce stătea pe un pled întins pe iarbă în grădinile din San Quirico d'Orcia. Foamea îi mâna visele. Foamea de mâncare bună, da, de varietate, dar era mai degrabă foamea de viețile lor reîntregite. Uneori visa la după-amiezi lungi de dragoste și fericire fără griji, când nu existau tabere între care să aleagă și viața era mai puțin complicată, dar era o iluzie pentru că în ultimii douăzeci de ani existase Mussolini.

S-a trezit pe jumătate, auzind pe cineva în dormitor. A auzit un zgomot de mișcare în cameră și s-a gândit imediat la bărbatul cu ochi albaștri. Se prefăcuse că doarme? Dar nu, era încuiat, nu-i așa? A întins mâna după întrerupător.

– Nu aprinde lumina!

Era Lorenzo, care se întorsese mai devreme decât se așteptase.

Ea s-a dat la o parte în pat și s-a întins alene spre el când s-a urcat lângă ea. Soțul ei frumos și dificil a cuprins-o în brațe, iar ea a simțit cum inima lui bătea lipită de a ei. Persoana câteodată distantă care devenise soțul ei a dispărut când au făcut dragoste. Stând îmbrățișați, deveneau din nou un tot și nu versiunile lor inconfortabile pe care le adoptaseră în ultima vreme. El a sărutat-o pe gât și, pe jumătate cufundată în visele cu primăvară, sex și dragoste, ea și-a arcuit spatele ca o pisică. El a mângâiat-o pe sâni, pe abdomen, pe picioare, pe coapse. O dezmierdă căutând locul potrivit și, în starea ei adormită, lipsită de apărare, a ajuns repede la orgasm. El s-a rostogolit deasupra, desfăcându-i picioarele și, ținându-i brațele deasupra capului, a pătruns-o.

Când Sofia s-a trezit cu soarele intrând pe fereastră, a întins mâna, dar partea lui Lorenzo de pat era goală. A pipăit cearșaful. Rece. Îl visase? Pe urmă i-a văzut hainele aruncate pe speteaza scaunului. Deci nu visase.

Lorenzo credea că Sofia ar trebui să fie ca mama lui și mama ei mai înainte– impunătoarele doamne Corsi de la conac. Îi plăcea ca ea să-și păstreze demnitatea în timp ce dădea dovadă de o preocupare amabilă pentru familiile care depindeau de ei. El nu avea aceeași atitudine degajată ca ea, nici nu susținea fățiș simpatia ei pentru partizani. Era de părere că era mai sigur pentru ea să rămână neutră și siguranța ei îl îngrijora cel mai mult. Așa că ea nu-i spunea nimic. El se îndrăgostise de felul în care ea îmbrățișase viața, acea *joie de vivre*, cum o numea el în timpul lunii de miere la Paris. Spunea că iubea grația ei, eleganța și felul în care fusese educată să aibă maniere frumoase. Îi plăcea că ea zâmbea, că radia fericire. În ultima vreme, zâmbea mai puțin.

Ea ura faptul că trebuia să fie precaută în preajma lui, dar știa că s-ar fi îngrijorat și, de fapt, nu făcea oricum chiar atât de multe, deși avea cunoștință de lucrurile care se petreceau, numai că nu vorbea despre ele. Știa de femeile care împleteau pentru partizani și nu spunea nimic. Știa unde erau partizanii și nu spunea nimic. Știa că în bucătăria lor

Carla gătea pentru ei și nu spunea nimic. Și acum știa despre bărbatul rănit cu ochii albaștri, care putea fi oricine. Și tot nu spunea nimic.

Lorenzo era atent, vigilent. Accepta ceea ce nu putea fi evitat și, de la început, la fel ca ceilalți, crezuse cu adevărat că Mussolini avea să fie bun pentru țară. Mussolini construia șosele, făcea trenurile să vină la timp. Dar când a pus botniță presei libere, când a tolerat violența grupurilor fasciste și a consolidat jugul pus țării... lucrurile s-au înrăutățit. Și pe urmă, după ce s-a proclamat dictator al Italiei în 1925 și a înființat poliția secretă, toți au început să înțeleagă ce se întâmpla cu adevărat. Pe măsură ce puterea judecătorilor și a instanțelor scădea, iar adversarii politici erau arestați și primeau frecvent pedeapsa cu moartea, au aflat adevărul gol-goluț. Prea târziu. Mult prea târziu. Prietenii din Anglia întrebau de ce au lăsat asta să se întâmple și ei răspundeau că motivul era că oamenii erau prostiți și manipulați și că aveau nevoie de cineva sau de ceva în care să creadă. Și îi avertizau pe englezi să fie atenți. Căci dacă populismul, dezacordul și ura puteau să apară în Italia și în Germania, puteau să apară oriunde.

Așadar, acum Lorenzo fusese recrutat să transmită informații Aliaților – un demers incredibil de periculos, căci ministerul pentru care lucra era controlat de naziști. Ea și Lorenzo nu vorbeau la fel de des ca înainte, așa că nu știa prea multe. Nu era vina nimănui, dar războiul le stătea în cale. Simțea că fiecare dintre ei fusese forțat să caute în adâncul sufletului, ceva ce nu puteai să faci decât singur. Faptul că nu știai dacă persoana pe care o iubeai cel mai mult pe lume avea să mai fie în viață a doua zi, te făcea să o iubești și mai mult, te făcea să vrei să te agăți de ea și mai strâns, dar nu puteai. De asemenea, te făcea să vrei s-o protejezi, dar ca să faci *asta* trebuia să-i dai puțin drumul. Să te închizi puțin. Să-i lași spațiu să facă orice voia să facă. Dacă se agăța prea strâns de Lorenzo el avea să sufere și mai mult când trebuia să plece. Mai bine să creadă că ea era în regulă, că era în siguranță.

7.

Când Sofia a descuiat ușa mică de la dormitor și a deschis-o, mirosul pătrunzător de boală a copleșit-o și când l-a examinat pe bărbat și i-a pipăit ceafa, și-a dat seama că febra se înrăutățise. A tras pătura la o parte și l-a instruit pe Aldo să înmoaie o cârpă în apă rece, apoi ea a stors-o și i-a șters repetat fața, gâtul și pieptul bărbatului. În cele din urmă, i-a spus lui Aldo să-i pună două cârpe umede pe piept. În ciuda stării grave a lui James, dacă într-adevăr așa îl chema, trebuiau să găsească o modalitate să-l ducă la mănăstire. Și, dacă nu voia să-l includă și pe Lorenzo în plan, trebuia s-o facă de îndată.

Când s-au întors în bucătărie, Aldo se uita la Giulia, menajera, care pregătea cafeaua și prăjitura pentru micul dejun. Giulia nu lucra de multă vreme pentru ei. Era o fată din sat care locuia cu bunica ei la Pisa, dar de când începuse războiul venise înapoi să fie cu mama ei. Sofia nu era convinsă că era de încredere, dar îi acordase prezumția de nevinovăție.

Aldo i-a aruncat Sofiei o privire confuză.

– Două cești de cafea. Aveți un musafir?

– Nu. Lorenzo e acasă.

El nu și-a putut ascunde uimirea.

– Ah!

– Eu am fost cea care l-a văzut, s-a lăudat Giulia. A sunat pentru micul dejun.

— Contele Lorenzo rămâne? a întrebat Carla când a intrat în bucătărie din grădină.

— Nu știu, a răspuns Sofia, apoi s-a apropiat să-i șoptească lui Aldo. Poți să mă aștepți aici? Aș avea nevoie de o mână de ajutor să-l mut.

— Bineînțeles, a spus el și s-a așezat la masă să-și bea cafeaua.

Când se uita la el, nu se putea abține să nu și-l amintească pe când era copilaș, apoi ca heruvimul de patru ani care era atunci când unchiul său, Gino, tâmplarul, îi construise un mic cărucior. Cât de repede trecuse timpul. Parcă mai ieri alergase Aldo prin Castello, încurcându-se printre picioarele tuturor, și totuși cea mai drăgălașă scuză fusese că era mereu iertat. Și ei îi plăcuse când venea să se cuibărească în poala ei, cu părul în ochi, în timp ce-și sugea degetul mulțumit, fără nicio grijă. Apoi, mai târziu, cât îi plăcuse lui să se urce în măslini din ce în ce mai sus până când măslinele gri-verzui zăceau în mormane în plasa de jos. „Eu am cele mai multe!" striga el în timp ce băieții mai mari și bărbații se chinuiau să agațe crăcile cu cârligele lungi. Întotdeauna avea să aibă un loc în inima ei.

Când Sofia a tras adânc aer în piept și s-a întors în prezent, a observat că bucătăreasa voia să vorbească. Ochii Carlei s-au întors în altă parte și apoi din nou la ea și Sofia și-a dat seama că aștepta să plece slujnica din cameră.

— Ce e? a șuierat Sofia când fata se furișase în cămară. Trebuie să mă duc la Lorenzo. N-am prea mult timp.

Carla s-a aplecat și, când a ridicat capul din nou, Sofia a văzut îngrijorarea care se adâncise în liniile feței ei.

— Carla, ce e? Mă sperii. Are legătură cu Gabriella?

Ea s-a răsucit cu fața spre Aldo.

— Ai spus ceva despre Cămășile Brune și Gabriella, nu? Ai spus că ar trebui să-mi spună Carla.

Aldo și-a împins scaunul în spate și s-a ridicat în picioare, iar Carla a lăsat garda jos.

— Carla?

– Păi, seara trecută, noi... știi... împleteam...
– Știu despre împletit. Pentru numele lui Dumnezeu, e doar împletit. Am știut dintotdeauna.
– Nu te superi?
Sofia a clătinat din cap.
– A fost o întrerupere. Nimeni nu vine noaptea, cel puțin nu în perioada asta a anului. Gabriella stătea de pază și i-am auzit pe stradă. Am așteptat o vreme și pe urmă am auzit-o afară cu ei.
– Doamne sfinte... Nu i-au făcut rău?
Carla a tresărit.
– Nu cred, dar știi, s-a dus cu ei. A lipsit mai mult de o oră.
– Crezi că au acostat-o?
– Nu. Îl cunoștea pe unul dintre ei. Nu cred că s-a întâmplat mare lucru, dar ea nu vrea să spună. Nu avea hainele rupte și nu era plânsă. Dar e atât de frumoasă, iar bărbații profită. Ea nu spune niciodată prea multe, dar acum nu vrea să vorbească deloc, doar se uită în pământ dacă o întreb ce s-a întâmplat. Știi că poate fi puțin aiurită, cu capul în nori. N-ar fi trebuit s-o las singură la parter.
– Nu e vina ta. Naiba să-i ia pe nemți!
– Nu pe nemți. Cămășile Brune, a mormăit Aldo, amintindu-i. Dacă pun mâna pe ei!
Sofia s-a uitat la Carla.
– Vrei să vorbesc eu cu ea?
Carla a clătinat din cap.
– Nu încă. Dar, pe lângă toate astea, sunt îngrijorată că Aldo o să fie recrutat.
– Au venit documentele?
– Nu, a răspuns ea întristată, uitându-se la fiul eu. *Per Dio*, ticăloșii de naziști vor să ni-i ia acum pe cei mai tineri ca să lupte în războiul lor.
Aldo și-a îndreptat umerii.
– Nu o să lupt niciodată pentru nemți.

– Spune că o să fugă să intre în *Resistenza*, a adăugat mama lui încruntată.

I-a ciufulit părul fiului ei.

– Băiatul meu e mult prea iute la mânie. Turuie într-una despre partizani. O să sfârșească mort într-un șanț.

– Nu lupt pentru nemți! a repetat Aldo. Nu mă duc!

Sofia a oftat adânc. Era îngrijorată pentru biata Carla – de parcă nu avea destul pe cap.

– Încearcă să nu te frămânți, a spus ea. O să facem ce putem. Dar mai întâi, o să aflu cât timp rămâne Lorenzo aici.

În sufragerie, Lorenzo se ridica de pe scaun. A întâmpinat-o pe Sofia cu un zâmbet din toată inima.

– O să verific o parte din fermele mărginașe, a anunțat el. Am sperat că luăm micul dejun împreună, dar ai întârziat prea mult.

– Îmi pare rău.

Se întreba dacă încerca s-o facă să se simtă vinovată, dar a renunțat la idee, supărată că se îndoia atât de toate.

– Recolta e mai scăzută decât de obicei, nu e de mirare, dar trebuie să văd eu însumi, a continuat el, fără să observe încordarea ei.

El știa că după părerea ei arendașii ar trebui să aibă dreptul la propriul pământ. Așa cum stăteau lucrurile, Lorenzo, Conte de' Corsi, era responsabil pentru toate fermele, casele și vilele de pe moșie. Ca toate moșiile, și ei funcționau cu vechiul sistem *mezzadria*, un fel de împărțire a culturilor prin care el oferea pământul, uneltele, mașinăriile și întreținerea lor în schimbul a jumătate din recolta de pe pământul lui. O dată pe an, presa lor de măsline era folosită de toți și înainte de război Lorenzo plătise pentru ca electricitatea și apa curentă limitată să fie conectate la toate casele din sat.

– Poate e timpul să se schimbe sistemul? a întrebat Sofia, oarecum absentă.

El s-a uitat spre ea.

– Sunt corect cu fermierii și muncitorii.
– Știu, dar...

Încă uitându-se la ea, părea nedumerit.

– Despre ce e vorba, de fapt? Am decis că vom face schimbări când se termină războiul. Știi asta. Ești în regulă?

– Bineînțeles.

– Arăți – nu știu sigur – arăți puțin răvășită.

– O, pentru Dumnezeu, s-a răstit ea. Ce importanță are?

– Sofia, ce te-a apucat zilele astea? În clipa asta ești bine și în următoarea sari la mine.

– Și tu ești perfect tot timpul, nu?

Se încrunta la el, deși ochii lui cenușii o priveau cu atâta blândețe, încât aproape că-i dădeau lacrimile.

– Ești țâfnos. Nu ești aici aproape deloc și, când vii, ești distant. Dacă n-aș ști mai bine, aș zice că ai o aventură.

El a zâmbit și asta o enerva mai mult decât orice.

– Tu nu-mi spui mai nimic despre ce faci, unde te duci, cu cine te întâlnești. Nimic! Ce-ar trebui să cred?

– Este mai sigur să nu ai cunoștință despre activitățile mele. În orice caz, n-ai fost și tu puțin secretoasă? a întrebat el.

Ea a simțit roșeața grăitoare care-i cuprindea gât, dorindu-și să-i poată spune despre englez și să-i ceară ajutorul.

– Șușotești pe la colțuri cu bucătăreasa. Vorbești la telefon noaptea târziu.

– O dată. A fost o singură dată și acum nu mai reușesc să dau de mama deloc. Mă tem că li s-a întâmplat ceva amândurora.

– O să verific ce fac părinții tăi de îndată ce mă întorc la Roma.

– Când?

– Poimâine. O să plec devreme, dar azi sunt aici așa că, după ce trec pe la ferme, putem petrece toată după-amiaza împreună și poate și după-amiaza de mâine. Sper că o să te facă să te simți mai bine. Așa e?

Nu, ar fi vrut ea să răspundă. Nu azi. Nu avea să o facă să se simtă mai bine azi.

– Acum, a spus ea, schimbând subiectul ca să poată pleca, am câteva treburi de făcut. O să iau furgoneta dacă mai are benzină.

– Trebuie? Se găsește atât de greu benzina. Nu poți să iei căruța?

– E vorba de pânza mea.

Ea a făcut o pauză, cu stomacul strâns, gândindu-se dacă să dezvolte minciuna. Vinovăția ei era suficient de vizibilă încât s-o vadă și el?

– M-am gândit să o înrămez. Nu vreau să se ude.

– Ah, ai terminat-o. Foarte bine, dar pare c-o să plouă într-adevăr. De ce nu te duci în altă zi?

– Aș vrea s-o termin. Vreau să i-o dăruiesc mamei de ziua ei.

Ea s-a uitat pe fereastră la norii cenușii împinși de vânt pe cer.

– Atunci, ai grijă. Pe drumul de întoarcere de la Florența, tot ce se mișca era o țintă pentru avioanele Aliaților. Ia-l pe Aldo.

– Așa o să fac. O să fim în regulă pe străduțele lăturalnice.

După ce Lorenzo a ieșit, nu mai era timp de pierdut, așa că Sofia s-a îmbrăcat repede fără să se spele și și-a prins părul, pe urmă și-a acoperit capul cu un batic așa cum făceau toate femeile de la țară, uitându-se la fotografia cu ramă de argint a părinților ei de pe măsuța de toaletă. Se ruga să fie teferi. Pe urmă, și-a adunat curajul și s-a îndreptat spre holul lateral mic care dădea spre dormitorul mic de la parter. De data asta, bărbatul avea ochii deschiși, mai vii ca înainte.

– Trebuie să te mutăm, a spus ea. Nu ești în siguranță aici.

– Mulțumesc.

El a încercat să zâmbească, dar vocea îi era slăbită.

– *Ești* englez?

El a spus câteva cuvinte în italiană.

– Ai vorbit în engleză când te-am văzut prima dată.

– Da. Probabil eram prea... mă rog, nu sunt sigur.

– Când un om e aproape inconștient, presupun că nu gândește într-o limbă străină.

El i-a zâmbit din nou palid.

– Dar acum? Poți să-mi spui ceva acum?

– Mi s-a încurcat parașuta. M-au împușcat când fugeam. Am ajuns cumva aici.

Avea vocea aspră și îi era greu să vorbească.

– Acum cât timp? a întrebat ea cu blândețe.

El nu a răspuns. În timp ce ea se gândea ce să facă, el a închis ochii. Dacă îl ducea pe ocolite la furgonetă? Ar fi mers dacă o ajuta Aldo să-l care.

– Carnetul meu de coduri? a șoptit el, cu voce și mai stinsă.

– Ah, da, asta era broșura aceea. E în siguranță.

El a întins mâna și a strâns-o pe a ei.

Când Sofia și Aldo au plecat din fața casei, babornița de la colț stătea pe scaunul ei de la intrarea în casă, în umbra turnului, privind. Întotdeauna privind. În noiembrie. Și ce noiembrie friguros era! Maria era probabil cea mai nepopulară persoană din sat, biata de ea. Deși, la început, fusese la fel de mirată ca toți ceilalți când fiul ei a plecat să intre în Cămășile Brune, acum nimeni nu știa pe cine susținea de fapt. Pretindea că habar nu are unde plecase băiatul, dar privea așteptând întoarcerea lui sau îi cerceta pe ei toți? Deși toată lumea îi înțelegea îngrijorarea, le venea greu s-o compătimească și unii abia așteptau ziua în care băiatul o să primească un glonț în cap.

În vechea curte pentru trăsuri, Aldo a descuiat ușa. Printre toate vehiculele și căruțele, furgoneta stătea într-un colț, demodată, urât mirositoare și greu de condus. Ea a inspirat adânc și a ezitat. Era greu să-și dea seama dacă făcea ceea ce trebuie, iar furgoneta consuma, într-adevăr, benzina prețioasă. S-a uitat la Aldo.

El i-a zâmbit.

– Chiar *facem* ceea ce trebuie.

O încânta faptul că el părea să ghicească deseori la ce se gândea, dar în realitate era imposibil să mai facă diferența între bine și rău. Când totul era rău, pur și simplu făceau ceea ce trebuiau să facă, fără a mai pune întrebări. Ea a tras aer în piept și s-a simțit și mai îndârjită.

Lorenzo putea fi exagerat de protector, așa cum erau mulți oameni din clasa lui. Dacă era mai exigentă cu ea însăși, mai sinceră, recunoștea că fusese mai ales vina ei. Ea îngăduise acest lucru, o bucurase la început, când poate ar fi trebuit să fie mai fermă că era absolut capabilă să rezolve lucrurile. În schimb, fără bătaie de cap, făcuse în tăcere ceea ce credea ea că era corect. El văzuse cum făcea față situației, știa cât curaj și forță interioară avea ea, știa că era cu adevărat puternică, dar i se păruse mai ușor să continue să-l lase să se simtă protectorul ei.

– Să conduc eu? a întrebat Aldo, întrerupându-i șirul gândurilor.

– Da, mersi. O să stau cu James. Dar nu putem întârzia prea mult. Trebuie să mă întorc să petrec după-amiaza cu Lorenzo.

S-au urcat în mașină și au ocolit casa.

Pe drumul de întoarcere de la mănăstire, de-a lungul rețelei de cărări ce brăzdau dealurile, a ieșit soarele, făcând pământul ud să strălucească. În timp ce Sofia privea șirurile panoramice de dealuri gri-albăstrui și mozaicul de nori argintii și joși, frumusețea naturii i-a îmbunătățit starea de spirit. Poate că războiul nu avea să-i afecteze atât de tare până la urmă. Cum putea s-o facă atunci când o zi putea fi atât de scânteietoare și proaspătă ca asta? Iar astfel de momente erau vitale pentru păstrarea miezului prețios de speranță care i se cuibărise în inimă. Aceste momente erau bucuria și inspirația ei. Și știa că mai târziu, dacă era să stea întinsă fără să adoarmă, făcându-și griji, putea să le deseneze, înfățișându-se într-o lume viitoare care era bună, în care soarele strălucea și aveau parte de pace.

Aldo a oprit mașina câteva minute și au coborât amândoi să ia aer și să privească iarba înaltă ce foșnea în bătaia vântului.

– O să fie în siguranță la mănăstire, a spus Aldo.

– Da.

A tăcut o clipă, savurând faptul că lângă el se simțea relaxată.

– Îmi amintesc când am venit prima dată să stau la țară, a continuat ea în timp ce stăteau unul lângă altul. Înainte să te naști tu, desigur. Eram fată de la oraș, dar de îndată ce am ajuns m-am îndrăgostit de toată moșia și de toți cei de aici. M-au primit ca și cum eram una de-a lor.

– Mama vorbește despre vremurile acelea, a spus el.

– Au fost bune. Foarte bune.

Ea a zâmbit, știind că nu avea să uite niciodată prima ei iarnă cu Lorenzo la Castello.

– Stăteam în fața focului ce trosnea în timp ce peisajul se transforma într-un loc mistic cu cețuri în văi, ceruri purpurii deasupra și, în cele din urmă, cu un strat de zăpadă albă și pură.

– Contesă, mereu ați fost genul care să vadă frumusețea.

Ea a râs.

– Nu o vezi și tu?

– Da, dar eu sunt un bărbat practic, nu am înclinații atât de poetice ca dumneata.

Bărbat, s-a gândit ea. Era greu să-l vadă ca pe un bărbat.

Acum, când se uitau la pini și la stejari, atât de întunecoși în pâlcurile de copaci, pistolul îi apăsa gândurile. Aldo ar putea să-i arate cum să-l folosească, dar ar putea ea vreodată să-l îndrepte spre altă ființă umană și să apese pe trăgaci? Putea să tragă ca să omoare pe cineva? Ideea i se părea ridicolă.

– Știi să folosești o armă, nu-i așa? a întrebat ea.

– Da, a răspuns el. Pentru vânătoare.

– Poți să mă înveți?

El a zâmbit.

– Desigur, dar nu te văd ieșind la împușcat mistreți sălbatici.

– Nu.

A urmat un moment scurt de tăcere.

Ea a arătat spre priveliște.

— Uite câte pajiști dintre păduri nu sunt arate. Cu ajutorul tău, noi, femeile, facem ce putem, dar nu e de ajuns.

Dincolo de ei se aflau pădurile mai adânci și dealurile populate de zeci de bărbați care se ascundeau. Spera că mai erau niște mistreți sălbatici pe care să-i poată ucide și mânca.

— Mă gândesc noaptea la bărbații aceia, a spus ea. Îmi fac griji căci se apropie o iarnă foarte grea și ei nu au vetre încinse.

— Vor găsi un mod de a supraviețui.

A decis să-i spună Carlei că se bucura că gătea pentru bărbați și că era în regulă să folosească o parte din proviziile lor; era timpul să facă și ea ceva ca să-i ajute pe Aliați să câștige războiul. Cum stătea pierdută în acel moment de pace, a tresărit puternic la zgomotul asurzitor de avioane de luptă care au trecut pe deasupra capului, în formație compactă, zburând către nord. Și-a acoperit urechile cu palmele.

— Aliații, te rog, să fie Aliații, a murmurat ea.

Aldo a dat din cap.

— Cred că ei sunt.

Apoi, când a început sunetul îndepărtat al bombardamentului, s-a cutremurat gândindu-se la satul amărât care ar fi putut să fie lovit accidental de data asta. Uneori, părea că piloților și artileriștilor Aliați nu le păsa de poporul italian.

8.

În clipa în care Sofia a ajuns acasă a doua zi după ce și-a scos câinii la plimbare, a aflat că în absența ei sunase comandantul Schmidt, comandantul german local, întrebând dacă Lorenzo era acasă. Și-a ținut respirația un moment. Scrisoarea pe care o primise, prin care era informată despre intenția lor de a rechiziționa satul, venise tocmai de la acest om. Când Carla îi explicase că Lorenzo era într-adevăr acasă, neamțul se invitase politicos la cină. Sofia era ușurată că reușise deja să-l scoată în taină pe James de acolo. Una era să descopere Lorenzo că adăpostea unul dintre dușmanii nemților, dar cu totul altceva era dacă afla Schmidt, mai ales dacă venise să verifice casa.

Era recunoscătoare pentru după-amiaza liniștită, dar acum era timpul pentru o seară de care nu se aștepta să bucure. A privit pe fereastră spre piață, ascultând în același timp cele mai recente știri, și a văzut cum liliecii ieșeau pe ferestrele boltite ale turnului și zburau pe cer. Apoi s-a gândit la felul în care zvonurile și contra-zvonurile se răspândeau ca focul mistuitor. Aliații erau aproape. Aveau să ajungă în curând. Auzeau asta iar și iar. Dar acum zvonurile nu erau prea bune. Aliații înaintau lent prin părțile sudice ale Italiei și rezistența germană era mai puternică decât se așteptau. Bătăliile se dădeau și se câștigau, dar nemții se retrăgeau cu viteza melcului, dându-le timp să lase în urma lor distrugeri cumplite.

Se simțea puțin descurajată când Lorenzo a intrat în dormitorul lor, deși era enorm de ușurată că era acolo. Nu ar fi fost plăcută o seară în care să-l primească singură pe neamț.

– Radio Londra? a întrebat el în timp ce ea se strecura în rochia neagră de satin pe care se hotărâse s-o poarte.

Cu mâneci lungi, cu guler înalt, îi luneca peste șolduri și îi cobora puțin peste genunchi, îmbrăcând-o ca o a doua piele și scoțându-i în evidență silueta zveltă.

– Da. Măcar e mai bun decât propaganda fascistă. Dar nu sunt vești bune. Poți să-mi ridici fermoarul?

După ce a ajutat-o, el s-a scărpinat la ceafă gânditor, iar ea a închis radioul. Nu au mai vorbit și s-a lăsat o tăcere prelungă, fiecare fiind absorbit de propriile griji. Sofia s-a așezat la masa de toaletă și și-a pus cerceii cu diamante, în timp ce el se plimba prin cameră.

– Ei bine, ai depus ceva efort, a spus el în cele din urmă și s-a apropiat să-i ridice părul și să o sărute pe gât. Ești frumoasă.

– Trebuie să fac o impresie bună comandantului Schmidt, a spus ea, dar a strâmbat din nas.

El a râs.

– Mă mir că-ți pasă.

– Eram sarcastică.

– Știu.

El zâmbea, deși avea o privire preocupată.

– Ți-au plăcut cele două după-amiezi petrecute împreună?

– Știi că da.

El a părut și mai gânditor înainte să vorbească.

– Tu ești lumina vieții mele. Știi asta? Nu o spun destul.

Ea i-a zâmbit, apoi și-a adunat părul și s-a dat cu puțin Arpège de la Lanvin pe ceafă și la încheieturile mâinilor.

– Nu e nevoie s-o spui.

– Iar tu știi că vreau la fel de mult ca tine ca lucrurile să fie din nou ca înainte.

– Trebuie să faci treaba asta pentru Aliați?

El a încuviințat din cap.

– Cred că da.

– Nu puteai să pleci de la minister, pur și simplu?

– Ar putea să pară suspicios. Sunt pe o poziție foarte bună ca să transmit informații despre proviziile de alimente, depozitele de grâne și așa mai departe. Soldații Aliați vor avea nevoie de hrană. Și aud lucruri despre planurile nemților, armamentul lor, abilitatea de a se mobiliza și așa mai departe. Îmi pare rău că nu pot să-ți spun mai multe.

– Mi-aș dori să fim doar noi doi în seara asta. Mi-aș dori să nu vină omul acesta ticălos.

– Ce crezi că vrea?

Îi era teamă și regreta că nu-i spusese mai devreme.

– S-ar putea să-și cantoneze soldații aici. Am primit o scrisoare în urmă cu ceva timp.

El s-a încruntat, apoi s-a dus la fereastră și s-a uitat afară. După o clipă, și-a întors privirea spre ea cu o expresie mirată.

– Draga mea, de ce-mi spui abia acum?

– Îmi pare rău. Am vrut, dar am sperat că nu se va întâmpla niciodată. Ei trimit zeci de scrisori ca asta și deseori nu se întâmplă nimic. Nu voiam să-ți faci griji inutile.

El a întins brațele.

– Poate c-aș fi putut să...

– Să ce? i-a tăiat ea vorba. Ce, Lorenzo? Niciunul dintre noi nu poate face nimic. În orice caz, hai să așteptăm și să vedem ce vrea. Poate nu e nimic, de fapt.

– Draga mea, ești agitată.

Avea dreptate. Era agitată.

– Vino încoace.

Ea s-a ridicat și s-a dus la el, iar el a strâns-o tare în brațe.

– O să fie bine.

Ea simțea că-i dau lacrimile.

– Chiar aşa? Chiar dacă ne iau casa?
– Ai încredere în mine. O să găsim o cale.
El a îndepărtat-o puţin şi a privit-o în ochi.
– Doar un lucru, iubito.
A zâmbit, dar ea i-a văzut pupilele contractându-se uşor.
– Când am trecut pe lângă studioul tău, uşa era deschisă şi am văzut portretul mamei tale pe şevalet. Nu vrei să-mi spui ce-ai făcut cu adevărat ieri?
Strigătul slujnicei a întrerupt discuţia.
Sofia a oftat uşurată, întorcându-se repede spre uşă.
– Mai târziu, a promis ea.

9.

Maxine stătea în holul înghețat al conacului de la Castello de' Corsi uitându-se în jurul ei, după ce reușise să găsească drumul de pământ ce ducea până aici. Acum slujnica, cea care deschisese ușa, întindea o mână după haina și geanta lui Maxine.

– E în regulă, a spus ea și a strâns geanta la piept.

Avusese timp să citească o broșură în timpul unei opriri pe drum. Citise despre activitățile partizanilor, avertismentele despre posibilele activități naziste viitoare și modurile în care oamenii îi puteau ajuta pe Aliați. Dar Maxine nu știa din ce parte sufla vântul. De când venise, observase că opinia publică era foarte împărțită. Bombardamentele Aliaților nu erau populare când existau victime civile, deși majoritatea bărbaților și femeilor de rând voiau mai mult decât orice ca nemții și fasciștii italieni să dispară pentru totdeauna.

Acum, la auzul pașilor ce veneau pe scara centrală de marmură, a ridicat privirea. O femeie minionă, elegantă, cu ochii negri și tenul alb, cu părul negru adunat în vârful capului, cobora cu pași lenți, studiați. Genul de femeie pe care bărbații o adorau, după care tânjeau și pentru care se luptau: o Madonă. Maxine o privea, simțindu-se nelalocul ei și masivă prin comparație. Cealaltă femeie purta negru și cercei probabil cu diamante și un colier asortat, strălucind în lumina micului candelabru, cu mâna stângă așezată posesiv pe brațul unui bărbat atrăgător cu înfățișare demnă. Amândoi păreau surprinși s-o vadă în hol.

Ea a pășit în față, dar slujnica a vorbit prima.

– Această doamnă a venit s-o vadă pe Contesă.

Femeia a ajuns în hol și a întins mâna. Zâmbea, dar o făcea fără convingere. Maxine avea încredere în instinctele ei de obicei, dar femeia asta o nedumerea.

– Sunt Sofia de' Corsi. Cu ce te pot ajuta?

Maxine a remarcat imediat asemănarea Sofiei cu mama ei, Elsa. Avea același fel elegant și calm de a se mișca și a vorbi. Răsfăț aristocratic, și-a spus ea. Distantă, arogantă. Alintată. Neam cu istorie, își spuneau ei, dar oare femeia asta știa ce făceau cu adevărat părinții ei?

– Eu sunt Maxine, a spus ea, fără să fie auzită de slujnica ce făcuse o reverență și se dăduse la o parte, discretă. Mi-am lăsat motocicleta în față. Va fi în regulă?

Fața Sofiei a rămas impasibilă.

– Părinții dumitale m-au rugat să-ți explic cum stau lucrurile. E o poveste lungă, dar am fost trimisă aici de britanici. Mama dumitale m-a rugat și să-ți aduc ceva.

– Înțeleg.

Sofia s-a uitat la slujnică și i-a spus că poate pleca, apoi s-a întors spre bărbat cu ceea ce din perspectiva lui Maxine era o altă privire glacială.

– Acesta e soțul meu, Lorenzo.

Bărbatul a zâmbit.

– Pot să-ți ofer ceva de băut? a întrebat el în modul curtenitor pe care îl folosea nobilimea mereu.

– Mulțumesc. Ar fi minunat.

– Vin roșu?

– Perfect.

– Să intrăm mai întâi în salonașul meu? a sugerat Sofia. Putem vorbi acolo. E mai intim.

După ce Sofia a închis ușa salonului, Maxine a tras fermoarul genții și a scos cutia care-i fusese dată.

— Mai întâi, e asta. E puțin ciudat. Mama dumitale m-a rugat să ți-o dau și să-ți amintesc despre dulciuri.

Cealaltă femeie a scuturat cutia, dar nu a dat un semn vizibil c-ar fi înțeles, deși Maxine era convinsă că vorbele aveau un soi de mesaj.

— Foarte frumos din partea dumitale că ai adus-o, a spus Sofia, privind-o întrebător. Înțeleg că nu ești de pe aici? Nu prea pot să-ți ghicesc accentul.

— Pot să vorbesc sincer?

Sofia i-a aruncat o privire precaută și a răspuns cu răceală.

— Mai vorbește cineva sincer în ziua de azi?

Ca să dezghețe atmosfera, Maxine a încercat un zâmbet călduros, antrenant.

— Familia mea era din Toscana, dar s-a mutat în America. Am devenit bilingvă.

— Aș zice că există o șansă mare ca orice american sau englez să fie reținut în scurt timp. Rețin pe oricine consideră că ar putea face rău Reichului și forțelor sale armate, a spus Sofia cu amărăciune.

Și acel comentariu, împreună cu simpatiile mamei Sofiei, au încurajat-o pe Maxine că era bine să-i spună totul.

— Uite, adevărul este că lucrez ca agent special pentru Aliați. Am sperat să scap cu accentul meu de italiancă și să nu dau deloc impresia că aș fi americancă.

Sofia a ridicat din sprâncene.

— Înțeleg. Și ce anume ai venit să faci aici?

— Trebuie să evaluez viabilitatea rețelei de rezistență de aici și apoi să fac legătura între ei și britanici. Aștept să mă întâlnesc cu un operator radio britanic aici.

Sofia a dat din cap.

— Ah! E posibil ca el să fi ajuns deja.

— Unde e?

— Toate la timpul lor. Mama ți-a sugerat să stai aici?

— Dacă nu e deranjul prea mare. A crezut că e cel mai bine așa, da.

Sofia părea că se gândește.

— Ar fi bine să-ți arăt casa, apoi să te conduc într-un dormitor de oaspeți.

— Pare foarte mare. Trei niveluri.

— Nu e chiar atât de mare, de fapt. Etajul de sus are nevoie de renovări, așa că nu-l folosim. La acest etaj sunt bucătăria, sufrageria, studioul meu și acest salon, precum și salonul principal și câteva camere nefolosite momentan, spălătoria și biroul lui Lorenzo, bineînțeles. Iar camerele servitorilor sunt anexate. Ai haine cu care să te schimbi?

— Nu multe. În orice caz, soțul dumitale mi-a promis ceva de băut.

Sofia a clătinat din cap.

— N-ar fi trebuit. Așteptăm să sosească un ofițer german.

— Atunci, ar fi mai bine să mă retrag, a zis Maxine și s-a apropiat de ușă. Înțeleg că dormitorul meu e la etaj?

— Da, toate dormitoarele și băile noastre sunt la primul etaj.

Ochii Contesei nu dezvăluiau nimic și, pe când femeile ieșeau pe coridor, se auzi o bătaie zgomotoasă în ușa din față, urmată de lătrături furioase venind din altă parte.

Maxine a înțeles că era prea târziu să scape. La naiba sau, cum ar fi spus mama ei, *mannaggia*. Slujnica deschisese ușa deja și un bărbat era poftit în casă. El a pocnit din cizmele cu flecuri de metal, iar Sofia s-a încruntat spre Maxine în semn de avertisment în vreme ce el se înclina în fața lor.

— Comandante Schmidt, a spus Sofia, eu sunt Contesa de' Corsi și aceasta e buna mea prietenă...

— Massima, a intervenit Maxine, amintindu-și povestea ei de acoperire. Din Roma.

Și a făcut tot posibilul să pară în largul ei în ciuda senzației neplăcute din coșul pieptului.

— Eu și Contesa am fost colege de școală. Mă bucur să vă cunosc.

Neamțul a zâmbit țeapăn. Înalt și slab, puțin adus de spate și cu degete lungi și elegante, nu mai era tânăr. Părul îi încărunțea și arăta extrem de obosit, de parcă lumea întreagă îl apăsa pe umeri.

Sofia i-a zâmbit călduros.

– Scuzele mele, prietena mea abia a sosit, înțelegeți, nu a avut încă timp să se schimbe pentru cină.

În timp ce Sofia îi conducea spre salonul mare, Schimdt venea din urmă cu Maxine. Camera dădea către Val d'Orcia, la fel ca salonașul Sofiei, dar cu un șir impresionant de ferestre pe tot peretele, iar priveliștea panoramică în timpul zilei era și mai spectaculoasă.

– Dragul meu, a spus Sofia, a venit comandantul. Nu-i așa că suntem norocoși că e în seara asta aici?

Lorenzo s-a învârtit pe călcâie din locul unde se afla ca să toarne băuturile, apoi a terminat și a pășit în față, întâmpinându-l pe bărbat.

– Văd că aveți pian, a spus Schmidt. Sper că-mi veți permite să cânt.

Lorenzo a zâmbit.

– De bună seamă, chiar vă rugăm. Acum, ce preferați, puțin vin sau mai degrabă un whisky?

Bărbatul a dat de înțeles c-ar vrea whisky, apoi a aruncat o privire prin încăpere și, în cele din urmă, s-a așezat pe un fotoliu de piele maroniu, aproape de foc, încrucișându-și și desfăcându-și neliniștit picioarele lungi în timp ce stătea, cu mâinile împreunate în poală. Lui Maxine i se părea că postura lui e derutantă. Arăta mai degrabă ca un soldat de carieră gata să se pensioneze și nu părea că-i făcea plăcere să fie în Italia. Era surprinsă să observe că îl compătimea puțin – desigur, printre „dușmani" erau și oameni care ar fi preferat să nu fie deloc acolo.

– Sper că nu v-au deranjat prea mult bombardamentele? a întrebat comandatul Schmidt.

– Nu aici, a spus Lorenzo. Deși eu lucrez mai ales la Roma.

– A, da, lucrați la un raport despre proviziile de alimente din toată Italia, din câte înțeleg. Ne va fi de mare ajutor. Prioritatea noastră este întotdeauna să hrănim soldații. Dar probabil sunteți nevoit să călătoriți foarte mult?

Maxine a remarcat că Sofia a făcut ochii ceva mai mari și i-a aruncat o privire soțului ei pe la spatele neamțului. Maxine nu putea s-o descifreze, deși fusese ceva prudent acolo.

– Într-adevăr. Chiar acum îmi planific drumurile. Voi fi plecat ceva vreme.

– Este foarte frumos din partea dumneavoastră să mă invitați.

Schmidt i-a zâmbit Sofiei.

– Sper că-mi veți permite să vă vizitez din nou, Contesă. Îmi lipsește confortul de acasă. S-ar putea chiar să-l aduc și pe adjunctul meu. E tânăr, are tendința de a lua totul foarte în serios, așa cum fac tinerii de obicei, pe când eu...

S-a oprit și și-a privit mâinile.

– Dumneata, comandante Schmdit? a insistat Sofia.

– Sunt de modă veche. Și poate nițel mai nesigur în privința... ei bine, presupun că în privința vieții.

Maxine nu era sigură ce să înțeleagă din asta. Ce anume sugera, mai exact? Nu era de acord cu Reichul german? Nu era admiratorul lui Hitler?

Dar Sofia zâmbea și răspundea politicos.

– Ești bine-venit aici oricând. Trebuie să vii și să cânți la pian, împreună cu omul dumitale. Dar soldații? Ei nu vor fi aici?

El i-a zâmbit scurt.

– O, scuzele mele sincere, nu v-am spus? V-am trimis încă o scrisoare. Poate nu ați primit-o? Nu vom avea nevoie de acest sat în perioada asta.

Lui Maxine nu-i scăpă felul în care Sofia răsuflă ușurată.

– Ei bine, sper că mă vei scuza cât dăm o fugă la etaj pentru un schimb rapid de haine.

A făcut un semn către Maxine.

– Nu stăm mult.

Maxine a clipit repede. Ce Dumnezeu avea să poarte?

– Haide, dragă, a spus Sofia, împletindu-și brațul cu al ei în timp ce mergeau spre ușă cu spatele la bărbați. Vei sta în camera verde de data asta. E preferata ta, nu-i așa?

Maxine a acceptat povestea născocită cu o figură inexpresivă, dar bucurându-se totodată de ea. Această Sofia, Contesa de' Corsi, părea să fie o mincinoasă desăvârșită.

– Încă un lucru, dacă nu vă deranjează, a adăugat Schmidt. Suntem în căutarea unui parașutist britanic. Credem că e posibil să-l fi rănit. S-a prăbușit nu departe de aici, așa că mă întrebam dacă ați auzit ceva despre asta.

– Noi? a întrebat Lorenzo, vizibil deranjat de insinuare. Evident că nu. V-aș fi informat de îndată. Tu n-ai auzit nimic, nu-i așa, Sofia?

Sofia și-a atins colierul cu mâna. A fost o mișcare imperceptibilă, iar Maxine a remarcat tremurul din colțurile gurii ei în timp ce se străduia să-și stăpânească ostilitatea care nu fusese vizibilă până atunci. Dar a dispărut într-o clipă și fața ei s-a transformat când s-a întors spre bărbat, clătinând din cap și zâmbind la fel de grațios ca înainte.

10.

În răcoarea nopții, Sofia s-a trezit cu un geamăt, încă speriată de vis. Ținuse pistolul în mână. Păruse atât de real, încât a ridicat mâna să se uite. În visul ei, se făcea că alerga prin pădure, urmărită de o haită de câini care câștigau teren. Strigase după câinii ei, dar aceștia fugiseră. Se oprise și începuse să tragă, dar niciunul nu cădea, niciunul nu murea, continuând să se apropie. Și-a potolit respirația și a încercat să-și încetinească bătăile inimii, apoi s-a uitat la fața lui Lorenzo, de un albastru fantomatic în lumina lunii. Respira încet și era sigură că el dormea adânc. S-a strecurat în dressing, pășind cu grijă pe scândurile de stejar despre care știa că scârțâie. S-a mișcat fără zgomot până când a călcat din greșeală pe una, care a scos un geamăt aproape omenesc. I-a trecut un fior pe șira spinării și a ascultat dacă respirația lui Lorenzo se schimbase. Când a înțeles că nu era nicio schimbare, și-a luat halatul, și l-a înfășurat pe trup și s-a așezat în șezlong, cuprinzându-și genunchii cu brațele pentru căldură și confort.

A luat cutiuța pe care i-o dăduse Maxine. În ciuda frigului, palmele i se umeziseră și le-a șters de halat înainte să mângâie suprafața cutiei. Deloc surprinzător, gândurile legate de mama ei îi acaparaseră mintea. În timp ce mai devreme în seara aceea Maxine se schimba cu o fustă lungă și neagră a Sofiei și o bluză de satin verde – fusta părea totuși prea scurtă pentru ea –, aceasta îi explicase cum părinții ei fuseseră forțați să plece de la *palazzo*. Acum era înnebunită de griji. Într-adevăr, aveau mulți prieteni după ce-și petrecuseră toată viața la Roma și spera că ei îi vor ajuta.

Dar continua să se întrebe, să se îngrijoreze, să se frământe. Era greu să-și dea seama ce să creadă despre Schmidt. Păruse un om destul de cumsecade. De fapt, îi plăcuse chiar. Nemții nu erau chiar toți niște ticăloși; de exemplu, Gerhard Wolf, consulul german la Florența. Era dificil să găsești un om mai hotărât să salveze orașul decât el. Și din ce auzise de la Lorenzo, unii nemți îi urau pe naziști aproape la fel de mult ca Aliații. De data asta, Schmidt nu venise să le distrugă viața la Castello, dar avea să se întoarcă și se întreba dacă putea să aibă încredere în el că va fi la fel de prietenos și a doua oară.

A luat cutia pe care i-o adusese Maxine de la Roma și a auzit ceva zăngănind înăuntru. Dulciuri? Sigur că nu. A tras spre dreapta o parte din capacul din spate al cutiei și a pipăit ca să găsească butonul ce deschidea compartimentul secret minuscul în care mama ascundea cândva bomboanele cu aromă de violete. Așa cum bănuia, era o hârtiuță înăuntru, nu dulciuri, dar ce era atât de secret încât trebuia ascuns?

Pe toată durata cinei prelungite cu Schmidt, el stătuse mai mereu cu ochii pe ea. Când nu se uita la ea, o privea pe Maxine. Americanca era vioaie, naturală, cu ochii arămii uriași și părul castaniu superb, cu bucle care-i încadrau fața și umerii. Și când părul ei capta lumina, exploda într-un nimb roșu înflăcărat. Sofia observase senzualitatea îndrăzneață și naturală a femeii, rotunjimile ei, buzele pline, zâmbetul larg și captivant, și văzuse cât de mult îi atrăgea pe ambii bărbați din încăpere. Chiar și Lorenzo fusese fascinat. Avea să-l tachineze mai târziu pentru asta. Dar în timpul în care se petreceau toate astea, ea se tot gândea la conținutul cutiei.

A desfăcut hârtia și a privit biletul vizibil scris în grabă.

Draga mea,

Am fost abordată de prietenii noștri din Florența.

Marginile negre ale nopții au învăluit-o pe Sofia și i s-a tăiat respirația. Prieteni. Care prieteni?

Vreau doar să știi că poți să ai încredere deplină în purtătoarea acestei scrisori. Te rog să lucrezi cu ea.

Vei primi un colet spre sfârșitul săptămânii viitoare. Poți să ai grijă de el? Dacă dorești, sună-l pe Francesco, podgoreanul vostru din Montepulciano, și întreabă-l când speră să livreze vinul. Mai târziu, lăzile vor fi luate de la tine. Ai mare grijă de ele. Dacă nu ne poți ajuta, spune-i lui Francesco că nu ai nevoie de vin. Îți amintești când am vorbit despre moduri în care ne-ai putea ajuta? Avem mare nevoie de acest vin.

Mama ta iubitoare

Dorul de casă a copleșit-o pe Sofia, dar era dorul de un trecut îndepărtat. Fragmente, bucăți rupte, frânturi ale zilelor însorite din tinerețe înainte de Mussolini. Și, desigur, își amintea cum insista mama ei că toți trebuie să ajute și că avea să vină și rândul ei. „La un moment dat, trebuie să alegi", spusese ea, cu o sclipire indignată în ochi. Dar ce însemna asta cu adevărat? În mod clar, nu vorbea despre câteva lăzi de vin și Lorenzo nu avea să fie mulțumit dacă afla că se punea pe ea, sau conacul în pericol. S-a cutremurat, bănuind că totul avea legătură cumva cu James. Dar cu Schmidt dând târcoale? Și *spre sfârșitul săptămânii viitoare*? Erau deja în *săptămâna viitoare*? Nu știa cu cât timp în urmă îi dăduse mama ei cutia lui Maxine.

A doua zi dimineață, după ce a privit cerul căutând semne de ploaie și a văzut ciorile adunându-se în vârful turnului, a chemat câinii în studio unde s-au uitat cu ochi iubitori în timp ce ea adăuga ultimele retușuri la portretul mamei. Cât a lucrat, s-a gândit la scrisoarea tainică. S-a dat în spate, uitându-se la pânză, mulțumită că reușise cumva să redea atitudinea curajoasă a Elsei. Avea ceva în ochi, hotărârea, da, dar era mai mult de atât. Se străduise s-o surprindă și abia dacă izbutise să identifice privirea pe care o căuta, și s-a apropiat destul de mult cu „neîmblânzirea". Portretele erau mult mai dificile decât peisajele.

S-a auzit o bătaie în ușă și a intrat Aldo, cu o tavă de răcoritoare și câinii adulmecând pe urmele lui. El i-a zâmbit și ea a simțit zvâcnetul în inimă. De câte ori intra el într-o cameră, pentru ea era ca și cum tocmai ieșise soarele.

– Ce s-a întâmplat cu servitoarea? a întrebat ea.

– Giulia nu a venit azi la muncă. Mama e ocupată, așa că m-a rugat să aduc eu tava.

– Mulțumesc. Sper că fata nu a pățit nimic.

El a ridicat din umeri.

– Greu de spus.

– Stai puțin cu mine?

El și-a tras un scaun și s-a uitat la tablou, iar ea a sorbit din cafea și câinii i s-au așezat la picioare în timp ce se uitau cu jind la biscuiți.

– Ia niște *biscotti*, l-a îndemnat ea, întinzându-i lui Aldo farfuria.

El a luat unul, uitându-se încă la tablou în timp ce mesteca, iar ea a rupt un biscuit în două pentru câini.

– Mama dumitale?

– Ți-ai dat seama?

– Desigur. E o asemănare mare. Mereu ai vrut să fii artistă?

– Nu știu. Am trăit într-o casă plină de tablouri, muzică și cărți. Cred că toate astea m-au influențat. Dar tu, Aldo? Ce vrei să faci cu viața ta?

– Vreau să fiu fermier ca tata, a răspuns el. Dar mai întâi vreau să lupt.

– Ești atât de tânăr. Prea tânăr pentru asta, a spus ea și a decis să schimbe subiectul. Dar o iubită? Ai pus ochii pe cineva?

El s-a îmbujorat puțin.

– Încă nu, dar este o fată care-mi place în Buonconvento.

– Ce palpitant! Îmi povestești despre ea?

Ea i-a întins din nou farfuria cu *biscotti* și el părea să se bucure de diversiune, îmbujorându-se mai tare. Apoi a lăsat ochii în jos.

– Abia dacă o cunosc și, în orice caz, e imposibil din cauza războiului.

– Cu siguranță nu-i adevărat. Oamenii încă se pot îndrăgosti, nu-i așa?

El și-a îndreptat spatele și a privit-o în ochi.

– O să plec, știi asta, nu-i așa, Contesă?

Când el era devastat după moartea tatălui său, ea îi promisese Carlei că va avea mereu grijă de el, că va sta cu ochii pe el pe măsură ce creștea și se va asigura că rămâne pe calea cea dreaptă. În primii ani ai adolescenței, fusese puțin nebunatic, o tulise Dumnezeu știa unde, intrase într-o gașcă nepotrivită. Ea îl dusese la Florența să-și extindă orizonturile, apoi la Siena și îi prinsese bine să vadă ceva în lume în afară de zidurile satului lor.

– Haide, Aldo! a spus ea. Știi că mama ta e îngrozită c-o să fugi dintr-o clipă în alta.

– Contesă, îmi pare rău, dar trebuie să fac ce e corect.

– Și ce înseamnă asta?

El a privit pe fereastră spre dealurile împădurite unde se ascundeau partizanii și hotărârea înfocată din ochii lui i-au dat răspunsul.

– Aldo, nu e un joc. Gândește-te la familia ta. Doar pe tine te au. Tu ești bărbatul acum.

– Și, ca bărbat, mă gândesc la țara mea.

Ea a înțeles că el n-o să se răzgândească și și-a mușcat buza, gândindu-se ce să spună. Chiar era bărbat de acum și ea simțea tăria sentimentelor lui. A întins mâna să-l atingă pe braț și ochii lui s-au îmbunat.

– Nu există nimic care să te facă să te răzgândești?

El a clătinat din cap și ea a văzut amestecul confuz de tristețe și pasiune ce duceau o luptă în sufletul lui.

– Ce să-i spun mamei tale? Nu vrei să mai aștepți puțin? Ești atât de tânăr. Dacă îi spun că am vorbit cu tine, n-o să mă ierte niciodată că n-am încercat mai mult să te împiedic să pleci.

Auzind de mama lui, Aldo a încercat să-și înăbușe sentimentul de vinovăție și s-a uitat o clipă în pământ.

– Foarte bine, nu plec încă, așa că nu are de ce să-și facă griji. Dar mai devreme sau mai târziu va trebui să plec.

– Atunci, să fie mai târziu.

El a ridicat privirea când ea i-a luat mâna.

– Aldo, știi că ai fost ca un fiu pentru mine.

– Și voi fi mereu recunoscător.

– Nu vreau recunoștința ta, ci vreau să fii în siguranță.

I-a strâns mâna și ochii i s-au umplut de lacrimi.

– O, dragul meu băiat, te cunosc dintotdeauna, nu pot spune nimic?

El a rămas tăcut.

Ea i-a atins obrazul.

– Pentru mine?

Fața lui dragă s-a înroșit, neliniștită.

– Nu pot spune, Contesă. Știi că nu pot. În orice caz, dacă nu mă duc, o să mă cheme nemții să lupt pentru ei.

Atunci i s-au umezit și lui ochii.

– Va veni vremea aceea, dar o să am grijă, a adăugat el ca o încurajare, cu ochii mai negri ca niciodată.

Sofia l-a cuprins în brațe. El a privit-o lung și apoi, cu zâmbetul nestăpânit din nou pe față, s-a ridicat în picioare.

– Te rog, nu-i povesti mamei ce-am spus. O să-și facă griji. Las-o să creadă că nu plec, cel puțin deocamdată.

– Desigur, a spus ea, apoi a ezitat o clipă înainte de a continua. Vrei să pozezi pentru mine?

El părea nedumerit.

– Adică pentru un tablou?

– Da.

– De ce ai vrea să mă pictezi?

– I-ar plăcea Carlei.

După ce plecase Aldo, Sofia a citit din nou biletul mamei și a rămas în cumpănă. De-ar fi știut exact la ce se referea mama ei când spunea „vin", i-ar fi fost mai ușor să decidă. Dacă pachetul livrat conținea arme sau explozibil? Îl iubea pe Lorenzo și nu voia să provoace o ruptură între ei și totuși, dacă ducea la bun sfârșit ce-o rugase mama ei, era posibil să se întâmple asta. Lorenzo s-ar aștepta ca ea să-i spună, să-i ceară sfatul și ar lua-o ca pe-o lipsă de loialitate din partea ei dacă nu ar face astfel. Auzea vocea mamei în gând. *Fă-o, Sofia, fă-o pur și simplu!* Și da, cu Lorenzo întors la Roma, poate reușea să scape neobservată, fără să fie nevoită să spună ceva, dar el avea să se întoarcă în curând și ea nu știa cât timp trebuia păstrat pachetul acela la Castello.

11.

Când Lorenzo era plecat, era o absență mai îngrijorătoare decât simpla lipsă de moment, a tovărășiei fizice. Casa părea mai goală, ca și cum dispăruse aerul din ea, îngreunând respirația. Sau poate era opusul? Poate aerul devenise prea încărcat de ceva invizibil, așteptând și altceva pe lângă întoarcerea lui. Era ca și cum toate fantomele se adunaseră, îndemnându-se unele pe altele și șoptind: *Ce urmează? Ce urmează?*

Sofia stătea în micul ei studio cu mirosul mângâietor de uleiuri și terebentină, cu ferestrele franțuzești dând spre grădină. Și-a făcut de lucru câteva minute, schițând priveliștea și dorindu-și ca viața să fie la fel de necomplicată ca pe vremea când nevestele fermierilor veneau duminica după-amiaza să-i povestească necazurile lor și ea făcea orice putea să le ajute. Câteodată, o problemă simplă de a-i găsi încălțări unui copil, alteori, era ceva mai complicat. Un soț bolnav. Un împrumut în bani. Și ea juca mereu rolul de mediator.

Dar asta era în trecut și acum cea mai urgentă grijă era să o ducă pe Maxine la James, așa că și-a pus deoparte cărbunele și caietul de schițe, s-a șters pe mâini cu o cârpă și s-a pregătit de plecare.

După ce a parcat mașina, au mers amândouă pe poteca ce șerpuia în jurul mănăstirii. Câinii scânciseră ca să le însoțească, dar ea considerase că lătratul lor ar putea atrage o atenția nedorită. Era o zi strălucitoare, însorită, fără nori și nu atât de rece pe cât te-ai fi așteptat.

Mimozele erau încă în floare și aerul mirosea proaspăt și curat, lemnos, verde și puțin aromat, deși Sofia era prea cufundată în gânduri ca să-l aprecieze.

— Ce e? a întrebat Maxine. E ceva în neregulă?

Sofia a râs.

— Ceva în neregulă? Hmm... păi, ce Dumnezeu ar putea fi în neregulă?

— Mă refeream la ceva anume.

Sofia a oftat.

— Mama spune că se va livra ceva și vrea să am grijă de colet. Mai spune și că trebuie să am încredere în tine.

— Ei bine, mă bucur s-aud asta.

Sofia și-a apărat ochii de soare cu mâna și s-a uitat la chipul lui Maxine.

— Ți-a spus mama? Ce anume se livrează?

— Nu. Dar sper că britanicul ăsta pe care-l vizităm e inginer radio.

Sofia a dat din cap.

— Oare ar putea fi radioul și transmițătorul lui?

— Da, ar putea fi.

— Va fi o lansare cu parașuta, evident. Nu există altă cale.

— Ea a spus până la sfârșitul săptămânii viitoare. Dar când ți-a dat cutia?

Maxine s-a încruntat.

— Acum mai bine de-o săptămână.

— Deci este deja săptămâna viitoare.

— Cred că s-ar putea întâmpla oricând. Mă întâlnesc mâine cu un lider partizan în Montepulciano. Dacă britanicul tău confirmă că lansarea va avea loc în curând, o să pot vorbi atunci despre asta. Să găsesc ajutor.

— Are un nume, să știi. Britanicul meu.

Maxine a zâmbit și Sofia a ciocănit în ușa mică și verde din spatele mănăstirii, pe care a deschis-o însăși Maica Stareță.

— Ce face? a întrebat Sofia.

Femeia a zâmbit.

— Mai în putere, slavă Domnului.

— Aș vrea s-o prezint...

Sofia a ezitat.

— ...pe prietena mea, Maxine. Noi îi spunem Massima.

Femeia a dat din cap, înțelegând.

— O prietenă a ta e și prietena noastră. Pe aici, vă rog.

Le-a condus pe un coridor scurt și a deschis încă o ușă către o curte drăguță. Sofia a privit în jur și a văzut ghivece cu lămâi care în primăvară aveau să se umple de flori.

— Aici nu se vede de sus, spunea călugărița, și cred că aerul curat îi prinde bine. Iată-l!

A arătat către un colț adăpostit, unde Sofia l-a zărit pe James relaxându-se cu o pătură pe genunchi.

— Încă e puțin slăbit, așa că încercați să nu-l obosiți. O să pregătesc niște răcoritoare.

James s-a întors spre ele în timp ce traversau curtea, uitându-se la Maxine cu interes, iar Sofia a sesizat din nou ce efect magnetic avea asupra bărbaților.

Maxine a întins mâna când a ajuns lângă el.

— Bună! Eu sunt Maxine.

El s-a ridicat în picioare și, evident încântat, i-a zâmbit.

— Ești americancă?

Ea a clipit ademenitor în glumă spre el.

— De fapt, italiano-americancă.

— Ei bine, oricum ar fi, mă bucur să te întâlnesc.

— Trebuie să ne ocupăm de ce avem de făcut, a spus Sofia puțin cam rigid.

James a reacționat imediat.

— Absolut!

Apoi i-a aruncat o privire întrebătoare Sofiei.

– E în regulă să vorbim?

Sofia a dat scurt din cap.

– Mă bucur foarte mult să văd că eşti mai în putere.

– Încă vreo câteva zile şi o să fiu pe picioare.

S-a uitat la Maxine.

– Am fost împuşcat când am aterizat cu paraşuta. Sofia m-a adus la mănăstire să mă recuperez.

– O bună samariteană, a zis Maxine zâmbind. Aşa e Sofia.

Au stat puţin de vorbă, apoi o călugăriţă tânără a adus o tavă cu cafea şi nişte prăjiturele. După ce a plecat, James a confirmat că aştepta un aparat de radio şi că paraşutarea acestuia fusese planificată la aproximativ două săptămâni după propria lui aterizare.

– Am coordonatele exacte.

A scos o bucată de hârtie mototolită dintr-o cusătură puţin desfăcută a jachetei şi a întins-o spre Sofia.

– Nu va fi acelaşi loc unde am aterizat eu.

– Mulţumesc. O să iau legătura cu Francesco, podgoreanul meu din Montepulciano. El pare să coordoneze „livrarea", cum a numit-o mama. Ai putea să-i dai hârtia asta liderului partizan cu care te întâlneşti, Maxine.

Maxine a luat-o şi apoi şi-a îndesat două prăjituri în gură. James a râs.

– Ţi-e foame? a întrebat el.

Ea a înghiţit şi i-a zâmbit larg.

– Mereu.

12.

A doua zi, Maxine a ajuns în Montepulciano, la timp pentru întâlnirea ei. Avusese noroc și reușise să parcurgă relativ repede cei aproximativ patruzeci de kilometri, o parte din drum pe poteci denivelate. Avusese timp și să-l viziteze pe vărul ei, Davide. Era fiul surorii mamei sale, care făcuse o partidă bună și se mutase departe de viața de la fermă împreună cu tatăl lui Davide. Mama lui nu supraviețuise nașterii, dar tatăl său încă trăia cu Davide și noua lui soție. Se bucurase să se întâlnească cu ea, deși fusese puțin precaut la început, însă în cele din urmă o invitase la ei dacă avea vreodată nevoie.

După ce plecase de la ei, Maxine a început să caute cafeneaua de care i se spusese, Caffè Poliziano, pe strada principală care urca pe deal. Dar când a găsit-o a privit în jur perplexă. Era Via Voltaia Nel Corso, așa cum i se spusese, prin urmare, locul potrivit, dar nu mai văzuse niciodată ceva asemănător. Cafeneaua elegantă, burgheză, mai potrivită în Paris sau Viena la început de secol, părea un loc ciudat de întâlnire. A ezitat în prag, privind la pereții îmbrăcați în oglinzi, la abajururile superbe cu franjuri și la chelnerii eleganți ținând în mână tăvi de argint în timp ce treceau în grabă prin încăpere. Oare era o capcană? Lăsase broșurile în coș pe motocicletă, gândindu-se că era mai sigur decât să le țină asupra ei – la urma urmei, o motocicletă veche era puțin probabil să fie observată –, dar acum își dădea seama că poate ar fi trebuit să le aducă.

Intră, și-a spus. *Dacă șovăi, o să atragi atenția.* Așa că s-a strecurat înăuntru și s-a așezat la bar să comande o ciocolată caldă și un espresso, așa cum fusese instruită. Barmanul a înclinat capul și s-a uitat înspre cafeneaua principală.

– A, da, ați comandat espresso pentru domnul care stă în camera din stânga, cel mai aproape de fereastră. Doriți tort sau alte produse de patiserie?

Maxine a clătinat din cap și a intrat în camera mare cu balcon la un capăt. Nu s-a putut abține să nu arunce o privire în treacăt la panorama incredibilă a Val di Chiana tânjind să stea la una dintre măsuțele mici de acolo. Dar nu a zăbovit și a trecut pe sub arcadă în camera alăturată unde a recunoscut bărbatul care stătea singur la o masă lângă fereastră.

Când s-a apropiat, el s-a ridicat în picioare.

– Știai că acest loc a devenit cafenea în 1868?

Aceea fusese parola pe care i-o șoptise Elsa la ureche și ea i-a dat răspunsul așteptat.

– Nu știam. Ce extraordinar!

El a întins mâna.

– Marco.

– Da, îmi amintesc.

Probabil nu era numele lui adevărat, dar ea i-a strâns mâna, i-a spus că se numește Maxine și s-a gândit apoi că poate ar fi trebuit să spună Massima. Dar cum el auzise numele ei adevărat deja la întâlnirea de la Roma, ce mai putea face?

Masa lor era singura ocupată în această parte a cafenelei, probabil folosită pentru prânzuri în loc de cafeaua de dimineață, s-a gândit ea.

– Așadar, a spus el. Ai venit la timp.

Înfățișarea lui se schimbase, avea părul scurt și era proaspăt bărbierit, dar avea același aspect colțuros și aceiași ochi captivanți de culoarea caramelului. În plus, același baston se odihnea pe scaun lângă pălăria lui, o fedora clasică gri-închis.

— Coordonez grupuri diferite, a spus el. Nu e uşor. Oamenii ni se alătură din motive diferite şi nu toţi se înţeleg între ei.

— Dar mă poţi ajuta?

El a suflat umflându-şi obrajii şi a ridicat din umeri.

— Depinde de ce anume vrei.

— Ştii deja. Trebuie să dau raportul despre ce faceţi voi ca să-i susţineţi pe Aliaţi. Şi ce aţi putea face.

El s-a încruntat.

— De unde ştiu că pot să am încredere în tine?

— M-ai văzut în apartamentul Elsei şi al lui Roberto la Roma. Ai auzit ce-au spus. Am răspuns corect la parola ta. Ah, *şi* pot să-ţi arăt legitimaţia.

A întins mâna în geantă.

El a râs.

— Crezi că aceste lucruri nu se pot falsifica? Pune-o la loc.

Era rândul ei să ridice din umeri.

— Păi, e falsă, bineînţeles. Dar ascultă-mă. Sunt aici în numele britanicilor, după cum ştii. Şi *tu* înţelegi ce se întâmplă în teren. Putem să ne ajutăm reciproc.

— Cunoşti termenul GAP?

— Am auzit de el.

— E ceea ce noi numim o unitate mică de partizani – *Gruppi di Azione Patriottica*. Există una aici şi în multe alte orăşele. Pot să te prezint.

Ea s-a uitat în jur auzind chelnerul care se apropia de masa lor. Un bărbat mai vârstnic care a mers cu grijă şi a pus băuturile în faţa lor cu mişcări precise.

— Sunt nemţi afară, i-a şoptit lui Marco şi a plecat.

— Exact, a spus Marco şi i-a zâmbit lui Maxine.

— Vorbim degeaba acum. Nemţilor le place locul ăsta.

— Păi, nu e cam riscant să ne întâlnim aici?

El a râs din nou.

— Chiar sub nasul lor. Asta e și ideea. Relaxează-te, sunt încă afară și, în orice caz, nu vor bănui nimic.

Dar Maxine nu se simțea relaxată.

El i-a mângâiat mâna, flirtând.

— Serios, dacă pari atât de țeapănă, o să observe. Prefă-te că suntem iubiți. E un loc romantic, nu?

Ea a privit în jos și apoi din nou în sus, apoi în ochii lui în care a regăsit dorința nemascată cu care o priveau bărbații de obicei, dar de această dată combinată cu o privire de un amuzament intens. Cu siguranță, avea charismă, dar exista și o melancolie profundă în acei ochi, ceva dureros ce nu putea cu adevărat să ghicească.

Au tăcut o clipă sau două, apoi el a spus ceva nesemnificativ despre oraș, dând detalii în plus despre ce era de văzut, și într-o clipă ea a încetat să mai asculte. Ceva i-a răsărit în minte, declanșând un val de amintiri din copilărie. Mama ei; vorbind mereu despre Toscana. După un moment, și-a alungat amintirile și s-a uitat la el.

— Îmi spui la ce te gândești? a întrebat el. În general, femeile nu cad în visare în prezența mea. Acum trebuie să mă iei de mână cum trebuie.

Ea a ridicat din sprâncene, s-a bosumflat și, înfruntând situația, a făcut cum i s-a cerut. Nu era sigură dacă el se aștepta ca ea să-și arate disconfortul fiindcă erau nevoiți să se prefacă a fi iubiți sau dacă o punea cumva la încercare.

— E mai bine. Acum... ce zici de un sărut?

— Nu-ți forța norocul, a răspuns ea și a râs.

De când își descoperise puterile în adolescență, Maxine preferase legăturile periculoase și se bucurase de destul de multe. Acum avea senzația că și aceasta ar putea fi la fel. S-a aplecat în față să vorbească.

— Ce s-a întâmplat la Roma, după ce am plecat?

— Nu a fost nimic incriminant. Am făcut să pară ca o mică serată.

— Dar stingerea?

— Elsa le-a spus că eram oaspeți, veniți să rămână peste noapte.

— Ce-au vrut nemții?

– Să ocupe acel *palazzo*. Toți au avut o oră să împacheteze și să plece.

Ea a clătinat din cap.

– Dar e îngrozitor. Unde ar trebui să se ducă? Roberto și Elsa nu sunt tineri.

– Au prieteni în oraș.

– Sunt comuniști? a întrebat ea și s-a încruntat. Dar tu?

– Te sperie asta?

I s-au aprins obrajii simțind că-și bate joc de ea.

– Americanii sunt îngroziți de comunism. Dar aici, la țară, ne-am săturat să nu avem niciodată destul. Când vom câștiga războiul, totul o să se schimbe. Dar nu, Elsa și Roberto sunt intelectuali, nu comuniști. Toți încercăm să ne înțelegem bine ca să-i alungăm pe naziști. Nu funcționează întotdeauna.

Maxine a auzit că nemții intraseră acum în cafenea, vocile lor zgomotoase și arogante și italiana lor stricată fiind ușor de recunoscut. Un fior de teamă s-a împletit cu emoția de acum o clipă, dar nu s-a întors să se uite. Au continuat să-și bea băuturile și acum Marco și-a dus mâna la buze.

– Am o cameră.

– Da?

– Când încep să mă ridic, ridică-te și tu, pune-ți haina și ieși în stradă. Eu o să plătesc băuturile și vin după tine. Uită-te la o vitrină de magazin cât aștepți, pe urmă du-te la motocicletă. O să vin acolo.

– Am un văr care trăiește aici. Aveam de gând să mă întorc la el acasă.

– Altă dată.

Maxine a făcut ce i s-a cerut, oprindu-se cât să-l sărute pe obraz înainte de a ieși din cafenea. Barmanul i-a spus ceva lui Marco și amândoi au izbucnit în râs, dar Maxine nu era sigură de ce râdeau. Bănuia că barmanul îl felicitase pe Marco pentru cucerirea rapidă. Nu-i păsa. Așa îi plăcea ei să trăiască, mereu la limită, mereu cu o urmă de pericol și fără să-și ia vreodată un angajament.

Afară în stradă, Maxine a traversat să se uite la magazinul unde se vindeau pălării, eșarfe, paltoane și mănuși. Cum se apropia iarna, i-ar fi prins bine un fular călduros, așa că a intrat să aleagă, rămânând în același timp cu ochii la stradă. L-a văzut pe Marco trăgându-și borul pălăriei peste ochi când a ieșit din cafenea, șchiopătând ușor și sprijinindu-se în baston, apoi uitându-se în jur să vadă unde plecase ea. Preț de o clipă, s-a bucurat de expresia lui de nesiguranță, dar apoi, după ce a plătit în grabă pentru fular, a ieșit afară. El a observat-o, dar nu a zâmbit, iar ea a remarcat că se uita către motocicleta ei. Inima îi bătea lovindu-se de coaste când a văzut doi naziști inspectând motocicleta. Dacă nu s-ar fi oprit să cumpere fularul, ar fi prins-o exact lângă ea.

– Mergi în direcția opusă, i-a ordonat Marco.
– Și motocicleta?
– Mai ai broșurile?
– În coș.
– Mai bine acolo decât asupra ta. Pleacă acum. Dacă nu găsesc broșurile, o să mă îngrijesc să fie distribuite mai târziu în satele din jur. Dacă le găsesc, am pierdut motocicleta.

Au început să coboare dealul, Maxine cu picioarele tremurând și șchiopătatul lui Marco mai pronunțat ca înainte. El își ridicase umerii, își băgase mâinile în buzunare și mergea gârbovit, părând că se împuținase.

Au mai făcut câțiva pași înainte ca o voce de neamț să strige, spunând niște cuvinte neclare. Ea a strâns mâna lui Marco. Cu siguranță, neamțul îi ordona să se oprească.

– Mergi mai departe, a șuierat Marco.
– Dar...
– Mergi.

Ea încă tremura, dar a făcut ce-a spus el, pe urmă nu s-a putut abține să nu privească în urmă, văzându-i pe cei doi naziști îndreptându-se spre un ofițer aflat mai sus la deal, care îi strigase, evident. Pe ei. Nu pe ea.

Marco a râs și s-a îndreptat spatele.

Deodată, i-a picat fisa.

– Știai, nu-i așa? Știai că nu a strigat la noi.

– Păi, da, a spus el drept răspuns.

Ea l-a lovit cu pumnul în braț și a început și ea să râdă. El se folosise de poziția cocârjată ca să pară un amărât șchiop care, prin urmare, nu era interesant pentru naziști.

– O să ocolim pe aleea din spate, luăm motocicleta și mergem cu ea ceva mai aproape de casa mea. Putem transfera broșurile în geanta mea. Încearcă să te porți normal și o să vorbim în timp ce mergem. Când ajungem într-un loc mai liniștit, spune-mi mai multe despre motivul pentru care ai venit aici.

Maxine s-a gândit la întrebare în timp ce mergeau.

– E o poveste lungă, a spus ea când au ajuns pe o stradă liniștită.

Se gândea la familia ei și își imagina cum fusese cândva pentru ei. În noiembrie 1910, când părinții ei și o parte din familia lor extinsă debarcaseră pe Ellis Island, New York, de pe SS *Chicago*, o navă care plecase din Le Havre. Fuseseră fermieri și negustori de vite în Toscana, dar familia devenise prea mare pentru ca pământul să-i mai poată întreține pe toți. Unii plecaseră să muncească în Siena sau Arezzo; alții, ca părinții lui Maxine, emigraseră în speranța unui viitor mai bun. Țara unde să născuse Maxine, patru ani mai târziu, nu păruse niciodată patria ei adevărată și o lăsase cu un fel de criză de identitate. Acum, faptul că era în Toscana o făcea deseori să simtă un nod în gât. Mama ei îi spusese deseori povestea lungii lor călătorii până în America și dorul ei permanent de casă, descrierile minunate ale căminului lor dominaseră tinerețea lui Maxine. Bucuria culesului la vie, aerul dulce de la țară, conservele de fructe și roșii, vinul, câmpurile de floarea-soarelui aurii în iunie, câmpurile de porumb copt în iulie și august. Într-adevăr, uneori credea că moștenise starea ocazional melancolică a mamei și felul nesăbuit în care își ducea viața fusese o decizie conștientă de a se opune acestui lucru.

– Aşadar? a insistat Marco. Iar te-ai pierdut în gânduri. Spune-mi, ce te-au mai rugat britanicii să faci?

– Ah, a spus ea, dând un răspuns scurt în timp ce se concentra din nou asupra lui. După ce aflu unde sunt partizanii şi câţi sunt la număr, trebuie să iau legătura cu britanicii şi să încerc să fac rost de armele necesare ca să consolidăm unităţile active de partizani.

– Într-adevăr? a pufnit el. Trimit o femeie să facă asta?

– Se pare că nu prea au fost italieni dispuşi să se întoarcă.

El s-a uitat peste umărul ei, apoi din noi în ochii ei, dar nu i-a dat impresia că o credea.

– Deci, vii la mine acasă?

Ea a dat aprobator din cap.

– Îl cunoşti pe podgorean, Francesco?

– Desigur.

– Şi e...?

– Un om bun. Poţi să ai încredere în el, a liniştit-o Marco.

– Am coordonatele unde vor paraşuta radioul. Poţi să găseşti nişte oameni care să mă ajute cu asta?

– Bineînţeles. Când?

– Tocmai asta e, încă nu ştim sigur. Foarte curând, dar s-ar putea să stăm în aşteptare câteva nopţi.

În după-amiaza aceea, ceaţa se furişa deja pe pământ, învăluind părţile de jos ale trunchiurilor de copaci. Fără pălărie şi mănuşi, Maxine tremura în umbra verde a pădurii, tresărind când păsările ţâşneau dintre copaci, ţipând ca nişte demoni din iad, fluturând din aripi. Ascunseseră motocicleta în tufişuri şi acum Marco rar se mai uita în urmă să vadă dacă îl urma, deşi paşii ei şi înjurăturile înăbuşite în timp ce se străduia să înainteze prin frunzişul dens, cu pielea înţepată de spinii ascuţiţi, îl anunţau că venea după el. Acum nu părea că-l mai deranja deloc şchiopătatul. Când se întorcea să vadă unde era ea, expresia jucăuşă de pe faţa lui spunea *Eşti în stare?* Iar Maxine mijea ochii și-și scutura buclele castanii. Nu i-a spus că tocmai văzuse o căprioară uitându-se lung la ea. Oare erau lupi sau câini sălbatici pe aici? Habar nu avea.

Pe când mergea, vocea mamei îi suna în minte, un șir interminabil de mustrări. *O fată cuminte așteaptă până are inelul pe deget. Ce-i cu tine? Raimondo e un bărbat bun.* Maxine nu se îndoia de asta, dar nu avea chef să se mărite cu un băcan. Soție de băcan, pentru Dumnezeu! Chiar dacă avea un lanț de magazine și *avea succes*. Prefera să se ducă direct în Hades, mulțumesc tare mult.

După o vreme, s-au apropiat de un pâlc foarte des de copaci, unde Marco a dat vegetația la o parte și a dezvăluit o potecă îngustă ce ducea spre ceea ce arăta ca o casă de fermier din piatră, abandonată, solitară într-un mic luminiș.

– Glumești? a întrebat ea uitându-se la acoperișul unde găurile lăsate de țiglele lipsă erau vizibile.

El a ridicat din umeri.

– Camera ta?

– O cameră ca oricare alta. Am și pat.

Ea a ridicat din sprâncene.

– Pe care îl împarți, fără îndoială, cu șobolanii și gândacii.

El a privit-o cu ochii amuzați, mărginiți de gene negre și dese.

– Îmi plac insectele... și animalele.

Ea s-a mai uitat o dată, zărind acum ferestrele oblonite și vopseaua scorojită, apoi a strâmbat din buze. Era măcar în siguranță aici?

– Putem face focul.

El vorbea nonșalant, ignorându-i expresia.

– Dacă ți-e frig.

– Dacă?

El nu a răspuns, doar i-a studiat fața și i-a zâmbit enigmatic. Ea s-a uitat la pielea lui bronzată, la părul negru și creț și pomeții înalți. Ca un țigan. Atât de chipeș încât era aproape dureros să-l privești și, fără îndoială, el știa asta. I-a zâmbit.

– Păi, ai de gând să mă inviți în castelul tău?

Marco a înclinat capul și ea l-a interpretat drept un semn să-l urmeze. Și-a înăbușit temerile și a pășit înăuntru. El a condus-o înăuntru, mergând pe dușumeaua de pământ, trecând pe lângă o cameră care, judecând după masa mică și cele câteva scaune rămase, trebuia să fi fost cândva bucătăria. Pe urmă, după ce a deschis o ușă maro care scârțâia, făcând un gest teatral spre amuzamentul ei, a dus-o mai departe spre partea din spate a casei. Totul mirosea a umezeală, fum de țigară și, destul de ciudat, a lămâi amare. După ce el a aprins o lumânare, ea s-a uitat în jur la camera mică și pătrată. Singura fereastră fusese acoperită cât de cât cu o bucată zdrențuită de pânză, dar podeaua de piatră părea suficient de curată. Nu prea era un loc luxos și totuși, în ciuda tuturor lucrurilor, simplitatea lui rustică i se părea romantică. Nu erau aici pentru o cină intimă în doi. Și cu cât erau împrejurimile mai rudimentare, cu atât mai bine. În plus, el era și mai chipeș în lumina lumânării.

– Ia loc, a ordonat el, scoțându-și haina și pălăria.

Apoi s-a apucat să facă focul, folosind coji de castane în loc de surcele și suflând în flăcările slabe până s-au întețit, în timp ce ea pipăia salteaua de pe podea. El îi spunea saltea, dar când s-a uitat mai atent a văzut că erau doar niște paie îndesate într-o husă de saltea. Te zgâria, te mânca, te înțepa, mai ales dacă erai dezbrăcat.

– Ai cearșafuri? a întrebat ea, deși știa deja răspunsul.

– Deci ești genul de prințesă?

Ea a râs.

– Dă-i bătaie cu focul și o să-ți arăt ce fel de prințesă sunt.

– Faci deseori chestia asta? a întrebat el.

– Dar tu?

El a râs, iar ea i-a ținut isonul. Pe urmă, el a deschis un mic cufăr dintr-un colț al camerei. A scos de acolo un tirbușon, o sticlă de vin roșu și două căni de porțelan.

– Sunt un pic crăpate, dar vinul e la fel de bun.

A scos dopul, a turnat și i-a întins o cană, apoi s-a așezat lângă ea. Ea i-a observat scânteile din ochi. Pasiune sau fervoarea față de cauza lui? Poate amândouă.

Simțindu-se brusc neliniștită, a dat peste cap vinul gustos, cu aromă fructată, și a întins cana să-i mai toarne. Aici, în Toscana, era liberă să fie oricine voia să fie, fără ca vreun membru al familiei să o înfrâneze. El nu trebuia să știe că ea schimbase această versiune a ei și o lustruise încât aproape reușea să creadă că devenise un om curajos, extrem de independent așa cum voia să fie. Maxine știa că dacă nu o simțeai, trebuia să te prefaci până devenea realitate. La fel ca nevoia care se stârnea ocazional și pe care nu o putea numi, pe care nu voia s-o numească, nu putea să recunoască *asta* nici măcar față de ea însăși.

– Deci care e povestea ta? a întrebat ea.

– N-am nicio poveste.

Ea a mijit ochii și i-a studiat fața.

– Toți avem o poveste.

– Nu una pe care vreau s-o spun.

– Atunci, spune-mi un singur lucru.

El s-a încruntat, ezitând, dar apoi i s-au luminat ochii.

– Pot să-ți spun că am fost jurnalist.

– Și eu la fel.

– Atunci, sunt ca tine.

– Înțeleg. Și chiar ești ca mine?

– Va fi interesant să aflăm, nu crezi?

Răspunsul lui a făcut-o să zâmbească, vocea lui joasă și catifelată captivând-o de parcă ar fi făcut o vrajă. Îi plăceau toate astea.

– O vreme am lucrat la *Nazione*, a adăugat el, cotidianul principal din Toscana, dar a devenit imposibil când au venit nemții. Voiau doar articole care să-i condamne pe Aliați.

Au băut o vreme în tăcere până când el i-a ridicat bărbia și a sărutat-o pe buze. Respirația ei a devenit mai rapidă în timp ce corpul reacționa. Nici nu a încercat să-și ascundă dorința crescândă și și-a strecurat mâna sub cureaua lui, desfăcând-o și simțindu-i erecția. Deși descoperise că sexul era un mod grozav de a contracara ororile războiului, nu-și dăduse seama pe deplin cât de mult avea nevoie de asta.

El a sărutat-o din nou și au căzut pe saltea, trăgându-și reciproc hainele jos. Se spuseseră puține lucruri și câteva secunde mai târziu s-au pierdut în actul în sine.

Majoritatea bărbaților credeau că nu existau femei care să prefere acest gen de împreunare. Fără flori și fără jurăminte de dragoste. Era carnal, animalic, visceral. Piele pe piele. Carne pe carne. Și genul de bărbat căruia îi păsa de virginitate nu era genul de bărbat dorit de Maxine. Nu. Era mult mai bine așa. Fără inimi care puteau fi frânte. Nu se cerea fidelitate și nici nu se oferea.

După aceea, a rămas întinsă lângă el și a privit cum lumina schimba atmosfera din camera micuță. Apoi, i-a mângâiat pielea, acum luminoasă. Modele încântătoare aruncate de foc jucau pe pereți, aducându-i și mai aproape și făcând-o pe Maxine să se simtă confortabil. Cum trebuie să fi fost cândva, când locuia o familie aici? Își imagina un soț și o soție și poate trei sau patru copii care îngrijeau animalele în timp ce mama lor gătea tocane gustoase din legumele lor și tatăl lucra pe câmp. A întrebat a cui fusese casa, dar Marco i-a spus că erau multe ferme abandonate în zonă, ai căror locuitori renunțaseră la strădaniile de a-și câștiga existența muncind pământul. Iar ea a înțeles că viziunea ei de viață de familie aici fusese o fantezie. Ar fi fost greu, singuratic, cu ierni cumplit de reci, mai ales când nu aveau suficient de mâncare.

– Trebuie să dorm.

Vorbise destul de aspru și acum trăgea pătura peste amândoi.

– Avem treabă la noapte.

– Treabă?

El s-a încruntat.

– Cu cât știi mai puțin...

– Dar e ridicol. Trebuie să știu. De asta am venit. Ți-am spus asta.

El s-a sprijinit într-un cot și s-a uitat în ochii ei, scărpinându-se în bărbie.

— Vrei să vii? Înțeleg. Dar de ce? De ce te-ai oferit voluntară pentru asta? Ești o americancă frumoasă. Nici măcar nu e războiul tău.

— Ar fi fost dacă părinții mei n-ar fi emigrat. Trebuie să înțeleg ce faceți și trebuie să știu unde sunt partizanii.

— E simplu. Le facem necazuri nemților. Demoralizăm dușmanul în orice fel putem. Îi lovim în mândria de nemți, știi? Și majoritatea bărbaților sunt în pădurile din Monte Amiata. Cu sutele.

— Și aici?

— În pădurile din jurul orașelor. Nu atât de mulți aici și sunt amestecați, dar începem să le dăm formă.

Ea i-a aruncat o privire.

— Și nu mă lași să merg?

— În acest moment, reprezinți un risc. Cum de-ai ajuns până aici? a întrebat el clătinând din cap. Chiar e incredibil.

— Ți-am spus, britanicii nu au avut de unde să aleagă. Dacă mă lași să vin, pot să cer mai mult sprijin pentru ce faceți voi.

— În mod sigur avem nevoie, deși avem măcar sprijinul fermierilor. S-au săturat să le cedeze recoltele nemților. Dar să vii cu mine? Nu.

— Sunt obișnuită cu pericolul.

— Nu, a spus el. Acum lasă-mă să dorm.

— De unde ești?

El a scos un geamăt exasperat, dar nu a răspuns.

— Ei bine, dacă nu-mi spui asta, spune-mi câți ani ai.

El s-a întors cu spatele la ea.

În cele din urmă, a căzut într-un somn agitat, dar la un moment dat s-a trezit în gemetele lui Marco. Când l-a atins pe umărul gol, și-a dat seama că nu era treaz, așa că s-a lipit de el și a adormit la loc. Când s-a trezit, a auzit voci aspre de bărbați venind din bucătărie. Marco s-a ridicat brusc în capul oaselor, dar după ce și-a dat seama despre ce era vorba, și-a aprins o țigară și s-a relaxat. Maxine se uita la strălucirea ei în camera întunecată.

— Sunt bărbații, a spus el.

Ea l-a prins de braț și a șuierat la el.

— Dacă nu mă lași să vin, o să vă urmăresc.

El s-a încruntat.

— Nu fi nesăbuită. Stai aici sau întoarce-te în oraș. Poate data viitoare.

Ea a dat din cap.

— Foarte bine. Dacă ăsta e ultimul tău cuvânt.

13.

Maxine nu se întorsese de mult la Castello când Sofia a sugerat ca Aldo să se alăture echipei care veghea parașutarea. Își dorise ca Aldo să se simtă implicat fără să fie nevoit să fugă de-acasă. Maxine o considerase o strategie riscantă și spusese că el avea să prindă gustul și să plece. Cu toate astea, trei nopți mai târziu, în a doua noapte de așteptare, a apărut. Maxine stătea ghemuită în umbrele adânci ale copacilor cu ochii fixați la micul luminiș din vale unde ardea un foc. Încântarea lui Aldo de a fi inclus era atât de evidentă încât se plimba de colo-colo, privind spre cer o dată la câteva minute.

Era o noapte senină, slavă Domnului; deși vizibilitatea excelentă însemna și că nemții aveau șanse mai mari să vadă avionul și să-l doboare. Pilotul ar fi încercat lansarea chiar și dacă vremea era proastă, caz în care echipamentul ar fi putut sfârși agățat într-un copac. Evident, era încă posibil, dacă ceva mergea prost sau avionul era doborât. Așteptau deja de trei ore și oamenii erau cu nervii întinși. Chiar și entuziasmul lui Aldo pălea. Nimeni nu știa de ce nu venise avionul. Dacă nu venea până aproape de ivirea zorilor, avea să fie prea târziu.

Maxine își ținea respirația și asculta sunetele nopții: animalele care scotoceau în arbuști, aripile păsărilor lovind aerul și vântul foșnind prin crengile copacilor. Simțea miros de fum, de vegetație umedă și de pământ reavăn în timp ce aștepta încordată și se lăsa învăluită de întuneric.

– De ce întârzie? a șoptit Aldo.

– Nu cred că știe cineva.

– Nu mă așteptam să fie atât de plictisitor.

– Așteptarea e întotdeauna plictisitoare. Obișnuiește-te.

Un fluierat zgomotos a străpuns aerul, urmat de sunetul unui motor de deasupra, iar ea și-a încrucișat degetele și s-a uitat în sus. Vedea o lumină, poate un prim semn al zorilor sau își imagina doar lumina pe cerul încă întunecat?

– Încă nu se vede avionul, dar cred că ăsta e, a spus ea și a simțit că și Aldo s-a încordat stând lângă ea.

Ca să ghideze pilotul spre zona țintă, Marco și alt partizan au început să lumineze cu lanternele în mod repetat. Maxine a mijit ochii ca să vadă mai clar în vreme ce avionul devenea vizibil. Luminile din interior nu fuseseră aprinse, dar avionul s-a învârtit de două ori în cerc și deodată ea a remarcat parașuta căzând. Și-a ținut din nou respirația. Dacă echipamentul se izbea de pământ, avea să se facă bucăți – dar nu, parașuta s-a deschis și acum două pachete pluteau în jos. Lansarea se vedea atât de bine încât nu-i venea să creadă că nemții nu o zăriseră. A văzut siluetele întunecate ale celor doi bărbați ce alergau să aducă pachetele și să adune parașuta de mătase, apoi, cu ajutorul lui Aldo, au dus pachetele la motocicletele în așteptare și le-au legat de ele. Deși una era a lui Maxine, Marco i-a făcut semn că trebuia să urce în spatele lui în timp ce alt partizan se urca pe cealaltă cu motocicletă cu Aldo în spinare. Pe urmă, au gonit cu viteză amețitoare printre copaci și pe potecile înguste, sinuoase, ocolind în cele din urmă dealul spre Castello, unde îi aștepta Sofia.

Înainte să se apropie de arcada uriașă de intrare în sat, au auzit sunetul unui autoturism de la ceva distanță în spate. Un camion sau o mașină germană? Atât de curând? Îi urmăriseră? Văzuseră tot? În liniștea ticăitoare a nopții, zgomotele și distanțele erau greu de estimat. Aproape. Departe. Nu puteai să-ți dai seama. Vehiculul putea fi mult mai departe decât se auzea. Maxine se ținea încordată de Marco în timp ce el mărea viteza, luând-o pe o scurtătură riscantă prin pădure, imposibil de parcurs cu orice altceva în afară de o motocicletă. Când au ajuns în sat, a văzut că porțile înalte fuseseră lăsate deschise și Sofia se plimba în sus și-n jos, cu o atitudine complet diferită față de calmul ei obișnuit. Bărbații au tras în față și ea a dat fuga să-i ajute la descărcarea echipamentului.

— Cred că e posibil să vină cineva, i-a șoptit Maxine Sofiei. Am auzit o mașină.

Sofia a părut că se gândește o clipă, apoi a făcut semn să o urmeze toți spre cea mai apropiată ușă. A descuiat-o și au coborât cinci trepte în pivnița umbroasă unde erau păstrate butoaiele cu vin.

— Aici? a întrebat Marco aruncându-i o privire sceptică Sofiei. Nu în pivnițele de sub casă?

— Nu avem timp pentru asta. Aici e mai aproape.

A arătat spre butoiul din spate.

— Acela e gol. L-am folosit să ascundem legume. Răsturnați-l. Se deschide din spate. Puteți pune echipamentul acolo. O să-l mutăm când zona e liberă.

— Este vreo lampă?

— Folosește lanterna. Repede.

Aldo a sprijinit butoiul în timp ce bărbații îl înclinau, apoi au băgat echipamentul în spațiul gol. L-au așezat încet jos și au asigurat spatele.

— Acum grăbiți-vă, a spus Sofia și s-a uitat cum cei doi au tras motocicletele în întunericul pădurii. Sofia și Maxine, cu destul de mult efort, au închis porțile principale.

— Trebuie să dispărem înainte să observe cineva că suntem aici în zorii zilei, a spus Sofia.

— N-ar trebui să așteptăm să vedem dacă vine o mașină?

— Nu, mai bine să găsească locul pustiu și cufundat în liniște, a răspuns Sofia cu vocea încordată.

Au mers în spatele casei și au coborât scările.

— Vino în camera mea, a spus Sofia.

În dormitor, era o fereastră deschisă și o singură lampă aprinsă. Sofia a stins-o repede și s-a dus să se uite spre piață. Maxine bătea din picior neliniștită, cu inima încă bubuind de emoție. În lumina lunii, a văzut umerii Sofiei relaxându-se puțin.

— E în regulă, a spus ea. Nu se vede nimeni.

— Pot să mă uit?

— Aruncă o privire dacă vrei. Dar cred că oricine a fost trebuie să fi pierdut urma.

S-a dus spre pat și a tras un colț al plăpumii de puf.

— Doar nu te duci la culcare? a întrebat Maxine, uimită că Sofia s-ar putea gândi la somn.

— Nu.

Sofia a râs melancolic.

— N-aș putea dormi, dar trebuie să mototolesc lenjeria de pat și să-mi pun cămașa de noapte. Și tu trebuie să faci la fel.

Maxine s-a dus să se uite spre piață, cu mâinile sprijinite de pervaz, dar nu era nimic de văzut. Decepționată de un final atât de dezamăgitor după aventurile din timpul nopții, voia mai mult.

— E ceva?

Sofia o privea cu o expresie amuzată.

Maxine a oftat și a clătinat din cap.

Sofia s-a așezat pe marginea patului.

— O să bat la ușa ta de cum se luminează. Pe urmă coborâm la bucătărie să bem cafea.

— Și mașina pe care am auzit-o?

— Cum spuneam. Trebuie să fi pierdut urma. Acum închide fereastra și obloanele. Dacă aud ceva, mă ocup eu. *Tu* să stai potolită.

Maxine a dat din cap în semn de încuviințare și a ieșit din cameră. Totuși, orice ar spune Contesa, dacă era să se întâmple ceva, în niciun caz nu avea să stea în camera ei și să rateze tot.

În dormitorul ei, s-a dezbrăcat, și-a pus un halat subțire și s-a întins sub cuverturile reci, așteptându-se să nu doarmă deloc.

Câteva ore mai târziu, s-a trezit în lumina zilei care pătrundea printre șipcile oblonului. Tremurând de frig, a sărit din pat, și-a pus o pătură pe umeri și apoi a ascultat. Din piață, răsunau voci insistente de nemți, urmate de alte voci stridente de italieni. În timp ce se bătea în uși și se dădeau ordine, oamenii se adunau, se certau, protestau. O femeie a țipat și apoi un copil a început să plângă. Cristoase, erau deja aici! A deschis ușa și s-a furișat pe coridor până în camera Sofiei. A ciocănit cu grijă și a intrat.

Sofia era deja îmbrăcată și se pieptăna.

– Nu te duci afară? a întrebat Maxine.

– Încă nu.

– De ce nu?

– Nu mă las intimidată. O să vină după mine în scurt timp. Lasă-i mai întâi să caute prin sat și să nu găsească nimic.

– Și pe urmă?

– Pe urmă o să le ofer cafea.

Maxine nu-și ascunse disprețul.

– Întotdeauna te porți ca o doamnă?

Sofia a oftat exasperată.

– La asta se așteaptă ei. Nu vreau să creadă că sunt îngrijorată. N-aș face decât să le stârnesc bănuieli.

– Și dacă ar fi soțul tău aici?

– Firește, el ar ieși, fiind stăpânul casei. S-ar aștepta la asta. Nu se vor aștepta să ies eu.

Sofia își freca ochii.

– Acum îmbracă-te și coboară în bucătărie pentru micul dejun.

– Aș prefera să merg afară, totuși.

Sofia i-a aruncat o privire de avertizare.

– Fă ce spun. Ce ai de câștigat dacă te duci acolo? Ei oricum o să facă ce au de gând. Nu te grăbi.

– De ce?

– Eşti murdară. În orice caz, presupun că va mai dura ceva timp.

Întoarsă în camera ei, Maxine s-a spălat cât de bine a putut la lavoarul din colţ. Nu a zăbovit prea mult. Apa era rece ca gheaţa, la fel ca dormitorul, dar când s-a privit în oglinda atârnată pe perete s-a strâmbat. Sofia avusese dreptate. Şi-a şters dârele negre de noroi şi poate de vaselină de pe obraji şi a văzut că avea părul încâlcit. Avea ochii prea luminoşi, sticlind febrili. Era prea frig să se spele pe cap acum, era nevoită să se descurce aşa. A dat cu pieptenele prin păr de câteva ori cu foarte puţin succes. Era încă încâlcit, dar poate Sofia avea să-i împrumute o panglică.

A mers pe coridor încă o dată şi a bătut la uşă. Fără să aştepte un răspuns, a deschis-o.

– Ei bine, a murmurat ea privind înăuntru. Cum ai ajuns *tu* aici?

14.

Sofia se uita la Maxine, care stătea în cadrul ușii cu o expresie mirată a feței.

– Repede! Intră și închide ușa, a spus ea.

Maxine s-a apropiat și, cu capul înclinat, și-a pus mâinile în șold.

– Deci? Cum a ajuns James aici?

– L-a adus Aldo mai devreme. A dormit în camera de oaspeți lângă tine.

– Și acum e în dormitorul tău pentru că...?

Sofia a oftat adânc.

– Și dezbrăcat? a continuat Maxine cu un zâmbet.

– Încercăm să vedem dacă i se potrivește ceva din hainele lui Lorenzo. În orice caz, nu e complet dezbrăcat.

Maxine avea o figură amuzată.

– Nu e nevoie să vă prefaceți de dragul meu. Nu te supăra, dar nu credeam că ești în stare.

– O, pentru Dumnezeu! s-a răstit Sofia, pentru că Maxine era peste măsură de enervantă.

Pe urmă, văzând partea amuzantă, a început și ea să zâmbească.

– Crezi ce vrei.

James a dat din cap spre Maxine.

– Bună, Maxine! Văd că încă ai chef de glume.

– Întotdeauna, a spus ea și i-a aruncat o privire cochetă.

– Şi, dacă tot ai întrebat, acum că a sosit echipamentul de radio sunt aici să-l folosesc. Ştii, nouă, operatorilor, ni se spune Pianişti.

– Ştii că sunt şi nemţii aici? Nu i-ai auzit bătând în uşi?

Maxine s-a întors spre Sofia:

– Pentru Dumnezeu, ce-ai de gând să faci cu el?

– Nu-ţi face griji. Ştiu eu ce fac.

– O să caute în toată casa.

– Aşa e.

– Cum poţi fi atât de calmă?

Sofia a ignorat-o. De fapt, era un pachet de nervi, dar devenea tot mai pricepută în a ascunde asta.

– James, îmbracă astea, a spus ea dându-i un pulover, o jachetă şi nişte pantaloni. Ar trebui să fie în regulă. Maxine, ia câteva din hainele mai călduroase din dulapul meu şi pune-le la tine în cameră. Ai atât de puţine lucruri la tine şi vreau să le fie foarte clar nemţilor că tu chiar stai aici.

Maxine a zâmbit.

– Mă îndoiesc că-mi vin.

– Şi *eu* mă îndoiesc că naziştii o să te roage să faci parada modei. Acum grăbeşte-te!

– Doar n-o să-l pui pe James să se dea drept Lorenzo?

Auzind asta, în ciuda situaţiei grave, Sofia s-a străduit să nu râdă.

– Du-te!

Nu avea de gând să-i împărtăşească lui Maxine toate secretele ei, cel puţin nu încă, aşa că abia după ce a plecat şi James era îmbrăcat a dat măsuţa elegantă deoparte şi a apăsat o porţiune mică din peretele cu lambriu din partea opusă a patului. O uşă s-a deschis cu un scârţâit.

– Intră în pasajul ăsta. E complet izolat şi ascuns. După câţiva metri, vei găsi o lespede. Carnetul tău cu coduri e acolo, i-a spus ea. Aşază-te pe lespede până ciocănesc în perete. S-ar putea să dureze o vreme. O să bat de trei ori, număr până la trei și pe urmă bat încă de trei ori. Vino la ușă și fă la fel, pe urmă o să deschid.

– Unde duce pasajul?

– O să-ți spun mai târziu. Și nu uita să fii mut ca peștele, te rog. Nici să nu tușești. Cum mai e umărul?

El a ignorat întrebarea dar, după expresia de pe fața lui, era evident că încă avea dureri.

După ce l-a ascuns în siguranță, ea a tras măsuța la loc, și-a pus pistolul în buzunarul de la fustă – se obișnuise să-l aibă la ea – și s-a uitat în jur prin camera cu tavan înalt, cu podelele lustruite mereu atât de bine încât luceau, la lumina difuză ce pătrundea prin perdelele de mătase brodată pe care le cumpărase din Veneția.

Cinci minute mai târziu, Anna a venit s-o anunțe că o aștepta un căpitan în hol.

– Mulțumesc, a spus ea. Acum, te rog, poți să bați la ușa camerei de oaspeți, la două uși de a mea, și să o rogi pe Maxine să coboare la micul dejun?

A coborât scara principală impunătoare. Îi amintea că încă avea un statut și asta a liniștit-o puțin. Chiar și ocazia de a-și face intrarea era ceva de care să se agațe.

– Bună dimineața! a spus ea prefăcându-se surprinsă. Ce pot face pentru dumneavoastră la ora asta matinală?

Era un bărbat solid, mantaua nazistă fluturându-i la glezne. Purta ochelari rotunzi cu ramă de baga și avea ochii blânzi, albaștri și miopi care, era convinsă, erau în contradicție cu adevăratul său caracter. I-a studiat pielea netedă, fără riduri, fruntea înaltă și părul subțire blond închis. A făcut câțiva pași spre ea, fiecare mișcare fiind lentă, precisă, amenințătoare, calculată ca să-și dovedească puterea în fața ei și să scoată în evidență propria ei neajutorare.

– Sunt căpitanul Kaufmann. Cred că l-ați cunoscut deja pe comandantul Schmidt.

Înclinându-şi aproape imperceptibil capul, ea a încuviinţat politicos.

— Bineînţeles. A venit la cină.

— Trebuie să percheziţionăm vila.

— Aveţi cale liberă. Aş aprecia dacă oamenii dumneavoastră ar încerca să nu strice nimic. Avem câteva antichităţi valoroase. Ştiţi despre ce vorbesc. Sunt în familia soţului meu de generaţii. O, şi tablourile.

Ea l-a urmărit uitându-se prin uşa deschisă de la salonaş, apoi întorcându-se spre ea cu un zâmbet reţinut.

— Dacă nu mă înşel, este tabloul aurit al lui San Sebastiano de Cozzarelli. Nu? O lucrare extraordinară.

— Da. Soţul meu e foarte mândru de el.

— Ei bine, nu trebuie să vă temeţi. Nu sunt aici să vă stric bunurile, Contesă.

— Mă bucur să aud asta. Atunci, dacă nu vă deranjează că întreb, de ce aţi venit?

— Aseară s-a făcut o lansare cu paraşuta.

— Într-adevăr? Şi ce legătură are asta cu noi, căpitane Kaufmann?

— Se crede că obiectul ar fi fost adus aici. Cu motocicleta.

Cu ochii mari, s-a prefăcut uluită.

— Înţeleg. Şi când credeţi că s-ar fi întâmplat asta?

— La primele ore ale dimineţii.

Vorbea concis, în cuvinte retezate.

— Dumnezeule! a spus ea, asigurându-se că arăta şocată. Eu sigur nu am auzit nimic, dar eu dorm adânc. Poate să-i întrebaţi pe o parte dintre săteni. De bună seamă cineva trebuie să fi auzit ceva.

— Într-adevăr.

— Şi ce credeţi că a fost lansat cu paraşuta?

El a mijit ochii stăpânindu-şi furia.

— Nu mă aflu aici să vă răspund la întrebări.

— Iertaţi-mă. Eram doar curioasă. Dar presupun că trebuie să fiţi îngrijorat că ar putea fi armament, arme de foc, asemenea lucruri.

El nu a răspuns, căci un grup de bărbați în uniformă a intrat brusc și a pornit tropăind pe scări. Când Kaufmann le-a dat ordinele strigând, au iuțit pasul imediat. Sofia și-ar fi dorit să alerge după ei, să-i urmeze în camera ei, să-i împiedice să-i scotocească prin lucruri sau să descopere ceva, dar în mod sigur erau șanse mici să apese exact în locul potrivit. Puțini oameni cunoșteau pasajul ascuns ce ducea prin clădire tocmai la primul etaj al turnului, în punctul unde se înălța mai sus de acoperișuri. Ca și în cazul pasajelor de sub castel care șerpuiau spre pădure, nu prea fusese nevoie să meargă în subteran sau să folosească ascunzătorile în timpurile moderne.

Kaufmann se întorsese de la oamenii lui și avea un deget întins spre ea.

– Trebuie să descuiați toate spațiile de depozitare, a spus el. Șopronul, garajul, crama și așa mai departe. Iar acum o să veniți cu mine...

El a luat-o spre ușă, dar în clipa aceea a coborât Maxine pe scări.

– Bună ziua! a spus ea cochet și i-a zâmbit.

Fața lui Kaufman a zvâcnit.

– Dumneavoastră cine sunteți?

– Massima. Dar toți îmi spun Massi. Sunt cea mai bună prietenă a Sofiei de la Roma. Stau aici o vreme. Roma e atât de plictisitoare acum, nu credeți, domnule comandant?

– Căpitan, a murmurat el, cu sprâncenele împreunate de suspiciune.

S-a întors cu spatele.

– *Massi*, a spus Sofia apăsat. Dacă vrei să iei micul dejun în sufragerie, eu o să mă duc să descui cămările de afară pentru căpitan.

Spre meritul ei, Maxine nu s-a arătat îngrijorată, spunând doar:

– Nu mi-e foarte foame, te ajut. Micul dejun poate să aștepte. Ai cheile?

Sofia s-a dus la masa din hol și a deschis sertarul de sus.

– Iată-le. Să mergem.

– Ce anume căutați? l-a întrebat Maxine pe neamț, dar el a ignorat-o.

– Caută arme, cred, a spus Sofia destul de tare ca să o audă căpitanul.

– Oooo, ce palpitant! Imaginează-ți! Arme ascunse chiar sub nasul tău, Sofia.

Sofia a privit-o cu o expresie care spera să spună *Nu exagera – omul nu e prost.*

La început i-a condus pe el și pe alți doi bărbați la garaj.

– Văd că aveți o motocicletă.

– Da, dar nu mai are benzină de luna trecută. O folosim rar.

S-a uitat la Maxine, bucuroasă că Marco păstrase motocicleta *ei.*

Căpitanul a întins mâna.

– Cheile?

– Sunt agățate acolo, pe perete.

– De unde le-ar putea lua oricine?

Sofia a ridicat din sprâncene.

– Ar trebui să intre în magazie întâi.

– Cine mai are cheile de la magazie?

– Administratorul nostru și soțul meu, Lorenzo, firește.

– Și ei unde sunt?

– Lorenzo e la Roma, cred. Și administratorul *era* ocupat să supravegheze niște lucrări la casa noastră din Florența. După bombardament, știți.

– *Era* ocupat?

– A fost chemat... de voi.

El și-a fixat ochii asupra ei. S-au privit câteva secunde, el foarte intens, fără să clipească. Era fascinant într-un mod îngrozitor și ea îl privea la rândul ei, captivă în ciuda voinței ei. În cele din urmă, ochii ei au lăcrimat și vraja s-a rupt. Dar o tulburase și era convinsă că el știa asta.

El a verificat cheile. În mod clar, motocicleta nu mergea.

– Și când ați deschis ultima dată magazia asta?

– Am fost cu poneiul și căruța la San Giovanni d'Asso recent, dar asta e tot.

Au ieșit din garaj și ea l-a dus apoi să examineze șopronul, sperând ca până să ajungă la cramă cineva avea să-l cheme în altă parte. Nu suporta să vadă cum oamenii lui mutau grămezile ordonate de lemne pentru foc în mormane împrăștiate. Temându-se de ce se putea întâmpla mai târziu, și-a ferit ochii și s-a uitat la Maxine al cărei păr era acum înflăcărat, luminat de soare din spate.

– Massima, poți să rămâi tu să supraveghezi? a întrebat ea. Am nevoie de puțin aer curat.

Ajunsă afară, a ridicat ochii spre turn și parapetele familiare crenelate, tânjind să se agațe de viața ei de aici. Oare putea fi cu adevărat sfârșitul? Întotdeauna încercase să fie un om bun, un om bucuros să se integreze, gata să ajute oricând era posibil. Deși trăiau sub jugul lui Mussolini, avusese o viață ușoară, privilegiată și putuse să facă aproape orice voise. Desigur, nu fusese complet lipsită de suferință. Sperase să aibă copii, dar după accidentul lui Lorenzo pur și simplu nu se întâmplase. Nu știa dacă acela fusese motivul; poate se rănise într-un mod inexplicabil, deși doctorii nu găsiseră răspunsuri. Era norocos că scăpase cu viață, spre deosebire de restul familiei lui. În orice caz, ea lăsase deoparte dorința de-a avea copii și se devotase soțului ei, sătenilor, muncitorilor de la fermă, personalului din casă și picturii. Îi plăcuse viața aici și gândul că s-ar putea sfârși îi dădea fiori înghețați pe șira spinării.

Măcar dacă ar fi avut timp să ascundă echipamentul radio în pasajele secrete noaptea trecută. Stătea la Castello de câteva luni când Lorenzo i-a povestit despre pasajele ce puteau fi accesate printr-o dependință de piatră din grădina ei de trandafiri, dintre toate locurile posibile, dar și din subsolul casei. Când Italia nu era o țară unificată și nobilii se luptau între ei, fortărețele de pe dealuri, satele și castelele lor se aflau deseori deasupra unei rețele de tuneluri ascunse, cu multiple ieșiri. Lorenzo îi arătase drumul prin subsolul lor mare și printr-un labirint de pasaje întunecoase, alcovuri și camere secrete până în cea mai adâncă pivniță. De acolo, se furișaseră în tunelurile de evadare.

Căpitanul s-a apropiat de vatra cu lemne și ea a avut o senzație de calm rece, nefiresc, observându-l cu atenție; un bărbat voinic, precum comandantul, tensionat, închis în sine, dar fără aerul de resemnare care îl învăluia pe bărbatul mai vârstnic. Ce n-ar fi dat să vadă fiecare sentiment, fiecare gând, fiecare emoție, fiecare teamă, tot ce suprimase sau reprimase acest bărbat luându-l brusc în stăpânire. Dar nu avea să se întâmple asta azi. Astăzi, dacă descoperea echipamentul, avea să jubileze.

Venise momentul și, auzind vocea lui Lorenzo în gând – *Demnitate în orice clipă, draga mea, demnitate* –, a inspirat adânc. Senzația de calm nu a durat și acum, când teama s-a întors, ea a arătat spre magazia cu butoaie de vin.

15.

Când Sofia a descuiat magazia, s-a simțit cumplit de expusă, de parcă fiecare părticică din ea era dezgolită în fața tuturor. Ușile se deschideau spre interior și căpitanul împreună cu unul din oamenii lui au coborât primii treptele, urmați de Maxine și de Sofia care venea șovăind.

– Nu este lumină electrică aici? a întrebat Kaufmann cu o strâmbătură, uitându-se din nou la ea.

– O să las ușa deschisă, a spus ea, omițând să pomenească lanterna mare de pe raft, ascunsă după ușa deschisă.

El a ciocănit în câteva butoaie.

– Căutările astea stârnesc setea.

Pe urmă, a întins mâna după o ceașcă de degustare de pe masa lungă așezată pe capre de lemn și a râs – un râs forțat, lipsit de veselie.

Sofia avea impresia că nu era un bărbat interesat de vin. Ofițerul său s-a apropiat, a luat ceașca, a pus-o sub robinetul unui butoi și a umplut-o. I-a întins ceașca lui Kaufmann, care a luat cu dispreț o gură, apoi a turnat restul vinului pe jos, rămânând cu ochii fixați asupra ei, bucurându-se de disconfortul ei fără să se grăbească. Pe urmă, a trecut la butoiul următor.

– Poate ăsta e mai bun.

Se juca cu ea? Totul era spectacol? Sau avea de gând să guste vinurile din toate butoaiele *și* să-l încerce pe cel care nu avea vin? I s-a uscat gura și, pășind pe marginea găurii negre pe care o vedea deschizându-i-se în față, și-a simțit fiecare respirație. Prea rapidă, prea întretăiată. A încercat să-și reprime toate temerile și toate speranțele. În ciuda tensiunii copleșitoare, s-a forțat să pară liniștită, de parcă nu se întâmpla nimic interesant.

Felul în care percepea timpul s-a schimbat. Se dilata pe când ofițerul trecea de la un butoi la altul și raidul neobosit continua. A auzit alte voci de nemți în timp ce oamenii mergeau de la o ușă la alta. Auzea zgomotul cizmelor, precum și ciorile croncănind deasupra turnului. A privit afară. Din cerul infinit, alb-cenușiu, cădea acum o ploaie măruntă. S-a cutremurat de spaimă și s-a uitat la nuanțele estompate de verde și violet ale peisajului îndepărtat în ziua aceea mohorâtă și amenințătoare. Era cumplit de frig și se întreba dacă nu se apropia cumva ninsoarea. Maxine, între timp, zâmbea. A cerut să guste și ea vinul și căpitanul i-a întins altă ceașcă.

– Poftim, a spus el.

Sofia era prea înfricoșată să vorbească, dar Maxine conversa în italiană și engleză, încercând și puțină germană. Sofia asculta doar pe jumătate și încerca să nu se holbeze la Kaufmann. Maxine făcea tot posibilul să-i distragă atenția cu calitățile diferitelor tipuri de vin, dar el vorbea tot monosilabic în vreme ce a ajuns la penultimul butoi. S-a sprijinit de el și s-a uitat la Sofia. Ea avea palmele lipicioase de transpirație și teama îi învăluia gâtul, ajungând în punctul în care abia mai știa ce să simtă. Dar când el a remarcat că vinul ei e doar mediocru, aversiunea ei a depășit limita. Era un lucru mărunt, dar vinul era bun. Foarte bun. Toți știau asta.

Cu o încredere incontestabilă, Maxine a arătat la ultimul butoi.

– Dar mai sunt două. Poate sunt mai pe gustul dumneavoastră.

Sofiei nu i-a scăpat sticlirea din ochii ei și faptul că i se părea totul palpitant. Dumnezeule, juca un joc periculos. Sofia s-a uitat la Kaufmann, fiind întâmpinată de o privire rece și respingătoare și zâmbetul acela strâmb al lui. Un torent de sentimente amestecate a năvălit în ea și stomacul i-a tresăltat de dezgust. Gata cu indiferența calmă! Dar mânia era cel mai greu de stăpânit. Sofia nu avea obiceiul să-și piardă cumpătul. Și-a pus mâna în buzunar și a simțit pistolul rece ascuns acolo.

Când Kaufmann a ajuns la ultimul butoi, o senzație de dislocare i-a umplut ființa. Era și nu era acolo. El părea că așteaptă ca ea să spună ceva și ea voia să strige *Nu!* Voia să ridice mâna, să scoată pistolul și să apese trăgaciul. Bineînțeles, nu putea. Era o idee nebunească. Mama ei spusese o dată: *Nu știm de ce suntem capabili până nu încercăm.* Sofia nu credea că vorbise despre crimă.

– Serviți, a reușit să spună în schimb, sperând că nu-i tremura vocea.

S-a cutremurat involuntar și Maxine a făcut ochii mari. Era un avertisment oportun și a tras aer adânc în piept. Dar mintea îi juca feste. În timp ce scenarii teribile îi dominau gândurile, se simțea ca și cum devenise o umbră, transparentă, aproape ireală. Era posibil ca el să vadă direct prin ea?

– Sau poate doriți să luați micul dejun acum, domnule căpitan? a întrebat Maxine, complet netulburată și de data aceasta.

În pauza aceea în care și-a ținut respirația, tâmpla Sofiei zvâcnea. El s-a uitat la butoi și a făcut un pas spre el, dar apoi, spre ușurarea ei copleșitoare, a acceptat invitația lui Maxine cu o înclinare superficială și a urcat treptele spre piață. Când Maxine a trecut pe lângă ea, a strâns brațul Sofiei. Pe punctul de a izbucni în lacrimi, Sofia era profund înduioșată de sprijinul femeii și și-a adunat toate puterile. Ar fi reușit să îndure totul fără Maxine?

După ce nemții plecaseră în sfârșit, Sofia plănuia să se întoarcă în dormitor să-i dea drumul lui James, dar Maxine a venit după ea.

– Unde e? a întrebat ea cu mâinile înfipte în șolduri. Nu l-au găsit, așa că ce naiba ai făcut cu el?

Sofia i-a răspuns cu un zâmbet reținut.

– Haide! a spus Maxine ca și cum încuraja un copil recalcitrant.

– O să vezi, a răspuns ea și, în ciuda reținerilor ei – cu cât știau mai puțini oameni secretele de la Castello cu atât mai bine –, a luat o decizie.

Avea mare nevoie de un aliat și poate împreună aveau să descopere curajul, tăria și calea de a se ajuta reciproc. A privit figura amuzată a lui Maxine, ochii ei arămii, părul castaniu.

– Foarte bine. Haide!

Ceva mai târziu, după ce James ieșise în siguranță din ascunzătoare, Maxine râdea.

– Bravo ție! Mama mi-a povestit despre pasajele astea. Nu aici, ci în Poggio Santa Cecilia. Tata era fermier, dar ea muncea în casa mare de acolo. Încă am veri pe acolo.

– Satul nu e departe, a spus Sofia, gândindu-se la vila frumoasă cu tavane înalte din vârful satului Santa Cecilia.

Mai mare decât a lor, era locul unde se țineau cele mai grozave petreceri de vară. Obișnuia să beau acolo șampanie împreună cu Lorenzo înainte de război, când nimeni nu credea că războiul, în caz că izbucnea, avea să țină prea mult.

– Am de gând să-l vizitez în curând, spunea Maxine. Îmi doresc foarte mult să mă duc.

Sofia s-a încruntat.

– Numai că nemții îl folosesc drept comandament local. Îl distrug, din câte aud.

– Un motiv în plus să merg. Cine știe ce-aș putea afla?

James se tot plimba prin cameră. Înțelegea italiană, dar Sofia voia să-i fie foarte clar ce planuri aveau, așa că vorbea în engleză.

– O să cer să se aducă o tavă aici. Pe urmă, o să decid ce să fac cu tine.

– Nu pot să rămân aici?

– Prea riscant. Este o casă de fermier părăsită la jumătatea drumului, cum cobori dealul. E într-un crâng, așa că nu e ușor de văzut dacă nu știi că e acolo.

Maxine, arogantă, zâmbea năstrușnic.

– Sau aș putea merge cu James. Ca soț și soție.

El a râs, intrând în joc.

– Asta e o ofertă pe care n-am cum s-o refuz.

– Poate tu nu refuzi, a remarcat Sofia. Dar nemții te-au văzut deja aici, Maxine.

Și-a frecat apoi fruntea, neștiind de ce se simțea puțin iritată. La urma urmei, nu era parașutistul *ei*.

– OK! OK!

Maxine a întins brațele cu o atitudine de capitulare.

– Știu când nu sunt dorită. Ne vedem mai târziu.

În timp ce Sofia și James stăteau de vorbă, a recunoscut în sinea ei cât de obosită se simțea. Acest nivel de tensiune era istovitor, dar spera că, dacă stabileau cum să folosească echipamentul radio, asta avea să-i ofere vigoarea de care avea nevoie să meargă mai departe. Era periculos și, spre deosebire de Maxine, teama nu-i făcea bine. Când James i-a oferit cel mai încântător zâmbet, explicându-i apoi la ce se gândise el, și-a dat seama că bărbatul îi simțise neliniștea.

– Ori trimitem imediat radioul unui grup de partizani – o să merg eu cu echipamentul, să-i instruiesc cum să-l folosească –, ori îl instalăm în vârful turnului diseară. E locul perfect. Știu că e o rugăminte mare, dar radioul o să meargă mult mai bine la înălțime. Pe urmă o să-l mutăm.

Ei i s-a tăiat respirația. Turnul. Nu se așteptase la asta.

– Nu sunt sigură. Trebuie să ne întoarcem la viața noastră normală, nu să deviem și mai mult.

El i-a atins mâna, cu intenția de-a o liniști, dar ei i s-a părut puțin stânjenitor și a lăsat capul în jos. Nu se așteptase la prietenie, dar, dacă era să fie sinceră cu ea însăși, îl plăcea și nu voia ca el să plece atât de curând. Toți aveau nevoie de contact uman, de iubire, de legătura cu prietenii și familia, căci fără asta nu aveau nicio speranță să supraviețuiască, cu atât mai puțin să prospere.

— Foarte bine, a spus ea. Dacă asta înseamnă că transmisiunea are șanse mai mari să reușească, folosește turnul în seara asta. Doar o dată. Sunt obloane groase și am material de camuflaj ca să le acoperim.

— Mulțumesc. Adevărul este că o să fie mult mai rău înainte să fie mai bine.

Se temea că el avea dreptate. Acum, când ar fi trebuit să se bucure de viață, ei o pierdeau treptat fără să fie vina lor. Nimeni nu știa ce avea să mai rămână când se terminau toate. Dacă avea să se termine vreodată. Încerca să fie optimistă, cu gânduri pline de speranță și viziuni ale viitorului înfloritor, dar nu era ușor. Chiar și înainte de toate astea, avuseseră parte de ani lungi cu Mussolini cărora să le facă față. Nu-l plăcuse niciodată pe Duce, cum era el cunoscut, deși Lorenzo se prefăcuse la început că-l admira. Dictatorul ar putea fi bun pentru afaceri, spusese el, dar la fel ca toți ceilalți și-a dat seama în scurt timp că zvonurile îngrozitoare despre brutalitatea lui erau adevărate. Și acum iată-i aici, agățându-se de viață cu dinții, de parcă se aflau pe o corabie care se scufunda.

16.

Mai târziu în aceeași zi, Sofia a petrecut o oră cu Aldo făcând schițele preliminare pentru portretul lui. Firește, îl pusese să jure că păstrează secretul. După ce au terminat, ea a găsit-o pe Carla și a condus-o în grădină, unde nu le putea auzi nimeni. Carla și-a șters mâinile de șorț și și-a netezit părul în timp ce privea în sus. Cerul era de un albastru irizat amețitor de această dată, dar mai era și foarte frig și totuși, îmbrăcată doar cu hainele de casă, Sofia de-abia dacă băga de seamă. S-a uitat în jur ca să se convingă că nu le auzea nimeni, apoi a dus-o pe Carla chiar în spatele grădinii spre zona ei privată, locul unde veneau sătenii duminica dimineața după slujbă ca să-i ceară ajutorul. Dar de data asta era diferit. De data asta, Sofia era cea care cerea ajutorul.

– Ascultă, a spus Sofia. Ne cunoaștem de mulți ani.

Carla a încuviințat, dar dinții începuseră să-i clănțăne și tremura.

Sofia se simțea ciudat de emoționată în timp ce vorbea, explicându-i că englezul avea nevoie de ajutor cât mutau partizanii echipamentul în turn.

– Ajutor, în ce fel? a întrebat Carla părând neliniștită.

– Ei bine, va fi la adăpostul întunericului, dar cum Maria locuiește între casa mea și turn, vreau să mă asigur că nu bănuiește nimic când oamenii vor traversa piața chiar pe lângă fereastra ei. Ai putea să stai cu ea, să beți un pahar de vin? Să-i distragi atenția?

Carla a ridicat din sprâncene mirată.

– O să i se pară foarte neobișnuit. De-abia am stat de vorbă de când nepotul ei ticălos a fugit cu fasciștii. Și oricum, de ce nu folosiți pasajul secret?

Era rândul Sofiei să pară mirată.

Carla a zâmbit blajin și i-a mângâiat mâna.

– Contesă Sofia, eu trăiesc aici de mai multă vreme decât dumneata. Puțini dintre noi cunosc pasajul. Tatăl meu mi-a spus despre el.

– M-am gândit să-l folosesc, dar e blocat – am încercat înainte să vin la tine. Nu știu cât o să dureze să fie eliberat, dar e esențial ca echipamentul să fie mutat și instalat pentru a fi folosit în seara asta.

– Așadar? s-a încruntat Carla și a mijit ochii. Ce e echipamentul ăsta?

Sofia se hotăra ce să spună înainte să deschidă gura.

– Nu trebuie să sufli o vorbă.

Carla a dat din cap.

– E un radio pentru transmisiuni.

– Vai! a spus Carla, arătând întru totul îngrozită. Dacă-l găsesc –

Sofia i-a tăiat vorba.

– Știu – dacă-l găsesc, s-a zis cu mine.

– Mai rău de atât. Înainte să omoare, torturează omul ca să scoată informații de la el.

Sofia a lăsat capul în jos, dar nu a spus nimic.

– E un lucru curajos, a spus Carla clătinând ușor din cap. Dar dacă ceva merge prost?

Sofia a ridicat privirea și a respirat încet și îndelung.

– Am învățat atât de multe de la tine, Carla, de la voi toți. Tăria sufletească, curajul și hotărârea de a nu renunța niciodată. Și acum asta e ceva ce trebuie să fac. Bărbatul rănit, James, e operator radio în armata britanică, deci e aliatul și prietenul nostru. El o să-l instruiască pe Aldo să-l folosească.

Într-adevăr, era prea frig să stea afară și Carla, încruntată, își freca palmele cu putere în tăcerea scurtă și stânjenitoare. Se întețise și vântul și se adunaseră din nou câțiva nori.

– De ce Aldo? a întrebat ea.
– S-ar putea să fie cea mai sigură variantă pentru el.
Carla a privit-o cu subînțeles.
– Adică vrei să spui că nu e nevoie să plece și să trăiască în pădure cu partizanii?
Sofia a dat din cap.
– Dacă nu e chemat de armata germană. Și nu știm cu adevărat când se va întâmpla asta sau *dacă* se va întâmpla. Pare să fie cea mai bună soluție deocamdată.
Carla s-a ridicat în picioare, dar nu părea întru totul convinsă.
– Sper să fie, Contesă. Știi, îmi fac griji.
– O, Carla! Știu că-ți faci griji. Eu caut doar cea mai bună cale de a-l ține pe Aldo aici, acasă.
Carla a dat aprobator din cap.
– Ești de acord să-i distragi atenția Mariei?
– Nu va fi o problemă. Pot s-o fac. Dar ești sigură că este cel mai bine pentru fiul meu?
– Da. Cred că este.

17.

Sofia a deschis un dulap căutând o bluză călduroasă. În turn avea să fie extrem de frig în perioada asta a anului. Încerca să se convingă că nu-i era teamă, dar tot și-a ascuns arma în geanta mică de umăr pe care o purta peste piept. Pe urmă, a coborât la ușa din spate, luându-l și pe Aldo din bucătărie.

— Ești pregătit pentru asta, tinere?

Aldo a privit-o gânditor.

— Așa sper.

L-au găsit pe James așteptând deja la o ușă laterală. Mai devreme, îl instalaseră în casa de fermier împreună cu câteva cutii de sardine, un măr zbârcit și o pâine relativ proaspătă făcută de Carla. Acum, după ce l-a chemat către pasaj, a aprins lumina slabă și l-a întrebat dacă stătea confortabil în locul acela nou.

— Amarnic de frig, a spus el frecându-și palmele una de alta, apoi a dus un deget la buze.

— Pot oricând să te aduc înapoi în pasajul ascuns de aici dacă preferi așa.

Ea a ridicat din sprâncene, știind foarte bine că pasajul era aspru și chiar mai friguros decât casa de la fermă, neavând unde să se așeze.

— Cred că o să refuz, Contesă.

— Spune-mi Sofia.

Părea un bărbat amabil și sincer, iar ea era sigură că făcuse ceea ce trebuie unindu-și forțele cu el. Dar trebuia să aibă grijă. Când un om se dovedea a fi cineva complet diferit de cine se prefăcuse a fi, începi să nu mai ai încredere în propriile instincte. Vreo doi bărbați ceruseră să se refugieze la Castello și, pentru că nu avea cum să facă diferența între refugiați și spioni, îi alungase. Când au fost descoperiți apoi ca fiind spioni și împușcați de partizani, și-a dat seama că avusese dreptate să fie precaută.

– Ești bine? a întrebat James și s-a mirat că-și dăduse seama atât de ușor de îndoielile ei.

– Tu ce crezi? a răspuns ea puțin răstit.

În acel moment a venit și Maxine, înfășurată într-o haină bărbătească prea mare, cu părul strâns la spate.

Câteva clipe mai târziu, s-a auzit o bătaie în ușă și, cu toate că Sofia se aștepta să vină oamenii, a tresărit.

James a atins-o ușor pe braț.

– Respiră.

Ea l-a ascultat și apoi a deschis ușa, văzând doi bărbați înfofoliți de asemenea cu paltoane groase și căciuli de lână trase peste frunte.

– Marco, a spus unul pe înfundate și ea l-a recunoscut din noaptea precedentă.

Celălalt, un bărbat mai mărunt, și-a spus și el numele încet.

– Lodo.

– Lodovico?

– Doar Lodo.

Sofia, James, Aldo și Maxine au ieșit afară după cei doi, Sofia mergând în față spre cramă, trecând prin fața casei Mariei unde, în ciuda orei târzii, o rază slabă de lumină încă se vedea la fereastra ei. Sofia și-a ridicat privirea. Noaptea înnorată în care aproape că nu se vedea luna avea să lucreze în favoarea lor. Spera că Maria era încă în compania Carlei și că se rugau amândouă la San Sebastiano. În mod sigur, cineva trebuia s-o facă.

În timp ce bărbații descărcau echipamentul din cramă, ea s-a strecurat spre turn să descuie ușa grea de lemn. Înăuntru, era o ladă frigorifică. După ce a traversat camera întunecată, a pipăit pereții aspri, căutând cu vârfurile degetelor după un comutator pe care l-a găsit în cele din urmă. Inima îi bătea cu putere pe când înainta prin lumina slabă, deschizând apoi ușa de la camera de sus. Mirosea a putregai, de parcă murise ceva acolo.

Obloanele de la ferestre fuseseră lăsate deschise așa că, centimetru cu centimetru, disperată să nu scoată un sunet, le-a închis și apoi le-a acoperit cu materialul de camuflaj fixat pe lemn.

Lăsase ușa principală de la turn întredeschisă și a auzit pași pe scări când a apărut James. Aldo stătea în spatele lui în ușă cu unul dintre partizani – bărbatul pe nume Marco – și amândoi cărau echipamentul. Partizanul mai scund venea din spate cu Maxine. James a privit în jur și s-a uitat la deschizătura îngustă din spate.

– Vechea scară de piatră spre acoperiș, a spus ea.

El a început să instaleze totul în timp ce Sofia îi ruga pe cei doi partizani să coboare și să curețe orice bloca pasajul ascuns. Acesta ducea până în spatele unui perete fals de la primul etaj al turnului, prin celelalte clădiri, în mare parte spații de depozitare, către casa și dormitorul ei.

– Te rog, mișcă-te repede și în tăcere. După ce instalăm echipamentul și facem prima transmisiune, va trebui să-l ducem jos și să-l ascundem în pasaj.

James a deschis containerul ermetic de metal și le-a spus că nu era genul de radio care se punea în valiză.

– N-ar fi fost o idee mai bună radioul tip valiză? a întrebat Aldo.

– E căptușit bine. Valiza nu ar fi supraviețuit coborârii cu parașuta. E un aparat de radio B2. Funcționează pe baza codului Morse.

– Dar e mai greu de mișcat, a remarcat Aldo și Sofia s-a bucurat că începea să se implice.

Maxine a venit în spatele lui James.

– În regulă, a spus ea. Am nevoie să transmiți un mesaj ofițerului meu de legătură, Ronald. Spune-i că am stabilit legătura aici și că o să-i dau de știre care sunt numerele aproximative de îndată ce le avem. OK?

James a dat din cap și apoi, din interiorul învelișului din containerul metalic, a scos un container mai mic pe care era notat un „G".

– Emițătorul și receptorul sunt aici, a spus el ridicând ochii spre Aldo.

A scos capacul containerului mai mic și a continuat să-i explice totul lui Aldo în timp ce instala echipamentul și cablul care funcționa ca antenă. Apoi, după ce a conectat emițătorul și receptorul la dispozitivul reîncărcabil de alimentare, și-a pus căștile și a început să regleze selectorul de bandă.

I-a arătat lui Aldo un plic lipit de interiorul capacului cutiei mari de metal, apoi a luat plicul și a scos câteva pagini scrise pe o hârtie extrem de subțire.

– E diagrama de operare.
– Câte pagini sunt?
– Paisprezece.
– *Santo Cielo*, ce multe! a spus Aldo încruntându-se.

Deși Sofia avea încredere în el, Aldo părea să-și fi pierdut speranța că va putea înțelege vreodată cum funcționa acest echipament complex. Nădăjduise că dacă învăța de la James era compromisul perfect, fiindcă ar fi sprijinit Aliații fără să fie nevoie să ia parte la misiuni mai periculoase de sabotaj.

– Ultima parte arată diagramele de calibrare, spunea James.

Un bubuit puternic i-a întrerupt. James s-a întors spre Sofia și s-au privit în ochi, îngrijorați.

– Poate e doar o ușă izbită de vânt, a spus ea. Sau ar putea fi oamenii care înlătură blocajul din pasaj.

El și-a dus un deget la buze și amândoi au ascultat mai departe. Ea își simțea inima bătând cu putere în coaste și se străduia să-și oprească dinții din clănțănit.

– Mă duc eu, s-a oferit Maxine.

18.

Maxine a coborât repede scările și a ieșit din turn, privind în jur în timp ce pășea pe furiș prin sat, ușurată să vadă că nicio fereastră nu este luminată și că niciun neamț nu călcase deocamdată pe acolo.

Aerul înghețat al nopții parcă o strângea de gât. Cine știa că poate fi atât de frig în Toscana? Nostalgia mamei ei nu ajunsese să explice și iernile. În mintea Luisei, fusese întotdeauna primăvară, cu câmpii de maci roșii, maluri cu iriși sălbatici, mirosul îmbătător al rozmarinului proaspăt și toate acestea sub un cer albastru și senin.

Fără avertisment, încă un bubuit zgomotos i-a întrerupt șirul gândurilor. Acesta venise din direcția turnului? Dacă ceilalți erau în pericol sau se întâmplase ceva foarte grav? Oare aflaseră nemții deja? S-a încruntat. Ascultase cu mare atenție și nu se auzise nicio mașină venind.

A adulmecat mirosul persistent de fum din aer. Se auzi un strigăt de bufniță, păsările de noapte foșneau în copaci, iar viețățile – poate mistrețul sălbatic sau vreo vulpe – zgâriau pământul în grădinile de legume. I se părea că aude însăși răsuflarea satului – înăuntru, afară, înăuntru, afară –, un ritm fără sfârșit. O clipă mai târziu, atentă la orice mișcare, a zărit ceva pe o alee și s-a oprit, cu nervii întinși. După câteva secunde, a făcut doi pași înapoi, apoi s-a oprit iar. Nimic. Probabil își imaginase. Dar pe urmă a trosnit o nuia. O pisică? Sau fusese călcată de o cizmă germană?

S-a uitat din nou în lungul aleii, respirând întretăiat. De data asta, a văzut o siluetă mică țâșnind pe alee de sub o intrare retrasă, apoi dispărând după colțul străzii. Preț de o clipă, nu a îndrăznit să se miște, neștiind dacă să încerce să se ia după omul acela sau să se grăbească spre turn să-i avertizeze pe ceilalți. Apoi a zărit o ușă legănându-se înainte și înapoi – măcar acum știa ce provocase bubuitul.

Dar era convinsă că nu-și imaginase silueta aceea și, fără să mai ezite, a luat-o înapoi spre turn, gândindu-se care dintre săteni putea fi pe străzi la ora asta târzie, într-o noapte atât de friguroasă. Nu avea ceasul la mână, dar trebuia să fi trecut deja de miezul nopții.

În timp ce se gândea la toate astea, ușa mare din turn s-a deschis cu un scârțâit brusc și partizanul scund pe nume Lodo a ieșit cărând niște scânduri. A auzit strigătul înfiorător al unei pisici sălbatice în depărtare și a intrat în fugă pe ușa descuiată, a găsit scările la lumina lămpii și a urcat cu grijă. În capul scărilor, a împins ușa și a intrat. Trei capete stăteau aplecate deasupra echipamentului și doar Sofia și-a întors privirea spre ușă. Maxine se uita la James care continua să le explice procesul lui Aldo și lui Marco.

Sofia i-a făcut semn să vină.

– Ce naiba era? a șuierat ea.

Ea s-a zbârlit la tonul poruncitor al Sofiei, dar i-a povestit despre omul pe care îl văzuse alergând spre alee.

– Ai putea să-l recunoști? a întrebat Sofia.

Maxine a clătinat din cap.

– Păcat!

– Era mic de statură, oricine ar fi fost.

– O femeie? a întrebat Sofia.

– Posibil. Au terminat de transmis?

– Acum strâng totul. Trebuie să facem camera asta să arate și să miroasă ca un studio artistic – terebentină, uleiuri, lucruri din astea. Poți să-mi dai o mână de ajutor. O să facem asta mai târziu, în cursul dimineții.

– Au eliberat pasajul?

– Da.

După ce Sofia s-a îndepărtat, Maxine i-a atras atenția lui Marco și i-a făcut semn să o urmeze afară.

A ajuns acasă înaintea celorlalți și, fără ca cineva să-i vadă, l-a tras pe Marco după ea spre spălătoria de la parter. Apoi a așteptat să vină Sofia și să urce în dormitor. După ce s-a asigurat că ușa Sofiei se închisese, a luat-o înaintea lui Marco în vârful picioarelor și l-a condus cu grijă până în camera ei, unde a aprins lampa de pe noptieră. Fără să fie convins, el a clătinat din cap, i-a șoptit că nu era în regulă, a insistat că ar trebui să plece, dar ea l-a cuprins cu brațul pe după gât și l-a tras aproape de ea. Apoi l-a sărutat apăsat pe buze. El n-a mai obiectat și i-a zâmbit cu ochii de culoarea caramelului sclipitori. Ea i-a mângâiat pielea strălucitoare și măslinie și și-a trecut degetele prin părul negru cârlionțat. Ca un țigan, și-a spus din nou.

L-a luat de mână și l-a condus spre pat. S-au întins peste cuverturi complet îmbrăcați.

– Așa o să fie? a întrebat el.

– Ce anume?

– Stăm peste cuverturi? Ai remarcat că e frig bocnă?

– M-am gândit că ai putea să mă dezbraci tu. Foarte, foarte încet.

– Altă dată, a spus el. E prea frig.

Amândoi au început să râdă, iar ea a dus un deget la buze, bucurându-se de intimitate. Nimic nu se compara cu sexul ilicit.

El a zâmbit și a început să-i descheie nasturii de la bluză foarte încet, bâjbâind chiar.

– O să-ți arăt eu ce înseamnă *cu adevărat* încet, domnișoară, a șoptit el în timp ce ea îl îndemna să se grăbească.

A atins-o cu degetele tremurând, atât de ușor încât ea a tras aer brusc în piept. Era captivant, fermecător, și prelungea răgazul, forțând-o să aștepte în timp ce presiunea creștea în ea. Dacă nu făcea pasul următor, și încă repede, avea să explodeze. Expresia năstrușnică de pe fața lui lăsa se vadă că nu intenționa să se grăbească, așa că ea a mijit ochii și, împingându-l la o parte, și-a scos singură bluza. El i-a mângâiat sânii prin bumbacul subțire al furoului, apoi și-a trecut degetul mare peste sfârc. Încă înfrigurată, ea a icnit și s-a lipit de el. El i-a tras încet în jos bretelele de pe umeri și i-a atins gâtul cu limba. Geamătul ei era menit să-l zorească, dar el l-a ignorat, aplecând capul să-i sărute umerii încă agonizant de lent, înainte de a-i cuprinde sânii în palme. Ea și-a arcuit spatele și a gemut din nou. Era puternic, vânjos și musculos, iar ea s-a împins spre el cu mai multă insistență decât înainte. El a ridicat cuverturile și s-au strecurat amândoi sub ele. În cele din urmă, febrilă din pricina așteptării și a dorinței, și-a smuls singură lenjeria. La început, a tremurat, dar el i-a mângâiat abdomenul și, amețită de dorință, tot trupul i-a luat foc, energia ei bolborosind și sfârâind. Mâinile lui în părul ei, buzele pe carnea ei. I-a sărutat interiorul coapselor, tot fără grabă, și în sfârșit ea s-a abandonat lentorii mișcărilor lui. În aceeași clipă, ca și cum și-ar fi dat seama că se predase, s-a rostogolit peste ea și a pătruns-o. Când s-a terminat, cu picioarele împletite, s-a desfătat cu senzația de după, asudând, cu răsuflarea încetinind treptat. Era ceva diferit aici, o senzație de conexiune adevărată. Era convinsă de asta.

Înainte de seara asta, își dorise să-l revadă pe Marco, să înțeleagă ce simțea ea, dar bătea în retragere. Nu era obișnuită cu acest fel de foame, își promisese să nu se îndrăgostească niciodată și văzuse mereu căsătoria ca pe o capcană. Iubirea era cea mai sigură cale de prăbușire pentru o femeie.

Chiar și față de tatăl ei, pe care-l iubise cândva atât de mult, își pierduse respectul când văzuse prima dată vânătăile mamei. Avea vreo opt ani, îi era rău și nu voise să meargă la școală. Când mama ei, Luisa, insistase să se îmbrace și să se ducă totuși, o strânsese pe mama de braț și o implorase să rămână acasă. Luisa s-a stras înapoi și s-a răstit la ea; mai târziu, când mama și-a ridicat mânecile să spele vasele, n-a durat mult să-i pice fisa. Odată ce Maxine a zărit semnele grăitoare, galbene și vineții, de pe brațele mamei, a realizat că mereu părea să se întâmple când tatăl ei venea târziu acasă, mirosind a băutură, cu nasul borcănat, cu obrajii roșii. Mai auzise strigăte, bineînțeles, fără să înțeleagă atunci că mama ei era agresată fizic. După ce a descoperit adevărul, Maxine a adormit plângând multe nopți la rând.

Din acel moment, Maxine jurase că o viață monotonă, presărată doar de violență, nu avea să fie soarta ei. Mai târziu, în anii adolescenței, când a dezvoltat o pronunțată latură rebelă, încercase să discute cu Luisa despre bătăi, dar mama îi închisese gura. Fusese diferit, spusese ea, când trăiau în Italia. Alessandro era un bărbat bun atunci. Ferma îl ținuse complet ocupat și, deși administrarea fermei era o muncă epuizantă, viața lor fusese plină de satisfacții. Erau fericiți. Pe atunci, bea doar la masă, când toți beau vin împreună, chiar și copiii. Ea oftase și spusese că necazurile începuseră pentru că Alessandro nu reușise să treacă peste plecarea din patria lor, deși se întâmplase cu atât de mulți ani în urmă.

– Când iubești pe cineva, îl iubești pur și simplu, spusese ea întristată. Orice-ar fi.

– Serios? întrebase Maxine îngrozită. Orice-ar fi? Să lași un bărbat să te bată?

Cu o urmă de regret, își dorea să fi putut face mai mult s-o ajute, dar mama își găsise mai multe scuze, spunând că era normal. Fusese destul pentru Maxine să se hotărască. O soție năștea copii, îndura greul creșterii copiilor, deseori muncea și în afara casei și pe lângă toate astea făcea și cumpărăturile, toată treaba în casă *și* avea grijă de cei bătrâni și bolnavi. Doar pentru a fi abuzată de un bărbat. Nu. Niciodată. Nu era pentru ea. Poate fusese soarta mamei ei să rămână fără voce și tăcută în suferința ei, dar nu avea să fie nicicând a lui Maxine.

– Atunci, de ce? a întrebat Marco, aducând-o înapoi în prezent.

– De ce, ce?

– De ce au plecat părinții tăi?

Ea s-a încruntat.

– Acum mă întrebi așa ceva? Nu ți-am spus?

— Nu chiar. Îmi place să înțeleg lucrurile așa cum sunt.
— Mai degrabă îmi verifici povestea.
— Mă poți învinui? Nu sunt multe americance frumoase care ne dau o mână de ajutor.
— Pământul nu mai era destul pentru ei.
— Și asta a fost tot?
— Din câte știu. Da.
— Și vrei să vezi de unde provine familia ta?
— Exact!

El părea nedumerit.

— N-ai fi putut veni înainte de război, pe timp de pace?
— Păi, de câte ori am vorbit cu părinții mei despre asta, m-au convins să nu vin.

El a râs.

— Nu pari să fii ușor de convins.
— Nu sunt.

Ea s-a oprit și s-a scărpinat la ureche.

— În cele din urmă, am venit fără aprobarea lor. Sau, mai bine zis, m-am dus la Londra ca jurnalistă fără aprobarea lor. Pur și simplu, au fost nevoiți să accepte. De fapt, nu știu că sunt aici, în Italia. Mi s-a spus să nu-mi anunț familia.

— Dar de ce nu au vrut să vii în Italia *înainte* de război?
— Nu sunt sigură. Eram încă destul de tânără și nu le plăcea Mussolini.

— Asta pot să înțeleg, a spus Marco strâmbându-se. Noi am fost nevoiți t să-l suportăm încă din 1922.

A urmat o pauză scurtă.

— Tu nu vrei să știi mai multe despre mine? a întrebat el.

Mirată, s-a ridicat puțin și s-a uitat în jos la el. El a întins mâna să-i mângâie părul.

— Ba da, a spus ea. Nu voiam să întreb... Am crezut...

— Ai dreptate. Ne antrenăm să nu dezvăluim cine suntem cu adevărat.

— Poate îmi spui de ce te-ai alăturat partizanilor?

El s-a frecat la ochi și ea s-a întins la loc, cuibărindu-se lângă el, cu palma pe pieptul lui, ca să-i simtă bătăile inimii.

— Înainte de război, fratele meu mai mare a fost ridicat de fasciști. Nu l-am mai văzut niciodată.

— Îmi pare foarte rău.

— Se întâmpla, și nu doar nouă. Dar am jurat că atunci când avea să fie momentul potrivit o să lupt împotriva lor. Fratele meu nu l-a susținut niciodată pe Mussolini, puțini dintre noi o făceau de fapt, dar el fusese prea direct și într-o noapte au venit. Nu știm ce i-au făcut, dar putem ghici. Mai am o soră, dar faptul că l-am pierdut pe fratele meu a distrus-o pe mama.

— Of, Marco!

El a privit-o în ochi și au rămas tăcuți multă vreme. Mișcată de pasiunea lui, atât pentru cauză, cât și ca bărbat, îl admira cu adevărat.

El a fost cel care a rupt tăcerea.

— Tu ai frați sau surori?

— Un frate, cu un an mai mare decât mine.

— Se poarte frumos cu tine?

— Destul.

El a oftat.

— Nu ne putem face un obicei din asta, să știi, a spus el.

Plăcerea s-a evaporat și a simțit că înlăuntrul ei se deschide o fântână de întristare. Nu voia să audă asta și se simțea sfâșiată.

— De ce nu? a întrebat ea cu voce joasă.

— Pentru că nu e sigur. Trebuie să fim discreți, să ne păstrăm identitățile separate.

— Și cum rămâne cu sentimentele? a întrebat ea.

— Ele devin o slăbiciune. Dușmanul caută mereu verigile slabe din lanț.

– Atunci, a spus ea, încercând să dea un răspuns mai nonșalant decât simțea cu adevărat. Ar fi bine să profităm acum cât mai mult.

El a sărutat-o pe buze, apoi a clătinat din cap.

– E timpul să dormim.

Ea a stins lumina, dar gândurile îi alergau prin cap în timp ce respirația lui se adâncea. De ce găsise pe cineva care îi plăcea atât de mult într-un moment atât de imposibil?

– Mai ești treaz? a întrebat ea.

– Mmmm?

– Vreau să vin în următoarea voastră misiune, oricare ar fi.

– Foarte bine.

– Foarte bine? a spus ea mirată.

El a râs.

– Orice pentru o noapte întreagă de somn!

19.

Sofiei nu-i venea să se trezească și s-a ridicat încet, frecându-și brațele reci. Iar când a tras draperiile, s-a dat înapoi văzând vântul aprig ce legăna copacii. Dar măcar îndepărta norii, iar porțiunile de albastru senin începeau să se iveascã. Sperând că aerul curat avea să-i îmbunătățească starea de spirit, s-a îmbrăcat repede și a coborât la parter, unde a întins mâna după paltonul vechi al lui Lorenzo, care stătea de obicei agățat într-un cui în spatele ușii. Era atât de lung, încât poalele măturau podeaua când îl purta, dar îi plăcea mirosul înțepător de loțiune după bărbierit și de trabucuri și îl îmbrăca deseori ca să simtă și alinarea, și căldura lui. Acum, când a văzut că paltonul lipsea, și-a amintit că îl purtase Maxine în turn.

S-a uitat afară în sus, spre turn. Poate ar fi putut să lase obloanele deschise, așa cum fuseseră înainte de transmisiune. Era posibil ca cineva să remarce că acum erau închise, așa că s-a întors și a scos cheia din noua ascunzătoare.

În vârful turnului, totul era așa cum lăsaseră. În camera de la parter, James trăsese un dulap de lenjerii în dreptul ușii spre pasajul secret și astăzi Sofia avea să-l umple cu vopsea, perii, terebentină și cârpe și câteva din cărțile ei de artă. Iar ea avea să-l roage pe Aldo să-i care cele două șevalete, cu tot cu cel mai recent tablou început. Gândul la pânză i-a amintit că Lorenzo nu o mai întrebase nimic despre asta. Ura faptul că el știa că nu-l dusese la înrămat și că ea îl mințise. Singurul lucru pe care îl putea face era să mărturisească adevărul, să-i spună despre James, și avea s-o facă data următoare când venea acasă. Lorenzo nu insista prea des să primească răspunsuri indiferent de subiect; de obicei, făcea câte o aluzie în timpul discuției, lăsând-o așa până când ea era pregătită. Ei nu-i plăcea să mintă. Spusese multe minciuni mărunte, deși majoritatea erau prin omisiune. Dar era atât de ușor să te amăgești singur, să manipulezi povestea, să crezi minciuna, să păstrezi aparențele. Mai ales acum. Nici măcar nu era vorba să amăgească pe cineva, căci ea însăși era atât de pregătită să fie amăgită. Se consola cu gândul că măcar minciunile ei domestice nu fuseseră înșelătorii în toată puterea cuvântului.

A luat pânza de la ferestre, făcând-o sul înainte de a deschide obloanele. Apoi a coborât la parter.

În cele câteva minute în care fusese în turn, cerul se schimbase. Acum, albastrul strălucitor se întindea cât vedeai cu ochii, iar asta o făcea mai fericită în timp ce mergea pe aleile cu pietriș de la marginea satului. A ocolit grădinițele de legume și cotețele de pui goale și apoi, trecând pe lângă câteva terase întortocheate ale caselor cu etaj, unele cu logii mititele, a inspirat mai adânc, exercițiul alungând neliniștile nopții.

Când a ajuns în locul ei preferat, s-a uitat peste zid, spre contururile senzuale ale satului Val d'Orcia, cu Monte Amiata, de un albastru întunecat, în depărtare și toate văile învăluite spectaculos în ceață alburie. I se părea că peisajul fusese pregătit numai pentru ea, iar priveliștea o calma așa cum se întâmpla de fiecare dată, indiferent de anotimp. După ce s-a simțit mai bine, și-a croit drum înapoi, trecând pe lângă una sau două sătence, cu basmalele legate strâns pe ceafă, frecând cu sârguință treptele din fața casei. Asta o înduioșa și, uimită că în ciuda războiului, a lipsurilor și pierderilor, femeile încă mai păstrau standardele, le-a zâmbit. Pe urmă, s-a oprit să schimbe o vorbă cu Sara și vecina ei de alături, tânăra Federica, al cărei băiețel ghinionist avea buză de iepure și privea în tăcere, sugându-și degetul mare.

Când a trecut de micul cimitir din coasta turnului, s-a uitat în sus și a văzut un vultur care se învârtea pe cer în timp ce zbura spre nord, unde avea să fie și mai frig, și atunci, uitându-se din nou în jos, a zărit o siluetă mică aplecată într-un alcov.

— Gabriella, a spus ea mirată. Tu ești?

Fata a lăsat capul în jos, tremurând în timp ce se trăgea și mai mult lipindu-se de zid.

— Gabriella. Ce Dumnezeu faci?

Sofia s-a apropiat și a întins mâna spre fată, pe care aceasta a ignorat-o. I se încâlciseră frunze și rămurele în păr și pielea îi era atât de vânătă încât o speria pe Sofia. Cu siguranță, nu fusese plecată toată noaptea, nu?

— Haide! Trebuie să te ducem la căldură. Unde e cățelul tău, Beni?

Sofia vorbise cu blândețe, dar Gabriella tot nu voia să se miște. Se întreba dacă n-ar trebui s-o aducă pe Carla, dar dacă o lăsa singură exista posibilitatea să plece din nou. A decis să încerce o abordare mai fermă.

— Gabriella! Nu este bine așa. Insist să vii înăuntru până nu răcești cobză!

Auzind tonul poruncitor din vocea stăpânei, fata și-a înălțat privirea, apoi s-a ridicat nesigură în picioare.

— Ai fost plecată toată noaptea?

Gabriella a dat din cap și Sofia și-a dat seama că probabil pe ea o văzuse Maxine furișându-se pe alee. În clipa aceea, sora ei, Anna, a apărut de după colț cu micul Alberto după ea. Văzându-le, s-a oprit.

— Ce...? a început ea cu o privire furioasă.

Sofia i-a făcut semn să tacă.

— Gabriella merge înăuntru ca să se încălzească, nu-ai așa, dragă?

Gabriella abia se mișca, dar a clipit din ochi.

— *Per Dio*, a început Anna din nou, de ce nu vrea să deschidă gura și să vorbească?

Sofia a făcut-o să tacă din priviri și a ajutat-o pe Gabriella să pornească spre casă.

Dar Anna nu terminase și, cu ochii aprinși, cuvintele i-au ieșit ca o explozie.

– Mama a răsfățat-o pe fata asta. Acum, uită-te la ea! A fost afară toată noaptea? Și ce-ai făcut, mă rog?

– Anna, ai dreptate, a spus Sofia. Sunt întrebări care au nevoie de răspuns, dar mai întâi trebuie să se încălzească și să mănânce ceva.

– Bineînțeles, Contesă. Îmi pare rău, n-am vrut să vorbesc nepoliticos.

– Nu te preocupa de asta! Știu că ești îngrijorată.

Băiețelul Annei a început s-o tragă de fuste și să scâncească.

– Îl duc pe Alberto acasă la Rosalia, a spus ea. Am... ceva...

– E în regulă. Înțeleg.

Anna a cercetat pentru o clipă chipul Sofiei de parcă se întreba cât de mult știa stăpâna despre activitățile ei de curierat. Sofia a dat ușor din cap și Anna a plecat.

Când Sofia și Gabriella au ajuns la bucătărie, Contesa a împins ușa și a găsit-o pe Carla într-o stare de neliniște.

– Gabriella! a strigat ea cu vocea tremurând. Te-am căutat peste tot, copilă. Unde-ai fost?

Pentru că Gabriella rămânea mută, Sofia a decis să intervină.

– Am găsit-o în biserică. Mă tem că a fost pe afară toată noaptea.

Cu mâinile în șold, Carla s-a încruntat, mai furioasă acum.

– De ce? Ce dracu'?

– Pot s-o țin cu mine, a spus Sofia. Să încerc s-o conving să-mi spună ce-a făcut.

Carla și-a îndreptat umerii înainte să vorbească.

– Nu, Contesă. Mulțumesc că te-ai oferit, dar sunt gata să mă ocup singură de fata mea. O să aflu eu în curând ce s-a întâmplat.

Carla s-a dus după Gabriella în camera ei și Sofia a auzit vocea ridicată a Carlei timp de câteva minute. Apoi, s-a așternut tăcerea.

Când s-a întors Carla, s-a așezat lângă plită și a clătinat din cap.

— Nu spune nimic. Nu încă. Cred că trebuie să doarmă. Am învelit-o cu o pătură și o să-i duc ceva cald de băut acuși, să văd dacă o ajută.

Sofia a dat din cap.

— Dă-i puțin timp.

— Da. Ai dreptate.

— Deci, ce s-a întâmplat cu Maria aseară?

— I-am dat vin și o brânză bună pe care am ascuns-o de nemți. I-am spus că a venit vremea să facem pace.

— Și a fost de acord?

— Da, până la urmă a mers bine. N-a băgat nimic de seamă.

Carla a luat o perie de frecat, a umplut un castron cu apă și săpun și a început să curețe masa din bucătărie.

Când a venit Aldo din grădină, arătând flămând, Sofia i-a făcut cu ochiul amintindu-i să nu pomenească nimic despre schițe sau despre tabloul de față cu Carla, iar el i-a aruncat o privire conspirativă, cu ochii mari.

Carla a terminat de frecat masa, apoi s-a apucat să înțețească focul la plită. După aceea, a luat mătura și, când se pregătea să măture, Aldo i-a luat-o din mână și a făcut el treaba în locul mamei. Apoi a pregătit tot ce aveau nevoie pentru micul dejun în timp ce mama lui fierbea cafeaua, prima ceașcă fiind rezervată Gabriellei.

Sofia i-a zâmbit lui Aldo când el s-a așezat. Puțini bărbați s-ar coborî să facă munca femeilor, dar el o ajutase întotdeauna pe mama lui.

— Îmi place să iau micul dejun cu tine, tinere, a spus ea așezându-se lângă Aldo. Cum ești după seara trecută?

El i-a zâmbit scurt, stânjenit.

— Nu știu dacă o să înțeleg vreodată radioul.

Ea l-a bătut ușor pe mână.

— O să înțelegi.

Când s-a întors Carla în bucătărie, Sofia a întrebat cum se simte Gabriella.

— E somnoroasă, a răspuns Carla și a ridicat din umeri. Vom vedea după aceea.

Pe urmă, a dezvelit o pâine mică, coaptă în după-amiaza trecută, câteva roșii de casă, o sticlă cu uleiul lor de măsline și puțină sare. A tăiat roșiile în felii subțiri și a desfăcut prăjiturelele pe care le făcuse odată cu pâinea.

– Ai piersici uscate? a întrebat Sofia, știind că erau preferatele lui Aldo.

Carla, care credea cu tărie în consolarea adusă de mâncare, a dat din cap și s-a dus în cămară, unde ținea borcanul ascuns.

– Poți veni să pozezi pentru mine o vreme? a șoptit Sofia când Carla era întoarsă cu spatele. Ar trebui să termin azi schițele preliminare.

20.

Era aproape întuneric și, în siguranța relativă a casei abandonate de la fermă, Marco o privea cu atenție pe Maxine.

– Poți să raportezi numărul nostru, lipsa armelor și coordonatele, dar fără nume. Ai înțeles?

A prins-o de umeri cu putere, provocându-i durere.

– Ai înțeles?

Ea a dat aprobator din cap, căutându-și lenjeria intimă. Unde naiba îi era sutienul?

– Și nu poți vorbi cu nimeni de aici despre ce vezi în seara asta. Dacă dăm de necazuri, o să fii pe cont propriu. Te ascunzi sau fugi.

Ea și-a găsit sutienul și a prins din zbor bluza pe care i-a aruncat-o el, apoi s-au îmbrăcat amândoi în grabă. În timp ce-l privea, Marco își agăța un binoclu la gât.

– Ce e? a întrebat el.

– De unde naiba ai făcut rost de ăla?

El a râs și s-a apropiat s-o sărute pe buze.

– Eu pot să fac rost de orice.

S-au furișat în bucătărie, unde se strânseseră câțiva bărbați cu priviri aspre. Un bărbat mai vârstnic, slab și cu o înfățișare de șmecher, a privit-o lacom și a făcut un comentariu vulgar la adresa ei. Bărbații au râs, apoi au ignorat-o. L-a zărit pe Lodo, de noaptea trecută, dar s-a mirat să-l vadă și pe Aldo, cu ochii sălbatici extrem de tineri și plini de teamă, zâmbind însă curajos.

Ea l-a prins de cot și a șoptit.

— Credeam că o să înveți doar să operezi radioul.

El a clătinat din cap.

— Asta i-am spus mamei și Contesei, dar nu e destul. Vreau să acționez.

— Și Marco a fost de acord?

— Nu i-am dat de ales. L-am urmărit și iată-mă aici.

Maxine s-a uitat în jurul ei. Toți purtau haine închise la culoare și își acoperiseră încălțările cu șosete groase.

— Și tu.

Marco i-a întins o pereche de șosete.

— Ne ajută să nu facem zgomot. Femeile din sat le-au împletit pentru noi.

— Ești gata, Aldo? l-a întrebat bărbatul slab.

Marco a intervenit.

— Fără nume adevărate. Spune-i Puștiul.

Aldo a zâmbit.

Maxine a simțit că bărbații erau extrem de entuziasmați. Teama de a înfrunta pericolul și de a fi prinși amestecată cu fiorul posibilului succes era o combinație letală. Când grupul a pornit la drum, unul dintre ei l-a strigat pe Aldo.

— Puștiule, tu mergi cu mine!

Maxine și-a plecat capul pe sub o creangă joasă și, absorbind energia încântării lor, i-a urmat.

Nu a vorbit nimeni decât abia după trei sferturi de oră, când grupul s-a apropiat de o șină de tren. Maxine a dedus că erau pe punctul de a desfășura un sabotaj al căii ferate. Trei bărbați cărau rucsacuri care, bănuia ea, erau pline de explozibil.

— Dacă auzi pe cineva tușind, i-a șoptit Marco înainte de a se îndepărta, e semnalul că se apropie un paznic. Sperăm să aruncăm în aer un tren nazist cu provizii, cu vagoane de marfă pline de mâncare. Dar tu stai aici.

Din punctul ei de observare, în lumina slabă a lanternei care se stingea, a văzut cum cei trei au scos niște containere ciudate în formă de cârnați lungi. Pe urmă, și-a ținut respirația în vreme ce bărbații se furișau pe șina ce continua de-a lungul văii spre San Giovanni d'Asso. Pe podul mic deasupra drumului, au început să monteze explozibilul sub bordura șinei astfel încât, când roțile trenului aveau să treacă peste, nu doar să deraieze tot trenul, dar și să distrugă șina. Din când în când, mâinile lor dislocau câteva pietre care se rostogoleau, făcând un zgomot cumplit în liniștea adâncă a nopții. De câte ori se întâmpla asta, încremeneau de spaimă să nu fie descoperiți. În întuneric, Maxine a zărit sclipirea binoclului lui Marco. Cât de bine vedea cu el? Cei doi care erau de pază stăteau ceva mai sus, supraveghind scena, gata să tușească sau să fluiere dacă observau pe cineva mișcându-se. Atmosfera era tensionată și, cu cât se prelungea, cu atât devenea mai rigidă. Noaptea era surprinzător de rece și ea tremura fără oprire.

Din senin, o lumină strălucitoare a alungat întunericul de parcă lumina zilei ar fi venit mai devreme. O patrulă nazistă care folosea rachete semnalizatoare! Strigăte feroce în germană au răsunat și partizanii au început să fugă. Au urmat împușcături și Maxine l-a văzut pe Aldo căzând la pământ. Și-a acoperit gura să nu țipe, dar el s-a ridicat apoi în picioare și a început să fugă. Ușurată, a urmărit totul câteva secunde, pe urmă, când a dat să se întoarcă, s-a îngrozit văzând cum nemții puneau mâna pe Aldo și-l trânteau la pământ. Băiatul s-a ridicat în picioare clătinându-se. Ea s-a răsucit să-l caute pe Marco, dar nu avea ce face.

Ceilalți bărbați fugeau, făcându-se nevăzuți înapoi în pădure și împrăștiindu-se. Atunci a intrat în acțiune propriul ei instinct de supraviețuire și a fost obligată să facă același lucru. A fugit înapoi în pădure, împiedicându-se de propriile picioare, iar crengile i se agățau de haine și-i zgâriau fața, bețele și rămurelele trosnindu-i sub tălpi. Apa curgea de pe crengile de sus. Animalele foșneau, alergau, fornăiau printre copaci. Mistreți sălbatici? Oare atacau? Nu i-a văzut, dar a alergat mai departe până și-a agățat cizma într-o încrengătură de rădăcini de copac și a căzut pe burtă, impactul tăindu-i răsuflarea. Duhoarea de pământ și vegetație putrezită i-a umplut nările și când gustul respingător i-a ajuns în gură, a vomat. Udă până la piele, s-a forțat să se ridice și a mers împleticindu-se mai departe, abia dându-și seama încotro mergea, respirând întretăiat din cauza efortului de a alerga în pantă. Vântul șuiera printre copaci și în bezna profundă totul părea să se miște. S-a izbit direct de un stejar mare și s-a străduit să-și tragă sufletul, dar un cârcel i-a strâns dureros mușchiul pulpei împiedicând-o să alerge. Niște câini au început să latre. Câinii nemților? Se apropiau sau se îndepărtau? S-a ridicat cu greu, mergând acum pe o pantă și mai abruptă, șchiopătând de durere și cuprinsă de o teamă pe care nu o mai simțise niciodată.

Pădurile erau periculoase, înfiorătoare. Și era urmărită. Oare o înconjurau, pregătindu-se s-o prindă în capcană? La sunetul pașilor care zdrobeau lăstarii, s-a ghemuit să se ascundă. A auzit cizmele unui soldat neamț în timp ce înainta cu greu printre ferigi, împungându-le cu pușca. Cât de departe? La jumătate de metru, un metru? Și-a ținut respirația. Neamțul a înjurat în timp ce altul dădea ordine. Apoi bărbatul s-a întors pe același drum, trecând din nou pe lângă ea, la doar câțiva centimetri distanță.

Câteva clipe mai târziu, a respirat din nou.

Sunetele se auzeau ciudat acum. Schimbate. Distorsionate. Și vocile urlau, ieșind ca de nicăieri. *Halt! Halt!* Țipetele aveau ecou în capul ei. *Halt! Halt!* Unde erau? I s-a uscat gura. Nu putea înghiți. Acum îi era cald, în clipa următoare simțea că îngheață de frig. Și pe urmă explozia altei împușcături a paralizat-o. Cu inima bubuind, și-a imaginat glonțul care-i străpungea carnea cu atâta convingere încât pentru o secundă a crezut că se întâmplase cu adevărat. A răsunat încă o împușcătură, apoi încă una. Prinseseră pe cineva? Pe Marco? Îl prinseseră pe Marco? Dar de unde știuseră nemții că partizanii aveau să fie acolo? În clipa aceea, stând nemișcată, i-a fost foarte clar că cineva îi dăduse de gol.

După o veșnicie, împușcăturile au încetat și vocile s-au stins. Complet ușurată, a adulmecat aerul. Fum de lemne? A mers pe poteca din fața ei până a ajuns la căsuța de la fermă, cu un hambar și un șopron alături. Murdară și sângerând din cauza tăieturilor și a zgârieturilor, s-a îndreptat spre hambar. Spera că Marco reușise să scape, dar Aldo? O, Doamne! Oare reușise și el să scape?

21.

În ziua următoare, Sofia a auzit o bătaie în uşa de afară, cea care dădea direct în ceea ce fusese grădina ei de trandafiri. Apoi s-a auzit o voce şoptită. A descuiat-o şi fata Carlei, Anna, aproape s-a prăbuşit în cameră, roşie la faţă şi agitată. S-a uitat spre uşa ce dădea spre partea principală a casei.

– Mama nu ştie că sunt aici.

Când Sofia a încuiat uşa, Anna a expirat încet, controlat, ca şi cum încerca să se stăpânească.

– Nu vrei să stai jos?

Anna a rămas în picioare, trasă la faţă, cu ochii ameţiţi de nelinişte.

– Aşa, spune-mi! a cerut Sofia.

– Aldo.

Anna şi-a înghiţit un suspin.

O senzaţie de spaimă a început să pună stăpânire pe pieptul Sofiei, aşteptând ca Anna să continue.

– L-au prins.

– Cine, Anna? Cine l-a prins?

Anna a lăsat capul în jos şi, când a ridicat privirea, ochii căprui închis erau scăldaţi în lacrimi.

Inima Sofiei a zvâcnit.

– O, Anna, vino şi stai lângă mine.

S-a prăvălit în față și Sofia a întins brațele s-o prindă. S-au așezat amândouă pe banchetă în timp ce Anna plângea.

— Spune-mi tot. Începe cu începutul.

Anna i-a relatat zvonul în grabă.

— Se spune că Aldo ar fi fost împușcat în timpul unei acțiuni a partizanilor.

— A fost implicat Aldo? Știu ei asta?

— A venit un bărbat în zori. Nu știa sigur dacă era Aldo sau măcar dacă e mort sau viu. Dar ei cred că a fost dus la secția de poliție din Buonconvento.

— Împușcat de nemți?

Anna a dat din cap, frecându-și tulburată fruntea.

— A spus că cineva trebuie să-i fi trădat pentru că nemții îi așteptau. Nu știu ce să fac. Aldo n-a venit acasă azi-noapte și nu îndrăznesc să-i spun mamei.

— Dar de ce a fost dus la Buonconvento?

— Se zvonește că de acolo venea un partizan. Vrei să vii cu mine? Să mă ajuți să aflăm ce s-a întâmplat?

— Nici nu trebuie să întrebi, a răspuns Sofia, după ce s-a gândit o clipă. O să luăm coșurile pentru cumpărături și o să mergem pe drumul desfundat cu căruța și poneiul ca să nu stârnim bănuieli. Dar trebuie să fim atente și să pară că am venit doar să cumpărăm ceva.

Anna s-a uitat la ea.

— Dacă a fost ucis un neamț, o să execute cinci bărbați din fiecare sat din care vin partizanii.

— Aldo e singurul pe care l-au prins?

— Nu știu, a răspuns Anna plină de amărăciune.

— Bine, a zis Sofia, forțându-se să se stăpânească. Așteaptă-mă dincolo de poarta principală. Să nu te vadă Carla. Am nevoie de o jumătate de oră să mă îmbrac și să iau poneiul și căruța. Unde-i băiețelul tău?

— E la vecina mea.

— Bine. Ține-ți firea. Nici măcar nu știm sigur că Aldo este cel pe care l-au prins.

Anna a respirat adânc, cutremurându-se, și a dat din cap.

Abia dacă au schimbat două vorbe în timpul drumului chinuitor până acolo și au înaintat greoi, poteca ocolind dealurile și ieșiturile stâncoase și coborând prin câteva văi. La Buonconvento, au intrat în satul împrejmuit de ziduri printr-o ușă enormă de lemn la poarta nordică spre Siena, Porta Senese. Satul se afla la confluența dintre râurile Arbia și Ombrone și până de curând fusese un popas bine-venit pentru călători. Numele însemna „loc fericit", deși Sofia nu se putea gândi la o descriere mai nepotrivită în ziua aceea. Se simțea rău din pricina neliniștii și vedea că Annei îi era greu să-și potolească agitația.

— Haide! a încurajat-o Sofia. Nu știm încă nimic.

Au ajuns la Via Soccini, strada principală, care era complet pustie. Neștiind de ce, au hotărât să priponească poneiul și să meargă pe jos prin încrengătura de alei și străzi dosnice ce se răsfira în spate. Sofia mergea de obicei spre Buonconvento pe șoseaua principală și locul ei preferat era micuța piață de la capătul Via Oscura. Îi plăcuse întotdeauna acest oraș cu străzile sale medievale cu clădiri *palazzo* înalte, împodobite, din cărămidă roșie. Chiar și străduțele înguste erau pitorești. Însă nici aici nu era țipenie de om. Nimeni nu întindea rufele, nimeni nu mătura treptele din față. Nu auzeau decât sunetul propriilor pași pe pietre. Parcă era un oraș fantomă. În cele din urmă, au dat peste o femeie care stătea în ușă și privea în pământ.

— Scuzați-mă, a început Sofia, dar femeia doar a arătat cu degetul spre capătul opus al orașului.

Neliniștea Sofiei s-a întețit. Se întâmpla ceva îngrozitor. Buonconvento era de obicei un loc agitat, chiar și după ce începuse războiul. Acum, la fiecare colț erau întâmpinate doar de liniștea înfiorătoare și de șoaptele stranii care păreau să plutească în aer.

În cele din urmă, s-au întors pe strada principală și au luat-o spre Porta Romana, din partea sudică.

Și atunci le-au văzut.

Două cadavre, cu carnea acoperită de crestături roșii, cu degetele înnegrite, cu fețele pline de vânătăi. Sofiei i s-a tăiat răsuflarea.

Anna a strâns-o de braț și s-au alăturat mulțimii mici și tăcute care se uita la oamenii spânzurați de poarta principală. Nu puteai nici să intri, nici să ieși fără să-i vezi și Sofia și-a dat seama imediat că unul dintre ei era băiatul zvelt pe care-l iubise dintotdeauna. Celălalt era partizanul Lodo. Și-a acoperit gura cu mâna ca să-și înăbușe urletul. Aerul din jurul ei s-a descompus, ochii i s-au încețoșat și casele și oamenii au dispărut, iar ea nu l-a mai văzut decât pe Aldo. Câțiva oameni din mulțime se dădeau înapoi, înfricoșați, în timp ce alții mergeau mai în față, fascinați de mirosul amar al morții, de gustul metalic și dulceag al sângelui pe limbă, de izul fecalelor în nări, de liniștea îngrozitoare a străzii, străpunsă doar de plânsul unui copil și de șoaptele care nu încetau.

Neputând să îndure priveliștea, Sofia a închis ochii o clipă și, când i-a deschis din nou, a înțeles că se schimbase pentru totdeauna; devenise o persoană complet diferită într-o lume complet diferită. Acest act de reală provocare i-a stârnit un sentiment puternic de furie și repulsie. A simțit gust de sânge și de sare în gură și un soi de mânie arzătoare pe care nu o mai simțise până atunci. Ar fi vrut să dea fuga și să coboare cadavrele de acolo, să spele pielea rănită, să-i aducă înapoi și totuși știa că nu poate face asta. Deși exploda pe dinăuntru, nici măcar nu putea să arate că știa cine erau bărbații. Anna era înțepenită, iar Sofia se agăța de ea de parcă s-ar fi putut prăbuși una fără alta. Au reușit să rămână în picioare, încremenite de uimire, dar mintea Sofiei era plină de imagini cu băiețelul năzdrăvan care fusese cândva Aldo. Îl vedea jucându-se cu căruciorul sau făcând pozne pe undeva prin sat – cu părul creț căzându-i peste un ochi vesel –, dar iertat datorită zâmbetului său deschis și irezistibil. Să-i vadă trupul atârnând acolo, cu capul plecat într-o parte, cu oasele frânte, cu viața distrusă, o rănea într-un fel pe care nu și l-ar fi putut imagina vreodată. Un spasm de durere, o durere fizică reală, sfâșietoare, dar se lupta să nu cedeze. Trebuia să-și ascundă orice expresie de jale până plecau din locul acesta îngrozitor. S-a uitat în sus spre stânga și la o fereastră, urmărind scena, a văzut fața împietrită a unui ofițer neamț, indiferența glacială a sprâncenelor ridicate stârnind o furtună și mai cumplită înăuntrul ei. Kaufmann. Se uita drept la ea și a simțit atâta ură încât s-a convins. Putea să ucidă. Voia să ucidă. Și a fost atât de aproape de violență în mintea ei, încât s-a speriat de ea însăși.

A încercat să o tragă pe Anna de acolo.

– Vino! Trebuie să plecăm!

– Nu pot să-l las. Nu încă.

Bineînțeles, Sofia înțelegea, așa că au rămas, deși era mult prea riscant.

În spatele lor s-a iscat vâlvă din pricina mulțimii mai mari ce se forma acolo. Următorul lucru pe care l-a văzut Sofia a fost Carla care-și croia drum în față, cu chipul cadaveric.

– Cine i-a spus? a șoptit Sofia, dar Anna împietrise.

Sofia a așteptat să audă țipătul, dar s-au auzit doar murmure în spatele lor. Timpul s-a oprit în timp ce privea în agonia suspansului, dar Carla părea a fi în transă, din lumea asta și totodată din afara ei. Dacă cineva îi întrerupea transa, ce avea să se întâmple? Avea să se prăbușească, să înceapă să strige după bietul ei băiat mort? Să facă exact ce voiau nemții să facă?

Apoi a zărit-o pe Maxine, care-și făcea loc spre Carla, luând-o de braț și părând să-i spună ceva. Carla a clipit repede, dar Sofia a avut senzația că de fapt ea nu mai vedea nimic acum. Șocul o zdrobise, iar Maxine a reușit s-o îndepărteze sprijinindu-i brațul de la priveliștea cumplită a singurului ei fiu.

Împinsă de o hotărâre subită și feroce, Sofia a tras-o pe Anna de acolo și au pornit împleticit după Maxine. Și în clipa aceea Sofia a jurat că, oricât ar dura, avea să facă tot ce-i stătea în putere să scape țara de acești intruși mârșavi. Moartea lui Aldo nu avea să rămână nerăzbunată. Băiatul adorabil pe care îl știuse de când se născuse nu avea să fi murit în van. Și când și-a amintit de pistolul pe care i-l dăduse soțul ei, abia aștepta să apese pe trăgaci.

22.

Decembrie 1943

Absența lui Aldo umplea fiecare cameră. Valuri de jale o cuprindeau brusc și zi după zi șocul se repeta ca și cum era prima dată. Zâmbetul lui năstrușnic o bântuia pe Sofia și, oriunde ar fi mers, el era acolo; nu se putea convinge că nu avea să-l mai vadă niciodată. Îl revedea iar și iar spânzurat, iar imaginea aceea cumplită o distrugea. Nimic nu-i slăbea durerea din piept, așa că numai Dumnezeu știa cum trebuia să fie pentru Carla. Își dorea din toată inima să vină Lorenzo acasă, căci prezența lui ar fi fost o mare alinare. Încerca să și-l imagineze acolo, stând lângă ușă, abia ajuns și întinzând brațele spre ea.

Când îl întâlnise prima dată pe Lorenzo, încrederea lui în propria identitate și dezinvoltura lui o făceau să se relaxeze cu ușurință în preajma lui. Comandantul Schmidt, ofițerul neamț care se invitase la cină în noaptea în care sosise Maxine, era exact opusul, un bărbat care nu părea deloc confortabil. Agitat, ager și prea slab, intra acum în salon, făcând pași mari în față și zâmbind apoi. A avut aceeași impresie ca înainte, că era un bărbat care ar fi preferat să-și întindă picioarele la foc acasă cu soția lui.

Fiindcă trebuia să se arate de încredere, a zâmbit la rândul ei și a întins mâna politicos. El a sărutat-o și ea a simțit apa lui de colonie înțepătoare și abia atunci și-a dat seama că nu era singur, căci Kaufmann stătea chiar în spatele lui. Iar el era cu totul altceva. Schmidt a remarcat că ea se uita peste umărul lui și s-a înclinat scurt, ca să-l prezinte pe celălalt.

– Căpitanul Kaufmann, a spus el.

– Da, ne-am întâlnit, a spus Sofia, întorcându-se spre Kaufmann și studiind pielea netedă, fără riduri, a bărbatului, ochii sticloși de un albastru deschis din spatele ochelarilor cu rame de baga, fruntea înaltă și părul subțire, blond-nisipiu. Un exemplu perfect al masculinității ariene, și-a zis ea.

Kaufmann s-a înclinat ușor și țeapăn spre ea, apoi și-a concentrat atenția asupra camerei.

– Bine ați venit! a spus ea, probabil puțin prea rigid, dar din partea lui nu a primit nicio urmă de răspuns.

În schimb, în timp ce Schmidt se așeza într-un fotoliu, încrucișându-și și desfăcându-și picioarele la fel ca înainte, Kaufmann se plimba încet prin camera mică, mângâind senzual obiectele, apoi aplecându-se să le examineze, luând câte unul, apoi schimbându-l cu altul. Ea habar nu avea ce se aștepta el să găsească.

Deși încerca să-i dea atenție lui Schmidt, îl observa pe celălalt cu coada ochiului. Acum stătea în picioare, cu picioarele depărtate, cu mâinile strânse la spate, în fața tabloului ei preferat, părând vrăjit de el.

– Acesta *este* un Cozzarelli. Îmi amintesc că l-am mai văzut aici.

S-a întors să se uite la ea.

– Din școala sieneză, influențată de arta bizantină și mai puțin cunoscută decât cea florentină.

– Da.

El i-a aruncat o privire lungă, rece.

– Nu ne lipsesc sensibilitățile delicate, orice ați crede. Eu însumi colecționez artă italiană. Cred că au fost mai multe tablouri cu San Sebastiano.

– Soțul meu ar ști cu siguranță. Acesta este în familie de multe generații. Sătenii îl consideră pe San Sebastiano protectorul lor.

A simțit un fior de repulsie amintindu-și cum se uita Kaufmann de sus la ea în Buonconvento. Prezența lui aici în acest moment nu putea fi o coincidență.

Și acum Schmidt vorbea din nou, uitându-se la ea cu solicitudine și cu blândețe.

– Păreți îngândurată, Contesă. Vă simțiți bine?

Ea s-a frecat la tâmplă și s-a îndemnat să rămână la o versiune cât mai apropiată de adevăr.

– Scuzele mele, comandante Schmidt. Nu o fac intenționat. Doar că... ei bine, am o durere destul de puternică de cap, știți.

Durere în suflet, nu de cap, s-a gândit ea, în timp ce imaginea îngrozitoare a lui Aldo revenea cu duhoarea aceea grețoasă de sânge, fecale și frică.

– Păi, n-o să vă reținem prea mult. Sunt aici doar ca să aflu dacă aveți cunoștință că ar fi niște bărbați care lipsesc din sat?

Ea a ezitat o fracțiune de secundă prea mult și a sperat că el nu observase.

– O, înțeleg. N-am auzit să lipsească cineva, deși firește că avem și fermele mărginașe și n-aș putea să știu cu siguranță, cel puțin nu foarte repede.

Schmidt a dat din cap, dar Kaufmann s-a apropiat încruntat și apoi, înclinând puțin capul, a întrebat:

– Serios?

Schmidt s-a uitat la el.

– Sunt sigur că putem avea încredere în Contesă.

Kaufmann și-a arcuit sprâncenele și i-a studiat fața.

– Din câte înțeleg eu, sunteți la curent cu lucrurile, mai ales cât e plecat soțul dumneavoastră.

– Ei bine, fac tot ce pot.

– Bănuiesc că trebuie să fie greu, a intervenit comandantul, iar Kaufmann s-a întors la obiectele pe care le examinase până atunci.

Ea a respirat adânc.

– Sunt obișnuită. Acum, pot să vă ofer câte o cafea?

Comandantul a clătinat din cap, dar ea și-a dat seama că nu i-ar plăcea nimic mai mult decât o ceașcă de cafea și un moment de respiro de la război.

– Oricât de plăcut ar fi, mă tem că nu prea avem timp.

Kaufmann și-a ridicat privirea, mângâind o păstoriță de porțelan.

– Vă plac *objets d'art* englezești? a întrebat el.

Ea a zâmbit reținut și politicos.

– Îmi place să colecționez tot felul de obiecte decorative. Mai avem multe în salonul principal, dacă doriți să le vedeți.

– Vorbiți engleza? a întrebat el, ignorându-i oferta.

– Da.

El i-a aruncat o privire suspicioasă.

– Cum așa?

– Am stat un an la Londra. Părinții mei au considerat că era o parte esențială din educația mea.

El s-a uitat în jos, și-a luat cu mare atenție un fir de păr de pe mânecă, apoi a privit-o pentru o clipă înainte de a vorbi. Ea aștepta, simțindu-se îngrețoșată, temându-se că urma ceva neplăcut.

– Spuneți-mi, Contesă, a spus el în cele din urmă, mijind ochii. O ultimă întrebare. Ați fost în ultima vreme la Buonconvento?

23.

Când Sofia s-a dus să vadă ce face Carla, a găsit-o stând la masa din bucătărie în timp ce Anna se rotea prin cameră, ocupându-se de cafea și tăind o pâine proaspătă. Camera mirosea a pâine coaptă, a ierburi și supă de legume, iar stomacul Sofiei s-a strâns ca într-o menghină. Nu reușise să mănânce prea mult de când îl văzuse pe Aldo.

În timp ce o privea pe Carla, își imagina ultimele momente ale lui Aldo. Îl torturaseră înainte să-l omoare? Bineînțeles. Îi fusese frică? Știuse că va muri? Și asta. Mai presus de toate, i-ar fi cerut nume. Nu putea fi sigură și se ruga ca el să nu fi cedat, dar avea doar șaptesprezece ani. Prea tânăr să moară pentru o cauză.

Sofia și-a amintit de ultimele ore ale lui Enrico, soțul Carlei, cum se chinuia să respire, agonia pe care trebuie să o fi trăit când l-a copleșit cancerul. Știa că pentru Carla era cel mai rău lucru care se putea întâmpla. Cât de tare se înșelase. Pentru că acum, să-l vadă pe Aldo tratat de parcă era doar un hoit bun de nimic era mai mult decât brutal. Era o sălbăticie. Vedea fața lui dragă, lumina și veselia din ochii lui zâmbitori și nu știa cum avea să îndure Carla toate astea.

Se așezase și Maxine la masă și împingea o farfurie cu pâine și felii de roșii spre Carla. Sofia simțea aroma de usturoi și ulei de măsline. Deodată, Carla a izbit farfuria la pământ, unde s-a spart pe lespezile dure. Nimeni nu a reacționat. Era ca și cum o mantie de calm nefiresc fusese încuviințată, ca și cum asta ar fi ușurat cumva durerea.

Sofia a rămas tăcută, în timp ce Anna, luând o perie și un făraș, cu ochii roșii de plâns, a îngenuncheat pe podea să curețe.

– Căpitanul Kaufmann a fost aici, a spus Sofia, frecându-se la ochi. S-ar putea să se întoarcă.

Anna și-a îndreptat spatele.

– Asta nu e bine.

Maxine s-a ridicat și s-a dus la Sofia.

– Știe ceva?

– Greu de spus. Cred că bănuiesc ei ceva.

– Ei?

– Era și comandantul Schmidt cu el. Dar cred că am fost văzută de Kaufmann la Buonconvento.

Anna a icnit.

– Ne-a recunoscut? E vina mea. Știam că n-ar fi trebuit să te rog să rămânem. După ce am văzut ce s-a întâmplat, ar fi trebuit să plecăm.

– Cum puteam să nu rămânem? a întrebat Sofia cu blândețe. Nu are rost să ne învinovățim. În orice caz, pe *mine* m-a recunoscut. Nu pe tine.

– *Sigur* se vor întoarce, a adăugat Maxine.

Sofia și-a amintit cum se uitase Kaufmann la ea.

– Simt că vede prin mine – și felul în care zâmbește, un zâmbet strâmb, contorsionat, care nu e sincer.

Și și-a amintit că atunci când se înclinase și se învârtise pe călcâie să plece, ea realizase că în tot timpul cât fusese el aici simțise o cruzime ascunsă extrem de tulburătoare.

– Comandantul a fost altfel, a zis ea. Mai bun, cumva.

Și-a dat seama că-i tremurau mâinile.

– Dar ei știu mai multe decât spun. Mi-e teamă că i-a informat cineva că Aldo venea de aici.

– Cei mai mulți localnici mai curând ar muri decât să spună ceva, a zis Anna.

Sofia a oftat, apoi s-a apropiat și a pus încet mâna pe umărul Carlei. Nimeni nu putea face nimic. Așteptau ca durerea Carlei să capete glas, dar ea parcă amuțise.

– Contesă, a spus Anna, mai e ceva. Gabriella spune că e îndrăgostită, dar nu vrea să spună de cine. Are un zâmbet straniu, tainic pe față. Mă îngrijorează.

– Vrei să vorbesc eu cu ea? s-a oferit Sofia.

– Nu știu, a răspuns Anna. Poate o să vorbească mama cu ea când se va simți mai în putere.

– Foarte bine.

Când Sofia și Maxine au ieșit din încăpere, gândurile Sofiei s-au întors la vremea când Carla și Enrico încă locuiau la fermă și copiii Carlei erau mici. Slujba Carlei era și să hrănească animalele de curte: de obicei curcani, rațe, bibilici și găini. Pregătea toată carnea pentru un an întreg, tranșând animalele și făcând cârnații pentru familie. Ajuta la treieratul grâului și la culesul de struguri, măsline și tutun și pregătea mesele pentru fermieri. Fusese o lume plină de treburi, dar râsul și distracția cu copiii însemna că fusese și fericită. Biata Carla! Cât de dor trebuia să-i fie de acele vremuri.

24.

Din bucătărie, Maxine și Sofia ieșiră în grădina de legume unde se plimbară pe cărările dintre tufele împrăștiate de *brassica*. Era răcoare și Maxine tremura. Sofia părea preocupată, deși nu era de mirare având în vedere ce se întâmplase.

— Am fost acolo, știi, a spus Maxine. Nu știam dacă ai auzit.

— Acolo?

— În noaptea în care l-au prins pe Aldo.

A văzut-o pe Sofia privind-o cu atenție, cu ochii mijiți.

— Dumnezeule mare! Ce îngrozitor!

— A fost, și înspăimântător pe deasupra.

Maxine a respirat adânc și a vorbit foarte încet.

— Ascultă, Sofia, înțeleg cât de groaznic trebuie să fie pentru tine, dar nu putem abandona misiunea. Trebuie să mergem mai departe. Și trebuie s-o facem de dragul lui Aldo și pentru toți cei care au murit încercând să se împotrivească.

Sofia a încuviințat ușor din cap.

— Știu. Doar că nu sunt sigură cum să las asta în urmă. L-am cunoscut pe Aldo toată viața lui și l-am iubit. Lucram la un portret de-al lui ca dar pentru Carla. Crezi că mai este bine să-l fac?

— Cred că, în timp, ar ajunge să-l iubească.

Sofia a oftat.

Maxine a luat-o de mână.

— E cumplit ce s-a întâmplat cu Aldo, știu asta. Nimic nu poate face să fie mai ușor.

Au urmat câteva clipe de tăcere.

— Dar mai avem treabă de făcut și trebuie să iau din nou legătura cu persoana mea de contact, să-l anunț ce am aflat despre partizanii de aici.

— Și anume?

— Că sunt mulți oameni dornici să lupte, dar sunt înfometați și au arme puține. Marco îi organizează treptat în unități solide, dar trebuie să facem rost de arme, muniție și mâncare.

— Cum?

— Păi, în privința armelor, avem pe cineva care lucrează în recepția biroului Consulului german din Florența. Se pare că el are informații.

— Și mâncare?

— Mă întâlnesc cu Marco să discutăm despre asta.

Vântul s-a înteţit, foșnind frunzele prin copaci și răscolind iarba. Sofia a părut că ezită și și-a dat părul din ochi.

— Deci, în seara asta? Vrei să transmiți în seara asta?

— Cât mai curând posibil.

— Nu din turn. O să stea cu ochii pe noi.

— Nu. O să luăm echipamentul de acolo.

— Nu o să aveți nevoie de mine.

Maxine a clătinat din cap.

— Eu și James o să luăm echipamentul când se întunecă și o să-l transportăm în podul fermei noi unde stă acum. E mai departe, dar mai la înălțime și trebuie să tot mutăm radioul, altfel o să ne prindă prin triangulație. O să transmit tot ce știu în momentul de față și sper să mai primesc instrucțiuni.

Au rămas tăcute câteva minute.

— Ce a spus Anna despre Gabriella? a întrebat Maxine.

Sofia s-a strâmbat.

— Crede că e îndrăgostită. Nu e proastă, dar i-a fost greu la școală.

– Ce vrei să spui?
– E puțin încăpățânată.
– Adică e slabă de minte?
– Nu, nu chiar. Dar încăpățânarea și refuzul de a învăța sunt greu de gestionat. Nu-mi place să-i pun o ștampilă. E ceea ce este. Visătoare, neatentă, puțin aeriană. Am încercat s-o învăț să citească, dar a fost inutil. Spunea că literele nu stau locului pe pagină. Am renunțat până la urmă, dar e pricepută la alte lucruri, cunoaște plantele și florile și e grozavă cu animalele. Cățelul ei cu trei picioare o adoră.
– A, deci e iubire adolescentină.
– Într-adevăr... Să intrăm? E tare frig.

A doua zi, Maxine și Marco tremurau într-un luminiș în pădurile dese din apropiere de San Giovanni d'Asso, cu un partizan neobișnuit de gras pe nume Fazio și alți câțiva. Bărbații băteau din picioare să se încălzească în timp ce discutau despre cel mai bun mod de a obține mâncare pentru partizani. Marco sugerase mai înainte ca fiecare dintre ei să facă rost de o găină, niște cârnați și un sac de cartofi. Orice era mai bun decât nimic, la urma urmei, dar nu găsiseră prea mult, cu excepția lui Fazio, care avea o gâscă sub braț.

– Unde naiba ai găsit-o? a întrebat Marco, scoțându-și pălăria și scărpinându-se în ceafă.

Fazio a mijit ochii.

– Ce-ți pasă ție?

– Nu putem fura de la cei care au atât de puțin, știi asta. O văduvă din San Giovanni creștea gâște.

Fața lui Fazio a zvâcnit.

– Ea mi-a dat-o.

Maxine a oftat.

– Putem trece mai departe? Cu siguranță trebuie să-i lăsăm pe nemți fără proviziile de mâncare.

— E mai ușor de spus decât de făcut, a murmurat Fazio și a scuipat pe jos.

— Știm că este o tabără nemțească de alimente nu departe de aici, a spus Maxine. Nu puteți s-o luați în vizor?

Marco a dat din cap.

— Exact la asta mă gândeam. Și e o fermă nu departe de ea. Îi aparține fermierului Galdino. E bătrân acum, dar cred că o să ne ajute. Dacă da, o să stăm de pază la tabăra de alimente în seara asta și dormim la el în hambar. Fazio, știi unde e?

Fazio a dat din cap.

— Pune restul oamenilor să se întâlnească cu noi mâine seară la zece. Tu, Maxine, trebuie să insiști la britanici să mai parașuteze pachete cu mâncare. În felul ăsta, ne aducem cu toții contribuția.

Când bărbații s-au îndepărtat, Marco a luat-o de mână pe Maxine.

— Vino la fermă cu mine!

— OK.

Ea l-a strâns de mână, apoi i-a dat drumul.

— Ascultă, Marco, contactul meu britanic, Ronald, a ordonat acțiunea accelerată. Mai multe tulburări, aproape ca o revoltă înarmată. Poți să le spui oamenilor? Îmi dau seama că e o provocare, partizanii fiind încă dezorganizați.

— O provocare? E un iad. Asta e. Facem tot ce putem. Dar e greu. Oamenii noștri se confruntă cu pericolul, represaliile, foamea și frigul, fără să întrezărească sfârșitul.

— Știu.

— Când ai luat legătura cu Ronald?

— Aseară. De asemenea, vrea și mai multe informații despre mișcările inamicilor.

— Putem încerca să facem asta *și* să urgentăm sabotările, cred, dar e un stres în plus pentru oameni. Cu cât durează mai mult, cu atât devine mai greu, fizic și mental.

– Și totuși nu avem de ales. Trebuie să punem presiune constant, să încurajăm patrulele să-i hărțuiască pe nemți oriunde pot.

– Mai trebuie să fim atenți la spioni care se comportă ca partizanii în timpul zilei și ca informatori pentru naziști noaptea.

– Am încredere în tine.

În timp ce mergeau împreună, au ajuns până la urmă la ceea ce trebuia să fi fost cândva o casă frumoasă și veche de fermier. Maxine vedea cât de părăginită devenise.

– Cine locuiește aici acum? a întrebat ea.

– Bătrânii, tinerii.

El s-a apropiat de ușă și a bătut.

O femeie slabă, cu părul alb și un șorț albastru uzat a deschis ușa și i-a condus într-o cameră plină de fum și, fără să scoată o vorbă, le-a făcut semn să stea pe scaune. Era limpede pentru Maxine că Marco îi era deja cunoscut.

Focul era mic și camera rece. Maxine și Marco s-au așezat și au privit în jur. Un bătrân cu spatele aplecat și o tuse grea se sprijinea de perete aproape de șemineu și o femeie mult mai tânără stătea de cealaltă parte a focului cu un copil plângând în brațe.

Bătrânul, care trebuia să fie fermierul Galdino, se gândea Maxine, s-a uitat la femeia tânără și a oftat.

– Nu poți să faci copilul să tacă? a bombănit el.

– Îi e foame. Știi asta.

Marco le-a explicat planul și în acest timp femeia a început să plângă. El s-a ridicat în picioare și a dat să îngenuncheze lângă ea.

– L-au spânzurat, a șoptit ea. L-au spânzurat pe Lodo al meu.

– Știu.

Ea s-a șters la ochi cu poalele fustei.

– Da, puteți folosi hambarul.

– Și dacă faci rost de mâncare, adu-ne și nouă, a spus bătrâna. Asta e tot ce vrem.

Bătrânul a dat din cap, dar nu a vorbit.

25.

Era 8 decembrie, sărbătoarea Imaculatei Concepții, iar sătenii considerau această sărbătoare națională începutul oficial al anotimpului de iarnă. Pentru cei credincioși dintre ei, adică majoritatea, era una dintre cele mai importante sărbători în calendarul spiritual. Pentru toți ceilalți, simboliza pregătirea pentru Crăciun. Înainte era un weekend în care se aprindeau lumânări și casele se împodobeau cu crengi luate din pădure și florile uscate de ei la sfârșitul verii. Scenele nașterii lui Iisus erau pregătite și în unele orașe și sate apăreau și târgurile de Crăciun, dar nu și în acest an. La ivirea zorilor Sofia își ridică privirea spre cerul care părea sumbru și cenușiu ca o cremene și auzi clopotele de la biserică. Tot era ceva, dar cum se făcea că naziștii puteau să-și lase amprenta chiar și asupra frumosului lor cer toscan? S-a întins din nou în pat și a ascultat.

Puțin mai târziu, au chemat-o în salonul principal. Cu inima grea, l-a văzut pe Schmidt stând cu spatele la ea, cu mâinile încrucișate la spate, privind pe fereastră către turn. Era foarte înalt, slab, gârbovit și cu o înfățișare obosită. Aproape îi era milă de el. El i-a auzit pașii și s-a întors imediat. Ea a remarcat privirea lui sobră, dar s-a forțat să zâmbească.

— Domnule comandant, ce plăcere să vă revăd atât de curând! Dar ne-ar prinde tare bine puțin soare, nu credeți? Vreți să luați loc? Pot să cer cafea și câteva prăjituri proaspăt scoase din cuptor.

S-a oprit exact înainte să-i scape cuvintele.

— Sunteți amabilă, dar azi nu mi-e foame, Contesă.

— Ah... Ei bine, nu luați loc? Scaunul de catifea roșie e cel mai confortabil. Sau fotoliul.

El s-a apropiat de scaunul de catifea, dar s-a oprit și a rămas în picioare lângă ea, atât de aproape încât îi simțea mirosul de ceapă al respirației.

— Cu ce vă pot fi de folos astăzi? a întrebat ea.

El a zâmbit.

— Asta, draga mea doamnă, depinde de căpitanul Kaufmann.

Ei i s-a strâns inima.

— E aici?

— Va fi.

Se întreba ce știa el sau, mai degrabă, ce credea că știa *ea*.

— Soțul dumneavoastră e tot plecat?

— Da, dar mă aștept să se întoarcă în curând.

El a dat din cap.

— Asta e bine. Nu-mi place să vă știu singură aici.

Ea a rămas tăcută și și-a dat seama că-și încleștase pumnii.

— Sunteți puțin agitată astăzi?

Voia să urle. *Normal că sunt agitată. Fără îndoială, sunt agitată. La ce te-ai aștepta?*

— Nu aveți de ce să fiți neliniștită, Contesă. Cel puțin, sper că nu.

— Spuneți-mi, comandante, ați fost doctor?

El a părut surprins.

— Adică, înainte. Ați fost doctor?

— Ce vă face să credeți asta?

— Întrebările dumneavoastră. Păreți un om plin de compasiune, a spus ea și a schimbat repede subiectul. V-ar plăcea să cântați? La pian, adică.

— Ce amabil, a spus el, dar iată că vine căpitanul Kaufmann. Mai bine aș face o plimbare pe domeniu. Să văd dacă este vreo șansă să iasă soarele.

Apoi i-a zâmbit și a ieșit din cameră.

– Contesă! a spus Kaufmann când a intrat. Sunteți bine?

Ea a dat aprobator din cap și a încercat un zâmbet încrezător, dar și-a dat seama că i-a ieșit timid.

– Ei bine, a spus el. Am câteva întrebări.

Ea s-a forțat din nou să zâmbească.

– Mai întâi, căpitane Kaufmann, o să cer să se aducă niște pateuri.

– Nu ați luat încă micul dejun?

– Nu. Am venit direct aici.

Probabil el crezuse că va suna dintr-un clopoțel. În schimb, l-a lăsat acolo și după ce a ieșit s-a sprijinit de ușa holului, inspirând sacadat, tremurând și străduindu-se să se calmeze. Și-a strâns pielea de la baza nasului ca să elibereze tensiunea. Nu voia decât să fugă, în schimb s-a îndreptat spre bucătărie, unde a găsit-o pe Anna încercând s-o liniștească pe Gabriella care plângea.

– A plecat, doamnă? a întrebat Anna.

– Nu. Am venit să cer pateuri. Dacă nu mănânc în scurt timp, cred că o să mă prăbușesc, deși mi se întoarce stomacul atât de tare încât nici nu știu dacă pot mânca.

– O să-i spun servitoarei să le aducă.

– Ați aflat ceva? a întrebat Sofia arătând spre Gabriella, care stătea cu fața îngropată în fustele Annei, în timp ce cățelul ei, Beni, scheuna neliniștit.

Anna a ridicat din umeri.

– Ei bine, trebuie să mă întorc.

– De ce a venit aici?

– Deocamdată n-am idee. E foarte rezervat.

A plecat apoi și, înainte să intre din nou în salonul mare, și-a îndreptat spatele. El s-a întors să se uite când a intrat ea, ochii lui albaștri și nesuferiți trecând direct prin ea.

– V-am spus cât de mult îmi amintiți de mătușa mea?

— Mă tem că nu-mi amintesc.

El a zâmbit cu răceală.

— În fine. Sunt sigur că v-am spus. Dansați, Contesă?

Ea s-a încruntat.

— Înainte de război.

— Mătușa mea dansează. E o femeie foarte atrăgătoare, ca dumneavoastră.

El s-a apropiat de ea și i-a atins obrazul. Ea a înghițit în sec, străduindu-se să nu tresară la atingerea lui și la mirosul dulceag, siropos al răsuflării lui. Următoarele lui cuvinte i-au confirmat cele mai urâte bănuieli.

— Ah, Contesă, tare mi-aș dori să-mi fi spus adevărul când am fost aici ultima dată.

Uluită, nu putea vorbi, simțindu-se de parcă cineva ar fi înjunghiat-o direct în inimă. Era o durere aprigă atât de reală încât se temea că era cât pe ce s-o spintece și toate secretele ei aveau să iasă la lumină. Fără voia ei, aveau să se reverse, împrăștiindu-se pe podea în văzul tuturor. Îi era teamă.

— Nu vă speriați, a spus el, înțelegând în mod evident. Dar, vedeți, nu ne place să fim mințiți.

— Mințiți?

Și-a strâns buzele și a simțit că zidurile conacului — pereții care îi țineau în siguranță de atâtea generații — o strângeau.

— Vă stingheresc?

— Câtuși de puțin, a spus ea, dar pământul îi fugea de sub picioare.

Crăpăturile se deschideau în jurul ei. Crăpături prin care avea să cadă în orice clipă. Crăpături care aveau să însemne sfârșitul. *Lorenzo, Lorenzo, am nevoie de tine!*

— Am aflat prenumele unuia dintre bărbații pe care i-am prins, a spus el, aproape nonșalant.

Ea s-a pregătit.

– Şi ce legătură are asta cu mine?

– Numele Aldo vă spune ceva?

Trebuia să se gândească repede la ceva. Dacă el ştia deja, negarea nu avea decât să înrăutăţească lucrurile, iar ea bănuia că el *chiar* ştia, venise să o prindă cu altă minciună. A luat o decizie pe moment.

– Contesă?

– Scuze. Da. Avem un Aldo aici.

– Cred că veţi afla că *aveaţi* un Aldo aici, a spus el cu un zâmbet care aducea a rânjet. De ce nu ne-aţi spus când v-am întrebat dacă lipseşte cineva?

– Chiar lipseşte?

– Acum nu mai lipseşte.

El a pufnit dispreţuitor pe nări, iar cuţitul s-a răsucit în ea. Asaltată de amintirea lui, s-a gândit la oamenii lui care răpuseseră viaţa tânără a lui Aldo şi simţi un val de furie. O singură vorbă răsuna în mintea ei iar şi iar.

Criminal.

Criminal.

Criminal.

– Am primit informaţii care ne-au condus până la dumneavoastră. Sau ar trebui să spun până la bucătăreasa dumneavoastră.

Ea a clătinat din cap.

– Nişte scursuri, dragă doamnă. De ce încercaţi să protejaţi oameni ca el?

Prea târziu să se oprească, Sofia s-a răstit la el.

– Ei bine, dacă ar fi aşa, ar fi fost prea târziu, nu-i aşa?

El a râs ca şi cum chiar era amuzat.

– Ce temperament! Îmi place să văd asta la o femeie. Devine mai distractiv.

Ea l-a privit furioasă sperând că nu se dăduse prea tare de gol.

– Şi acum, legat de tânărul nefericit. Unul dintre noi va trebui să discute cu mama lui.

– Asta nu va fi o problemă.

– Dar tot nu mi-ați spus de ce nu l-ați recunoscut.

– Dacă vorbiți despre cei doi bărbați pe care i-ați spânzurat la Buonconvento, amândoi fuseseră atât de brutalizați încât sunt sigură că nimeni nu și-ar fi dat seama cine erau.

El păru jignit.

– Credeți că sunt un om brutal?

– N-am spus asta. Dar era o priveliște înfiorătoare. Am ridicat ochii și m-am uitat imediat în altă parte.

– Cu siguranță, nu a fost plăcut. Dar, vedeți, eu urmăream totul și sunt convins că v-am văzut privind cu atenție.

– Nu-mi amintesc.

– Ne place să scoatem rudele la lumină dacă putem.

– Dacă *era* cu adevărat Aldo al nostru, era doar un băiat.

El i-a aruncat o privire neîncrezătoare.

– Un băiat care n-ar fi stat pe gânduri să omoare pe unul de-ai *noștri*. Ați fi surprinsă cât de tineri sunt unii dintre ei.

A făcut o pauză.

– Acum, presupun că vă întrebați ce avem de gând să facem?

Ea a simțit că se sufocă.

– Ei bine, recunosc că pentru o membră a nobilimii, o femeie cu sensibilitatea dumneavoastră, să vedeți doi bărbați spânzurați ar fi putut fi un șoc atât de mare încât să nu-l recunoașteți pe partizan, pe Aldo.

– Pentru Dumnezeu, Aldo n-ar fi putut fi partizan.

– Și de unde știți asta?

Ea nu-și găsea cuvintele, dar a încercat să-și stăpânească emoția.

– Contesă?

– Jur că nu știam că era el. Dacă mă uitam la el, cu siguranță nu-mi amintesc. Nu-mi amintesc decât de șocul îngrozitor de a vedea doi bărbați spânzurați. Priveliștea...

S-a oprit, cu mâna la gură pentru o clipă.

– Mirosul... Habar nu aveam că unul dintre ei ar fi putut fi Aldo.

– Ei bine, să sperăm că-mi spuneți adevărul.

El a făcut o pauză.

– În orice caz, sunt sigur că veți putea găsi o cale să ne răsplătiți pentru îngăduința noastră.

– Da?

– Permițându-i comandantului Schmidt să folosească pianul dumneavoastră, vreau să spun.

– Și pe dumneavoastră? a întrebat ea.

– Pe mine? Mie îmi place să vă admir tablourile, Contesă.

– Înțeleg.

– Mă voi întoarce să o interoghez pe bucătăreasă. Întotdeauna suntem atenți la simpatizanții partizanilor.

Spunând asta, a pocnit din călcâie și a ieșit în grabă din cameră. De îndată ce a auzit-o pe Giulia, servitoarea lor, conducându-l la ușă, și apoi sunetul mașinii care pleca, a dat fuga în baia de la parter și a vomat până nu a mai rămas nimic. Bineînțeles că nu o crezuse, atunci de ce se juca așa cu ea?

26.

Ianuarie 1944

Clopotele bisericii au trezit-o pe Sofia în dimineața înghețată de ianuarie. L-a lăsat pe Lorenzo dormind și s-a uitat pe fereastra de la dormitor. A rămas cu răsuflarea tăiată când a văzut peisajul transformat ca prin farmec. Îi plăcea prima ninsoare din iarnă: cerul de culoarea levănțicii, aerul care scânteia în lumina palidă a soarelui și fiecare acoperiș îmbrăcat într-un strat alb. Dar în timp ce privea la copacii întunecați ce se profilau pe câmpurile strălucitoare abia acoperite, se temea pentru partizanii din păduri. Încercau să aibă grijă de ei, femeile împleteau în continuare pulovere și fulare groase să se apere de frig, dar nu avea să fie niciodată de ajuns, iar bărbații, dacă voiau să supraviețuiască, erau nevoiți să facă focuri ce-i puteau da de gol.

Și nu doar partizanii aveau nevoie de ajutorul lor. Oamenii lui Marco reușiseră un raid în tabăra germană de alimente și asta îi ajuta să continue. Dar spre sfârșitul lui decembrie zeci de bărbați, femei și copii fără adăpost apăruseră pe drumuri și prin pădurile din apropiere încercând să ajungă la Aliați în sud. Sofia s-a ocupat să asigure hrana pentru o parte dintre ei, dar pur și simplu nu era destul pentru toți. Unii erau prizonieri britanici evadați, care ori ieșiseră cu forța, ori fuseseră eliberați de soldații italieni, dar cu atâția nemți în zonă situația lor era periculoasă, mai ales în condiții de înghet. O parte dintre fermierii lor mai vârstnici le oferiseră adăpost temporar, dar nu știa nimeni cum sau dacă aveau să poată trece de linia nemților. Și pe urmă, în ziua de Crăciun, știrile la radio raportaseră bombardamentul de la Pisa.

Kaufmann se întorsese s-o interogheze pe Carla, dar, după ce a intimidat-o și a amenințat-o, a ajuns la concluzia că nu mai putea scoate nimic de la ea, cel puțin pentru moment. Sofia se temuse că aveau să ia cinci bărbați de la Castello pentru a fi uciși ca răzbunare pentru raid, dar păruseră să se mulțumească cu faptul că-i spânzuraseră pe Aldo și pe Lodo. Ușurarea Sofiei era profundă, căci bărbații rămași erau fie bătrâni, fie bolnavi. Chiar înainte să plece Kaufmann de la Castello, după ce vorbise cu Carla, ceruse să vadă din nou tabloul lui San Sebastiano. El privise în tăcere câteva minute, frecându-și palmele una de alta, apoi își îndreptase spatele și făcuse stânga împrejur. Pe Sofia o tulburase privirea lui posesivă și se gândise să ascundă tabloul și să pretindă că fusese vândut, dar, în cele din urmă, renunțase la idee.

Era groaznic de frig când a coborât la parter. Maxine și Marco stăteau în holul mic ce ducea la ușa din spate, cu capetele apropiate și șușotind pe furiș. Sofia a simțit o înțepătură de supărare, în parte pentru că era încă în halat, doar cu șalul de lână pe umeri, în parte pentru că nu-i dăduse permisiunea lui Marco să rămână peste noapte. Dar, după cum arătau lucrurile, asta făcuse. I-a privit o clipă până când, simțindu-i prezența, s-au întors amândoi cu fața spre ea.

– Oh! a exclamat Maxine frecându-se la ochi.

– Oh, într-adevăr! a răspuns Sofia.

– Marco tocmai pleca.

Sofia a întrebat printre dinți:

– A rămas peste noapte?

Maxine a ridicat din umeri.

– Uite ce e, Maxine, nu poți să inviți pur și simplu pe oricine să stea aici.

– Nu e *oricine*.

– Pentru Dumnezeu, e un partizan în casa *mea*. Nu înțelegi?

— Echipamentul era în tunelurile *tale*, a răspuns ea.

Maxine, aprigă, era o forță impresionantă, dar Sofia nu s-a lăsat intimidată.

— Soțul meu e *aici*, a șuierat ea, nu în afurisitele de tuneluri. Asta nu poate să se repete.

— Cu siguranță el nu s-ar supăra.

— Ce vrei să spui?

Maxine s-a încruntat.

— Păi, în mod clar nu e de partea nenorociților de naziști, nu?

— Orice-ar face, nu este un subiect potrivit de discuție.

— Ah... bine.

Maxine și-a strâmbat colțul gurii într-o parte și l-a bătut pe braț pe Marco cu afecțiune.

— În orice caz, avem vești.

— Vești bune?

— Cred că da. Rețeaua de *staffetas* a livrat un mesaj prin care-mi cer să iau urgent legătura cu Ronald. Am încercat în mod repetat, eu și James, dar legătura tot pica. Topografia munților creează probleme, știi. Dar, datorită sistemului de prioritate a mesajelor, am reușit să stabilim legătura ieri. Acum știm că nemții au făcut planuri de apărare a orașelor italiene, inclusiv un arsenal uriaș ce va fi depozitat în centrul Florenței.

— Unde?

— Asta nu știm. Dar *știm* că armele vor sosi cu trenul în lăzi de la fabrica Beretta din Lombardia. Arme semiautomate, puști, pistoale. Le-au produs pe toate pentru militarii italieni până când nemții au ocupat fabrica în urma armistițiului.

— Lorenzo îl cunoștea pe președintele de la Beretta, a spus Sofia.

— Ei bine, probabil s-a dus de mult. În orice caz, mai e ceva. Am primit sarcina de a mă împrieteni cu un ofițer SS pe nume Bruckner, a spus Maxine. Gustav Bruckner. În mod normal, stă în Florența, dar lucrează cu Kesselring, comandantul șef, și credem că el va decide unde vor fi depozitate armele.

Marco a dat din cap.

– Știm că va fi în Montepulciano pentru a se întâlni cu ofițerii de la Roma.

– Am de gând să merg acolo și să mă întâlnesc cu acest Bruckner, a zis Maxine.

– Iar eu păstrez legătura cu o parte dintre partizanii din Florența, care sunt convins că vor face tot ce pot să ne ajute să găsim arsenalul, a adăugat Marco.

– Deci obiectivul vostru este să-i lăsați pe nemți fără arsenal în oraș? a întrebat Sofia.

– Exact!

– Am un văr la care pot sta în Montepulciano, a zis Maxine. Marco știe unde se duc nemții să bea, barurile în care merg, unde mănâncă. Sper să-l întâlnesc pe Bruckner, să scot de la el tot ce pot și să mă întâlnesc cu unitatea de partizani din Florența.

– Vor dori să știe de ce ești în Florența, cine ești – și dacă află că ești...

Sofia a ridicat din umeri, dar era limpede ce voia să spună.

– Și ai nevoie de haine. Haine potrivite.

Maxine a dat din cap.

– Așa este.

În timp ce se gândea la asta, Sofia și-a amintit că încă mai aveau un șifonier plin cu hainele surorii lui Lorenzo. După accidentul de mașină în care tatăl, mama și sora lui Lorenzo pieriseră în Elveția la doar câteva luni după nunta lor, pe Sofia nu o lăsase inima să le dea, iar sora lui avea cam aceeași statură cu a lui Maxine.

Marco i-a aruncat o privire curioasă Sofiei.

– Ai prieteni la Florența?

– Da, mulți, avem un mic *palazzo* acolo. Dar știți de arestările făcute de SS – de întrebări, de tortură?

El a dat din cap, gândindu-se fără îndoială la locul pe care oamenii îl numiseră *Villa Triste* pe Via Bolognese, sediul SS.

– Nu e tocmai în siguranță, a adăugat Sofia.

— Sunt mai preocupați să aresteze evreii rămași în acest moment decât să găsească partizanii.

Maxine a întins mâna spre Sofia.

— O să am nevoie de un loc în care să stau la Florența. Ar fi o acoperire de folos dacă ai putea fi și tu acolo. Îmi dă un motiv să fiu acolo, ca prietena ta.

— Și, Contesă, sigur ai persoane de contact? a întrebat Marco.

— Da, îl cunosc pe consulul german, Gerhard Wolf. Și cunosc unul dintre rezidenții germani mai înțelegători, dacă o mai locui acolo. Un tânăr pe nume Reinhardt. A fost avocat înainte de război și ar putea fi util.

Maxine s-a înseninat.

— Avem un om care e funcționar la recepție pentru consulul german. Așa că e perfect. Poți încerca să programezi o întâlnire cu Wolf și eu o să vin la Florența de îndată ce pot.

— Foarte bine. O să vă primesc la *palazzo*, dar nu vă așteptați la prea mult.

Marco se uita încurajator la Sofia.

— Nu uita, rezistența crește. Folosirea forțată a miilor de oameni din rândurile noastre ca mână de lucru s-a întors împotriva nemților. O să facă greșeli.

A doua zi dimineață, Sofia s-a trezit cu Lorenzo lipit de ea, mângâiată de parfumul lui de lemn de santal, neliniștea ei ascunsă fiind întrecută de bucuria foarte reală de a fi atât de aproape de el. Întotdeauna dormiseră așa, cu el lipit de spatele ei sau uneori invers. Îi lipsise căldura lui și se simțea mai în siguranță acum, deși își dăduse seama că îl neliniștea ceva. Îl întrebase despre asta seara trecută, dar el doar clătinase din cap și spusese că slujba lui devenea mai dificilă; nu putea scăpa de sentimentul că era ținut sub observație.

De bună seamă, asta o îngrijorase.

Își amintea prima dată când Lorenzo întorsese ochii aceia cenușii și blânzi spre ea și cum se simțise de parcă putuse să vadă direct prin ea. O luase prin surprindere și o lăsase mută. Când un bărbat trece cu privirea pentru prima dată dincolo de apărarea ta, e teribil de emoționant și de nou, dar te lasă și expusă. Lorenzo nu profitase niciodată de vulnerabilitatea ei. Dar acum părea că el își ridica scuturi, de parcă el devenise cel vulnerabil.

În timpul nopții, ninsese mai puternic și, când s-au trezit, a descoperit că erau complet izolați. Nici telefon, nici curent electric, prin urmare nici radio. Nu avea să vină poșta până nu se curăța zăpada, iar Sofia se simțea foarte ușurată că Lorenzo era acasă. După micul dejun, în ciuda frigului pătrunzător, s-au înfofolit cu haine de lână, fulare, căciuli și mănuși și au pornit la plimbare prin zăpadă cu câinii după ei.

Afară, întreaga lume amuțise și, deși era frig, era și foarte frumos, cerul alb și greoi era atât de jos încât aveai impresia că, dacă întinzi mâna, îl poți atinge. Încălțați cu cizmele groase din piele de oaie, își croiau drum pe una dintre potecile care duceau spre drumul către San Giovanni d'Asso. Sofiei îi plăcea să inspire aerul rece și să-și urmărească aburii răsuflării contopindu-se cu cei ai lui Lorenzo.

— De ce o luăm pe aici? a întrebat ea când a cuprins-o de braț.

— Drumul e mai sigur.

— În privința bombelor?

— A troienelor de zăpadă, de fapt.

Au râs amândoi și ea s-a simțit puțin mai eliberată.

— Voiam să-ți povestesc despre Roma, a spus Lorenzo, schimbând subiectul. N-am mai văzut ceva asemănător. Oamenii se ascund în tot orașul temându-se pentru viața lor. Se aude zgomotul neîntrerupt al mitralierelor și bubuitul grenadelor ne urmărește noapte și zi. Și toate astea în probabil cea mai grea iarnă.

Sofiei i s-a strâns inima de grijă pentru părinții ei.

— Nu probabil. E cea mai rece iarnă din câte am trăit. Dar rezistența e puternică și îi atacă sporadic pe nemți și pe fasciști. Din nefericire, sunt prea multe grupuri de partizani care se contrazic și nu lucrează întotdeauna bine împreună.

Abia îndrăznea să întrebe și, când a vorbit, vocea ei a sunat ca o șoaptă.
– Părinții mei?
– Sunt în siguranță deocamdată. Dar de câte ori explodează o grenadă, toți cei din împrejurimi sunt arestați. Cel mai rău lucru e că încrederea în Aliați slăbește și mâncarea a devenit cumplit de puțină.
– Ce se întâmplă cu Aliații?
– Armata britanică e aproape blocată. Am auzit că au avansat doar treizeci de kilometri în două luni.
– Nu-mi dădeam seama că e atât de grav.
– Condițiile sunt îngrozitoare. E umezeală, frig și sunt noroaie. Înaintează centimetru cu centimetru prin munți, neavând copaci după care să se ascundă, sunt expuși la atacurile aeriene ale nemților. Mortiere, grenade, mitraliere, tot tacâmul. Trebuie să ajungă la Roma, dar numai Dumnezeu știe cât va dura în condițiile în care munții sunt impenetrabili ca niște fortărețe.
– Îmi pare rău pentru ei, a spus ea și s-a întins după mâna lui Lorenzo. Ce crezi că ar trebui să fac pentru părinții mei?
– Când mă întorc, o să încerc să-i conving să vină aici, dar scrie-i și tu mamei tale. O să fac tot posibilul ca scrisoarea să ajungă la ea.
– Poate ar trebui să mă duc la ea. Ai noua adresă? Nu cred că ultima scrisoare a ajuns la ea.
– Știu. Pentru că trebuie să se tot mute.
– O, Lorenzo! a spus ea înecându-se cu un suspin.

Apoi lacrimi fierbinți au început să-i șiroiască pe obrajii înghețați când și-a imaginat cum bieții ei părinți sunt forțați să ducă o viață atât de marginalizată.

El a cuprins-o în brațe și au stat așa câteva minute, nemișcați și tăcuți ca pământul din jur, amândoi adânciți în propriile gânduri.

Apoi el s-a dat un pas înapoi și i-a șters lacrimile.
– Haide, draga mea, să mergem! O să ne petrecem tot restul zilei lângă foc. Dacă nu l-a aprins Giulia, o să-l aprind eu. Ce părere ai?

— Sună minunat, dar mă tem că Giulia s-a întors să locuiască cu bunica ei bolnavă în Pisa. Știi că a stat acolo o vreme înainte să revină aici.

— Și când a plecat?

— Ieri. Nu prea a fost de încredere în ultima vreme, iar acum a plecat pur și simplu, i-a lăsat doar un mesaj Carlei.

— Am înțeles. Te descurci fără ea?

— Sigur că da.

— Nu o să-ți lipsească?

— Nu a lucrat prea mult la noi, așa că nu.

— De lucrurile mărunte ne este cel mai dor, a spus el. Nu-i așa?

Ea a dat din cap, amintindu-și toate ritualurile familiare care îi legau unul de altul și alcătuiau temelia vieții lor; lucrurile mărunte pe care le luau de bune până dispăreau. Tânjea după normalitatea vechilor rutine, felul în care zilele treceau în pace și siguranță.

— La ce te gândești? a întrebat el. Te neliniștește ceva?

Ea știa că trebuia să aducă vorba despre Florența.

— Mă gândeam să dau o raită până la Florența, atâta tot. Dacă nu te superi.

— Serios? Casa trebuie mai întâi aerisită, iar Florența nu e sigură. Și cum rămâne cu stricăciunile de la *palazzo*?

— Au fost reparate. Nu erau prea multe.

A ignorat expresia lui dezaprobatoare.

— Pot s-o iau cu mine pe Anna. Și avem mulți prieteni acolo.

El a înclinat capul și s-a uitat la ea, cu ochii plini de dragoste și îngrijorare.

— Mi-aș dori să nu te duci. De unde schimbarea asta bruscă?

— O... Nu știu.

Vocea îi șovăia și a respirat adânc, apoi i-a povestit tot. I-a povestit despre scrisoarea mamei ei, despre James și aparatul de radio, despre implicarea ei în mișcarea partizanilor și misiunea lui Maxine de a afla unde erau păstrate armele naziste în Florența.

El a rămas complet înmărmurit, uitându-se în pământ. Când a ridicat ochii, într-un târziu, și a întins mâna spre ea, ochii îi erau umbriți de neliniște.

— O, Doamne, Sofia! Fir-ar să fie! Toate astea sunt extrem de periculoase. În faza asta a războiului, chiar și faptul că o cunoști pe Maxine te-ar putea pune în primejdie. Se poate întâmpla orice. Vreau să stai deoparte. *Trebuie* să stai deoparte.

Ea a clătinat din cap.

— E imposibil. Moartea lui Aldo a schimbat totul pentru mine.

Lorenzo a privit-o, atât de tulburat încât aproape că ea s-a răzgândit. Aproape, dar nu chiar.

— Înțeleg asta, a spus el. Cu toate astea, nu te pot lăsa să pleci.

— Iar eu nu pot să stau pur și simplu degeaba. Nu e nevoie să fac prea mult. Sincer. Vor fi acolo Maxine și Anna. Ele o să facă toată treaba. Dar dacă sunt și eu acolo vor avea un motiv plauzibil să stea la noi în *palazzo* și vreau să mă întâlnesc și cu Gerhard Wolf.

— Doamne sfinte! E o nebunie! Trebuie neapărat? Când a venit la noi acasă, era cu mult înainte de armistițiu. Amintește-ți, eram în aceeași tabără cu nemții pe atunci.

— S-ar putea ca el să știe ceva.

Lorenzo a oftat.

— Nu va putea spune, chiar dacă știe.

— Poate că nu.

Ea a tras aer în piept.

— Uite, Lorenzo, eu *chiar* mă duc. Dar aș prefera să mă duc *cu* binecuvântarea ta decât fără ea.

Obrazul lui pulsa de furie și ea a constatat cât de supărat era.

— Dacă ți se întâmplă ceva...

— Nu va fi așa, l-a întrerupt ea. Promit!

El a respirat încet și îndelung, apoi a dat din cap.

— Ai idee dacă Reinhardt mai e la Florența? a întrebat ea. Avocatul. Ți-l amintești? Mi s-a părut înțelegător înainte de război.

– A fost arestat.
– Ești sigur?
– Spiona pentru Aliați.
– Și tu? Asta faci și tu?
– Fac ce pot, după cum știi deja. Când pot, transmit Aliaților informații detaliate.
– Despre locația depozitelor de alimente?
– Corect!

Ea a zâmbit, știind că era mai mult, dar știind și că erau șanse mici ca el să-i dea detalii.

– Ai spus că ai senzația că ești urmărit. O să ai grijă?
– Sigur că da.
– Crezi că o să poți aranja să vină părinții mei la Castello?
– O să încerc.

După câteva clipe de tăcere, el a reluat discuția:

– Ei bine, dacă ești cu adevărat hotărâtă să pleci, nu pot să te opresc. Măcar n-o să-ți fie la fel de frig în Florența ca aici.

Ea i-a zâmbit recunoscătoare.

– Uite, a spus el, ninge iar!

Ea s-a uitat la cristalele albe care dansau prin aer.

– Tu ești lumina mea, a spus el și a luat fulgii din părul ei cu mâna înghețată în mănușă.

– Mereu spui asta.
– Pentru că e adevărat.

S-a uitat în ochii ei.

– Promite-mi că o să fii în siguranță.

Și, cu toate că zâmbea, ea și-a dat seama că îl îngrijorează mult vizita ei la Florența.

– O să fiu în siguranță, a spus ea. Acum, haide!

Cizmele li se scufundau în zăpadă în timp ce se întorceau scârțâind, ținându-se de mână pentru a-și păstra echilibrul, dar și pentru ceva mai mult: pentru iubire, speranță, viitor. O rază de soare a pătruns prin spărtura dintre norii de zăpadă, aprinzând dealurile îndepărtate în nuanțe de roșu și auriu. Sofia a privit peste umăr la urmele lor adânci, în încercarea de a le înrădăcina în memorie, având certitudinea că acest moment cu Lorenzo trebuia să-i rămână viu în amintire.

27.

Maxine stătea în salonul vărului ei, Davide, în casa din Montepulciano, orașul medieval din vârful dealului. Cu obloanele închise, cu draperiile groase de catifea trase peste cele două ferestre ce dădeau spre grădină, camera îți dădea o senzație de claustrofobie. A inspirat aerul acru din încăperea nefolosită și, în ciuda frigului, ar fi vrut să deschidă o fereastră. Niciun foc de bun-venit nu ardea în șemineu și doar două lumânări luminau cameră. Erau în data de douăzeci și doi ianuarie.

Când se întâlnise prima dată cu vărul ei, Davide, la sfârșitul toamnei, fusese puțin reticent la început, căci nu o mai văzuse până atunci în carne și oase, dar în cele din urmă fusese de acord să rămână în casa lui și a familiei lui dacă avea vreodată nevoie. Fuseseră câteva zile tensionate în oraș după executarea, cu o săptămână mai înainte, a șase țărani din zonă care ajutaseră la adăpostirea și hrănirea prizonierilor evadați. În ziua dinaintea execuției, Maxine se întâlnise cu doi dintre cei condamnați la moarte, iar vestea aceasta o zguduise. Oamenii erau muncitori de rând, prea bătrâni să fie recrutați, iar familiile lor numeroase se bazau pe ei.

Marco o dusese să stea de vorbă cu o parte dintre partizanii locali, dar, fiindcă și mai mulți membri ai miliției fasciste veneau în oraș cu scopul de a ajuta Gestapoul să-i găsească pe cei care continuau să submineze munca Reichului german, mulți stăteau acum ascunși.

Maxine și Lara, soția vărului ei, îl așteptau pe Davide să vină în salon. L-au auzit coborând scările care scârțâiau și apoi a intrat în cameră. Le-a făcut amândurora cu ochiul înainte de a instala radioul secret pe care îl ținea de obicei ascuns în pod. Era cel mai palpitant moment al zilei și inima lui Maxine bătea cu putere în așteptare, în timp ce se apropiau toți, strângându-se în jurul aparatului să audă, înfometați după știrile zilei. În timp ce Davide umbla la reglaj, aparatul șuiera și, la început, sunetul a fost dezamăgitor de intermitent. Un pocnet. Un sâsâit. Un cuvânt. Chiar și când au început să audă discursul, cuvintele erau imposibil de disparate. Maxine și-a ținut respirația. Oare aveau să audă ceva în seara asta? În ultima vreme, lipsa veștilor bune fusese agonizantă: oamenii se descurajau, resentimentele creșteau și unii credeau că nemții chiar aveau să câștige războiul. Și cu ceea ce părea a fi un bombardament la întâmplare al Aliaților, unii credeau că poate era mai bine dacă îl câștigau nemții. După cum era de așteptat, Aliații ținteau căile ferate, gările, zonele de depozitare, spațiile de stocare și așa mai departe, dar când sate întregi erau atacate, oamenii se înfuriau. Pocniturile au continuat, dar apoi s-au auzit transmisiile prin radio ale Aliaților, care la ora nouă trimiteau câteodată mesaje codificate în timpul știrilor sau emisiunilor de divertisment din Europa aflată sub ocupație. Deseori, erau mesaje ascunse pentru agenții secreți. Se temea că postul nu avea să se audă clar dar, în sfârșit, s-a auzit, subțire și ascuțit, dar suficient cât să înțeleagă.

Pentru început, amuțiți de uimire, au schimbat priviri între ei. Nu fusese niciun mesaj codificat, doar vestea asta incredibilă. Oare era adevărat? Oare chiar erau atât de aproape? Crainicul a repetat mesajul: Aliații ajunseseră la Nettuno, la doar șaizeci și cinci de kilometri sud de Roma. Nu doar asta, mai fusese și un bombardament masiv al Aliaților în orașele germane; neliniștea se răspândea acum în populația germană, o parte dintre ei temându-se că până la urmă aveau să piardă războiul.

Davide a scos un strigăt de bucurie, a bătut-o prietenește pe Maxine pe spate și și-a sărutat soția pe amândoi obrajii.

— Trebuie să sărbătorim asta cu ceva pe măsură.

Și-a aruncat pumnul în aer de bucurie, apoi a ieșit din cameră.

Maxine i-a zâmbit Larei.

— Minunat, nu-i așa? Să sperăm că vor elibera Roma în curând, nu?

Deși nu era partizan, Davide îi susținea întru totul pe cei care își asumau un rol mai activ decât el. Avocat de profesie, s-ar fi așteptat de la el să-i susțină pe fasciști. În schimb, pe tăcute și foarte mult din culise, muncea să ajute oamenii care erau arestați pe nedrept și obținea case de siguranță pentru cei amenințați. Durase o vreme până să afle Maxine toate astea, dar, în cele din urmă, avusese destulă încredere în ea să-i spună cu ce se ocupa.

S-a întors în salonul mic ținând în mână o sticlă cu cel mai bun vin roșu din pivnița sa.

Chicotind, mulțumit de el însuși, a scos dopul și a turnat trei pahare pline.

— L-am ținut ascuns. L-am păstrat pentru o ocazie ca asta.

Câteva zile mai târziu, Maxine s-a întâlnit cu Marco la Caffè Poliziano pe Via Voltaia Nel Corso, locul unde se întâlniseră înainte. Era devreme și încă liniște, așa că au ales o masă de la care se puteau bucura de o priveliște spectaculoasă. În timp ce priveau amândoi pe fereastră, ea s-a uitat pieziș la profilul lui Marco. El s-a întors cu fața spre ea și intensitatea ochilor lui a zguduit-o brusc. Pentru o clipă amețitoare inima ei a început să bată năvalnic și, nedumerită de aceste emoții înfloritoare, nu a înțeles ce spusese el.

— Nu asculți?

— Scuze.

Nu voia să-i spună de ce, așa că a bombănit ceva despre priveliște. De ce se simțea mereu ca o impostoare când era cu Marco? Ceva din el pătrundea dincolo de zidurile pe care le construise cu atâta trudă de-a lungul anilor și o tulbura gândul că, așa cum bănuia, el ar putea vedea cine era ea de fapt.

El i-a aruncat o privire nimicitoare, sumbră.

– *Santo Cielo*, las-o naibii de priveliște! Nu-ți dai seama că a fost declarată stare de urgență în Roma?

– Da, am auzit.

– Nu mai este mâncare, drumurile de ieșire sunt blocate și sistemele de apă nu funcționează.

– Și cum ar trebui să supraviețuiască?

– Toți se bazează pe faptul că Aliații vor ajunge repede.

Maxine a oftat adânc.

– Și dacă nu ajung?

S-a uitat la el, așteptând un răspuns, dar el a rămas tăcut. La urma urmei, ce putea spune? Era cu adevărat îngrozitor.

– Nemții nu vor ceda fără luptă, a spus în cele din urmă, clătinând din cap. Coloanele lungi își croiesc deja drum spre Roma dinspre Siena.

– Le-ai văzut?

– Da. O priveliște deloc încântătoare. Le-au numărat oamenii. Întinși în șanțuri sau pe sub tufe. Aliații vor avea nevoie de informația asta.

S-au întors amândoi să privească pe fereastră. Ce absurd era să admire peisajul care strălucea atât de frumos în soarele de iarnă, cu cerul atât de albastru încât părea ireal, când o asemenea distrugere avea loc nu prea departe de ei.

– Așadar...? a întrebat el cu o privire curioasă și s-a apropiat de ea.

Maxine a aruncat o ocheadă în jur ca să verifice cine mai era în încăpere.

– Mă tem că nu suntem mai aproape de a afla unde se află arsenalul german din Florența. Dar l-am găsit pe Bruckner. El e cu siguranță în Florența și obișnuiește să bea la Piazza Grande.

– Nu lipsește vinul excelent în acel *palazzo*, a spus Marco.

Maxine știa că Montepulciano era renumit pentru al său *Vino Nobile*, așa că, firește, nemții făcuseră raiduri în cramele palatului din secolul al XIV-lea pe care îl rechiziționaseră chiar în apropiere de Piazza Grande, în vârful orașului.

— Trebuie să te miști repede, a adăugat Marco. Nu cred c-o să mai stea mult aici.

— Am de gând s-o fac diseară. Ai numele barmanului care o să mă lase să intru?

— Da, Ricardo, el le lasă pe fete înăuntru. O să te prezint.

Ea a făcut o grimasă.

— O să spun că sunt aici pentru că mama a insistat să plec din Roma înainte ca drumurile să fie blocate. Pot să-i spun că stau la o prietenă la țară, dar acum sunt la vărul meu și caut de lucru. Ăștia înghit orice spune o fată drăguță.

— Dacă nu te cred prostituată.

Maxine s-a uitat la Marco de parcă ar fi spus *și ce dacă*, apoi l-a privit.

— Dar tu? Ai ceva pentru mine?

— Da. Când ajungi la Florența, trebuie să iei legătura cu liderul partizanilor, Ballerini. O să-ți explice cam ce se întâmplă la Florența și în împrejurimi, iar tu poți să le transmiți Aliaților prin Radio Cora.

— De la ce vine Radio Cora?

— Comisia Radio. Un radio clandestin pe care îl folosesc ei ca legătură între Aliați și Rezistență. Parola pentru legătura cu Radio Londra este „Arno curge prin Florența". E un sistem de radio destul de rudimentar care trebuie mutat frecvent, seamănă cu cel operat de James.

— OK. Așadar, odată ajunsă la Florența, o să mă întâlnesc cu acest Ballerini. Să vedem ce reușim împreună.

— Da. O să fie nevoie de mine aici și la Monte Amiata, așa că el e cel mai sigur pariu pentru tine. Și du-te la adresa din Piazza d'Azeglio numărul 12 să te întâlnești cu funcționarul care lucrează în biroul consulului german.

— Biroul lui Gerhard Wolf?

— Da.

Ea a încuviințat și apoi, înclinând capul într-o parte, i-a zâmbit ațâțător.

— Să mergem. Unde ți-e pălăria?

El a ridicat din umeri.

– Am pierdut-o.

– Știu ce ai spus despre păstratul distanței, dar...

El s-a încruntat, prefăcându-se indignat.

– Nu-mi pot imagina ce vrei să sugerezi.

– Vărul meu e la muncă și soția lui e plecată azi, așa că...

– Ai vrea să mă inviți la o cafea?

Ea a zâmbit încântată.

– Exact!

Lui Maxine îi plăceau palatele renascentiste elegante din oraș, bisericile vechi și toate piațetele și cotloanele tainice. Priveliștile îi înseninau starea de spirit când era sătulă de război și rămânea să privească la minunata Val d'Orcia sau la văile din Val di Chiana care o înconjurau. Cu această stare de spirit îmbunătățită mergea înaintea lui Marco spre casa lui Davide. Nu se așteptase ca el să fie de acord să vină, dar acum că acceptase era hotărâtă să profite cât mai mult de timpul petrecut împreună.

După ce au făcut dragoste în micul ei dormitor de la etajul al doilea, au rămas întinși pe pat și au vorbit. El i-a spus despre speranțele lui de viitor, cât de mult își dorea o familie a lui într-o bună zi, că asta ar fi compensat cumva pierderea fratelui său. I-a povestit că avea o soră și un nepot și că voia să le facă viața mai ușoară.

Ea și-a mărturisit uimirea.

El a zâmbit.

– Nu-mi îngădui des luxul de a-mi imagina lucruri bune.

– Poate că gândul la vremuri mai bune ne ajută să ni se pară totul mai suportabil.

El a clătinat din cap.

– Știu la ce te referi, dar mi se pare că face totul mai dureros. Am aflat că doar întărindu-mă pot să fac ceea ce fac.

Ea s-a ridicat în capul oaselor, a înfoiat perna din spatele ei, apoi s-a uitat la ochii lui închiși, întinzând mâna să-i mângâie încet conturul frunții.

— E greu, nu-i așa?

El a deschis ochii și privirile li s-au întâlnit.

— Ce?

— Să faci față dragostei. Sau, mai degrabă, să trăiești fără dragoste.

El a pufnit.

— Asta crezi că fac eu?

Ea a ridicat din umeri.

— Poate că ești nevoit s-o faci.

Au tăcut câteva clipe.

— Nu crezi că dragostea poate să compenseze pentru oroarea războiului, măcar puțin? a întrebat ea.

— Spune-mi tu. Poate?

— Vreau să cred că da.

El și-a luat ochii de la ea.

— Este cu adevărat posibil să iubești când lumea a devenit atât de întunecată?

Ea a oftat.

— Ce mai rămâne fără ea?

— Războiul. Doar războiul.

Ceva din gravitatea vocii lui a amuțit-o.

— Sentimentele te slăbesc, îți afectează deciziile, te pun în pericol, îi pun și pe alții. De asta trebuie să ne izolăm complet de familii și să ne asumăm o identitate diferită.

— Deci nu ești Marco cu adevărat?

— Corect!

— Dar tu, cel care nu ești Marco, tu *ai* sentimente.

Ochii lor se întâlniră din nou, iar el a mijit privirea.

— Da. Ai sentimente, a spus ea hotărâtă, nevrând să abandoneze subiectul. Te simți vinovat pentru că fratele tău a fost luat și tu nu. De asta faci ceea ce faci, nu-i așa?

El s-a încordat.

— Simți și teama, și furia. Știu că simți.

— Și tu nu?

— Sigur că da. Nu spun că eu nu simt. Simt panica, nesiguranța, îndoiala, tot felul de lucruri. Dar nu poți să simți toate lucrurile astea și să nu simți dragostea.

— Asta e o nebunie. De ce nu?

— Pentru că, dacă respingi dragostea, atunci respingi și toate celelalte lucruri.

— Și de unde știi tu asta?

— De la tata. S-a întâmplat ceva. În trecut. Nu știu ce. N-au vorbit niciodată despre asta în fața mea, dar am auzit-o pe mama șoptind cu prietenele ei. Orice ar fi fost, tata s-a închis, și-a înăbușit sentimentele, și-a închis inima. Uneori, cred că singura emoție pe care o mai are este furia.

— Și crezi că nu putem supraviețui doar cu furie? Asta spui tu?

— Putem supraviețui, dar nu înseamnă că trăiești cu adevărat, nu-i așa?

El o privi lung.

— Crezi că furia e cel mai rău lucru?

— Nu știu. Care este?

— De la război încoace sau dintotdeauna?

— În oricare dintre situații.

El păru să se gândească.

— Nepăsarea. Asta e cea mai rea.

Ea a dat din cap.

— Da. Cred că ai dreptate. Mai ales acum.

— Ei bine, pe tine nu te-ar putea acuza nimeni că ești nepăsătoare.

S-a oprit o clipă înainte de a vorbi din nou și ea a observat cum își înghite nodul din gât.

— Încă îl mai văd peste tot, a spus el.

– Pe fratele tău?

El a încuviințat.

– Îl văd mergând pe stradă, stând la o cafenea, aducând recolta. Îl văd cu părinții mei, cu sora mea. Îl văd pe tatăl care ar fi devenit într-o zi, copiii pe care i-ar fi avut.

– Ai spus deja că faci asta pentru el. Asta nu e dragoste?

– Sau răzbunare. Te-ai gândit la asta?

Ea s-a uitat la el.

– Nu răzbunare văd în ochii tăi, Marco.

– Dar ce vezi?

Ea a ridicat din sprâncene, i-a luat mâna și a dus-o la buze. El a avut delicatețea să zâmbească. *O, bărbatul ăsta, bărbatul ăsta,* și-a spus ea, *cât îl iubesc.*

În noaptea aceea, Maxine stătea întinsă pe șezlongul de catifea în din acel *palazzo* rechiziționat de naziști, vărsând din când în când vinul pe care ar fi trebuit să-l bea în ghiveciul din spatele ei. Deși nu-i plăcea nimic mai mult decât un *vino rosso* excelent, trebuia să-și păstreze mintea clară. Deși aveau deja pe cineva în biroul consulului german la Florența, Maxine tot trebuia să se întâlnească cu Bruckner, omul despre care credea ea că va lua decizia privind locul de depozitare a noului arsenal.

Îl asculta pe căpitanul Vogler care era extrem de plicticos, Baltasar Vogler, care pretindea că numele lui de botez însemna că era protejat de Dumnezeu – „Așa cum sunt toți germanii". A râs și a continuat să se plângă de grevele nefaste ale muncitorilor din nordul Italiei.

– Dar nu te îngrijora, spunea el, i-am rezolvat, nu glumă.

Maxine a zâmbit afișând ceea ce spera că era o privire admirativă, dar în secret își dorea să fi putut smulge șuvița de păr castaniu deschis care-i cădea pe ochii porcini. Neobișnuit de mic și de îndesat – majoritatea ofițerilor erau totuși înalți –, mirosea neatrăgător a carne. De parcă se „stricase" puțin. Ea a zâmbit din nou la imaginea lui putrezind din interior și într-adevăr zâmbetul ei l-a făcut să creadă că-i sorbea fiecare vorbă.

— Vrei să știi cum? a întrebat el și a continuat fără să aștepte ca ea să răspundă, lăudându-se că pur și simplu împușcaseră o zecime din mâna de lucru. Se întorc la lucru al naibii de repede, pot să-ți spun.

A râs de parcă spusese o glumă teribil de amuzantă.

Maxine, îngrețoșată, a reușit să-și păstreze zâmbetul, stând totodată cu ochii pe ușă și rămânând atentă la ceilalți doi bărbați din cameră, care păreau adânciți în discuție. Lui Vogler îi plăcea să se audă vorbind și Maxine trebuia să se prefacă interesată. Când el i-a pus palma asudată pe genunchi, i-a simțit căldura lipicioasă prin mătasea rochiei. Purta una dintre rochiile cumnatei Sofiei, demodată deja, într-adevăr, dar culoarea albastru-păun îi scotea în evidență părul roșcat și rujul roșu aprins.

Ușa s-a deschis brusc. A intrat un bărbat, nici el foarte înalt, dar musculos, cu părul foarte blond și tuns scurt, în uniformă de ofițer SS cu patru stele argintii pe guler. Acesta era Bruckner? Și-a ținut respirația în timp ce un fior de teamă îi urcă pe șira spinării, apoi i-a zâmbit timid. SS fusese la început o divizie de elită formată pentru a-l apăra pe Hitler, dar acum era organizația dominantă, însărcinată cu securitatea, supravegherea și teroarea atât în Germania, cât și în Europa ocupată de nemți. Trebuia să fie foarte precaută.

— A, domnule maior Bruckner, cu ce vă pot servi? a întrebat Vogler, sărind în picioare.

— Avem bere?

— Nu. Doar vin roșu.

Ofițerul îndesat a râs, dar Brucker a ridicat simplu din umeri.

În timp ce Vogler a plecat să deschidă încă o sticlă, Bruckner s-a uitat în jos la Maxine. Ea și-a plecat genele înainte de a-și ridica din nou privirea și s-a uitat în cei mai verzi ochi pe care îi văzuse vreodată. Ce păcat că era nazist! S-a gândit ce ar fi dacă s-ar culca cu un asemenea bărbat, dacă scopul ar justifica mijloacele, oricare ar fi fost prețul. Dacă ar putea să uite cine era el pentru o clipă, n-ar fi atât de rău. *Dacă* ar putea uita. S-a gândit la ce spusese Marco despre sentimentele care te slăbesc, te pun în pericol, și și-a dorit să fie din nou cu el în loc să facă asta.

– Eu sunt Massima, a spus ea, forțându-se să se concentreze.

Ochii lui au strălucit.

– Drăguță rochie!

Când Vogler a adus două sticle desfăcute de vin roșu, Bruckner i-a făcut semn să plece și acesta a ieșit din încăpere, urmat de cei doi care stătuseră lângă șemineu.

Bruckner îi studia chipul lui Maxine.

– Deci, ești de pe aici?

Maxine i-a susținut privirea cercetătoare clătinând din cap. Apoi i-a spus că se mira să-l audă vorbind italiană atât de bine.

– Ah, veneam aici în copilărie. Mama iubea Italia, mai ales lacurile. Lugano era preferatul ei, dar îi plăcea și Toscana. Tuturor ne plăcea.

– Îi plăcea?

El s-a uitat de sus la ea.

– Din păcate, nu mai e printre noi. Clădirea în care locuiam a fost bombardată. Doar eu și tata am supraviețuit pentru că nu eram acasă. Fratele și sora mea mai mică au murit și ei.

– Îmi pare foarte rău, a spus ea și și-a dat seama că vorbea serios. Era o pierdere cumplită de suflete nevinovate de ambele părți, la urma urmei.

– Ai un accent neobișnuit, cred.

Prinsă pe picior greșit, trebuia să se gândească repede la ceva. Vocea mamei ei o avertiza să aibă grijă, iar vocea foarte britanică a lui Ronald, ofițerul ei de legătură, i s-a alăturat. „Rămâi aproape de adevăr sau cât de aproape poți." Aceea fusese mantra lui.

– Am petrecut câțiva ani la New York cu rudele mele când eram mai tânără, a spus ea. Dar sunt din Roma. Stau la vărul meu aici în Montepulciano.

A urmat o tăcere scurtă.

– Nu vrei să iei loc, Herr Bruckner?

– Spune-mi Gustav. Nu muncesc în seara asta.

S-a așezat aproape de ea și ea i-a simțit mirosul de citrice.

— Miroși frumos.
— Și tu la fel. Ce este?

Maxine se gândise foarte bine înainte de a veni în Italia și parfumul pe care îl alesese era probabil cel mai sexy din câte se creaseră vreodată, explodând de izul aspru de paciuli, amestecat cu parfumul de garoafă și vanilie.

— Cu *Tabu* creat de Dana, i-a spus ea.
— Senzual, a spus el cu voce blândă. Animalic... cred că trebuie să fii o femeie periculoasă.

Privirea pe care i-a întors-o i-a confirmat că așa era.

Au petrecut o oră vorbind și a descoperit că-l plăcea. Era ceva diferit la el și a simțit că nu prea se simțea în largul lui în această postură, deși trebuia să fie și nemilos dacă se ridicase atât de tânăr la rangul de *Sturmbannführer* sau maior. El i-a povestit că se pregătise să devină doctor până la izbucnirea războiului, când se înrolase însă în Wehrmacht. Voise să lupte pentru Patria Mamă și să apere țara pe care o iubea, fusese liderul unei unități de asalt. Unchiul său era vicecomandant-șef al forțelor armate, care îl ajutase să se ridice.

— A fost scandalos când Italia a schimbat macazul, a spus el, iar ea a remarcat tonul usturător al vocii.

— Nu toți am schimbat macazul, a răspuns ea. Ar fi trebuit să-l vezi pe Mussolini pe calul său alb proclamându-și țelul de a unifica Italia.

— Un om mândru. Ca Führerul nostru. Dar nu a fost niciodată destul de puternic. Nu poți să fii slab sau să tolerezi slăbiciunea, dacă vrei să schimbi lumea.

Cu o plăcere ascunsă, și-a amintit felurile în care partizanii la fel de hotărâți încercau să schimbe lumea schilodind mașina de război germană.

A urmat o pauză în conversația lor și el s-a ridicat să înțețească focul. Maxine a decis că era timpul să ducă seara în direcția în care voia să meargă. Când s-a întors, de data asta așezându-se mai aproape de ea, ea i-a pus mâna pe încheietură.

– Vei sta mult aici? a întrebat ea, cu vocea intenționat seducătoare.

El a clătinat din cap.

– Sunt aici doar pentru câteva zile, pe urmă mă întorc la Florența.

Ea a zâmbit și i-a mângâiat încheietura.

– Mai vrei niște vin?

El a încuviințat.

Bea constant și ochii începeau să capete aspectul încețoșat al omului care vrea un singur lucru. Ca să-l țină atent, Maxine s-a ridicat în picioare.

– O să fii aici și mâine seară? a întrebat ea.

El s-a lăsat pe spate, sprijinindu-și brațul pe o parte a sofalei, cu picioarele întinse.

– Dar tu?

Ea a zâmbit provocator.

– Evident. Unde altundeva aș vrea să fiu?

– Atunci, o să fiu și eu aici.

– Pe urmă, vei pleca la Florența.

El i-a aruncat o privire indescifrabilă.

– Mai e destul timp până atunci.

– Mi-ar plăcea să merg la Florența. E atât de plictisitor aici.

– Ce-ai face acolo?

– Poate să-mi găsesc de lucru. Am o prietenă care locuiește aproape de râu. Așadar, poate o să merg cu trenul să stau la ea.

– Ai toate documentele?

Ea a ridicat din sprâncene.

– Bineînțeles.

Documentele ei false, oferite de călugărițele la care fusese dusă la sud de Roma, o ajutaseră până acum.

Apoi i-a trimis o bezea și a reușit să fugă. Dacă putea să-l convingă să o ia cu el la Florența...

28.

Lorenzo era din nou la Roma și Sofia se pregătea pentru călătoria la Florența. În noaptea dinaintea plecării, s-a mirat să-l găsească pe James la ușa din spate. Își freca palmele și sufla peste ele în același timp.

– Sper că nu te deranjează, a spus el cu buzele vinete de frig. Știu că e târziu, dar e multă umezeală și frig la fermă și nu îndrăznesc să aprind focul.

S-a gândit o clipă, bucuroasă că dulăii încă dormeau în bucătărie, căci lătratul lor ar fi fost destul de puternic să trezească și morții.

– Probabil cel mai bine e să urci în camera mea. Pot să aprind focul. Dacă se întâmplă ceva, o să te poți ascunde repede în pasajul de acolo.

– Mulțumesc.

– E important să nu te îmbolnăvești iar. Ți-e foame?

El i-a dat de înțeles că da, bătându-se pe burtă.

– S-ar putea să mai avem niște plăcintă de iepure. O să mă uit. Îți amintești pe unde să urci?

El a încuviințat.

– Maxine e aici?

– Nu. E tot la Montepulciano. Acum urcă. N-o să te vadă nimeni.

În timp ce el o lua spre scări, Sofia s-a dus la bucătărie unde a găsit-o pe Carla ștergând masa.

– O! a exclamat ea surprinsă. Nu te-ai culcat.

– Îți pregătesc bucuroasă ceva.
– Ah... da. Mai avem plăcintă de iepure?

Carla s-a dus în cămară și s-a întors cu o felie de plăcintă pe o farfurie, pe care a pus-o pe masă.

– Îți aduc o furculiță.

S-a uitat la fața Sofiei cu o privire îngrijorată.

– Ești bine, Contesă?
– Da. De ce să nu fiu?

Carla a mijit ochii, întrebătoare.

– Ești puțin palidă și nu mănânci niciodată noaptea târziu.
– Nu-ți scapă nimic, Carla, nu-i așa? Dar, sincer, sunt bine. Plăcinta e pentru James. Îi e frig și foame.

A luat farfuria și furculița de la Carla.

– O duc la mine în cameră.

La etaj, întotdeauna era un foc gata pregătit. Giulia îl aprindea în fiecare zi, dar acum Sofia se ocupa singură de el și, urmând exemplul Giuliei, avea grijă să aibă mereu lemne la îndemână. Putea angaja altă servitoare, desigur, dar dată fiind starea lucrurilor prefera să nu mai lucreze o persoană nouă în gospodărie. I-a întins plăcinta lui James, apoi s-a apucat să mototolească hârtia, adăugând surcele și câteva lemne mai mici și uscate, conștientă că el îi urmărea fiecare mișcare. Era o situație neobișnuită, destul de stânjenitoare, iar ea o simțea din plin. Când a aprins bățul de chibrit, focul s-a stârnit repede și ea a tras ambele scaune din dormitor în fața șemineului.

Nu se uita la el, dar simțea că el o privea. Când a ridicat ochii, nu reușea să-i descifreze expresia – era ceva puțin sentimental în ochii lui și se întreba dacă nu-i era dor de casă. I se părea că absoarbe tristețea din adâncimile acelor ochi albaștri și s-a trezit vrând să-l consoleze.

El a terminat plăcinta și i-a zâmbit.

– Mulțumesc. Ești foarte generoasă.
– Nicidecum.
– Am căutat locații, a spus el.

– Locații?

Își dădea seama că probabil părea că spune prostii.

– Locuri noi unde am putea instala radioul, nu doar ferma la care stau.

– Și ai găsit vreun loc?

– Da, unul sau două. Turnul unei biserici abandonate și un hambar cu tavan înalt în vârful unui deal.

El i-a aruncat o privire caldă, familiară, iar ea s-a simțit deodată expusă și iritată.

– Altfel... ce mai faci? a întrebat el.

Ea s-a încordat, conștientă că nu era de obicei atât de timidă ca acum.

– Sunt bine.

Conversația se poticnise deja, rezultatul disconfortului ei crescând din pricina faptului că, atât de târziu în noapte, era singură în dormitorul ei cu un bărbat atrăgător care nu era soțul ei.

– Scuze, a spus el, simțindu-i stânjeneala. Ar fi mai bine să plec.

Ea nu a răspuns la început. Trebuia să-l lase să plece de acolo sau pur și simplu să ignore sugestia lui? Nu avea inimă să-l trimită înapoi într-o casă înghețată la o distanță considerabilă așa că, încercând să-și păstreze un ton neutru, i-a oferit câteva pături în plus.

– Mulțumesc.

El a dat să se ridice.

După o clipă de ezitare, vrând să salveze situația, ea a adăugat:

– Uite, de fapt... nu e nevoie să pleci chiar acum. Te rog să te încălzești cum trebuie mai întâi.

El s-a așezat la loc.

– Ești foarte amabilă.

A urmat o pauză care s-a transformat în curând într-o tăcere prelungită.

– Poți să-mi spui ceva despre viața ta? a întrebat ea într-un târziu. De acasă, adică.

El și-a frecat bărbia, părând resemnat.

– Mă tem că nu avem voie să dezvăluim informații personale.
– Sigur că nu. Ce întrebare prostească!
– Nu prostească. Normală. Mă rog... dacă lucrurile ar fi normale, vreau să spun.

Au tăcut din nou și apoi, deodată, amândoi au dat să spună ceva în același timp.

– Hai! a îndemnat-o el. Tu prima.

El a zâmbit, iar ochii lui senini au dezarmat-o, stârnind tot felul de reacții complicate în ea.

– O, la naiba cu toate! a zis el. Doar nu o să ne facă să pierdem războiul, nu? Sunt din Gloucestershire. Un loc numit Stroud. În fine, unul dintre satele din apropiere, de fapt.

– Nu vrei să-mi spui cum e? Eu n-am fost decât la Londra.

– E foarte diferit de Londra. Căsuțe de piatră frumoase în stilul Cotswold împrăștiate pe dealuri și câteva case foarte mari, a spus el, înveselit de subiect.

– Pare încântător. Cred că ți-e dor de casă.

– Da. Părinții mei locuiesc în Minchinhampton, aproape de islaz. Pe acolo îl plimbam pe labradorul nostru.

– Cum îl cheamă?

– Mă tem că a murit. Îl chema Pluto.

Ea a râs.

– Un nume nostim pentru un câine.

Au discutat relaxați preț de o oră. El i-a povestit despre Anglia – despre logodnica lui, Margaret, casa lui, mâncarea preferată. Se părea că toți cei din Anglia vorbeau despre mâncare sau visau la asta, la fel ca ei. I-a povestit despre cârnați și piure, despre plăcinta cu brânză, fripturi și prăjiturile cu mere. Ea i-a spus că mâncarea de la Londra nu fusese grozavă.

– Îngrozitoare! a spus el strâmbându-se și au râs amândoi.

Stând așa împreună lângă foc, ea se simțea învăluită de o oază prețioasă de pace.

— Dar tu? a întrebat el. Unde ai crescut?
— La Roma. Pereții apartamentului nostru erau acoperiți de cărți și tablouri.

A zâmbit amintindu-și.

— Tata era disperat pentru că mama căuta mereu cărți sau tablouri rare și le căra acasă. Erau oameni grijulii și părinți buni. Drept recompensă, uneori aveam voie să rămân trează pentru seratele lor muzicale lunare.
— Sună minunat.

Gândindu-se la trecut, a străbătut-o un val de tristețe.

— Da, așa a fost. O vreme. Prietenii părinților mei erau artiști și scriitori, muzicieni, poeți, actori. Nu erau genul care să aibă carnet de fascist. Treptat însă numărul lor a scăzut.
— Ce s-a întâmplat?
— Mussolini. Asta s-a întâmplat. Unii au dispărut și nu s-a mai auzit nimic de ei. Alții au plecat în străinătate. Mai ales în America. Asta i-a frânt inima mamei.
— Îmi imaginez că trecutul soțului tău a fost puțin diferit.
— Nobilimea tindea să-l susțină pe Mussolini.
— Și soțul tău?

Ea a ridicat din umeri evaziv și gândul la Lorenzo a pus stăpânire pe ea. Deși fusese conștientă de presimțirile lui grave în privința lui Mussolini, el nu se pronunțase fățiș împotriva acestuia. Puțini o făceau și, când se pronunțau, ajungeau să regrete dacă mai apucau să trăiască. Dar în orice caz, în general vorbind, Lorenzo nu fusese niciodată atât de franc ca ea. Avea o personalitate diferită și, fiind educat să fie mai puțin deschis, poate pentru el era firesc să fie mai reticent.

— Nu-l susține pe Mussolini și e un om bun, un om foarte bun, a spus ea. Dar păstrează multe pentru el.
— Și ești de acord cu asta?
— Nu sunt toți bărbații necomunicativi, cel puțin uneori?

El s-a aplecat în față și s-a uitat la ea curios, dar ea nu îndrăznea să mai adauge ceva, chiar dacă voise s-o facă. Totuși ceva o înfrâna.

Avea senzația că și el voia să spună ceva, ceva care-i stătea pe vârful limbii, dar apoi James s-a lăsat pe spate și a clătinat din cap, întorcând privirea.

Au rămas în tăcere câteva minute și ea a devenit conștientă că disconfortul ei de mai devreme dispăruse complet; tovărășia pe care o simțea alături el și franchețea conversației fusese reconfortantă. Exista ceva direct și sincer în el care-i plăcea și era limpede că începuse să se înfiripeze o legătură delicată între ei.

Era ca și cum se înțeleseseră să discute despre orice în afară de război, până când, deodată, ea nu s-a mai putut abține.

– O să câștige Aliații? a întrebat și a auzit tremurul din propria voce.

El a inspirat adânc și a expirat încet.

– Sper, fir-ar să fie!

– Dar e mai complicat decât a câștiga sau a pierde, nu-i așa? Toată povestea e o nebunie. Nici măcar n-ar trebui să se întâmple, nu?

El a gemut la auzul acestui adevăr.

– Nimeni nu și-a dorit asta.

– Mama spune că există întotdeauna lumină în mijlocul întunericului.

– Și o crezi?

– Vreau s-o cred.... dar știu că și reversul e adevărat.

Pe măsură ce se făcea tot mai târziu, începea să se simtă somnoroasă și nu și-a putut înăbuși căscatul.

– Îmi pare rău, s-a scuzat el, ridicându-se imediat în picioare. Te țin trează și ai nevoie de somn.

S-a ridicat și ea și, simțindu-se singură și tânjind după legătura dintre oameni, cu greu s-a înfrânat să-l oprească.

El a privit-o de parcă îi putea citi gândurile.

– Mulțumesc, a spus, luând-o de mână și ducând-o la buze. Ea s-a aplecat spre el, i-a simțit inima bătând și a realizat cât de cald era el acum. Au trecut câteva clipe, apoi ea s-a retras, dorindu-și deodată să nu fi îngăduit intimitatea asta.

– Îmi pare foarte rău, a spus el cu privirea abătută.
– E în regulă, a răspuns ea. Dar ar fi mai bine să pleci acum. O să cobor eu să încui ușa după tine.

29.

Lorenzo avusese dreptate. Când Sofia și Anna au sosit în centrul Florenței ocupate de nemți, nu era atât de frig ca la Castello, dar umezeala tot le pătrundea în oase. Sofia își amintea prima ei vizită la conacul *palazzo* al familiei lui Lorenzo, cât de uluită fusese de frumusețea clădirii, cu ferestrele boltite și cu intrarea principală uriașă. Ultima lor vizită aici fusese în septembrie și avuseseră noroc. Nu răsunaseră sirene de raiduri aeriene când bombardierele Aliate au început să țintească orașul și se relaxau în salon fără să știe ce avea să se întâmple. Când a început șuieratul înfiorător, Sofia a fugit la Lorenzo și s-au ținut în brațe, ascultând cum fiecare urlet strident era urmat de un huruit, sfârșind cu o explozie care te făcea să simți că înnebunești. Pe măsură ce coșmarul continua și bombele Aliaților cădeau repede și din plin, au așteptat, abia respirând, neștiind dacă aveau să trăiască. S-a rugat într-una și a făcut-o din inimă. Și a încercat din răsputeri să nu se gândească la ce s-ar putea întâmpla dacă aveau ghinion. În mod miraculos, rămăseseră neatinși, doar câteva ferestre ale clădirii fiind sparte, dar au aflat că mai multe clădiri fuseseră distruse și cel puțin două sute de civili uciși. Era greu de suportat. Forțele britanice și americane fuseseră dușmanii lor, dar, peste noapte, deveniseră prietene. Acum aruncau în aer poduri și căi ferate ca să le îngreuneze viața nemților, dar îi răneau și pe cetățenii de rând.

Era prima dată când se întorcea de atunci și în toată casa răsuna absența lui Lorenzo. Nu se întâmplase nimic necuvenit, dar poate că faptul că petrecuse timp singură cu James în seara precedentă o făcuse mai conștientă de câtă nevoie avea să-l aibă aproape pe soțul ei. Era ceva greșit? Putea să suporte. Putea să suporte foarte bine, dar își dorea să fie el aici, în camerele întunecate și oblonite și în patul ei. A tras cearșafurile de muselină care protejau de praf obiectele de mobilier în fiecare cameră și asta a ajutat-o puțin. Clădirea cu patru etaje era mult prea mare pentru ei și fusese un plan încântător s-o renoveze în patru apartamente, dar când a venit războiul executarea proiectului rămăsese suspendată.

Când se căsătoriseră, ea fusese nevoită să-și clădească încrederea în rolul ei de Contesă și, mai ales aici, i se păruse că dă un spectacol până când, treptat, începuse să deprindă mersul lucrurilor. Înainte de moartea ei, mama lui Lorenzo făcuse tot posibilul să fie amabilă. Sofia se afla la Roma în vizită la părinții ei când accidentul acela cumplit lovise familia lui Lorenzo. Fiind singurul care scăpase cu viață din mașină, vina și durerea lui fuseseră devastatoare. Ea făcuse tot ce putea să-l ajute, până când ochii lui căpătaseră din nou o lumină vie.

Acum, în timp ce Anna cea mereu practică pregătea ceva de mâncare, Sofia a aprins focul în salon și s-a gândit din nou la James. Singurătatea și traiul cu frica în sân te puteau duce într-un loc pe care nu ți l-ai fi imaginat pe timp de pace. După ce se înteţise focul și camera se umpluse de fum, a simțit nevoia să-și limpezească gândurile, așa că a decis să iasă la plimbare. Și-a pus un palton lung și negru cu guler gros de blană și pălărie asortată. Neștiind cât de sigur era, s-a gândit dacă să-și ia pistolul, dar s-a hotărât să nu-l ia. Nu era o idee bună în cazul în care ar fi fost oprită și percheziționată.

Trebuia să fi plouat mult mai devreme, pentru că era nevoită să-și croiască drum printre băltoace pe străzile pietruite și să evite apa care picura de pe streșinile clădirilor. A trecut pe lângă foarte puțini localnici, dar erau nemți, camioanele lor și vehiculele lor militare se vedeau peste tot. A luat-o pe Lungarno către Ponte Vecchio, care se întindea peste râul Arno pe arcade joase.

Când familia Medici s-a mutat din palatul lor la Palazzo Pitti, au construit o pasarelă de legătură de la Uffizi la Palazzo Pitti pe cealaltă parte a râului, ca să poată trece și să rămână feriți de oamenii de rând. Vedea șirul de ferestre mici pe pereții celebrului Corridoio Vasariano, care se întindea deasupra magazinelor de bijuterii de pe pod. Când ea și Lorenzo se întâlniseră acum mulți ani, acesta fusese locul lor romantic preferat. În timpul zilei, cerul întotdeauna părea să fie azuriu și senin, iar soarele lumina clădirile atât de strălucitor, încât sclipeau de parcă erau făcute din aur alb. Amintirile îi atingeau inima, mai ales cele de la începutul serii, ora aceea magică în care se plimbau la braț pe malul râului sub cerul purpuriu și catifelat. Ora în care dealurile împrejmuitoare se estompau într-un albastru închis, iar reflexiile aurii ale caselor străvechi luceau în apă și mirosul florilor de portocal pluteau în aer. A simțit un fior de panică dându-și seama că retragerea nemților din acest oraș frumos sau apărarea lui ar fi însemnat distrugerea acestui pod vechi. Știa că trebuia să facă tot posibilul să afle dacă prietenii ei auziseră zvonuri despre locul unde armele germane erau depozitate. Partizanii aveau mare nevoie de ele dacă voiau să-i ajute pe Aliați la eliberarea Florenței.

Pe măsură ce se apropia înserarea, o ceață albă diafană se ridica deasupra râului. Și-a continuat drumul șovăind și, în curând, auzind împușcături, a început să se grăbească, trăgându-și gulerul de blană în jurul feței în timp ce vântul aprig o mâna spre casă. Când a ajuns la *palazzo*, a privit în sus la cele două felinare din fier forjat de deasupra ușii, fixate în zidul de piatră rustic. Acum nu erau becuri înăuntru. Apoi, când a deschis ușa mare de lemn din față și a intrat în curtea interioară din secolul al XV-lea, a întâmpinat-o aroma de ceapă și usturoi prăjit. Viața trebuia să meargă mai departe și, slavă Domnului, asta se întâmpla. A ignorat scările late de piatră ce duceau spre camerele ei și s-a îndreptat în schimb spre bucătăria cu pardoseală de gresie unde Anna a întâmpinat-o cu un zâmbet cald.

– Vrei să mănânci aici, Contesă?

Sofia s-a învoit și s-a așezat imediat la masa unde Anna turnase deja două pahare de vin.

Două zile mai târziu, când Sofia a deschis ochii de dimineață, a văzut lumina puternică pe peretele opus patului ei. Asta era ziua cea mare. Fusese nevoită să telefoneze la consulat de două ori înainte să poată vorbi cu Gerhard Wolf, diplomatul neamț care era consul acum. Dar reușise să facă programarea pentru azi și acum era mulțumită de ea însăși. S-a înveselit și mai mult când, privind afară pe fereastră, a văzut că norii se împrăștiaseră și că o zi luminoasă o întâmpina. Se bucura de vremea asta bună pentru întâlnire.

Ca iubitori de artă, Wolf și Lorenzo se întâlniseră înainte de război la o expoziție de la Galeria Națională din Londra, în iunie 1935, apoi din nou la Berlin o lună mai târziu. Acolo se împrieteniseră și corespondaseră până a început războiul. Pe urmă, când Wolf fusese detașat la Florența, Lorenzo îl invitase la ei acasă. Așadar, ca soție a lui Lorenzo, Sofiei nu-i fusese greu să pregătească întâlnirea. Știa că Wolf se născuse la Dresda și că studiase filosofia, istoria artei și literatura. Ca om cultivat, inițial se opusese intrării în partidul nazist și a făcut-o doar când a devenit clar că altfel nu mai putea lucra în diplomație. Printre prietenii Sofiei se zvonea că ajutase evrei să scape și acum făcea tot posibilul ca opere semnificative de artă să nu fie capturate și trimise la Berlin.

În timp ce Sofia își amintea unica ocazie în care-l întâlnise pe Wolf, se uita în jos la grădina mică, acum luminoasă și strălucind în soare. Îl cunoscuse aici în casă, la început de vară, și băuseră toți cocktailuri în grădină. Puține case aveau grădini, mai ales atât de aproape de râu, așa că a lor era prețioasă deși era mărginită de partea din spate a altor case.

A decis că după ce se vedea cu Wolf avea să-și viziteze prietenii, să le dea de știre că era aici și să afle cum o duceau. După cum era de așteptat, mulți fugiseră deja sau fuseseră forțați să fugă, casele le erau rechiziționate, laolaltă cu cele mai bune hoteluri. Lorenzo îi spusese că nemții foloseau sinagoga de pe Via Farini ca depozit și grajd, așa că poate era o șansă ca armamentul să fie depus acolo. Avea să facă tot posibilul să afle tot ce putea.

30.

Sofia trebuia să se întâlnească cu Wolf la o cafenea nu departe de consulat. El îi spusese la telefon că biroul consulatului era un loc inferior, nicidecum așa cum te-ai fi așteptat, așa că prefera să se întâlnească la o cafenea. Ei i se părea puțin clandestin, dar sosise devreme și alesese o masă într-un colț tăcut din spate.

Când a intrat el, l-a recunoscut imediat pe bărbatul cu statură solidă și fața bonomă. S-a ridicat de pe scaun și și-au dat mâna.

— Mulțumesc că ați venit, a spus ea.

— E plăcerea mea. Îmi amintesc foarte bine de dumneavoastră. Ce mai face soțul?

— În acest moment e la Roma.

Răspunsul ei era evaziv fiindcă nu știa cu adevărat unde era Lorenzo acum sau ce făcea.

— Tot la minister?

Ea a dat din cap.

— Așadar...

El și-a împreunat mâinile, cu degetele în sus.

— Ce pot face pentru dumneavoastră?

— Păi, nu sunt foarte sigură. Bănuiesc că știți cât de preocupați suntem să evităm stricăciunile aici în Florența.

— Ei bine, da, bineînțeles, dar evident...

El s-a oprit și i-a zâmbit înțelegător.

— Nu am nicio influență asupra bombardamentelor Aliate.

I-a zâmbit și ea.

— Adevărat. Sper că nu vă deranjează că pomenesc asta, dar oamenii spun că ați avut un rol important în păstrarea sau, mai bine spus, *protejarea* operelor de artă de la a fi scoase din Italia.

El a privit în jur prin încăpere ca să vadă dacă îi auzea cineva.

— Draga mea doamnă, trebuie să înțelegeți că nu pot comenta. Sunt cetățean german și, ca atare, sigur că-mi susțin țara să câștige războiul.

— Înțeleg.

S-a gândit o clipă înainte de a încerca o tactică diferită.

— Am auzit că atunci când se retrage, armata germană are tendința de a lăsa numai distrugeri în urmă. Este adevărat?

El s-a uitat la masă câteva clipe, apoi a ridicat privirea spre ea cu tristețe în ochii blânzi.

— Este foarte regretabil... Ascultați, Contesă, stau acum de vorbă cu dumneavoastră doar datorită prieteniei mele de altădată cu Lorenzo.

Ea a încuviințat.

— Florența, după cum știți, a fost un oraș de bancheri bogați și negustori în secolele al XIII-lea și al XIV-lea. Și-au cheltuit bogăția considerabilă pe arhitectura extraordinară și și-au umplut palatele cu opere de artă și fresce minunate. Cum ar putea oricine să îndure distrugerea lor?

Ea a clătinat din cap.

— V-o spun pentru că încerc să-mi păstrez umanitatea într-o vreme care ne încearcă din plin. Fac tot posibilul să ușurez suferința dacă-mi stă în putere și scopul meu este de a păstra tot pot din măreția Florenței. Nu vreau ca lumea să piardă ceea ce aveți aici.

— Bineînțeles. Și bănuiesc că nu cunoașteți intențiile lui Kesselring?

El a ridicat din umeri și s-a uitat spre tavan. Ea a așteptat, urmărind neliniștită lupta interioară care se vedea pe fața lui Wolf, zvâcnetul fălcilor lui și semnele de încordare de pe frunte. Își dădea seama că i-ar fi plăcut să spună mai multe și-i părea rău că-l punea în încurcătură.

În cele din urmă, el a oftat și s-a uitat la ea din nou.

– Deși Kesselring e un geniu, puterile mele, în ceea ce-l privește pe comandantul nostru șef, sunt extrem de limitate. Și acum mă tem că trebuie să mă scuzați.

El s-a ridicat în picioare și a dat mâna cu ea înainte să plece.

31.

Au plecat din Montepulciano la cinci dimineață ca să evite bombardamentul Aliaților. Maxine stătea cu maiorul Gustav Bruckner pe bancheta din spate a mașinii conduse de șofer. La a treia lor întâlnire, el se oferise s-o ia cu el la Florența și, bineînțeles, ea acceptase pe loc. Privea la peisajul arid și tânjea după lumina proaspătă lămâioasă a dimineții de primăvară.

Căpitanul Vogler stătea posac pe locul din față al pasagerului fără să adauge o vorbă la conversația și așa limitată. Bruckner mângâia genunchiul lui Maxine, dar, deși era evident atras de ea, nu se grăbise să facă mai mult. Își petrecuseră timpul mai degrabă cu discuții animate, de aceea tăcerea asta i se părea acum tulburătoare. Dacă era ceva în neregulă, nu prea putea să o ia la fugă din mașina ocupată de trei nemți.

S-a gândit la lucrurile pe care le dezvăluise Bruckner despre el. Necăsătorit, nu avea logodnică sau o iubită acasă. Deși avea de gând să-și finalizeze studiile de medicină după ce câștigau războiul, nu-l interesa să se așeze la casa lui. Voia să călătorească. În Germania condusese motocicleta, pe care o prefera în detrimentul mașinii. Îi plăcea să citească și să meargă la teatru, dar cel mai mult iubea opera. Pe scurt, era un bărbat cultivat. Dacă n-ar fi fost dușman, l-ar fi plăcut cu adevărat. De fapt, îl plăcea și trebuia să-și reamintească de faptul că era și un ofițer SS neîndurător.

Dar fiecare avea aspecte diferite, poate chiar contradictorii, ale caracterului. Ea avea, în mod asigur. Când mama ei, Luisa, insistase să o mărite cu un băcan, ea răspunsese sfidător: „Nu. Vreau să fiu eu însămi." Când i s-a cerut să explice exact cine era, se încurcase. Ceea ce-și dorea cu adevărat, ceea ce jinduia era o viață liberă, una în care să poată *descoperi* lucruri despre ea însăși și să prospere, nu doar să supraviețuiască așa cum făcuse mama ei. Și cu siguranță asta descoperea acum. Descoperise ceva din curajul și temeritatea ei, dar înțelesese că acest curaj era valid doar când îți era frică. Dacă îți era ușor, nici măcar nu era curaj. Curajul era o alegere.

– Vino să luăm prânzul împreună, a spus maiorul brusc. Știu un loc liniștit și modest unde nu vom fi deranjați. O să poți ajunge pe urmă acasă la prietena ta?

Maxine a zâmbit.

– Sigur, ce minunat! Nu mă așteptam să primesc și o tratație pe lângă drumul oferit.

– Sau, dacă preferi, pot să-l rog pe șofer să te lase acasă la prietena ta de îndată ce ajungem.

– E în regulă. Mi-e foame.

El i-a zâmbit călduros.

Când au oprit în fața hotelului Excelsior cu șase etaje, situat pe malul nordic al râului Arno cu fața spre Piazza Ognissanti, era mai aglomerat decât se așteptase Maxine. Camioanele germane erau parcate în jurul pieței și mașinile opreau întruna. El a rugat-o să aștepte afară o clipă și a intrat. Evident, clădirea fusese rechiziționată, dar, chiar și așa, când s-a uitat prin fereastră să-l urmărească pe Bruckner, a rămas surprinsă de holul grandios de la intrare, cu coloane de marmură, plin de ofițeri nemți și fasciști și nicio femeie la orizont.

După prânz, s-a dus să găsească adresa din Piazza d'Azeglio numărul 12, pe care i-o dăduse Marco, și unde avea să se întâlnească cu secretarul lui Gerhard Wolf și să afle mai multe despre Ballerini, liderul partizanilor. Piața, după cum s-a dovedit, era o grădină publică frumoasă care arăta ca și cum fusese inspirată din piețele de care se bucurase și ea pentru scurtă vreme când fusese la Londra. Erau copaci, ulmi americani și sicomori, câteva alei și straturi de flori, iar clădirile din jurul pieței nu erau medievale, dar arătau ca și cum fuseseră construite în secolele al XVIII-lea și al XIX-lea.

O femeie de vârstă mijlocie cu nasul coroiat și părul vopsit în negru a deschis când a bătut la ușă și, după ce Maxine a spus parola, a fost condusă într-o cameră din spate, unde a văzut un tânăr îngrijit, cu ochelari, care se plimba de colo-colo, arătând agitat și îngrijorat. El i-a întins mâna.

– Antonio.

– Era mama ta? a întrebat ea.

El a clătinat din cap.

– Nu locuiesc aici.

– Partizani?

El a încuviințat.

În clipa aceea, a mai intrat un bărbat în cameră. Arăta înfometat și jerpelit, iar Maxine și-a dat seama după expresia de pe fața lui slabă că era unul dintre partizanii florentini. A spus că se numea Stefano.

Ea a explicat cine era și Antonio i-a explicat că era secretar în biroul consulului german și că avea informații. Doi ofițeri naziști urmau să se întâlnească cu Wolf în câteva zile. Auzise că unul dintre ei avea să fie Kesselring și el avea de gând să asculte ceea ce se spunea. Uitându-se la Antonio, Maxine se îndoia că omul era capabil să facă asta fără să fie depistat, dar era tot ce aveau, așa că trebuia să-și agațe speranțele de el.

– Kesselring, a remarcat ea cu un fluierat.

Kesselring, omul care era la comanda directă a tuturor forțelor germane din Italia.

– Pentru ce se întâlnesc?

De data asta, Stefano a fost cel care a vorbit.

— Antonio a aflat deja că s-ar putea să fie vorba de pregătirile de depozitare a armamentului. De asta te-a trimis partizanul Marco la noi. Wolf e îngrijorat că o parte dintre arme au fost deja depozitate într-un *palazzo* important, deși nu știm încă unde.

Maxine s-a încruntat.

— Dar el e neamț – crede că e o problemă pentru că...?

— Pentru că, dacă e lovit de bombele Aliaților, toată strada ar fi distrusă și toate palatele odată cu ea. Wolf e hotărât să păstreze o parte cât mai mare din Florența medievală și renascentistă.

— Acum știm că încărcătura de la fabrica Beretta poate sosi oricând. Stăm cu ochii pe gara de aici și pe cele din afara Florenței. Dar de când au fost furate niște mitraliere din fabrică de partizani în luna octombrie a anului trecut, nemții au dublat paza în trenuri.

— Consulatul e foarte mic, a spus Antonio. Doar patru camere între misiunea evanghelică germană și slujirea luterană. Nu e greu să tragi cu urechea dacă știi cum.

Maxine a aprobat din cap și Antonio a continuat.

— Wolf a luat portretul lui Hitler, știi, de unde stătea agățat în spatele biroului său. L-a luat și l-a înlocuit cu o litografie de Goethe. Capul și umerii, tras trei sferturi mai la stânga și purtând un guler de blană.

— Lui Kesselring n-o să-i placă treaba asta, a spus Maxine și toți au zâmbit.

— Wolf e un om bun, a zis Antonio. A avut de furcă încercând să-i convingă pe naziști să-l pună consul aici. A ajuns acum trei ani cu soția și cu fiica lui. O să-ți trimit mesaj unde și când să ne întâlnim când – sau dacă – mai am informații.

— Știi despre Radio Cora? a întrebat Stefano, uitându-se direct la ea. Așa o să le poți da de știre Aliaților unde se află armamentul și o să poți afla dacă trebuie să le luăm sau nu. S-ar putea să găsească o cale să ne ajute.

— Trebuie să-l anunț pe ofițerul meu de legătură și despre situația de aici.

— Ce anume vrei să comunici?

— Unde sunt partizanii, câți sunt și așa mai departe, nu doar dacă au arme. Mi s-a spus să-l găsesc pe Ballerini.

Stefano a oftat.

— Ballerini a fost ucis de curând. Un om curajos. Liderul nostru anarhist.

— Îmi pare rău să aud asta, a spus ea, dar — *la naiba!* — nu se așteptase la asta.

— Și în decembrie Manetti și Ristori, liderii celuilalt grup, au fost împușcați. Se ascundeau în Monte Morello. E cel mai înalt munte din câmpia Florenței și îți ia vreo patru ore să ajungi acolo pe jos. Poate o jumătate de oră cu mașina.

— Și cine e liderul acum?

El s-a strâmbat.

— E încă devreme. Grupul lui Ballerini s-a unit cu alt grup numit Lupii Negri ai lui Garibaldi. Acum sunt în Munții Calvana.

— Unde e asta?

— La vreo patruzeci de kilometri. Sunt poteci ascunse prin păduri, dealuri și satele mici și acolo sunt ei.

— Dar chiar în Florența?

— Oamenii vin și pleacă. Asta știe Luca, o să-ți spună el.

— Și Luca e...

A fost întreruptă atunci de femeia de vârstă mijlocie care a intrat în cameră.

— Repede. Sunt patru. Pe stradă, vin încoace.

Antonio a pălit, dar părea că știe ce are de făcut. El și Stefano i-au făcut semn lui Maxine să-i urmeze în spatele casei și apoi pe o alee care dădea într-o stradă la câțiva metri mai sus de locul unde stăteau cei patru soldați nemți. Maxine a trecut prima și a încercat să pară nonșalantă în timp ce înainta pe stradă și se îndepărta de ei. La început, a crezut că scăpase, dar pe urmă, tulburată de un amestec straniu de circumspecție pe care o simțea în oase și teamă pe care o simțea în sânge, s-a îngrijorat că nu era așa. Trăgând aer în piept, a luat-o brusc la dreapta, sperând să o ia din nou în direcția din care venise și să se îndrepte râu, departe de soldați.

Trebuia să-și croiască drum spre Ponte Vecchio și spera să urmeze cu ușurință instrucțiunile Sofiei ca să ajungă acasă. Dar stomacul i s-a strâns, chiar înainte să-i vadă pe cei patru soldați plimbându-se pe stradă și venind spre ea. Pur și simplu veniseră pe cealaltă parte și acum îi tăiau calea. O simplă privire către pașii aroganți și puștile aruncate pe umeri și a fost de ajuns să-și dea seama că era pe punctul de a deveni prada lor. Cel mai înalt dintre ei s-a uitat fix la ea, fără să clipească, cu ochii albaștri înghețați și inexpresivi.

– Documentele, a ordonat el și a întins mâna înmănușată pe când ceilalți își aprindeau o țigară.

Ea și-a încleștat fălcile, a scos documentele false și i le-a întins. Oare aveau să fie de ajuns de data asta? Minutele treceau încet și gura i s-a uscat. A început să numere în gând. O ajuta să-i distragă atenția de la spaimă. În orice moment, acest om putea bănui că erau documente false și, dacă se întâmpla asta, trebuia să-și țină capul pe umeri.

Bărbatul a continuat să savureze momentul, glumind în germană cu ceilalți trei, care l-au bătut pe spate hohotind. O priveau pieziș, bucurându-se de disconfortul ei, iar cel înalt a ridicat din sprâncene în timp ce o studia.

– Ce căutați în Piazza d'Azeglio? a întrebat el. Noi am stat de pază acolo.

– Am cerut îndrumări.

El a înclinat capul într-o parte.

– Unde vrei să mergi?

– Către casa prietenei mele.

– Și unde este asta?

– Lungarno, mai departe de Ponte Vecchio.

El a fluierat.

– Înseamnă că ai prieteni în înalta societate.

Au vorbit în germană câteva minute, din care ea nu înțelegea aproape nimic, și abia după ce au mai tachinat-o un timp i-au dat documentele înapoi.

– Va trebui s-o iei la fugă dacă vrei să ajungi.

El s-a uitat la ceas și l-a bătut cu degetul.

– Stingerea.

– Nu sunt sigur că are șanse, a spus altul.

Ea l-a ignorat, a respirat încet și adânc și a plecat în pas grăbit, conștientă că încă o urmăreau.

Stingerea nu începuse încă, dar patrulele germane și fasciste erau peste tot și acum auzea că cei patru încă o urmăreau. A luat-o pe o alee sperând că era o scurtătură în direcția bună, dar, văzând că ei erau acum în fața ei, s-a dat rapid înapoi cu inima bubuind. Cum reușiseră să facă asta? Dar erau atâtea străzi și alei legate unele de alte încât orice era posibil. *Stăpânește-te!* și-a poruncit. *Stăpânește-te!* După aceea, a trebuit să o ia înapoi pe unde venise, numai că acum toate străzile și aleile arătau la fel. Buimăcită, se învârtea pe loc încercând să decidă încotro să meargă și, complet nedumerită, se scărpina în ceafă în timp ce delibera. S-a uitat la ceas. Doar cinci minute până se dădea stingerea.

Cu spatele lipit de pereții reci de piatră, s-a furișat dintr-o alee pietruită în alta, privind la barurile slab luminate unde soldații nemți roșii la față beau și băteau din palme, ținând ritmul pe masă. A tresărit când un câine a început să latre în spatele ei. Un câine de patrulă?

O femeie striga de undeva și cizmele răsunau pe stradă. Dar unde? S-a lipit de un pervaz de geam, încercând să se ascundă, și a dat din greșeală peste un ghiveci cu ierburi care s-a spart, iar mirosul lor a umplut aerul. A încremenit când o voce de neamț a strigat *Halt!* Urmată de alt *Halt!* mai insistent. Doar nu erau din nou cei patru? A tras o înjurătură în șoaptă și apoi, încercându-și norocul, a alergat repede spre râu și orice pod se întâmpla să găsească. Dacă se ajungea la ce era mai rău, aveau să fie ascunzători sub poduri sau chiar pe bărci.

A știut că a avut noroc când a ajuns pe Ponte Vecchio, dar a văzut și că era bine păzit. A zărit Galeria Uffizi întinzându-se spre râu, flancată de arcade și coloane impozante. În loc să meargă de-a lungul râului, trebuia să folosească străzile lăturalnice și să găsească intrarea corectă din spate, dar tot a luat-o greșit de câteva ori în labirintul orașului medieval. În cele din urmă, copleșită de senzația de ușurare, a găsit aleea îngustă unde, în capăt, a văzut porțile înalte de fier descrise de Sofia. Și-a ridicat privirea. În întunericul tot mai adânc, a scotocit într-un șir de ghivece cu flori lipite de perete și a găsit cheia. Probabil Sofia unsese încuietoarea și balamalele, pentru că a întors cheia cu ușurință și a putut să deschidă poarta încet.

A ajuns în spatele casei enorme, a ciocănit și a așteptat. Nu i-a răspuns nimeni. Ceva foșnea printre arbuști și acum vedea luna printr-o spărtură din nori. Era cât pe ce să arunce cu o pietricică într-o fereastră când s-a deschis un oblon deasupra ei și, cu un val de ușurare, a văzut-o pe Sofia scoțând capul.

Câteva clipe mai târziu, Sofia a deschis ușa, a prins-o pe Maxine de braț și a tras-o în vestibulul întunecos.

Maxine a răsuflat zgomotos.

– Uf! Începeam să cred că nu mai vii.

– Să mergem la bucătărie.

Odată ajunsă în bucătărie, Maxine a văzut că luminile erau slabe și obloanele închise bine. Anna stătea la masă, uitându-se la ea cu ochii impenetrabili.

– Așa deci, a spus Anna. Ți-a luat ceva timp.

– Abia am ajuns astăzi, dar o să vreți să auziți ce-am de spus.

– Pot să-ți ofer un *aperitivo*, a spus Sofia, luând o sticlă și o farfurie cu bruschete cu roșii și usturoi.

Maxine și-a amintit că mama ei descria cu drag tradiția de a fi servit cu *aperitivo*. Nu doar o băutură înainte de cină, cum își imaginase Maxine, ci se ofereau gustări delicioase. Și Maxine aștepta înfometată să încerce bruschetele cu diferite ingrediente: felii de mortadelă sau *prosciutto*, poate mozarella sau roșii și busuioc. Și totuși le văzuse doar pe mesele frecventate de nemți la Caffè Paszkowski sau în alte locuri luminoase, strălucitoare.

Și-a tras un scaun și s-a așezat față în față cu Anna. Sofia, arătând foarte palidă, stătea acum cu spatele la plită. Bucătăria nu era încălzită.

Maxine a început să le povestească despre întâlnirea cu Bruckner și cum o adusese cu mașina, le-a spus despre întâlnirea cu Antonio, secretarul lui Gerhard Wolf, și cu partizanul Stefano.

Sofia a dat din cap.

– M-am întâlnit și eu cu Gerhard Wolf. Nu mi-a spus prea multe. Am avut impresia că i-ar fi plăcut să spună mai mult, dar că nu putea.

32.

Sofia s-a trezit că-i lăsase gura apă, dezamăgită că tarta cremoasă cu smochine și *ricotta* pe care o gusta fusese doar în vis. Ea și mama ei le pregăteau împreună. Treaba ei era să macine migdalele și să facă aluatul adăugând migdalele în făină, apoi împreună făceau umplutura amestecând *ricotta* cu ouă, miere, zeamă de lămâie și vanilie. După ce o scoteau din cuptor, o ornau cu sferturi de smochine feliate. Delicios.

Era convinsă că aceste vise din trecut erau felul ei de a scăpa de prezent și a gemut simțind frigul aspru când și-a întins picioarele într-o parte și a coborât din pat. S-a îmbrăcat fără să se spele, apoi a înfruntat holurile și coridoarele goale, răsunătoare, unde obloanele zăngăneau în vânt. Când a ajuns la bucătărie, Anna înteţea deja focul la plită și boilerul. Măcar aveau o rezervă de combustibil nefolosit, deși nu știau cât avea să țină sau cât aveau nevoie să țină. Nesiguranța tuturor acestor lucruri o făcea să se simtă stingheră, dar de dragul Annei s-a adunat și i-a zâmbit.

– Ai dormit bine, Anna?

Anna avea o figură epuizată.

– Ei, știi...

– Da.

Au rămas tăcute cât a făcut Anna cafeaua.

– Doamne! a exclamat Sofia când și-a dat seama că era cafea adevărată.

Încântată de ea însăși, Anna a arătat către bufet.

– Am găsit-o în fundul bufetului, măcinată deja și tare ca piatra. A trebuit s-o lovesc din toate puterile.

A turnat câte o ceașcă pentru fiecare.

Și cu toate că Sofia simțea că-și pierduse o parte din savoare, gustul încă îi aducea lacrimi în ochi. Amintiri. Întotdeauna, amintirea vremurilor mai bune.

– Am visat din nou mâncare, a spus ea.

Anna a spus cu colțurile gurii lăsate în jos:

– Pentru că ne e foame tot timpul. Eu nu visez deloc.

– Toți visăm. E felul în care găsim sensul lucrurilor. Doar că tu nu-ți amintești.

Anna a înclinat capul într-o parte, gândindu-se.

– Uneori îl visez pe soțul meu sau îl visam.

Sofia a privit-o compătimitor.

– A fost greu pentru tine.

– Pentru mulți, a adăugat Anna.

Au rămas tăcute o clipă, îngândurate.

– Maxine nu s-a trezit? a întrebat Sofia în cele din urmă.

Anna a clătinat din cap.

Dar peste câteva minute Sofia a auzit-o pe Maxine apropiindu-se de ușă și s-a întors s-o privească. Înfășurată într-o pătură, cu părul castaniu roșcat ondulat și încâlcit pe umeri, tot arăta frumos.

– La naiba cu mausoleul ăsta înghețat, a spus ea și a intrat, s-a așezat la masă și s-a întins să-și toarne cafea. E cafea adevărată, nu? Ce-avem de mâncare?

Anna tăia ultimele două pâini pe care le aduseseră cu ele. Se întăriseră, așa că a încins feliile în tigaie înainte de a adăuga sare și ulei de măsline.

– Ce n-aș da pentru un covrig cu brânză.

Maxine a respirat adânc și apoi a ridicat din umeri la gândul acesta, apoi și-a îndesat pâinea în gură.

Sofia a râs.
— Și eu am visat la mâncare.
— Negrese cu ciocolată?
— Nu. Tartă cu smochine și *ricotta*.
— O, Dumnezeule, mama făcea din asta!
— Spune-ne ce știi despre satul ei.

O privire visătoare a înmuiat chipul lui Maxine.

— Se numește Poggio Santa Cecilia, după cum știi deja, și e cocoțat sus pe un deal. Poți să ajungi repede la Siena cu mașina. Casele fermierilor sunt grupate dincolo de sat — părinții mei aveau una cu columbar pe acoperiș. Mama o iubea. Erau crânguri de măslini, vii, terenuri agricole, păduri, plus două lacuri pe moșie unde mi-a spus că mergea la scăldat. Nu sunt sigură că era îngăduit, dar ea tot se ducea.

— E un loc frumos, a spus Anna. Am fost o dată acolo.

Sofia se uita cum privirea lui Maxine se îndulcea și mai mult.

— Mama spune că e cel mai pașnic loc din lume.

Sofia a încuviințat.

— Probabil i-a fost foarte greu să plece.
— Așa e.

Maxine s-a schimbat la față și Sofia simțea că tânjește după ceva ce nu avusese niciodată.

— Și sunt livezi, spunea mama. Pruni și meri. Satul e împrejmuit de zidurile năruite ale unui fost castel.

— Am stat pe zidurile acelea, a spus Sofia, și știu că majoritatea clădirilor sunt tocmai din secolul al XV-lea.

— Muncitorii de pe moșie trăiesc acolo la un loc cu familia aristocrată care e proprietara întregii șandramale.

Buza lui Maxine s-a răsfrânt în timp ce pufnea, apoi s-a înroșit și s-a uitat la Sofia.

— Nu te supăra.
— Nu m-am supărat, a spus Sofia. Prin naștere, sunt un om de rând.

Pe urmă, i-a amintit lui Maxine de planul ei de a vizita satul.

— Încă îmi doresc să fac asta. Dar tot intervin alte lucruri. Și nu-mi place să știu că trăiesc nemții acolo. Mama ar muri dacă ar ști. Mi-aș dori ca părinții mei să nu fi fost nevoiți să plece din Toscana.

— Am fost la Santa Cecilia de câteva ori înainte de război, a zis Sofia, la petreceri, recitaluri, genul acesta de lucruri. Vila principală are niște tavane frumoase din lemn și fresce pe pereți. Sunt șemineuri uriașe și o scară lată de piatră până la etaj, unde un salon duce în solariul cu pereți de sticlă ce dă spre grădinile terasate. Casa noastră la Castello e micuță prin comparație. Dar Santa Cecilia nu mai e ce-a fost. Familia de proprietari s-a mutat. Numai bunica a rămas acolo, o bătrână grozavă, dar am auzit că acum locuiește într-o casă din sat fiindcă nemții au rechiziționat conacul.

— Neobrăzații! Poate o să merg și eu când se termină toate.

— Mmm.

— Ai vrea să vii cu mine? a adăugat Maxine ca un gând întârziat. Dacă știi pe cineva din sat, ne-ar putea oferi un pretext să-l vizităm. Am putea merge cu motocicleta mea.

Sofia a râs, dar a văzut vulnerabilitatea din ochii lui Maxine. Nu lăsa să se vadă, dar Maxine era mai mult decât puteai percepe la prima vedere. Văzuse asta și în felul în care-l privea pe Marco, iar vizitarea satului părinților ei era un lucru important, în mod evident.

— Ar fi cu siguranță o schimbare să merg în spatele tău pe motocicletă, a spus Sofia. Lorenzo o conduce, dar eu n-am condus niciodată. Sunt sigură c-aș ajunge într-un șanț.

— O să-ți placă, a răspuns Maxine și a zâmbit călduros.

Sofia era conștientă că vorbeau despre lucruri care le făceau cu siguranță să fie mai fericite. Uneori, pur și simplu trebuiau s-o facă.

— Am auzit împușcături în cursul nopții, a spus deodată Maxine. Tu nu?

— În fiecare noapte. Nu contează cât de des le auzi, întotdeauna este îngrozitor.

Maxine s-a întors spre Anna.

– Ai putea lua legătura cu câteva *staffetas* din zonă? S-ar putea să știe unde pot găsi un partizan pe nume Luca.
– Cine e?
– Cred că s-ar putea să fie noul lider de aici.

33.

Februarie 1944

Deși aproape toate speranțele lui Maxine de a obține informații depindeau acum de secretarul lui Wolf, Antonio, știa că ar putea obține totuși un avantaj cunoscându-l pe Bruckner. Așadar, după ce s-a împrăștiat ceața dimineții, a petrecut câteva ore pândindu-l, îmbrăcată modest într-o veche haină cafenie, cu fularul ridicat peste nas și căciula de lână trasă în jos, pe lângă o pereche de ochelari cu rame subțiri. Ultimul lucru pe care îl voia era să atragă atenția.

Magazinele erau aproape goale și Maxine a înțeles de ce când a zărit camioanele nemțești care ridicau marfa de peste tot. Avea încredere că vânzătorii erau destul de vicleni să ascundă o parte din bunuri. A luat-o la pas pe Viale Michelangelo și a rămas impresionată de Piazza Signoria cu logia și turnul celebru. Între timp, spiona barurile pe care le enumerase Marco și stătea cu ochii după Bruckner, asigurându-se că el nu o zărea până nu era pregătită.

În timp ce se plimba, se gândea la ofițerul britanic cu care ținea legătura. Ronald era un tip destul de elegant, dar nu știa nimic altceva despre el. Fusese util și generos, dar întotdeauna distant. Poate că era atitudinea scorțoasă a britanicilor. Nu știa. În orice caz, cu cât știau Aliații mai multe despre zonă, în cine puteau sau nu să aibă încredere, cu atât era mai ușor când avansau spre nord și-i alungau pe nemți, mai ales dacă partizanii erau bine înarmați. Mai târziu în ziua aceea, avea de gând să ia legătura cu Luca.

L-a zărit pe Bruckner luând masa devreme cu alt ofițer, așa că a rămas în penumbră și a așteptat, gata să renunțe la haină, fular și pălărie și să scoată la iveală rochia roșie de mătase când îl intercepta.

Câteva clipe mai târziu, aproape l-a ratat când, cu pași mari și hotărâți, el a ieșit din restaurant împreună cu celălalt bărbat, pe care Maxine îl recunoștea acum drept Baltasar Vogler. S-a luat după ei și, neavând timp să-și scoată hainele, a văzut din partea opusă a pieței cum cei doi o luau spre hotelul Excelsior. Vogler a intrat primul și apoi, o secundă sau două mai târziu, a intrat și Bruckner. În aceeași clipă, doi bărbați îmbrăcați în negru au trecut alergând pe lângă ea și au împins-o la pământ. În secundele în care și-a recăpătat echilibrul, un zgomot puternic a zguduit piața. Deși se afla în partea opusă a pieței, a fost izbită de întreaga forță a exploziei. Orbită de praf, cu usturimi în ochi și conștientă de șrapnelele care loveau zidăria și sticla, s-a lăsat jos și și-a acoperit capul cu brațele. Când zgomotul s-a estompat puțin, s-a șters la ochi cu mâneca, dar era imposibil să vadă ceva printre norii de praf și fum care se înălțau în fuioare în fața ei. Auzea strigăte de bărbați și țipete de femei, dar nu înțelegea de unde veneau. S-a ridicat în picioare, vrând să plece mai repede, dar o împiedicau molozul, cărămizile, mortarul și sticla împrăștiate pe jos și se poticnea. Mici incendii erau răsfirate în piață și, treptat, în ciuda fumului, a reușit să vadă flăcările care țâșneau din ferestrele hotelului. Bomba fusese plantată acolo? Sau fusese aruncată înăuntru? Și-a amintit de cei doi bărbați pe care-i văzuse alergând și s-a gândit în treacăt la Gustav Bruckner. Dacă singurul ei contact german bun fusese ucis, era și mai important să-l găsească repede pe Luca. Luca și Antonio erau tot ce avea.

34.

Câteva clipe mai devreme, Sofia tocmai se instalase în salonul primitor ce dădea spre râu când detunătura puternică a speriat-o brusc. A lăsat cartea jos, s-a ridicat în picioare și a fugit către fereastra din hol, de unde a văzut un nor de fum ridicându-se peste o zonă din oraș.

Cincisprezece minute mai târziu, când Maxine a dat buzna înăuntru, cu fața roșie de frig, Sofia a rămas țintuită de uimire. Ca o fantomă vie, Maxine era îmbrăcată într-un strat fin de praf cenușiu: fața, părul, hainele. Și, pe deasupra, tremura incontrolabil. În timp ce încerca să vorbească ochii ei înroșiți cutreierau încăperea, strălucind electric. Sofia s-a oferit să-i pregătească o băutură caldă, dar Maxine abia își putea trage sufletul și, încă incapabilă să spună ceva, s-a aplecat ca și cum fusese cuprinsă de o durere fizică.

De îndată ce Maxine s-a îndreptat, Sofia a prins-o cu brațele pe după umeri, trăgând-o aproape. Pe măsură ce Maxine se liniștea puțin câte puțin și respirația i se domolea, Sofia s-a dat în spate și i-a studiat fața.

– Am auzit explozia. Ce s-a întâmplat?

Maxine a închis ochii strâns pentru o secundă și, când i-a deschis, Sofia a observat cât de goi păreau.

– Poți să-mi spui?
– O bombă...

Vocea îi era aspră și neclară.

– Unde? N-am auzit avioane.

A inspirat îndelung și adânc, apoi a expirat încet.

– E în regulă. Nu te grăbi.

– N-au fost Aliații. Aproape de hotelul Excelsior. L-am văzut pe Bruckner intrând prin ușile principale și în secunda următoare – *bum*...

– A murit?

– Nu știu. Probabil. A trebuit să fug. Nu știu de ce sunt așa de zdruncinată, de fapt. De obicei, nu sunt atât de jalnică.

– Nu fi prostuță! Ești cea mai puțin jalnică persoană pe care o cunosc. A fost ceva neașteptat. Asta-i tot. Ai suferit un șoc.

– Credeam că sunt imună la șocuri, a spus ea cu un zâmbet obosit.

Sofia a clătinat din cap.

– Nimeni nu e.

– O să prelungească stingerea, a murmurat Anna când a intrat în cameră, încă îmbrăcată în haină și arătând istovită. *Per Dio*, lunaticii ăștia ne fac viața imposibilă nouă, celorlalți.

Maxine s-a întors să se uite la ea.

– Ai văzut și tu?

Anna s-a așezat pe un scaun, apoi s-a uitat la Sofia de parcă i-ar fi cerut voie să stea.

Sofia i-a zâmbit.

– Haide! Cred că am trecut de vechile diferențe, nu-i așa? E în regulă. Așază-te liniștită.

– *Madonna!* a spus Anna, uitându-se la Maxine care stătea acum cu spatele la una dintre cele două ferestre oblonite. Uite în ce hal ești! Nu, n-am văzut, dar am auzit-o.

– Slavă Domnului că sunteți tefere amândouă, a spus Sofia, deși trebuie să te speli, Maxine. Te-a văzut cineva în apropiere de hotel?

Maxine a scuturat din cap.

– N-ar fi putut să mă remarce nimeni. Purtam un palton vechi, căciulă și fular.

Anna a făcut semn că nici pe ea nu o văzuse nimeni.

— M-am întors pe un drum ocolit, dar erau destui oameni pe străzi. Nu ne pot aresta pe toți.

— Oare? a întrebat Maxine cu amărăciune.

Anna s-a uitat abătută la cele două.

— Vor fi represalii.

Posibilitatea în sine o făcea pe Sofia să se simtă rău fizic.

Maxine părea mohorâtă.

— Trebuie să aflu dacă Bruckner a murit.

Dis-de-dimineață, Sofia se plimba prin grădină, agitată și iritată, așteptând să afle vești despre ce se întâmpla în oraș după explozia bombei. Nu aveau radio, așa că Anna ieșise să vadă ce putea să afle.

Când a auzit poarta din spate deschizându-se și a văzut-o pe Anna intrând în grădină, era evident după fața ei trasă și neliniștită că veștile nu erau bune. Când a vorbit, a făcut-o fără să respire, aproape gâfâind, iar cuvintele i-au ieșit într-un șuvoi rapid.

— M-am întors cât de repede am putut. Pe parcursul nopții, nemții au arestat pe orice simpatizant al partizanilor, cât de vag. Și-n plus pe toți cei care nu susțin activ Reichul german.

— Deci acum doar fasciștii sunt în siguranță.

— Exact!

— La ce-am ajuns...

Sofia nu și-a terminat propoziția.

— Te-ai întâlnit cu cineva?

— În urma exploziei, mulți bărbați au dispărut, fie în închisoare, fie au luat-o spre dealuri. Este o femeie însă – Irma, așa se numește.

— O *staffeta* ca tine?

— Da. Spune că se va întâlni cu Maxine azi la trei în Via Faenza. Să i-o prezinte lui Luca, liderul unității lor.

— Și bomba?

— Se spune că bomba a fost aruncată în hotel, a adăugat ea. Aş vrea să mergem acasă acum. E cumplit acolo. Oamenii mor de foame, se bat pe resturi de mâncare aruncate de restaurante. Ajung să fie împuşcaţi că au încercat să ducă familiilor mâncare în mod clandestin.

Acasă. Sofia s-a întristat gândindu-se la Castello şi şi-a dorit să fie şi ea acolo.

— Trebuie să-i spun lui Maxine despre Irma, a adăugat Anna.

Au rămas tăcute câteva clipe.

— Spune-mi ceva bun, a zis Sofia într-un târziu. Spune-mi ceva care să compenseze pentru toate astea.

Anna s-a uitat la ea cu o expresie deznădăjduită.

— Orice? Ceva?

Anna şi-a frecat gâtul, gândindu-se.

— Băieţelul meu, Alberto. El e bun.

— Sunt de acord, a spus Sofia. E un scump.

Iar mintea ei a călătorit spre zilele luminoase din trecut, când Lorenzo a sărutat-o pe frunte prima dată sub ochii părinţilor ei. Sprâncenele ridicate ale tatălui ei, zâmbetul blând al mamei. Şi apoi, după ce s-au logodit, au plecat să exploreze oraşele şi satele împrejmuite de ziduri de pe vârful dealurilor din Toscana.

— De asta facem toate astea, nu-i aşa? întreba Anna şi Sofia s-a întors brusc în prezent. Să ne luăm ţara înapoi şi să crească şi copiii noştri în pace.

— Aşa o să se întâmple, a spus Sofia. Aliaţii *vor câştiga*. Trebuie să credem în continuare.

35.

Abia se luminase când Anna a răspuns la ușă și a văzut o italiancă cu fața slabă care se uita pe furiș într-o parte și în alta, apoi în spatele ei.

– Da? a spus Anna.

Femeia a vorbit repede, cu o voce joasă și grăbită.

– Spune-i Massimei că Antonio o va aștepta în Piazza d'Azeglio la numărul 12. Ora zece fix. Să nu întârzie.

Anna a dat să-i mulțumească, dar femeia a fugit înainte să-și termine vorba. S-a dus la etaj, a trezit-o pe Maxine, i-a transmis mesajul, apoi a coborât să pregătească micul dejun, urmată de Maxine, în halat.

– Asta a fost tot ce-a spus? Nu ți-a zis cum o cheamă?

Anna a clătinat din cap.

– Crezi c-ar putea să lucreze pentru nemți? Unul dintre ei mi-a spus că supravegheau piața.

– Am crezut-o, a spus Anna. Ce-aș putea să mai spun?

– Cum arăta?

– De vârstă mijlocie. Cu părul foarte negru și nasul proeminent.

– Ai zice că era coroiat?

Anna a dat din cap.

– Măcar o să ai destul timp înainte să te întâlnești cu Irma în Via Faenza la ora trei.

Contesa din Toscana

Maxine era dornică să audă veștile lui Antonio, dar mai întâi era curioasă să afle urmările atacului cu bombă de la hotel. Își legase părul, ascuns acum sub o basma simplă cum purtau multe femei. Își pusese o haină cenușie și ștearsă și nu se dăduse cu ruj.

Când a ajuns la Excelsior, a văzut mai mulți muncitori care reparau deja stricăciunile. A zăbovit o vreme să dea impresia că era doar o gospodină curioasă, pe urmă s-a apropiat de un italian cu înfățișare de taur care se plimba de colo-colo și le dădea ordine altor muncitori. Apoi s-a oprit lângă el cu mâinile în șolduri.

– Măi să fie! a exclamat ea, pufăind și umflându-și obrajii. Soțul meu, Tomasso, a spus că e dezastru aici. Nu se înșela, nu? Cât o să dureze să-l reparați?

Bărbatul a ridicat din umeri.

– Prea mult.

– A murit careva? a întrebat ea.

– Ce-ți pasă ție?

– Nu stau departe. Am auzit explozia. Toți de pe stradă au auzit. Tomasso spunea că trebuie să fi murit cineva. M-am gândit c-a fost de la gaze, dar Tomasso a pus rămășag cu mine că a fost o bombă.

– Și acum ai venit să căști gura?

Ea s-a încruntat, cu brațele încrucișate, de parcă era ofensată.

– Nuuu. Mă duc să mă întâlnesc cu o prietenă. Doar treceam pe aici.

– Doar treceai, ei? Păi, ca să știi, un ofițer SS influent a fost ucis aici, într-adevăr, unul pe nume Bruckner. Asta am auzit, cel puțin. Nu ne spun prea multe, sincer să fiu.

S-a întors să strige la un muncitor și Maxine a profitat de ocazie să se îndepărteze. Dacă Bruckner nu mai era cel care decidea unde avea să fie depozitat arsenalul, cine avea s-o facă? Moartea lui a întristat-o puțin, făcând-o să-i fie dor să guste, să simtă și să atingă lucrurile vechi și familiare de acasă. Îi plăceau agitația New Yorkului, prăjitura cu brânză delicioasă, tramvaiele, aburul care se ridica de la metrou. Cel mai mult îi era dor să stea pe treptele din față și să privească trecătorii în arșița verii. Și, bineînțeles, nu erau naziști și nici război. Dar New Yorkul părea îndepărtat și, oricât îi lipsea lui Maxine, ar fi putut fi la fel de bine la capătul pământului.

Fusese o nebunie din partea ei să vină în Italia, ademenită de ceea ce crezuse prostește că era entuziasm? Putea fi atât de superficială? Deloc surprinzător, nu fusese niciodată atât de simplu și acum, când începea să se înțeleagă pe sine un pic mai bine, devenea conștientă cât suferise cu atâția ani în urmă. Îl adorase pe tatăl ei și violența lui față de mama era durerea de care nu vorbea niciodată. De fapt, făcuse tot ce putea să o reprime. Dar cu siguranță îi modelase decizia de a nu lăsa să i se întâmple și ei așa ceva. În schimb, se străduise să fie neînfricată și curajoasă, și totuși erau momente în care nu se simțea în niciunul din acele feluri. Poate era normal.

Și acum, cu moartea lui Bruckner și întâlnirea clandestină cu Antonio care o aștepta, a început să-și imagineze că fiecare străin care trecea pe lângă ea era o amenințare. S-a scuturat de gânduri și s-a forțat să se uite la oameni, să se uite la ei cu adevărat, iar când a făcut asta ochii lor pustii au dezvăluit că doar lupta lor instinctivă mai era invizibilă. Acești oameni nu erau o amenințare, nu puteau fi vreodată – erau înfometați și deznădăjduiți și îi era milă de ei.

La zece și cinci minute a ajuns în Piazza d'Azeglio unde s-a plimbat în sus și-n jos, apoi pe potecile din grădină și în jurul perimetrului pieței. După câteva clipe, s-a furișat pe o alee lăturalnică să stea la pândă, dar nu a văzut semne evidente de supraveghere din partea nemților, cel puțin nu de pe stradă. Bineînțeles, habar nu avea dacă ei urmăreau de la o fereastră înaltă din partea opusă. În cele din urmă, a ciocănit la aceeași casă ca înainte și i-a deschis aceeași femeie.

– Ai întârziat, a spus ea.

– Îmi pare rău. A fost mai departe decât îmi aminteam. Antonio e aici?

Femeia a dat din cap și a condus-o prin casă și apoi în grădină. Au intrat și a arătat către o ușă în stânga.

— E acolo. Când pleci, nu te întoarce în Piazza d'Azeglio. Ieși pe ușa din față a casei și ia-o pe Via della Colonna.

Maxine a deschis ușa din stânga și l-a găsit pe Antonio în picioare, privind pe fereastră.

— Trebuie să mă grăbesc, a spus el cu vocea încordată. Au fost descoperiți trei partizani care se ascundeau în piață azi în zori. Toți au fost împușcați.

— De nemți?

— Nu. De fasciștii italieni. Dar ne așteptăm ca nemții să verifice toate casele din piață acum. Erau enervați că partizanii nu au fost duși la Villa Triste să fie interogați înainte de a fi împușcați.

— Deci, ce anume trebuie să-mi spui?

— A venit Kesselring să se întâlnească cu Wolf. Mai era un tip cu el, un bărbat pe nume Vogel sau Volker, ceva de genul ăsta.

— Vogler?

— Da. Asta era. N-am auzit tot, dar Wolf s-a enervat foarte tare. Nu-i stă în fire să ridice tonul, dar mie mi-a fost de folos. El și Kesselring, cred, se certau în legătură cu depozitarea armamentului în clădirile pallazo renascentiste. Kesselring a insistat că trebuie să-l ducă în centrul orașului, unde ar fi fost imposibil de atacat, iar Wolf voia să-l ducă la marginea orașului.

— Și?

— Și au ajuns la un compromis, a zis Antonio, zâmbind pentru prima oară. Vechea cazarmă a carabinierilor, aproape de gară! Asta a influențat decizia. Lăzile vor veni cu trenul peste patruzeci și opt de ore și camioanele le vor căra apoi pe o distanță scurtă până la cazarmă.

— Și carabinierii?

— Poate știi că, în calitate de forță militară sub conducerea lui Mussolini, au fost însărcinați cu suprimarea opoziției, numai că după ce s-a semnat armistițiul naziștii au dezafectat majoritatea unităților.

— Ah!

– Unii dintre carabinierii din sud au intrat în Rezistență, pe când în nord au rămas predominant fasciști. Nemții i-au dezarmat pe cei mai mulți, în afară de câțiva pe care încă îi folosesc pentru securitate și pază. Luca a fost carabinier și el știe cazarma pe dinafară.

– Mă întâlnesc azi cu el, sper. Știm ce cantitate de marfă vine?

– Nu. Și nu știm nici cine o să stea de pază la cazarmă. Spune-i lui Luca tot ce ți-am spus.

Când se apropia ora trei după-amiaza, Maxine s-a îndreptat spre Via Faenza prin ploaie. Era o stradă îngustă în apropiere de gară, unde urma să se vadă cu Irma, *staffeta* cu care Anna luase deja legătura. Odată ajunsă acolo, a șoptit parola dată de Marco și Irma a analizat-o în tăcere. Era mică și avea o privire hotărâtă și oțelită în ochii verzi-cenușii. După câteva clipe, i-a făcut semn lui Maxine să o urmeze pe scări.

Când au ajuns sus, Maxine s-a uitat la camera goală, întrebându-se de ce erau două scaune de lemn în mijloc. A întins brațele, iar apa a început să picure pe podea.

– Sunt udă leoarcă.

– Văd asta.

– E casa ta?

Femeia a strâns din buze și s-a uitat lung și rece la Maxine.

– De ce mă întrebi asta?

– Scuze, n-am vrut...

– Cine ești? a întrebat ostil Irma, iar Maxine nu s-ar fi mirat dacă nu avea încredere în nimeni.

– Sunt Massima.

– Nu e numele tău adevărat?

– Nu.

Irma a dat din cap.

– Bine. Atunci... spune-mi de ce ești aici.

– Sunt aici să-l văd pe Luca.

— Uite, oamenii vin și pleacă. Asta e o casă de siguranță. Nu știu a cui e. Casele sunt abandonate în tot orașul. Cât despre Luca, și el vine și pleacă. Suntem GAP... știi?

— Desigur. *Gruppi di Azione Patriottica.*

— Ei bine, de când cu bomba, adică bomba de la hotel, mulți bărbați s-au împrăștiat.

S-a încruntat și Maxine a văzut tulburarea din ochii femeii minione.

— Îmi pare rău.

— Sau au fost arestați. Ne mutăm tot timpul. Oamenii dispar. Vii sau morți, nu știe nimeni. Aștepți, speri. *Merda*, nu știi dacă soțul sau fratele tău a fost torturat, împușcat sau dus în lagărele lor de muncă.

Maxine a lăsat ochii în jos, înțelegând.

— Oamenii care se ascund se vor întoarce?

— Bineînțeles.

— Tu ai pierdut pe cineva? a întrebat Maxine șovăind.

Irma a râs cu amărăciune.

— Dac-am pierdut? O, da. Mi-am pierdut soțul, într-adevăr. Orbit și aruncat în stradă ca un câine. S-a târât până acasă doar bâjbâind.

— Mai trăiește?

— Nu. A cerut arma și s-a împușcat chiar în fața mea.

Maxine și-a coborât privirea în podea.

— Îmi pare foarte rău.

Irma s-a uitat în tavan și apoi la Maxine, mijind ochii.

— Ai ucis vreodată pe cineva?

Maxine a clătinat din cap.

— Se spune că e greu pentru femei. Pentru că noi avem grijă de copii, ei cred că nu putem ucide la fel de ușor. Ce părere ai?

— Cred că o femeie e capabilă de orice poate face un bărbat, ba și mai mult decât atât.

În acel moment, ușa s-a deschis și un bărbat mărunt și slab, cu sprâncene foarte negre și ochii neliniștitor de negri a intrat în cameră. El și Irma au schimbat o privire, apoi el s-a așezat pe un scaun, uitându-se la Maxine.

— Deci?

Maxine a început să vorbească.

— Mă așteptam să mă întâlnesc cu Ballerini, dar am aflat de curând că a murit și că tu ești persoana cu care trebuie să mă văd.

— Zi mai departe, a spus el cu fața sumbră.

Ea a continuat să-i explice că lucra cu britanicii și că sarcina ei fusese să identifice cât de răspândită era Rezistența în zonă, mai ales cât de mult puteau să ajute la eliberarea Florenței.

— Și asta-i tot?

— Nu. Am primit instrucțiuni să identific unde, când și cum putem lucra împreună ca să-i lăsăm pe nemți fără depozitul de armament.

Apoi i-a povestit tot ce spusese Antonio.

El a fluierat și în cele din urmă i s-au luminat ochii.

— Deci avem treabă.

— *Poți* să înarmezi suficienți oameni pentru un raid?

— Majoritatea oamenilor sunt în păduri și munți acum, dar putem să aducem destui înapoi prin canalizare.

— Isuse, chiar așa?

El a ridicat din umeri și a pufnit.

— Cealaltă problemă vor fi mașinile. Trebuie să scoatem marfa din oraș. Pot să fac rost de unul sau două camioane Fiat 262 și de motorina de care avem nevoie și probabil pot să înarmez o unitate de vreo opt oameni.

— O să fie destul?

El a ridicat din umeri.

— Câți sunteți voi?

— Trei.

— Bărbați destoinici?

— Femei.

El a ridicat din sprâncene.

– O să mărim paza la gară și la cazarma carabinierilor și o să așteptăm câteva zile după ce ajunge marfa. Pe urmă, atacăm. O *staffeta* o să-ți dea de știre când avem nevoie de tine. O să fac un plan simplu și o să vă folosim pe voi trei femeile să stați de pază.

Maxine a intrat în casa Sofiei prin porțile din spate și a găsit ușa descuiată. La etaj, Sofia și Anna umblau la reglajul unui radio.
– Ați înnebunit? le-a mustrat ea. Ușa din spate era descuiată. Oricine ar fi putut să intre și să vă găsească așa.
Sofia a sărit ca arsă.
– Scuze. E vina mea.
Maxine s-a strâmbat.
– Credeam că nu aveți radio aici.
– Și eu la fel, dar m-am săturat să aștept și să n-am nimic de făcut, așa că am urcat într-un pod cu Anna și l-am găsit.
– Bravo vouă!
– Vreau să văd dacă putem prinde transmisiuni ale Aliaților la nouă. Sper că vor trimite mesaje codificate pentru Rezistență pe care le-ai putea înțelege.
– Am găsit și niște mormane de haine vechi, a adăugat Anna. Paltoane, jachete, tot felul de lucruri. Unele ar putea fi utile. În orice caz, ce vești ai? Ai aflat despre Bruckner?
– E mort. Dar am făcut ceva progrese. Antonio știe unde o să fie depozitat armamentul și liderul unității de partizani vrea să-l ajutăm să stăm de pază în timpul raidului. Sunteți de acord?
Maxine s-a uitat la Sofia care s-a apropiat de fereastră și și-a lipit obrazul de geam. A rămas câteva clipe tremurând și Maxine a văzut neliniștea din ochii ei. Apoi s-a îndepărtat de fereastră și s-a întors la ele.
– Trebuie să mă gândesc la asta, a spus Sofia. Acum însă trebuie să ne încălzim. Anna, vrei să faci un foc strașnic?
– Genială idee! a spus Maxine.
A gemut și și-a scos haina.

– Cu ploaia asta mizerabilă, sunt udă leoarcă.
– Problema e, a spus Sofia frecându-se la ochi, că am uitat cum să fim fericite.

Anna i-a zâmbit abătută.

– Nu e de mirare.

Dar Maxine s-a însuflețit și și-a fixat privirea asupra Sofiei.

– Avem vin?

– Da.

– Ura pentru vin! a spus ea. Propun să uităm totul pentru o seară. Absolut totul. Am chef să mă îmbăt criță.

36.

Seara trecuse într-o ceață de râsete reținute și amintiri nostalgice și treptat senzația de neliniște se estompase. Dimineață, Sofia a privit cum soarele roșiatic se înălța deasupra dealurilor și atunci a sunat Lorenzo să verifice dacă este în siguranță. Îi fusese dor să-i audă vocea, dar evident că nu putea vorbi despre planurile lor sau despre altceva semnificativ la telefon. A vorbit pe un ton suficient de degajat ca să-l convingă să nu-și facă prea multe griji. El, la rândul lui, i-a spus că era bine, dar să nu se sperie dacă nu putea lua legătura cu ea o vreme, fiindcă liniile telefonice cădeau frecvent în Roma. Nu l-a întrebat ce făcea. Știa că nu putea sau nu voia să spună. Când a întrebat de părinții ei, el i-a răspuns că erau în siguranță și alegeau să rămână la Roma. După ce a închis telefonul, s-a cuprins cu brațele și a respirat adânc de câteva ori, șoptind, „Te iubesc. Te iubesc. Te iubesc." Lorenzo avea să fie bine. El era grijuliu.

Acum avea nevoie de timp de gândire, așa că a plecat la plimbare dis-de-dimineață prin Florența strălucitoare și argintie. Cerul era albastru și razele soarelui se revărsau în toate colțurile orașului. Dacă nu știai, ai fi crezut că era o zi normală, și nu ziua după e ți s-a sugerat că ai putea juca un rol important într-un raid foarte periculos. S-a gândit la moartea lui Aldo și și-a amintit cât de mult își dorise să-l omoare pe Kaufmann când o privise de sus cu atâta răceală. Dar ar fi putut-o face cu adevărat? Și dacă era s-o facă, el avea să fie altă victimă colaterală a războiului sau, dacă era sinceră, moartea lui avea să fie de fapt rezultatul unei răzbunări? A lua viața cuiva, chiar și în mijlocul morții și dezastrului pe care le vedea zilnic, părea ceva atât de îngrozitor încât nici nu voia să-și închipuie. Cândva ar fi jurat că putea să distingă binele de rău – acum granița dintre bine și rău devenise neclară.

În ciuda razelor de soare, orașul mirosea a umezeală. În imensa Piazza della Repubblica, piața din secolul al XIX-lea construită pe locul forumului roman și mai apoi ghetoul său vechi, demolat de mult, a avut sentimentul clar că era urmărită, dar l-a pus pe seama imaginației ei. Și-a amintit când ea și Lorenzo se plimbaseră pe acolo, mâncaseră *tagliatelle al tartufo* la un restaurant sau dulciurile delicioase de la cafeneaua lor preferată, Caffè Giubbe Rosse, numită după vestele roșii purtate de chelneri. Când ploua, se retrăgeau într-una dintre sălile pline de fum, cu lambriuri de lemn și stăteau cu orele, lăsând lumea în plata Domnului în timp ce sorbeau din cafea. Și când era frumos afară, se relaxau la o masă drăguță cu față de masă cu roșu și alb la umbra unei copertine mari, râdeau și vorbeau și se uitau la trecători.

Nu și-ar fi putut imagina vreodată ce vedea ea astăzi. Piața nu mai era, iar singurele mașini erau camioanele și mașinile militare germane.

S-a hotărât să meargă spre Ponte Vecchio, să traverseze râul pe acolo și să o ia spre San Niccolò și Giardino Bardini cu grotele, serele de portocali, statuile de marmură și fântânile desfătătoare. Nu era deschis pentru public, dar Lorenzo îl cunoștea pe proprietar și îi cereau permisiunea să urce treptele spre Villa Bardini din secolul al XVII-lea de unde puteai să privești orașul de sus. Veneau în aprilie și mai, când azaleele, bujorii și glicina erau în floare. Astăzi, sperând să fie liniște acolo, voia doar să facă efortul de a urca dealul și să stea o jumătate de oră în grădină să se refacă.

Când a ajuns în vârf, cu răsuflarea tăiată de urcușul abrupt, s-a așezat pe o treaptă, a închis ochii și a ridicat fața spre soare, mângâiată de pacea și siguranța naturii.

Absorbită de gânduri, abia și-a dat seama că se auzea cineva vorbind. Când vocea a fost urmată de o tuse și și-a auzit numele, s-a trezit din visare. A recunoscut vocea. Vântul vâjâia în jurul ei și s-a simțit deodată atât de singură încât voia să plângă. S-a uitat în sus, apărându-și ochii de soare, încercând să-și ascundă neliniștea la vederea lui.

– Mi s-a părut că dumneavoastră sunteți, a spus el bățos. Sunteți foarte departe de Castello.

– Bună dimineața, căpitane Kaufmann!

El a privit în jur la grădină înainte de a se uita în ochii ei.

– *Maior* Kaufmann acum. E plăcut aici, nu? Într-o zi atât de frumoasă.

Era uimită de aceste amabilități superficiale, neștiind cum să răspundă, și se întreba dacă el o urmărise.

El i-a zâmbit cu același zâmbet strâmb care era fals.

– Folosim vila de aici, a spus el, arătând vag spre zona dincolo de capătul treptelor. Pot să stau lângă dumneavoastră?

Fără să aștepte un răspuns, s-a așezat alături de ea. Voia să-i spună, *Nu, nu vreau să-mi tulburi liniștea, nu acum, nici altă dată*, dar nu putea.

– Vă întoarceți la Siena sau Buonconvento? Ca să vă alăturați comandantului, adică?

– Cel mai probabil...

El a ridicat din umeri, dar nu a mai spus nimic despre Schmidt.

– Am descoperit că-mi place Florența.

– Cu siguranță nu ați venit să admirați orașul.

Râsul lui lipsit de veselie a neliniștit-o.

– Facem planuri, avem ședințe... decidem viitorul Italiei.

A râs din nou, cu vocea înghețată de dispreț când a continuat:

– Și al restului Europei, desigur.

Ea și-a ținut respirația, dar nu a răspuns.

– Acum că v-am întâlnit, a spus el, uitându-se peste umărul ei, apoi înapoi în ochii ei cu un dispreț inconfundabil, cred că-mi veți îngădui să vă vizitez la *palazzo*.

Ea a clipit repede sub privirea lui, știind foarte bine că nu avea nevoie de permisiunea ei.

– Știți unde este?

El și-a înclinat capul.

– Sunt foarte puține lucruri pe care nu le știm, dacă mă înțelegeți.

Ea a ignorat ultimul lui comentariu.

– Când ați dori să veniți?

– O să trec când am ocazia. Înțeleg că soțul dumneavoastră are o cramă excepțională. S-a oprit înainte de a schimba subiectul.

– Mai are și alte tablouri de Cozzarelli? Cred că v-am spus că sunt colecționar. Îmi place să mă înconjor doar de cele mai bune lucruri.

– Soțul meu nu are alte tablouri, cel puțin din câte știu eu.

– A pictat și pe panouri de lemn, știți, Cozzarelli.

Kaufmann s-a ridicat în picioare.

– Absolut minunat! Și a realizat pictura din altar la Montepulciano... Ați văzut-o?

– Sigur că da.

A îndepărtat cele câteva frunze care i se lipiseră de uniformă.

– Ei bine, mi-a făcut mare plăcere, dar trebuie să plec.

Sofia a mai rămas o vreme, simțind cum dispărea lumina din ziua ei. Ultimul lucru de care avea nevoie oricare dintre ei era un maior care să dea târcoale pe la *palazzo*.

Când a ajuns înapoi acasă, a întâmpinat-o aroma cafelei adevărate. Din nou? În timp ce urca scările spre bucătărie, se întreba câte lucruri descoperise Anna dosite în fundul bufetului. În bucătărie, le-a găsit pe Maxine și Anna discutând aprins despre raidul plănuit asupra cazărmii carabinierilor.

– Înainte să continuați... a spus Sofia și le-a povestit despre întâlnirea cu maiorul și intenția lui de a veni în vizită.

– La naiba! a exclamat Maxine și și-a trecut degetele prin bucle. Să sperăm că se termină totul înainte de asta.

37.

Sofia nu a putut nici să mănânce, nici să doarmă și, acum că venise noaptea raidului, își dorea atât de mult să se termine încât abia putea să respire. Maxine fusese informată cu o zi înainte și acum oamenii lui Luca erau pe poziții, ascunși în clădirile din jurul cazărmii pe Via Fume și în grădinile Valfonda. Foarte puțini bărbați mai erau în cazarma carabinierilor acum, pentru că majoritatea fugiseră la adăpost sau fuseseră dezarmați. Puținii care rămăseseră fuseseră forțați să păzească alimentele obișnuite depozitate acolo și, din câte știau ei, asta era tot. Dar acum venise o încărcătură nouă și nu de făină sau fasole. Doi carabinieri înarmați patrulau în perimetru, stând afară aproximativ o oră de fiecare dată, unul în față, celălalt în spatele complexului extins, apoi intrau pe rând câte cincisprezece minute, pentru ca unul să rămână mereu afară. Cât erau afară împreună, planul era ca partizanii lui Luca să intre prin unghiul mort restrâns din lateralul clădirii, printre cei doi care patrulau în față și în spate. Odată intrați, aveau să-i pună la pământ pe paznicii din interior, să-i imobilizeze, să-i lege la ochi și să le pună căluș. Nu puteau să-i împuște pe cei doi de afară, nici nu puteau să scape de ei, pentru că orice patrulă germană în trecere ar fi auzit zgomotul și le-ar fi remarcat absența. În plus, toți fuseseră avertizați să nu tragă decât dacă bombardamentul Aliaților era destul de puternic încât să mascheze zgomotul. Câteva zile mai devreme, Luca îl capturase pe fratele unui carabinier a cărui sarcină era să păzească în interior și i-a oferit viaţa fratelui său dacă lăsa uşa laterală încuiată, dar nezăvorâtă. Încuietoarea nu avea să fie greu de spart. După aceea, paznicul carabinier şi fratele său aveau să poată trece munţii în siguranţă.

La unu noaptea, Sofia, Maxine şi Anna au ieşit din *palazzo* şi fiecare a luat-o pe alt drum spre cartierul Santa Maria Novella, aproape de gară. Sofia avea pistolul, în timp ce Anna şi Maxine aveau cuţite. Cu un fular vechi din pod înfăşurat astfel încât să-şi ascundă faţa şi căciula trasă pe ochi, Sofia aştepta la capătul unei alei întunecoase. Se desprindea dintr-o stradă îngustă aproape de gară şi mirosea a legume putrezite şi excremente de animale. Anna, îmbrăcată ca un bărbat, aştepta la capătul opus. Aşteptarea se prelungea la nesfârşit. Timpul s-a oprit şi, în liniştea din aleea aceea oribilă, Sofia asculta sunetele oraşului şi dealurilor din jurul lor – doar un huruit surd la ora aceea, dar care totuşi se putea distinge. Şi-i imagina pe toţi în clădirile întunecate, dormind sau încercând să doarmă. Şi o parte din ea îşi dorea să încheie totul. Dar pe urmă, după câteva clipe, au venit Maxine şi Irma, îmbrăcate ca nişte prostituate, aşa că probabil nu se mai putea opri nimic.

Maxine şi Anna mergeau împreună, păşind cu nonşalanţă, rămânând în locurile cele mai întunecate. Nu erau felinare pe stradă, nici luna pe cer, iar sarcina lor era să observe orice era neobişnuit. Sofia a rămas pe alee, ascunsă vederii cât mai mult posibil, dar putând să vadă foarte bine uşa laterală a cazărmii. Luca aştepta momentul cel mai potrivit pentru ca oamenii lui să nu fie văzuţi de paznici. Pe urmă, a dat semnalul, iar el şi cinci partizani îmbrăcaţi în haine negre s-au furişat repede pe aleea Sofiei spre intrarea laterală. Au spart încuietoarea fără probleme şi, după ce au intrat, s-a strecurat şi Irma înăuntru. Ea trebuia doar să aştepte după uşă. Dacă observau ceva îngrijorător, Maxine, Anna sau Sofia avea să intre în clădire pe uşa laterală şi s-o avertizeze pe Irma. Pe urmă, ea îi alerta pe bărbaţi.

O maşină a trecut pe stradă prin capătul aleii unde stătea Sofia şi a văzut silueta întunecată a şoferului însoţit de alt bărbat. S-a uitat pe după colţ după maşina care trecuse prin dreapta ei. A recunoscut mașina; nu era una obișnuită de patrulă, ci același tip de mașină condusă de Lorenzo. A lui Lorenzo era un model mai vechi, dar asta era una din noile modele de Lancia Artena, construite la cererea armatei italiene pentru plimbările ofițerilor. A văzut-o oprind și un bărbat cu o servietă în mână a coborât. Și-a ținut respirația, neștiind ce să facă, încercând să repete în minte instrucțiunile pe care le primise. În timp ce bărbatul intra în clădire, ea a așteptat. Câteva clipe mai târziu, el a ieșit fără servietă, i-a făcut semn șoferului să deschidă geamul mașinii și s-a aplecat spre el să-i vorbească. Pe urmă, a urcat în spate și mașina a pornit încet. A oftat ușurată și, în același moment, a auzit prima bombă căzând în direcția orașului Fiesole.

Timpul trecea incredibil de încet, iar Sofia habar nu avea cum mergeau lucrurile în cazarmă. În afară de acea Lancia în trecere, nu văzuse nimic. În cele din urmă, a reușit să distingă un camion Fiat ce venea spre ea dinspre Via Bernardo Cennini. A oprit chiar în fața intrării laterale, au coborât trei bărbați și i-au atacat cu succes pe paznici, mai întâi pe unul, apoi pe celălalt, îndrăznind să tragă, fiindcă zgomotul era acoperit acum de bombardamentul Aliaților din apropiere. Au tras cadavrele înăuntru, apoi au început să aducă afară lăzile și să le încarce în camion. Imediat ce-au terminat, Irma a ieșit și s-a urcat în camion cu un alt bărbat și cu șoferul. Luca și ceilalți bărbați s-au îndepărtat pe furiș.

Era foarte bine că Luca reușise să facă rost de un singur camion, pentru că la scurt timp după ce au plecat a reapărut Lancia și s-a oprit brusc. Dacă ar mai fi fost un camion la încărcat, ar fi fost prinși. Lancia s-a oprit în momentul în care Maxine venea prin lateralul clădirii și un ofițer german în uniformă cobora deja din mașină. El a scos revolverul și a strigat-o să vină la el. Pulsul Sofiei era atât de mărit încât a crezut că o să vomite când a văzut că era prea târziu ca Maxine să fugă. Șoferul a rămas în mașină cu geamul coborât. Ofițerul era cu spatele la mașină și nu l-a văzut pe Luca apărând de pe o alee laterală și punând pistolul la tâmpla șoferului. Cu coada ochiului, Sofia a văzut-o pe Anna furișându-se spre Maxine și spre ofițerul german, apoi retrăgându-se în umbra unei uși înfundate din apropiere. Ca să rămână cu ochii pe Maxine, și-a spus Sofia.

— Ai auzit o mașină? l-a auzit Sofia pe ofițer întrebând-o pe Maxine.

— Da, pe a voastră.

— Nu pe a mea, proasto. Suna ca un camion.

Ea a clătinat din cap.

— Stai așa, nu te cunosc cumva?

Ea a încuviințat și a întins o tabacheră.

— Massima, nu? a spus el. Ce cauți pe afară atât de târziu?

Pe urmă, totul s-a întâmplat atât de repede încât Sofiei nici nu i-a venit să creadă. Bărbatul a refuzat țigara și a pus revolverul înapoi în toc în timp ce căuta în buzunar o țigară de-a lui. Probabil țigări turcești pe care le fumau unii dintre ei, s-a gândit Sofia. A dus-o la gură și a plecat capul când ea i-a oferit un foc.

— Probabil a rămas fără gaz, a spus Maxine, chicotind ademenitor și ridicându-și privirea. Scuze. Oricum, am chibrituri.

Maxine a scos o cutie de chibrituri din geantă, a aprins un băț și, când el și-a plecat capul din nou, și-a aprins țigara.

În clipa aceea, Sofia l-a văzut pe șofer aplecându-se în față, lovind totodată claxonul, iar sunetul a răsunat chiar înainte ca Luca să-l împuște. Ofițerul a reacționat imediat, ridicându-și ochii și întorcându-i, apoi uitându-se din nou la ea cu ochii mari. Și când și-a dat seama că Maxine era cumva implicată în asta, a prins-o de braț.

— Ce naiba? a scuipat el cuvintele.

Cu cealaltă mână, a scos revolverul și l-a îndreptat direct spre pieptul ei.

— O să plătești pentru asta, a urlat el.

Apoi s-au răsucit amândoi pe jumătate să se uite la mașină, în timp ce el o strângea încă de braț ținându-i arma în piept. Cu ochii fixați pe corpul aplecat al șoferului, nu a văzut-o pe Anna, care se furișase tăcută cu viteza fulgerului și era acum chiar în spatele lui.

A scos cuțitul din buzunar, l-a prins de păr, i-a tras capul pe spate și i-a tăiat gâtul dintr-o parte în alta, destul cât să secționeze o arteră majoră și traheea. În secunda aceea de șoc, Maxine a reușit să-i dea revolverul jos din mână. Când a țâșnit sângele, Maxine s-a ferit. Sângele năvălea în afară, formând un arc larg și împroșcând peretele și lespezile de piatră. Ofițerul a scos un horcăit cumplit și, în cele din urmă, s-a prăbușit pe jos, inconștient.

Cuprinsă de panică, Sofia a ezitat, aproape paralizată, și a încercat să se calmeze. Nu a reușit, dar și-a revenit destul cât să-și scoată haina și să fugă spre Maxine, care era acum îmbibată de sânge. Era foarte puțină lumină, dar era destul cât să se privească una pe alta, cu ochii măriți de groază, apoi să se uite la pata neagră de sânge care se aduna într-o adâncitură a străzii.

– Mulțumesc, Anna, a șoptit Maxine, apoi s-a ghemuit lângă bărbat.

– Îl cunosc, a șoptit ea. Vogler. El e.

– A murit? a întrebat Anna.

– Aproape. Hemoragia e prea mare. Isuse, ce miros!

Sofia s-a uitat la imaginea îngrozitoare a sângelui care se scurgea din tăietura adâncă și inegală de la gât, apoi i-a aruncat haina lui Maxine.

– Repede! Îmbracă-te! O să acopere sângele de pe hainele tale.

– Grăbește-te! Trebuie să plecăm de aici și repede, a șuierat Anna. O să merg cu Sofia. Maxine, tu ia-o pe ocolite.

Când au plecat, Sofia tremura incontrolabil din pricina șocului, dar Anna era nefiresc de calmă. Când au ajuns la Ponte Vecchio, a întrebat cu voce tremurândă:

– Ai mai făcut asta?

– Doar unui porc.

Anna a râs cu amărăciune.

– Nu a fost foarte diferit.

– Trebuie să-ți ștergi pantofii. Sunt plini de sânge.

– Am sânge peste tot. Noroc că e întuneric.

Sofia a simțit că se sufocă, apoi un gust acru în gură; deși nu apucase să apese pe trăgaci sau să folosească un cuțit, fusese martoră la uciderea unui om. Un neamț, totuși un om și habar nu avea cum să digere ideea asta.

— Nu te mai gândi, a spus Anna de parcă-și dădea seama ce simțea Sofia. Nu relua totul în minte. Trebuie să ne întoarcem fără să ne prindă, să ardem hainele și să ne curățăm. Asta e. Destul timp să ne gândim mâine. În seara asta, dormim.

Pe măsură ce groaza Sofiei lăsa loc simțului practic și instinctului de conservare, nu a spus că nu-și imagina că ar mai putea dormi vreodată.

38.

După uciderea lui Vogler și a șoferului său și după raidul la cazarmă, s-au instituit baraje rutiere și multe puncte de control peste tot. Încolțite ca animalele, cele trei femei au fost nevoite să aștepte să treacă. Se zvonea că un munte de mitraliere, mortiere, pistoale și muniție fuseseră furate și că nemții erau furioși. Nimeni nu putea să plece din oraș și poliția înarmată patrula străzile și gările zi și noapte. Trecuseră douăzeci și patru de ore de când Anna îl omorâse pe Vogler și, cu toate că Sofia era sigură că cel mai probabil îi salvase astfel viața lui Maxine, se simțea îngrețoșată de toată situația. Se plimba pe coridoare și rătăcea în camerele goale, încercând să găsească un loc în casa aceea uriașă unde să se simtă în siguranță. Chiar și când se refugia în dormitorul ei și trântea ușa, frica îi călca pe urme și nu reușea s-o alunge.

Își dorea să plece din Florența, din orașul pe care îl iubise cândva mai mult decât pe oricare altul, și stătea trează în ora întunecoasă dinaintea zorilor, tremurând de nefericire. Era de neconceput ce făcuseră. Oare chiar se întâmplase? Sau era captivă într-un coșmar nesfârșit din care nu se putea trezi? Lucrurile se mișcau prea repede. *Stai*, voia să spună. Nu se puteau întoarce, pur și simplu, și să se gândească mai bine? Când se ridica din pat, durerea din oase se adâncea cu fiecare oră. Bântuită de crimă, cutreiera casa tăcută și tânjea după Lorenzo să o țină legată de viața pe care o aveau înainte. Dar nici măcar el nu putea să îndrepte lucrurile și simțea cum se produceau schimbările neplăcute în sufletul ei.

Era vreodată acceptabil să ucizi? se trezea întrebându-se iar și iar. Îi auzea pe oameni spunând că după ce ucideai o dată, a doua oară avea să fie mai ușor, dar spera să nu fie martoră din nou la așa ceva. Anna nu avea astfel de remușcări. Pentru ea, era un neamț și din pricina nemților își pierduse soțul iubit și fratele. După părerea ei, nu avea rost să stea pe gânduri. Nu, trebuiau să meargă mai departe cât mai normal posibil, mai ales dacă maiorul Kaufmann venea în vizită așa cum sugerase că ar putea face. Cum avea să izbutească Sofia să-și ascundă vinovăția dacă nu se putea preface că era aceeași ca de obicei? S-a strecurat afară în grădină, sperând să găsească alinare, dar nu mai auzea păsările, ci tropăitul cizmelor pe lespezi și nemții strigând, intimidând, ordonând, râzând. Cu ochii minții, le vedea fețele grobiene, își imagina obiectivele lor nemiloase și se cutremura. Dar știa că trebuia să renunțe la aceste gânduri negre.

Când s-a întors în bucătărie, Anna a mijit ochii.

— Contesă, trebuie să mănânci. Ești prea slabă. O să te îmbolnăvești și, dacă vin, o să vadă că ceva nu e în regulă. Te rog. O să-ți prindă bine.

— Ce rost au toate astea?

— Ideea este, vrei să vorbești germană tot restul vieții? Și în loc de *spaghetti al pomodoro* vrei să mănânci cârnați *frankfurter* și *sauerkraut*?

Sofia a pufnit disprețuitoare.

— Așa credeam și eu, a zis Anna cu un zâmbet șters.

— Deci ne luptăm pentru ce o să mâncăm.

— Exact!

Anna a pus un castron cu supă pe masă și și-a tras un scaun.

— Maxine s-a trezit?

— Încă nu.

— Nu știu cum poate să doarmă atât.

Sofia s-a așezat și s-a forțat să mănânce. Anna avea dreptate într-o privință. *Era* vorba de păstrarea culturii lor, dar era mai mult de-atât. Niciun om nu voia să fie controlat de altul și nicio țară nu-și dorea asta.

După aceea, s-a întors în camera ei și și-a lipit obrazul de sticla rece a ferestrei unde se putea uita peste râul Arno la părțile sudice ale orașului. S-a gândit la Piazza Santo Spirito și Basilica di Santo Spirito unde ea și Lorenzo se duceau duminica și stăteau pe trepte, uitându-se la lume. Piața mică cu copacii și liniștea ei erau printre preferatele ei. Dar pe urmă i-a atras atenția un zgomot din stradă unde soldații nemți trăgeau un tânăr spre una dintre mașinile lor. *Luați-mă pe mine*, voia să strige, de parcă și-ar fi alinat astfel sentimentul copleșitor de vină.

Voia să-i urască pe nemți, pe toți nemții, și chiar îl ura pe Kaufmann. Dar Vogler? Nici măcar nu-l cunoscuse și totuși era mort. Cel mai rău lucru însăera că nu mai simțea milă. Știa că existau nemți buni și amabili ca Wolf, care nu-și doriseră războiul, care nu-l doriseră deloc pe Hitler. Erau și mulți italieni care nu-l doriseră pe Mussolini și atât de multe familii de ambele tabere voiau doar să-și trăiască viața mai departe. Dar războiul îi transforma pe toți în monștri.

39.

Nu s-au auzit bătăi în uși, nici strigăte când Sofia a coborât scările. Anna a rămas la etaj, curățând podeaua de sub pod și punând scara înapoi în dulap. Abia terminase de ascuns radioul și pistolul pentru cine știe a câta oară, de fiecare dată temându-se că ar putea fi descoperite cu ușurință. Chiar dacă soldații urcau în pod, erau prea multe lucruri acolo ca să găsească ceva: cutii cu haine, draperii, cearșafuri, lăzi cu jucării vechi, căluți de lemn, case de păpuși, tablouri nedorite, oale, ornamente, scaune de bucătărie și sufragerie, mese vechi și alte mobile, chiar și niște rame de pat din fier forjat și saltele uzate. Părinții lui Lorenzo și părinții lor înainte nu aruncaseră nimic, în mod clar.

— Anna! a strigat Sofia spre scări. Ușa!

Sofia era cât se poate de capabilă să răspundă la ușă, dar voia să-i atragă atenția Annei în cazul în care nu auzise.

— Am terminat tot, a șoptit Anna în timp ce cobora. Mergi în salon. Răspund eu.

— Șorțul tău. Uite!

Șorțul ei alb era mânjit de negru. L-a smuls și i l-a dat Sofiei.

— Du-l la spălătorie. Cada e deja plină de rufe murdare puse la înmuiat. Pune-l acolo. O să-i poftesc în salon. Când vii tu, spune că erai în grădină.

Ceva mai târziu, Sofia a intrat în salon și l-a văzut pe Kaufmann stând la fereastră, privind în jos spre Lungarno, strada care mergea de-a lungul râului. S-a întors în clipa în care a auzit-o și a înaintat grăbit spre ea. Ea a încercat să zâmbească.

— Maior Kaufmann! a spus ea cât de călduros era în stare. Vă așteptam.

— Mă așteptați?

— Nu vă amintiți? Grădinile Bardini. Ați spus că s-ar putea să treceți pe aici.

— A, da.

— Îmi pare rău că am venit mai greu. Eram în grădină.

El s-a încruntat și ochii albaștri oțeliți s-au îngustat foarte puțin.

— Nu prea e vremea de grădinărit.

Ea a ignorat comentariul.

— Nu grădinăresc de obicei. Avem oameni pentru asta. Îmi place să ascult păsările.

— Mi s-a părut că vă aud strigând servitoarei să răspundă la ușă.

S-a gândit repede la ceva, înclinând capul.

— Într-adevăr, așa am făcut. Eram în drum spre grădină în caz că erau flori ieșite devreme. Îmi plac florile proaspete în casă, dumneavoastră nu vă plac? Nu știam că erați dumneavoastră la ușă.

— Și ați găsit ceva?

— Ceva?

— Flori.

Și-a luat o mină dezamăgită.

— N-am ajuns atât de departe. Am venit în salon când m-a chemat Anna. Dar de obicei vedem brândușe, poate niște violete și zambile în perioada asta a anului. Trebuie să recunosc că nu m-am simțit prea bine, așa că n-am mai ieșit ca de obicei.

El a ridicat din sprâncene și i-a studiat fața.

— Sunteți palidă. Nimic grav, sper.

Ea a ridicat din umeri.

Privirea lui era arogantă și, privindu-l la rândul ei, era clar din atitudinea sa că se credea invincibil.

— Cărui fapt îi datorez această plăcere? Nu mi-ați spus de ce ați venit.

— Eram doar în trecere.

— Aha.

O rază de lumină a înseninat camera și Sofia s-a dus la fereastră. S-a uitat și a văzut oamenii lui fumând în timp ce așteptau.

— A ieșit soarele, a spus ea și i-a venit o idee. Ce frumos!

— Ați aflat că doi dintre ofițerii noștri au fost uciși?

Ea era tot cu spatele la el, slavă Domnului, și s-a străduit să nu-și încordeze umerii. A urmat un moment îngrozitor când i s-a părut că era pe punctul de a-i dezvălui toate detaliile fără voia ei. Că avea să-i spună despre sânge și tăietura neregulată. Să-i spună că stătuseră în așteptare. Să-i că de-abia reușea să respire.

— Da, am aflat, a spus într-un târziu. Zvonurile circulă.

— Am făcut mai multe arestări.

Nu avea ce face decât să se întoarcă cu fața spre el și, știind că aveau să fie represalii pentru ce făcuseră, deodată n-a mai putut înghiți.

— Înțeleg că ați fost acasă acum două zile? Interogăm pe toată lumea.

— Rareori ies din casă seara, așa că da.

— Nu v-am întrebat despre seară.

Ea s-a forțat să râdă.

— Presupun că așa ceva nu s-ar fi întâmplat în miezul zilei, domnule maior.

Ochii lui au rămas inexpresivi.

— Așa ceva?

— Uciderea... unui ofițer... sau doi, așa ați spus?

El a dat formal din cap.

— Și cine se mai află aici?

— Prietena mea, Massima, și Anna, care e aici să gătească pentru noi.

— Soțul dumneavoastră?

— Nu. Din păcate, nu. Trăim vremuri grele. De fapt, domnule maior, v-am spus deja că nu m-am simțit prea bine, așa că mă întreb dacă ați putea face ceva pentru mine?

— Oh?

Curând după ivirea zorilor, trei zile mai târziu, Sofia s-a spălat pe față la lavoar, apoi s-a grăbit spre baie, unde își pregătise deja hainele. De la vizita lui Kaufmann, tremurase mai mult ca niciodată, dar măcar plecau din Florența și încă pe o rută oficială. Ceruse permisiunea lui Kaufmann, invocând sănătatea ei slăbită ca motiv urgent de plecare și, slavă Domnului, acceptase să le ajute.

În lumina aurie a dimineții, Florența arăta din nou frumos, de parcă într-o bună zi avea să scape de giulgiul necruțător și cenușiu care o acoperise în prima zi de ocupație germană. În ciuda luminii blânde a soarelui, toate erau într-o stare de anticipație agitată. Serioase într-o clipă, emoționate în clipa următoare, o stare de spirit susținută de teama că s-ar putea să fie cumva forțate să se întoarcă.

Maxine reușise să lege pistolul de o roată la mașină, ascunzându-l în spatele capacului de butuc. Într-adevăr, era periculos să ia pistolul cu ele, dar Maxine era convinsă că erau nevoite să-l ia. Când au ieșit din oraș și s-au apropiat de primul punct de control, cei doi soldați păreau somnoroși și Sofia putea să pună pariu că fuseseră treji toată noaptea și acum doar stăteau și așteptau să vină înlocuitorii.

Se înșela. Cel mai scund a cerut să le vadă documentele și permisul de călătorie și, pe urmă, deși hârtiile erau în ordine, le-a cerut să coboare din mașină, sub amenințarea cu arma, în timp ce celălalt deschidea capota și scotea valizele, pe care le-a aruncat brutal la pământ. După ce primul terminase de controlat documentele, Sofia s-a uitat la dealurile îndepărtate și s-a simțit detașată, de parcă nimic din toate astea nu i se întâmpla ei. În timp ce soldatul o privea, a încremenit, prinsă între două lumi — pe de o parte, siguranța relativă, pe cealaltă parte, exact opusul.

Li s-a ordonat să deschidă valizele, ceea ce au făcut îngenunchind lângă ele pe iarba umedă. Cum n-au găsit nimic în afară de haine, bărbații și-au pierdut interesul și au început să examineze mașina, căutând pe sub banchete și bătând în căutare de compartimente ascunse. Sofia simțea că i se scurgea viața printre degete, convinsă că aveau să desfacă și capacele de butuc și să le împuște pe loc. Când s-au aplecat să se uite sub capotă, Maxine și-a dres glasul și i-a aruncat o privire de avertizare.

Rămâi calmă.

Sofia și-a ținut respirația.

Un soldat s-a întins pe spate pe pietriș lângă mașină și a pipăit pe sub ea. Parcă era un joc de pantomimă. Cei doi se plictiseau și aveau nevoie de distracție.

După ce s-a ridicat iar și s-a șters pe haine, a dat din umeri, apoi a făcut un semn că terminase. În timp ce-și încărcau valizele, le-a ștampilat permisul de călătorie și le-a făcut semn să treacă. Sofia era amețită de ușurare. Pe când accelera, abia putea să mențină mașina în linie dreaptă, dar măcar se îndreptau spre casă.

40.

Castello de' Corsi

Într-o zi strălucitoare, cu soare dar și cu ploaie, Sofia, Carla și Gabriella stăteau pe o bancă în grădina de la bucătărie, uitându-se la micul Alberto care se juca cu o minge și un băț. Alerga pe potecile dintre răzoare țipând, iar câinii lătrau animați după el. Deși ziua era luminoasă și mirosul de pământ al grădinii o alina după fuga din Florența care-i zdruncinase nervii, Sofia tremura de frig.

Casa părea ciudată de când se întorseseră, la pândă, puțin întunecoasă. Sofia își păstra cumpătul în timp ce fantomele dădeau târcoale, umbrele lor fiind aproape, dar mereu nevăzute. Simțea că o judecă, simțea mila, dar și disperarea lor. Și uneori, alături de aceste sentimente stranii, simțea că rațiunea o părăsește.

— Contesă, i s-a adresat Carla, vrei să rămâi cât îi pun Gabriellei niște întrebări?

— Dacă ești sigură că vrei să fiu aici.

Carla a dat din cap și s-a întors spre fiica ei, care se plimba acum pe alee.

— Cum te simți azi, Gabriella? a strigat ea.

— Puțin rău, a murmurat Gabriella.

— O să-ți treacă. Și eu m-am simțit cumplit când eram însărcinată cu fratele tău. Dar nu durează o veșnicie.

Gabriella nu a răspuns, dar a fugit în fundul grădinii. Sofia își amintea nașterea fetei, una dificilă, dar când Carla îi dăduse copila să o legene în brațe, Sofia se minunase de frumusețea fetiței. Câteva zile mai târziu inhalase mirosul ei de lapte și simțise tristețea faptului că ea nu avea copii. Fusese un șoc să vină acasă și să afle că Gabriella aștepta un copil.

Obișnuită cu tabieturile bizare ale fetei, Sofia nu s-a mirat de fuga ei subită în fundul grădinii. Știa că și Carla simțea același lucru, având o fată nemăritată însărcinată, și-i era milă de ea. Dar cum Gabriella era destul de mare să se mărite, măcar având consimțământul părinților, aceasta era cu adevărat cea mai bună opțiune. Numai de-ar fi putut afla cine era tatăl. Până acum, Gabriella tăcuse cu încăpățânare.

Carla s-a ridicat și, cu furca pe care o proptise în zid, a început să sape după cartofii rămași.

– Câțiva cartofi cu un ou prăjit o să fie un prânz bun pentru noi toți, a murmurat ea.

Sofia a derulat în minte toate mâncărurile minunate pe care le gătea Carla. Toți iubeau cartofii ei copți. Și-o imagina pe Carla tăindu-i în timp ce fredona, apoi aruncându-i în castronul ei preferat înainte de a adăuga ulei, vin, usturoi, sare și piper. La urmă veneau rozmarinul și salvia sau câteodată feniculul. Apoi, la cuptor cu ei. Delicioși cu carne. Sofiei îi lăsa gura apă. Când erau cartofi din belșug, Carla tot făcea mâncare asta, dar fără carne. Avea și rețete secrete, cele pe care le învățase din familia bunicii ei.

Încă nu folosiseră dovlecii, cei verzi de iarnă stivuiți în cămară alături de funiile de ceapă, usturoi și ardei. Nimic nu se compara cu dovleacul copt când coaja se înnegrea și pocnea, iar miezul era mâncat cu *focaccia* cu usturoi a Carlei. În timp ce Carla lucra, Sofia stătea cu ochii la Alberto, care plecase după Gabriella. Ce păcat că un copil dulce ca Alberto trebuia să crească fără tată și, acum când Aldo nu mai era, nu mai avea niciun bărbat în viața lui. În timp ce se gândea la asta, Alberto a strigat.

– *Nonna*, vino! *Nonna!*

Când Carla a luat-o la fugă, Beni a început să latre înnebunit și Sofia a mers după ei cu propriii câini pe urme. I s-a strâns stomacul, cuprinsă de un fior de teamă. Dacă se întâmpla ceva cu micul Alberto... dar când a ajuns la Carla și la băiețel, acesta arăta spre ușa deschisă a micului șopron unde țineau uneltele. Carla a intrat, iar Sofia a rămas în ușă, privind înăuntru. Deodată, i s-a tăiat respirația. Totul s-a oprit în loc când a zărit-o pe Gabriella stând în întuneric, cu picioarele încrucișate pe podea, ținând în mână un cuțit zimțat.

– *O mio Dio!* a țipat Carla. Ce faci, copilă?

S-a aruncat înainte, apucând cuțitul, și Sofia a văzut imediat că Gabriella sângera.

– Fată proastă ce ești! a strigat Carla. Ce-ai făcut?

Sofia a văzut cum Carla a apucat încheietura fiicei ei și a găsit o tăietură, nu prea adâncă și nici periculoasă, dar din care curgea sânge.

– De ce? a întrebat Carla. Ce crezi că rezolvi cu asta?

Gabriella a lăsat capul în jos și a început să plângă.

Sofia a pășit în față și a pus mâna pe capul Carlei, sperând s-o liniștească. Dar prea târziu, furia Carlei câștigase.

– O, pentru Dumnezeu!

Cuvintele i se revărsau în timp ce o certa și o lovea pe fiică-sa peste față.

Sofia a remarcat regretul instantaneu al Carlei.

– Îmi... pare rău, a șoptit ea cu vocea gâtuită și a întins o mână tremurând.

Gabriella nu a spus nimic și nici nu a luat mâna întinsă.

Carla și-a mușcat buza înainte de a vorbi din nou.

– Te rog, nu mai plânge. Trebuie să acționăm repede. Trebuie să-ți spăl tăietura.

Gabriella a dat un răspuns pe înfundate, dar nici Sofia, nici Carla nu i-au înțeles vorbele.

– Ce-ai spus? a întrebat Carla. Ce-ai spus?

Gabriella a clătinat cu putere din cap și s-a uitat la Carla cu ochii rugători și plini de nefericire.
– Tu nu înțelegi.
– Atunci, spune-mi. Cum pot să înțeleg dacă nu-mi spui nimic?
– Aldo. A murit din vina mea, a gemut Gabriella și a început să se legene înainte și înapoi, plângând incontrolabil.

Ceva mai târziu, când erau în bucătărie, Sofia și Carla stăteau la masă, iar Gabriella aproape de cuptorul de pâine. O liniștiseră pe Gabriella cu o cafea dulce de cereale și o felie de pâine prăjită cu miere. Pentru că nu insistaseră imediat să le explice ce voia să spună, reușiră să o calmeze și mai mult, deși trebuiau neapărat să afle întregul adevăr.

– Așadar, a spus Sofia cu blândețe, acum ne poți spune? Nu se supără nimeni pe tine, dar de ce ai spus că e vina ta?

Gabriella și-a răsucit corpul, cu expresia aceea de tulburare din nou pe față.

– *Tesoro*, nu poate fi atât de rău, nu-i așa? a întrebat Carla și i-a zâmbit fetei ei, încercând să vorbească pe un ton blând, și-a zis Sofia.

Gabriella s-a uitat în pământ și s-a scărpinat în ceafă, dar nu a vorbit. Sofia s-a uitat la Carla, care a clătinat din cap. A înțeles din asta că bucătăreasa voia s-o ia pe ocolite.

– Vino aici! a spus Carla. Ai din nou păduchi? Ți-i scot eu cu peria.

Gabriella tot nu-și ridica privirea.

– Ei bine, poți să verifici supa?

Gabriella nu s-a mișcat.

– I-am spus Mariei, a șoptit ea și, când a ridicat capul, avea fața schimonosită de tristețe.

Auzind numele Mariei, Sofia a simțit că se apropia pericolul, dar a tras aer în piept și l-a înghițit.

– Ce i-ai spus? a întrebat ea.

Gabriella nu voia s-o privească în ochi.

– Gabriella?

– Despre planul de a arunca în aer calea ferată.
– Nu fi prostuță, a spus Sofia. Nu aveai de unde să știi despre asta.
– Ba știam. M-am dus să mă plimb prin pădure și l-am auzit pe Aldo vorbind cu un alt bărbat. Lodo, cred că se numea.

Carla s-a încruntat.

– Nu are niciun sens. I-ai spus Mariei?

Gabriella a încuviințat cu amărăciune.

– De ce?

– Voiam s-o impresionez.

– Dar de ce?

– Din cauza lui Paolo, nepotul Mariei. Știi. Voiam să mă iubească și m-am gândit că dacă-i spun ei, ea o să-i spună lui și atunci...

S-a oprit și și-a înăbușit un suspin.

– Și el o să se întoarcă.

– Deci i-ai spus Mariei despre planuri?

Gabriella s-a uitat în jos, cu ochii lipiți din nou de podea.

Când consecințele acestei dezvăluiri au început să se limpezească, Sofia a văzut-o pe Carla acoperindu-și gura cu mâna și gemând. Sofia a lăsat capul în jos o clipă, apoi s-a uitat din nou la fată. Nu. De bună seamă, nu putea să fie adevărat.

Gabriella se uita la mama ei.

– Îl iubesc.

Inima Sofiei bătea cu putere și se lupta cu strânsoarea care-i cuprindea pieptul.

– Știi că nu avem încredere în Maria sau în Cămășile Brune? a întrebat ea.

Gabriella nu a răspuns.

Sofia se lupta cu ea însăși. Probabil fata inventa totul. Niciodată nu și-ar fi trădat fratele în acest fel.

– Gabriella, este adevărat? a întrebat Carla. Spune-mi sincer.

Ochii Gabriellei s-au îndreptat spre mama ei, apoi s-a uitat în altă parte.

Gândurile Sofiei se derulau cu repeziciune. Era imposibil să știe dacă Maria îi spusese lui Paolo, nu-i așa? Poate nu-i spusese. Zicea că-l vede rareori. Poate o putea întreba chiar pe Maria. Dar dacă femeia mințea... atunci ce era de făcut?

– O, Gabriella! a spus ea. Nu știu ce să-ți spun.

Carla și-a încleștat fălcile și s-a ridicat în picioare. Sofia știa că dragostea aprigă a Carlei pentru Aldo era egalată doar de iubirea pentru fiicele ei și vestea asta îngrozitoare probabil o sfâșia în două.

– Îmi pare rău, a spus fata, ferindu-se de furia ce se citea pe chipul mamei sale.

Carla a pus mâinile strâns pe umerii fiicei ei, de parcă voia s-o scuture.

– Îmi pare rău, a repetat fata și lacrimile îi curgeau pe obraji.

Era mai rău decât se putea imagina. Această fiică a Carlei ar fi putut provoca moartea singurului ei frate – unicul fiu al Carlei. Imaginea trupului frânt al lui Aldo, atârnând în Buonconvento, a apărut în mintea Sofiei.

Când Carla a ridicat mâna, Gabriella s-a tras înapoi. Carla s-a uitat la mâna ei, dar nu a lovit, nici nu a scuturat fata. Cât trebuie să-și fi dorit însă, și-a zis Sofia.

Îi venea și ei s-o lovească pe Gabriella pentru prostia ei. Dar trebuia să se controleze. Acest lucru nu avea să treacă. Niciodată. S-a gândit repede, analizând totul din fiecare unghi.

– Anna nu poate să afle, a zis într-un târziu. L-a adorat pe Aldo.

– Și mereu m-a criticat că o răsfăț pe Gabriella, a adăugat Carla. O s-o omoare pe Gabriella dacă află.

Sofia știa că avea dreptate.

– Acum, ascultă-mă, a zis Carla, uitându-se fioros la fiică-sa. Niciodată, dar niciodată să nu mai spui cuiva despre asta. Niciunui suflet. Niciodată. Înțelegi?

Gabriella a rămas tăcută.

– Toată viața ta va trebui să trăiești cu ce-ai făcut. Dar ascultă-mă, s-ar putea ca Maria să nu-i fi spus lui Paolo. S-ar putea ca nemții să fi știut oricum. Poate au aflat de la altcineva. Poate nu a fost din cauza ta.

Gabriella i-a zâmbit șters.

– Acest Paolo, a continuat Carla. E sigur că el e tatăl copilului? Da?

Gabriella a dat ușor din cap.

– Și s-a întâmplat în noaptea în care au venit la ușa surorii tale, când noi împleteam la etaj?

Încă o încuviințare din cap.

– O, fata mea, ce mă fac eu cu tine?

Carla a clătinat din cap. După o clipă sau două a vorbit din nou.

– Ei bine, lucrurile sunt așa cum sunt, așa că trebuie să ne descurcăm cum putem, nu? Așa cum facem mereu.

41.

Buonconvento

Când Maxine a intrat în cafeneaua din Buonconvento, s-a uitat în jur să se asigure că era în siguranță. Două bătrânele bârfeau într-un colț, ignorând totul în jur, iar la o masă lângă o fereastră aburită, o mamă tânără încerca să-și convingă copilașul să mănânce un biscuit. Anna reușise să-i transmită un mesaj lui Marco, care trebuia să sosească dintr-o clipă în alta. Cele trei femei făcuseră un pact să nu vorbească niciodată despre ce se întâmplase în Florența, dar Maxine știa că Marco fusese probabil informat despre raid.

Când a venit, a învăluit-o cu un zâmbet cald și atrăgător și inima ei s-a topit pe loc.

– Așa deci, ai fost ocupată. Felicitări!

Nespus de fericită auzind lauda lui, a făcut o figură de parcă nu era nimic important. Amândoi știau că nu era așa.

El a privit-o cu ochii calmi, sinceri.

– Ai dat dovadă de independență, curaj și ingeniozitate. Acceptă complimentul.

– Mulțumesc, Marco. Înseamnă mult pentru mine.

– I-ai anunțat pe Aliați despre succesul raidului? a întrebat el.

– Da, m-a ajutat James aseară. S-a întors la ferma mai apropiată acum. S-a prăbușit acoperișul la cea de pe deal. Radioul era folosit acolo, dar acum e ascuns într-un tunel sub casa Sofiei.

– Știi ce s-a întâmplat cu mesagera de la GAP?

– Irma?

El a încuviințat din cap.

– Sper c-a ajuns în munți cu bărbații.

– Știa cine erați toți?

Era atent, cu tonul aspru, serios.

– Ce vrei să spui?

– Nume, locuri.

– Nu. Vrei cafea?

El i-a ignorat întrebarea.

– Te-ar putea identifica?

– Posibil, dar arătam foarte ștearsă, cu batic, fără machiaj. Nu avea de unde să știe unde am plecat după raid.

– Nu mizeria aia, a spus el acum arătând spre ceașca ei. Și tu n-ai putea să arăți niciodată ștearsă.

Ea s-a strâmbat.

El și-a tras scaunul în spate.

– Vii?

– Sigur.

– Ești cu motocicleta?

I-a spus că da. Femeia cu copilul l-a fixat pe Marco cu o privire admirativă atunci când s-a ridicat să iasă din cafenea. Maxine a observat că Marco a privit-o cu un amestec de afecțiune și grijă când ea s-a îndepărtat, iar ea a simțit o împunsătură stânjenitoare de gelozie.

– E foarte tânără, a spus ea, încercând să-și reprime sentimentele.

– Da.

– O iubită de-a ta?

S-a bosumflat, nereușind să-și ascundă emoțiile, iar el a râs de ea.

– Geloasă?

— Nu fi ridicol.
— Ei bine, cu cât știi mai puțin...
Ea a oftat, plină de îndoieli. Ce convenabil!
— Vrei să vii la mine?
El a pus întrebarea puțin prea nonșalant pentru gustul ei și a pufnit disprețuitor la sugestia lui.
— Casa ta veche și împuțită de fermier?
El a ridicat din sprâncene.
— Am un loc mai aproape acum. Și ceva mai confortabil. Un pat cu o saltea adevărată și doar vreo doi șobolani drept companie, plus gândacii casei, evident.
Ea s-a uitat la fața lui colțuroasă, mai slabă decât înainte, și l-a înghiontit în coaste.
— Chiar știi cum să impresionezi o fată. În orice caz, nu pot să stau. Mă duc la Santa Cecilia mâine la prima oră cu Sofia.
— Atunci, avem tot restul zilei. O să-ți gătesc.
— Știi să gătești?
El i-a răspuns cu cel mai frumos zâmbet și a luat-o de braț.
— Du-mă la motocicletă!

La noua locuință a lui Marco, Maxine a fost plăcut surprinsă. Doar o cameră, dar măcar erau un pat, o chicinetă și o sofa veche.
— Nu înțeleg de ce nu ești în munți sau în pădure cu restul bărbaților.
— Treaba mea e să fiu la curent cu ce se întâmplă, să țin legătura cu tine și să sporesc rețeaua. Nu sunt liderul unei unități de luptă, sunt un coordonator. Piciorul meu...
A privit în jos.
Dacă era să fie sinceră, uitase de rana lui de la picior în ciuda șchiopătatului și a bastonului cu care umbla.
— Chiar ești rănit?
El a dat din cap.

— Credeam că nu mă mai întrebi. Deși poate ai observat că în intimitate pare să-și revină puțin.

Ea a râs.

— Deci, ce-mi gătești?

— *Spaghetti al pomodoro*. M-am gândit să le facem împreună. Uite, i-a întins el o pungă de hârtie cafenie. Poți să tai roșiile. Dacă nu preferi să zdrobești usturoiul?

— Nu, e în regulă.

El i-a întins un cuțit și s-au aplecat amândoi peste măsuța de lemn care se clătina într-una.

— Îți place să gătești? a întrebat-o el.

Ea a clătinat din cap.

— Nu e pe gustul meu.

El s-a prefăcut șocat.

— Mai bine păstrezi secretul, altfel toți or să știe că nu ești o italiancă adevărată.

— Dar tu? Crezi că sunt o italiancă adevărată?

El a pus cuțitul jos, apoi s-a aplecat peste masă s-o sărute, iar masa s-a clătinat cu putere.

— O să-ți arăt ce fel de italiancă cred că ești.

Ea a râs și s-a tras înapoi, deși i se înmuiaseră picioarele.

— Hai să gătim! Mor de foame.

— Da, să trăiți!

Au terminat de tăiat și el a pus o oală cu apă la fiert, apoi a încălzit uleiul într-o tigaie.

— E important să nu-l lași să facă bulbuci sau să se afume, a spus el și a adăugat cățeii de usturoi zdrobit, apoi roșiile și sarea. O să dureze vreo douăsprezece minute.

— Douăsprezece minute. Câtă exactitate!

— Într-adevăr. Acum fă-te utilă și dă-mi ierburile acelea, a cerut el și a arătat spre altă pungă de hârtie cafenie.

Ea i-a dat punga și el a scos de acolo cinci frunze de busuioc.

— Și pastele?

El a pus sare în oala mare cu apa care dăduse în fiert și a adăugat pastele. În timp ce se găteau, a venit în spatele ei, i-a sărutat gâtul și a mângâiat-o pe sâni. A simțit cum i se întăreau sfârcurile și se împingea spre el în timp ce continua s-o stârnească.

El a râs și s-a întors la plită.

— În regulă, sunt *al dente*.

A scos pastele din apă și le-a adăugat în tigaie ca să se termine de gătit în sosul cald împreună cu frunzele de busuioc.

— Miroase minunat! a spus ea, deși acum abia aștepta să-și smulgă hainele și să uite de mâncare.

— Ei bine, sosul ar trebui pasat, a spus el. Dar nu am sită.

Când au terminat de mâncat, stând pe canapea cu farfuriile în poală, ea i-a zâmbit – era rândul ei să-l tachineze.

— Poate ar trebui să plec acum?

— Să nu îndrăznești.

El a dus farfuriile la chiuvetă, apoi a întins mâna și a condus-o spre pat, unde mai întâi a dezbrăcat-o pe ea, apoi s-a dezbrăcat și el. Sexul devenea din ce în ce mai plăcut și Maxine nu-și putea imagina că va exista o vreme când acest bărbat nu avea să mai facă parte din viața ei. După aceea, au rămas unul în brațele celuilalt.

— Care-a fost cea mai frumoasă perioadă din viața ta, Marco? a întrebat ea, cu ochii neclari și somnoroși.

— În afară de momentul de față?

I-a mușcat ușor urechea și ea a simțit din nou furnicături în corp.

— Vorbesc serios!

— Cred că cea mai magică perioadă a fost când s-a născut nepoțelul meu.

— Nu știam că-ți plac copiii atât de mult.

El a făcut o grimasă.

— Nu sunt sigur dacă îmi plac sau nu. Îmi place *acel* copil.

— Dar vrei să ai și tu copii?

El a oftat.

– Ştiu că am spus cândva că voiam. Dar nu ştiu. Când pierzi un om pe care-l iubeşti – pe care-l iubeşti cu adevărat – nu-l pierzi doar pe el, pierzi şi partea aceea din tine care îl iubea. Rămâne o gaură.

– Vorbeşti despre fratele tău?

El a încuviinţat.

– Cred că s-ar putea să-mi fie teamă că mă voi simţi din nou aşa dacă aş avea copii. Dar tu?

– Dacă vreau copii?

– Nu, spune-mi, când a fost cea mai frumoasă perioadă?

– M-am simţit foarte bine la Londra înainte să vin aici.

– Şi cea mai rea?

– Când am aflat că tata o bătea pe mama.

Deodată, a simţit că-i iau ochii foc şi că începeau să se formeze lacrimile, amintindu-şi de destrămarea subită şi şocantă a imaginii pe care şi-o formase despre tatăl ei. A încercat să se abţină, stânjenită că plângea în faţa lui, dar lacrimile veneau în şuvoaie, tot mai repede, până a ajuns să suspine, să geamă şi să tremure. El a ţinut-o în braţe, murmurându-i vorbe de alinare şi mângâindu-i obrajii până ce lacrimile s-au potolit.

– O, iubirea mea! a spus el şi i-a întins o batistă. Nu-ţi face griji, e curată.

Au trecut câteva minute, apoi ea şi-a suflat nasul, s-a şters la ochi şi pe faţă şi a zâmbit, simţindu-se mult mai uşoară că lăsase să iasă la lumină tristeţea de care se agăţase mult prea multă vreme. Se simţea şi mai caldă pe dinăuntru, mai ales acum că el îi spusese *iubirea lui*. Legătura dintre ei devenise mai intimă ca niciodată şi relaxarea spontană o făcea să uite că exista un război dincolo de cei patru pereţi.

– Ghici ce? a întrebat ea. Miroşi a usturoi şi busuioc.

– Da?

– Dar nu-mi pasă pentru că tu, *signore*, eşti un bucătar al naibii de bun.

El i-a sărutat pleoapele, apoi a făcut dragoste cu ea din nou.

Pe urmă, ea i-a povestit mai multe despre familia ei.

— Mama a fost educată, ca majoritatea femeilor, să-și slujească bărbatul. Așa m-a crescut și pe mine și uneori mă întreb, dacă n-aș fi aflat ce se întâmpla între ei în realitate, dacă aș fi ajuns și eu ca ea.

— Mă îndoiesc, totuși.

— Nu mi-a plăcut niciodată să mă supun bărbaților sau să mă bazez pe farmecul meu asupra lor ca să obțin ce-mi doresc. Bineînțeles, pot să fac toate astea, dar, ca să fiu sinceră, am fost mereu prea slobodă la gură.

— Ca să nu mai spun îndrăzneață, vitează, curajoasă, cum am spus mai înainte.

Ea a zâmbit.

— Asta mi-a adus destule necazuri la școală și în afara ei, la drept vorbind. Unii bărbați par să deteste o femeie hotărâtă. Vor doar să te facă să taci, să te facă mai neînsemnată.

— Le e frică. Se simt amenințați de femeile hotărâte.

— Și tu? Tu te simți amenințat?

El a râs.

— De parcă... Nu, draga mea, dragă Maxine, să nu te schimbi niciodată. Îmi placi exact așa cum ești.

42.

Martie 1944

Sofia se ținea strâns în timp ce Maxine înainta pe drumurile denivelate de pământ pe drumul spre satul părinților ei, în regiunea Rapolano Terme. Când s-au oprit la poalele dealului, a scos sticla de apă și un sandvici pe care să-l împartă. În ciuda temerilor ei, Carla, draga de ea, reușise să pună deoparte câteva felii de salam pentru ele. A luat o gură și s-a uitat în jur la ziua uluitor de frumoasă. Cum primăvara se apropia cu repeziciune, câmpurile erau verde-smarald și câțiva nori argintii și joși pluteau pe cerul de safir. Iarna își încheiase povestea cu ei. În sfârșit. Lumina era azi nespus de clară și totul strălucea. În vreme ce soarele îi încălzea ușor brațele și aerul proaspăt îi umplea plămânii, Sofia se simțea optimistă. Ultima parte a drumului străjuit de copaci până în satul Santa Cecilia era plin de gropi, așa că au decis să meargă pe jos, uitându-se din când în când în urmă la priveliștile peisajului din jur, ajungând în cele din urmă la o poartă impunătoare într-un zid de piatră, cu blazon în vârf.

Maxine era neobișnuit de tăcută, iar Sofia înțelegea că pentru ea era unul dintre acele momente speciale în viață când cuvintele ar fi fost de prisos. Poarta era descuiată și, când au intrat în satul mic și au început să se uite precaute în jur, totul părea nefiresc de liniștit. Nu auzeau decât păsările.

— Crezi că au plecat nemții? a întrebat Maxine în cele din urmă.

— Nu știu. Te-ai aștepta să le vezi mașinile, nu?

Au mers pe sub arcadele de piatră și pe străzile înguste, pe aleile umbroase. Când au ajuns la conac, Sofia nu s-a putut abține și a șoptit că voia să se uite prin ferestrele de la parter, boltite și înșiruite de-a lungul peretelui.

Când s-au apropiat, locul părea pustiu. Sofia și-a lipit nasul de sticla murdară, zărind pereții umezi, tencuiala crăpată, mormanele de gunoaie și mobile răsturnate. Coloanele de marmură aveau nevoie să fie curățate bine, iar frescele de pe pereți nu arătau prea bine. Întorcându-se, a văzut că poarta grădinii atârna în balamale și, când au intrat în grădină, au descoperit că o năpădiseră buruienile. Plantele crescuseră alandala și potecile de piatră erau verzi din cauza mușchilor și lichenilor. Parcă era o grădină fermecată în care puteai să zărești nimfe dansând în lumina soarelui. Nemții ajunseseră aici abia pe la sfârșitul lui septembrie, deci nu avuseseră timp ca să provoace atâtea stricăciuni, dar Sofia și-a amintit apoi că familia fugise deja la Siena, ceea ce explica starea de neglijare.

Se îndreptau acum spre ieșire, cu intenția de a se întoarce în centrul satului, când au auzit o voce poruncitoare.

— Și *ce* anume credeți că faceți în grădina mea? Vă dați seama că încălcați proprietatea?

S-au întors și au văzut o femeie bătrână, cu părul cărunt, îmbrăcată toată în negru, care stătea cu mâinile în șolduri lângă poarta stricată.

Sofia a mers spre ea.

— Îmi pare foarte rău. Poarta era deschisă. Veneam aici înainte... O, dumneata ești!

— Ne cunoaștem? a întrebat femeia, apărându-și ochii de soare și uitându-se la Sofia.

— Sunt Sofia de' Corsi... de la Castello de' Corsi. Îmi pare rău, nu te-am recunoscut la început, dar trebuie să fii Valentina.

Femeia a zâmbit pe jumătate.

– Eu sunt, dar ce cauți aici?

Sofia a arătat spre tovarășa ei.

– Ea e prietena mea, Maxine. A venit să vadă satul din care se trage familia ei. Ei s-au mutat.

– E italiancă?

– Da, sunt, a intervenit Maxine.

– Accentul tău e puțin diferit, a spus Valentina încruntându-se. Care ți-e numele de familie?

– Caprioni.

Valentina a zâmbit acum.

– Ce frumos! Tatăl tău era cel care avea grijă de capre? Știi, cu numele ăsta. Aveam o turmă tare minunată.

– Era fermier, de fapt. Dar s-ar putea ca bunicul meu să fi fost păstor de capre. Mama muncea aici, la conac.

– Și numele ei?

– Luisa.

– Memoria mea nu mai e atât de bună în ultima vreme, dar numele mi-e cunoscut. S-a întâmplat ceva, cred... Ce-ar fi să mergeți la cafeneaua din piață. S-ar putea să fie cineva care să-și amintească.

– E deschisă? a întrebat Maxine. Cafeneaua?

– Am crezut că sunt nemți aici, a adăugat Sofia.

Bătrâna a făcut o grimasă disprețuitoare.

– Doar ce-au plecat... au lăsat dezastru peste tot. Oamenii stau retrași, cei care au rămas, iar unii încă se ascund. Nu ne-a plăcut să împărțim frumosul nostru sat Santa Cecilia cu străinii aceia. Cel mai bine e să vorbiți cu Greta la cafenea. Încercați să bateți dacă nu e deschis.

– Mulțumim. Scuze pentru deranj.

– V-aș invita să intrați, dar e prima dată când am pășit înăuntru de când au plecat. Acum trăiesc în casa din sat.

– Familia dumitale se mai întoarce de la Siena?

– Doar după război.

– Și administratorul moșiei e prin preajmă?

— A fugit când au venit nemții. Vorbise foarte mult împotriva fasciștilor, s-a alăturat comuniștilor, din câte înțeleg, așa că nu mai era sigur pentru el.

— Și dumneata? Ai fost în siguranță?

Era o întrebare cu greutate și Sofia se întreba dacă bătrâna avea să răspundă măcar.

Valentina a făcut o pauză și i-a aruncat o privire seacă.

— Dacă mă întrebi dacă-i susțin pe fasciști, răspunsul e nu. Dar eu știu să-mi țin gura.

Sofia i-a zâmbit și și-au luat la revedere, mergând spre piața centrală.

— Ce crezi că a vrut să spună că *s-a întâmplat ceva*? a întrebat Maxine.

Sofia nu știa ce să spună, așa că a ales să tacă.

Singurul semn care sugera că locul găsit de ele era o cafenea era o masă din fier forjat cu două scaune desperecheate puse în față. Când Maxine a încercat ușa, a găsit-o încuiată, așa că au făcut cum le sfătuise Valentina și au bătut. Câteva clipe, nu s-a întâmplat nimic, dar apoi ușa s-a deschis și o femeie măruntică de vreo patruzeci de ani, cu un șorț enorm, a pășit afară.

— Vreți bere de casă? Sau cafea de cereale?

— Aveți limonadă?

Ea a clătinat din cap.

— Atunci, două cafele, vă rugăm.

A arătat spre masă.

— Luați loc!

S-au așezat și au așteptat, uitându-se la piață. Probabil sătenii considerasără că nu aveau de ce să se teamă de Sofia și de Maxine, fiindcă locul nu mai era pustiu. Trei femeii foarte bătrâne îmbrăcate în negru se adunaseră să stea la bârfă într-un colț și pe una dintre cele patru bănci de fier din mijloc un bătrân cu părul alb moțăia, cu bărbia în piept, în timp ce un copil care, bănuia Sofia, trebuia să-i fie nepot, se juca în jurul gleznelor lui.

Când Greta a adus cafeaua, Maxine a întrebat-o dacă știa ceva despre o familie cu numele Caprioni care plecase în 1910.

Femeia s-a încruntat.

— Eram copil pe vremea aia. Mai bine-l întrebați pe el.

A arătat spre bătrân.

Maxine era pregătită să se ridice imediat.

— Să ne terminăm cafelele, plătim și mergem să-l întrebăm.

Dar Maxine tot s-a ridicat, nerăbdătoare.

— Termin-o tu pe a ta. Eu mă duc să vorbesc cu el acum.

Sofia a privit-o îndepărtându-se și așezându-se pe bancă. Pentru că bătrânul nu s-a mișcat, Maxine a început să se joace mijoarca cu băiețelul. Chicotelile copilului l-au trezit pe bunic și când și-a ridicat fața cu riduri adânci și cafenie ca nucile a dat cu ochii de Maxine. Sofia i-a plătit Gretei și li s-a alăturat.

Mirat să vadă pe cineva pe bancă lângă el, bătrânul a mijit ochii și a vorbit cu un accent puternic și gutural, un țăran get-beget.

— Cine sunteți?

— Îmi pare rău că vă deranjez. Mă numesc Maxine și încerc să găsesc pe cineva care i-a cunoscut pe părinții mei.

— Vorbește mai tare, fată, a spus el. Vrei să-ți găsești părinții, spuneai?

— Nu. Încerc să găsesc pe cineva care poate i-a cunoscut. Au plecat de aici în 1910.

— Păi, de ce n-ai spus așa?

Maxine s-a scărpinat la ureche, întrebându-se dacă avea să scoată ceva de la el.

— Cum se numeau? a întrebat el.

— Caprioni.

Bătrânul a pălit în mod vizibil uitându-se la ea.

— Ești fata lui Alessandro?

Ea i-a zâmbit călduros.

— Da.

Bătrânul i-a luat mâna.

— Tatăl tău mi-a fost cel mai drag prieten. Nu mă așteptam să mai aud vreodată de el.

— L-ați cunoscut?

— O, da, eram mai mare decât el, dar mereu ne-am înțeles bine. Eu lucram la ferma tatălui său și apoi când a devenit ferma lui. O, draga mea, cum au plecat... ce treabă urâtă!

Maxine a rămas mască.

— Ce s-a întâmplat? Am presupus că au plecat pentru că familia era prea mare și pământul nu-i mai putea ține pe toți.

— Așa ți-au spus?

— Da.

— Știi despre micul Matteo?

Maxine s-a încruntat.

— Nu. Cine era?

— Era un băiețel, primul lor născut.

Maxine arăta nedumerită.

— Cred că vă înșelați. N-au avut niciodată un copil cu numele ăsta.

— Înainte să te naști tu. Cu părul blond și creț. Un heruvim. L-au adorat pe băiatul acela.

Vocea i s-a îngroșat și Sofia a remarcat că i se gâtuise, ceea ce însemna că era plină de durere.

— Ce s-a întâmplat cu el? a întrebat ea, iar el a privit-o de parcă abia acum observa că era și ea acolo.

— A fost împușcat.

Maxine a icnit.

— Am avut un frate care a fost împușcat? Cum? De ce? A fost un accident?

— El a spus că a fost un accident. Noi toți știam că nu era așa.

— Cineva a vrut să-l omoare? a întrebat Maxine cu ochii mari de uimire.

Bătrânul a ridicat din umeri.

— Cine știe. Poate a vrut să-l rănească. Avea doar trei ani micul Matteo. O tragedie.

— De ce s-a întâmplat asta? Cine l-a împușcat?

— Toate la timpul lor. S-a întâmplat în spatele hambarului, la ferma tatălui tău. Bărbatul a spus că ieșise să împuște iepuri și că băiatul a luat-o la fugă în momentul nepotrivit.

— Bărbatul a dat alarma?

El a clătinat din cap.

— Așa ar fi trebuit să facă ticălosul. Nu. Mama ta a auzit împușcătura și l-a găsit pe fratele tău.

— Mort?

— A murit puțin mai târziu. A pierdut mult sânge.

— Și de asta au plecat?

— Asta i-a distrus. Ea a plâns săptămâni întregi. Era de neconsolat și le-a fost imposibil să mai rămână. Mama ta știa că Alessandro o să-l omoare pe bărbatul acela dacă mai stăteau, așa că au plecat în America.

— Dar dacă *a fost* cu adevărat intenționat, de ce ar fi vrut omul să omoare un copil?

— Din răzbunare.

— *Dio santo*, răzbunare pentru ce?

— O ceartă în familie. A scăpat de sub control. Nu știu sigur din ce pricină. Nu s-au înțeles de la niște vite. N-aș putea să spun cine a furat și ce, dar pe urmă au început necazurile.

— Și acest om a împușcat un copil pentru asta?

Bătrânul a ridicat iar din umeri.

Maxine s-a uitat în pământ o clipă, apoi a ridicat privirea spre Sofia cu atâta durere în ochi, încât și Sofiei i s-au umezit ochii. Era ca și cum Maxine rămăsese fără energie, iar Sofia descoperea o femeie foarte diferită de cea pe care ajunsese s-o cunoască atât de bine.

— Să mergem, a spus Sofia și a luat-o încet de mână.

Maxine s-a ridicat și i-a mulțumit bătrânului, apoi au luat-o foarte încet spre porți.

— Transmite-i salutările mele lui Alessandro! a strigat el în urma lor.

Maxine nu a răspuns, așa că Sofia s-a întors și i-a făcut din mână.

Au trecut de porțile vechi și au coborât dealul în tăcere până au ajuns la motocicletă.

— Nimic nu a fost adevărat, a spus Maxine, uitându-se înapoi spre sătucul izolat. Viața minunată pe care mi-au spus c-o aveau aici. Nimic nu a fost adevărat.

— S-ar putea să fi fost... înainte.

— N-au spus o vorbă. O vorbă.

— Ar fi fost devastator. Poate au vrut să lase în trecut o tragedie atât de cumplită.

— Acum se explică multe despre felul lor de a fi.

— Vrei să-mi povestești?

Maxine părea împărțită, apoi a spus:

— Tata era violent. N-am știut niciodată de ce.

Sofia s-a uitat la priveliștea din jurul lor, la dealurile domoale și apoi la cerul albastru.

— Îmi pare tare rău.

— Ne întoarcem la mașinăria asta de zdruncinat oase? a propus Maxine după câteva clipe. Până acum, am avut noroc. Fără mitraliere, fără bombe.

Sofia a zâmbit.

— O zi bună, așadar! Să ne bucurăm de ea cât putem.

43.

Furtuna stârnită din senin încă nu se domolise de tot, dar cu o jumătate de oră mai devreme n-ar fi putut s-audă nimic din pricina urletului vântului ce înconjura turnul. Acum, auzind zgomotul de motor, Sofia și James au schimbat priviri neliniștite. Nu putea fi Maxine. Suna mai degrabă a mașină decât a motocicletă și, în orice caz, Maxine plecase deja să se întâlnească cu Marco, în ciuda vremii. Plecase în clipa în care terminase de trimis ultimul raport pentru Aliați.

James a început să strângă în grabă. Au auzit un zăngănit de parcă cineva dădea cu piciorul într-o oală și câinii au început să latre agitați.

– Carla trebuie să fi lăsat câinii să iasă, a sugerat Sofia.
– La ora asta?
– Cel mai bun mod de a ne avertiza.

În ultima vreme, radioul fusese păstrat în pasajele secrete și acum, când vremea era atât de imprevizibilă, erau nevoiți să transmită dintr-un punct mai înalt, așa că aduseseră echipamentul din nou în vârful turnului. I s-a părut c-a trecut o veșnicie până când James a aranjat totul așa încât carcasa să se închidă cum trebuie, iar Sofia urmărea totul neajutorată în timp ce el moșmondea la ceva ce nu se potrivea.

– Repede! Du-te jos și intră în pasajul ascuns, a șoptit el. Lasă-mă pe mine.
– Nu plec fără tine.

Câteva clipe mai târziu, au auzit-o pe Clara făcând și mai mult zgomot în timp ce se certa cu cineva afară în piață, chiar sub turn. Sofia era pe cale să coboare scările cu echipamentul și să intre în pasaj, dar în acel moment James a scăpat o mufă de la radio.

— Rahat!

A înjurat pe înfundate și a început s-o caute, pipăind pe sub masă în patru labe.

— Cred că s-a rostogolit. Las-o.

— Nu pot. Dacă sunt nemți acolo, o s-o găsească și își vor da seama. O să fii arestată.

— E întuneric. N-o să poată vedea ca s-o găsească.

— O să aibă lanterne.

— Ar putea fi refugiați? a întrebat ea. Prizonieri britanici evadați, soldați italieni?

— Care au reușit să facă rost de-o mașină?

În timp ce el continua să caute, ea și-a dat seama că n-o să mai aibă timp să care totul jos, chiar dacă găsea mufa. Așteptându-l, secundele agonizante treceau prea repede.

— *Per Dio*, a șuierat ea când el a găsit-o în sfârșit. Repede! Sus pe scări pe acoperiș.

Scara veche, neregulată și incredibil de îngustă, nu mai fusese modificată de când se construise turnul. James căra cutia mai grea, iar Sofia a luat-o pe cealaltă și s-au strecurat prin deschizătură, abia îndrăznind să respire în timp ce se furișau spre locul unde scările se curbau spre acoperiș. Ușa din vârf era încuiată, așa că nu puteau decât să stea ghemuiți pe ultimele trepte. James nu prea avusese nevoie de ea acolo, doar de Maxine, dar ea abia așteptase să-l revadă. Și-a spus că era din cauză că Lorenzo nu mai venise acasă din ianuarie, iar singurătatea o mistuia, o pătrundea până la oase.

A auzit ușa exterioară care era descuiată și pe Carla vorbind tare în timp ce urca scările și ajungând apoi în camera goală acum.

— Poftim, au auzit-o spunând. V-am spus că nu e aici. Cum am zis, trebuie să fi lăsat eu lumina aprinsă când am făcut curat.

Împinși de teama de a nu fi descoperiți, James și Sofia stăteau și mai înghesuiți unul în altul cu cele două cutii sprijinite pe ultima treaptă deasupra lor. Alunecase materialul de camuflaj? Nu-l prinsese cum trebuia? Așa zăriseră lumina? Îi auzea inima bătând la fel de tare ca a ei. Când a cuprins-o cu un braț, s-a sprijinit de el.

Au auzit un bombănit și apoi foarte clar:

— Unde duce deschizătura aceea?

Kaufmann! Pieptul Sofiei s-a strâns, îngrozită că avea să hotărască să urce după ei. A înțeles pe dată că era posibil să nu-și mai poată stăpâni groaza tot mai mare și că era cât pe ce să-i scape un geamăt. A strâns din buze cât de tare a putut. James o ținea nemișcată și i-a acoperit gura cu mâna.

— Duce pe acoperiș, au auzit-o pe Carla. Ușa de sus e încuiată mereu și nu am cheie. Nimeni nu urcă acolo de teama bombardamentelor.

— Cu toate astea, o să investighez când termin aici.

În afară de zgomotul făcut de neamțul care cotrobăia, s-a făcut liniște pentru o clipă. Sofia și-a mușcat obrazul și s-a concentrat pe gustul sângelui.

— Petrece mult timp aici sus? întreba Kaufmann. Aș fi zis că e prea frig să picteze.

— Fiica mea i-a împletit niște mănuși fără degete.

Sofia simțea că o să-i iasă sufletul din piept așteptând. Așa se simțea un atac de cord? Aceeași lipsă de control. Sentimentul că ești împotmolit și neajutorat în timp ce pulsul creștea nebunește și soarta gonea inexorabil mai aproape. Erau condamnați. Știa asta. Probabil o știa și James. Și totuși, în ciuda fricii, a observat o furie tremurătoare, fumegândă, crescând în ea.

— E vreun bec pe scările spre acoperiș? a spus Kaufmann.

Ea și-a ținut răsuflarea și a numărat în gând. *Unu, doi, trei, patru, cinci*. Asta era.

– Nu, a răspuns Carla.

O clipă mai târziu, au auzit o motocicletă venind, urmată de un claxon care răsuna repetat. Sofia se ruga să nu fie motocicleta lui Maxine și să-și fi respectat planul de a nu se întoarce până dimineață.

– *Verdammt noch mal!*[1] a înjurat Kaufmann. Du-mă jos! Nu vreau să-mi rup gâtul pe întuneric.

– Mi-aș dori *să-ți rupi* gâtul, a murmurat Sofia inaudibil, apoi și-a ținut respirația. Câteva clipe mai târziu, auzind cum se încuia ușa de la turn, s-a simțit amețită de o ușurare cum nu mai trăise vreodată. Scoțând aerul afară din plămâni, o senzație puternică de eliberare i-a străbătut corpul: un val seismic s-a dezlănțuit în ea.

– Uf! a spus el. A fost mult prea aproape.

Ea a înghițit de câteva ori înainte să poată vorbi.

S-au îmbrățișat îndelung în timp ce inimile începeau să bată mai încet și bucuria de a fi scăpat prelua controlul. Răsuflarea lui îi era caldă pe față și buzele i-au atins fruntea, apoi a sărutat-o încet. Pe urmă s-a oprit și a plecat capul, ca și cum voia s-o sărute pe buze. Ea a întors capul ezitând, simțind că dorea ceva ce n-ar fi trebuit să simtă.

---

[1] „Fir-ar să fie!" – în lb. germană în original (n. tr.).

44.

O săptămână mai târziu, Sofia s-a mirat de sosirea lui Schmidt, care a fost condus în salonul mare de Anna.

– Contesă... Sofia, sper că-mi îngădui familiaritatea de a-ți spune pe nume.

A venit spre ea, întinzând mâna.

Ea a strâns-o.

– Sigur că da. Pot face ceva pentru dumneata?

El s-a dus la fereastră și s-a uitat afară înainte de a se întoarce spre ea cu o privire atât de înfrântă, încât a prins-o neprăgătită. Părea sleit și asta o nedumerea.

– De fapt, de data asta, e vorba despre ce pot face eu pentru dumneata.

– Serios?! a întrebat ea, probabil arătând la fel de surprinsă pe cât se simțea.

– Este destul de delicat.

– Ah?

El a început să dea roată încăperii și, deși rămânea tăcut, era vizibil tensionat. Se putea vedea în poziția mâinilor, a umerilor, în atitudinea îngândurată.

– Comandante Schmidt, s-a întâmplat ceva?

El s-a uitat o clipă la picioare.

– Klaus. Numele meu e Klaus. Și pe soția mea o cheamă Hilda.

Ea și-a înclinat capul.

– Înțeleg.

Numai că, bineînțeles, nu înțelegea nimic. De ce venise și ce naiba se întâmpla?

– Aveți o priveliște tare frumoasă aici, a spus el, apoi i-a aruncat o căutătură intensă, deconcertantă. Regret că v-am tulburat cu prezența noastră aici.

Era rândul ei să rămână tăcută.

– Dar acum știu de ce sunt capabili. Înțelegeți?

El părea să stea în echilibru pe un fir foarte subțire, așa că ea încerca să-și ascundă nedumerirea.

– Ei?

El a clătinat ușor din cap, cuprins de îndoială.

– Noi.

Era ciudat. Era un bărbat nefericit și fragil. Nu-l mai văzuse niciodată atât de abătut.

– Ascultă, nu știu sigur și nici nu am detalii. Sunt aici să-ți spun că e posibil ca voi să deveniți „persoane de interes". În scopul supravegherii.

Ea s-a dat în spate, simțind un val de căldură și gândindu-se la Florența.

– Eu? De ce eu?

– Nu, nu, a intervenit el. Să clarific. Nu atât dumneata, cât familia dumitale. Probabil.

Și-a dus mâna la inimă.

– Nu înțeleg. Ce vrei să spui? E vorba de Lorenzo? Tata? Mama?

– Crede-mă, regret că nu pot fi mai clar. Nimic nu e sigur și nu spun că *dumneata* ești în pericol. Dar, desigur, este posibil ca ei să...

Din nou cuvântul acela, *ei*. Se distanța de naziști?

– Voiam să te previn și să spun...

– Ce? Să spui ce? l-a întrerupt ea.

— Dacă este ceva, absolut orice, ce ai dori... Ah, nu prea știu cum să formulez... Dacă se întâmplă ceva, cum ar veni, la Castello. Înțelegi? Ceva nepotrivit, adică. Trebuie să fii cu ochii-n patru.

Gândurile i se învârteau în cap.

— Bineînțeles, a reușit să spună.

— Și acum trebuie să plec. Mă întorc la Berlin, așa că ne luăm adio.

— O, înțeleg. Când pleci?

— Mâine. Voiam să vorbesc cu dumneata mai întâi, dar acum trebuie să plec.

Ea a respirat adânc și și-a recăpătat echilibrul cât de cât, deși inima încă îi bubuia îi piept.

— Ei bine, mulțumesc, comandante Schmidt.

— Klaus.

Ea a încuviințat.

— Dar adevărul este că nu e nimic îngrijorător aici.

S-au uitat unul la altul.

— Mă bucur să aud. Mi-aș dori să vă fi întâlnit pe dumneata și pe Conte într-un moment mai fericit.

A pocnit din călcâie și a luat-o spre ușă, apoi s-a întors s-o privească.

— Eu și soția mea suntem o familie, știi? Una mică, dar o familie. Ca dumneata și soțul dumitale.

Și a dat ușor din cap înainte să închidă ușa după el.

— Sunt recunoscătoare că ai venit, a strigat ea, neștiind dacă o auzise sau nu.

În a doua săptămână din martie, Sofia a deschis ușa din spate și i-a găsit pe Marco și pe James sprijinindu-se de pereții verandei înguste.

Le-a făcut semn să intre.

— Repede! Mulțumesc că ați venit.

James i-a zâmbit.

— Am stat de pază. Nu m-a văzut nimeni.

– Asta e bine. Rămâi la prânz?

S-a uitat la Marco, care se uita în jos la picioare.

– Și tu, Marco, dacă vrei.

El a clătinat din cap și și-a mutat greutatea de pe un picior pe altul.

– De fapt, aș vrea s-o găsesc pe Maxine.

– E pe aici, pe undeva. Poți să-i spui că e gata prânzul.

– Mă duc să văd.

– Înainte de asta, voiam să-ți spun că un prieten de-ai noștri ne-a sunat să ne dea veștile.

– Și?

– Aliații bombardează Roma. Și Florența, din nou. Se pare că nemții nu o să apere Roma; a aflat de la un membru din guvern.

– Dar o să păstreze defensivele din jurul Romei? a întrebat Marco.

– O să blocheze drumurile, dar informațiile spun că plănuiesc să formeze până la urmă o linie puternică de apărare la nord de Florența, peste munții Apenini.

– Ceea ce înseamnă că ei consideră că Roma și Florența *vor fi* eliberate, a spus Marco.

– Bravo, la naiba! a zis James. Îmi pare rău de bombardamente, chiar regret. Dar presupun că nu se poate altfel.

Sofia nu era sigură ce să spună și s-a întors să vorbească cu Marco.

– Maxine e pe undeva pe afară, cred. Nu prea mai e nimeni pe aici. Spune-i că-i păstrez niște supă.

Marco a dat din cap și i-a lăsat singuri.

– Vrei supă, James?

El a zâmbit în felul acela cald și deschis și i-a zâmbit și ea. Pe urmă, asaltată deodată de senzația de disconfort față de prezența lui, a traversat holul, de-abia așteptând s-o urmeze.

Cât a ținut masa de prânz, pe care au luat-o la bucătărie cu Carla – Gabriella mânca în camera ei – Sofia abia dacă a scos un cuvânt. Carla părea nedumerită de atmosfera tensionată, iar Sofia își simțea inima sfâșiată. Lorenzo nu mai ținuse legătura cu ea de câteva săptămâni și era cumplit de îngrijorată, mai ales de la vizita ciudată a lui Schmidt. Nu înțelegea de ce Lorenzo nu putuse să ia legătura cu ea deloc și, cu toate că știuse că avea să fie plecat mai multă vreme, nu se așteptase la asta. Iar acum, iată-l pe James uitându-se la ea cu fața umbrită și cu îngrijorare în ochi. Îi venea să plângă.

Și Carla o privea atent, dar se încrunta.

– Abia dacă ai ciugulit ceva.

Sofia s-a uitat la castronul cu pâine și supă de usturoi.

– Cred că mi-a pierit pofta.

Carla a țâțâit nemulțumită.

James și-a tras scaunul în spate.

– Ei bine, ar trebui să plec. Mulțumesc foarte mult pentru prânz.

Sofia s-a uitat la el în vreme ce se ridica și a simțit că se înroșește la față când a spus:

– Nu pleca. Mai ține-mi puțin companie în grădină.

El a acceptat și Carla a strâns masa.

– De fapt, ai vrea să ne plimbăm în pădure? a întrebat ea, nevrând să încurajeze bârfele din sat. Ne ținem la adăpost dacă mergem doar pe potecile care înconjoară zidurile.

– Bună idee!

El s-a uitat pe fereastră.

– Deși se pare că vine ploaia.

– Ia una dintre hainele de ploaie de rezervă când ieși. Îmi place să mă plimb prin ploaie. Ție nu?

Când au trecut de ziduri și au luat-o pe potecă, au mers în tăcere.

Pădurile umede erau înfrunzite și învăluite într-o lumină stranie ce dădea senzația misterioasă de atemporalitate. În acești codri străvechi, aproape că puteai să crezi în zâne ale pădurii sau elfi care trăiau în scorburi de copac. Îi plăcea să se gândească la alte lumi care existau în jurul ei, dar când a auzit păsările jucându-se în copaci și viețățile ce alergau pe sub arbuști, a râs de ea însăși. Aici era o *altă lume*.

El o privea derutat.

– Ce-i atât de amuzant?

– Scuze. Nu e mare lucru. Doar îmi imaginam zânele pădurii.

Ochii lui s-au luminat și a zâmbit.

– Îmi place asta. Aproape că uiți de război.

– Crezi că se va termina în curând?

El și-a umflat obrajii și a scos aerul din plămâni.

– Sper că da. După ce-i alungăm din Florența, războiul nu se va termina, dar se va încheia pentru tine.

– Pentru mine?

– Pentru toți cei din jur, vreau să spun.

– A venit Schmidt să mă avertizeze, știi, înainte să plece. Cel puțin, cred că a fost un avertisment. Mi-a dat de înțeles că familia mea ar fi sub observație. Și n-am mai primit de mult nicio veste de la ei, de la mama și tata sau de la Lorenzo.

James s-a oprit un moment. A prins-o de mână și ochii ei s-au umplut de lacrimi, dar nu și-a retras mâna.

– Nu suport să nu știu dacă au pățit ceva... sau... mai rău.

Vocea îi tremura și câteva lacrimi au început să cadă.

– Încearcă să nu te gândești la ce e mai rău. Știu că e greu.

El a strâns-o în brațe o clipă, până ce ea a reușit să se adune. Apoi a făcut un pas în spate, oprindu-și lacrimile.

– E mai bine acum? a întrebat el.

Ea și-a șters umezeala de pe obraji cu palmele și a dat din cap.

– Uite, voiam să-mi cer scuze pentru seara trecută. M-a luat valul...

– Nu e nevoie.

El a început din nou să vorbească, dar ea l-a întrerupt.

– James.

S-a uitat în ochii lui albaștri și frumoși.

– Sunt o femeie măritată care-și iubește soțul foarte mult și acum mă simt ca naiba.

A urmat o tăcere scurtă, iar aerul dintre ei devenea mai dens și, privindu-se ochi în ochi, a văzut bărbatul bun și cuviincios care era. Singur, la fel ca ea. Dar pe urmă s-a întors cu spatele. Era prea aproape. *El* era prea aproape.

– Înțeleg, a zis e în cele din urmă.

Cu un nod în gât, s-a uitat din nou la el.

– Vreau să știi un lucru, a început el.

Ea i-a făcut semn să se oprească.

– Nu! Te rog, nu!

A urmat un moment scurt și inconfortabil de tăcere.

– Dă-mi voie să spun că ești cea mai frumoasă și mai bună femeie pe care am cunoscut-o vreodată. Dacă lucrurile ar fi stat altfel...

– *Dacă* este un cuvânt prea mare.

– Ai dreptate.

Au mai mers câțiva pași și ea a oftat adânc.

– A fost un oftat din inimă, a zis el.

– Nu știu. Totul e din inimă zilele astea, nu-i așa?

S-a oprit, întrebându-se cum să pună problema.

– Nu mai știu cum să gândesc. *Tu* ce faci când te-ai săturat?

– Săturat de ce? Nu de viață, evident. Nu la asta te referi?

– Nu. Nu cred. La război, vreau să spun. Când mă gândesc la câștigarea războiului, mă întreb dacă mai contează asta când au murit atâția oameni.

El s-a încruntat.

– Nu poți să te gândești așa.

– De ce nu?

– Nu rezolvi nimic.

– Gândurile trebuie să rezolve mereu ceva?

S-a auzit un tunet neașteptat și ea a zâmbit ușor când a început ploaia.

– E Dumnezeu care-mi spune să merg acasă, a spus ea.

– Cred c-ar fi mai bine să grăbesc pasul.

– Da, a răspuns ea și i-a atins mâinile ușor, apoi a grăbit pasul.

Acasă, Maxine aștepta neliniștită, trasă la față. A îndemnat-o pe Sofia să vină în salon cu ea.

– Ce s-a întâmplat? a întrebat Sofia. Credeam că ești cu Marco. A venit să te vadă.

– Marco a plecat. A sunat cineva.

– Da?

– Mama ta. I-am spus că nu lipsești mult, dar a spus că i-ar fi greu să mai sune o dată.

Un presentiment îngrozitor a copleșit-o pe Sofia.

– E vorba de tata?

Maxine a tăcut o secundă.

– Spune-mi!

– De Lorenzo.

– Lorenzo.

Sofia a icnit și capul a început să i se învârtă.

– A murit?

Maxine a întins mâna.

– Nu, nu a murit. Nu. A dispărut.

Sofia se uita șocată la ea. Ce însemna asta?

– Plănuise să treacă pe la părinții tăi, spunea mama ta, le-a spus și data exactă, dar n-a mai apărut. Au așteptat și au așteptat, dar în cele din urmă au fost nevoiți să meargă mai departe. Nimeni nu l-a văzut de aproape o lună. Nici la biroul lui nu știe unde e. Nimeni nu știe.

– Probabil că e nevoit să călătorească în legătură cu serviciul, urmărește deplasarea proviziilor de alimente, verifică silozurile de cereale, depozitele și așa mai departe.

Deși Sofia voia să creadă asta, știa că se agăța de detalii. Dacă el chiar asta făcea, ar fi putut s-o sune.

– De la biroul lui au spus că nu e în călătorie de serviciu, a continuat Maxine. Pur și simplu, a dispărut. A dispărut și ofițerul german cu care călătorea.

A urmat un moment scurt de tăcere în care Sofia s-a uitat lung la Maxine.

După câteva clipe, Maxine a întrebat:

– Te gândești la același lucru la care mă gândesc eu?

Sofia s-a lăsat pe spate pe sofa. Îi povestise lui Maxine despre vizita ciudată a lui Schmidt. De bună seamă, avea legătură cu ceea ce-i spusese el.

– Te referi la avertismentul lui Schmidt?

Maxine a dat din cap, apoi a venit lângă ea pe sofa. Prinzând-o pe Sofia pe după umeri, a ținut-o strâns. Deodată, lacrimile pe care Sofia și le reprima au început să curgă și de data asta nu le-a mai pus frâu. Tristețea pricinuită de moartea lui Aldo, oroarea celor întâmplate la Florența, sentimentele care se nășteau pentru James, dar, mai presus de toate, devastarea și jalea înfiorătoare provocate de gândul la soțul ei preaiubit. Au lovit-o ca fulgerul. Ce însemna el pentru ea. Și i-a mulțumit lui Dumnezeu că nu se întâmplase nimic mai mult cu James. A făcut un pact în gând cu Atotputernicul să nu mai dezamăgească vreodată pe cineva, apoi a șoptit:

– Ține-l în paza Ta pe soțul meu. Fă să fie în viață. Te rog, nu-l pedepsi pe el pentru ce eu am vrut să fac doar în treacăt. Îngăduie-i lui Lorenzo să se întoarcă la mine. Te rog.

45.

Sofia a visat că zboară, planând sus deasupra munților în sud, cu ochii ațintiți pe câmpuri, la satele de pe culmi și la fermele din vale. Apoi a plonjat doar pentru a se înălța din nou sus pe cer deasupra norilor, unde totul strălucea albastru și pașnic. Și unde ea plutea în adierea vântului. Plana liberă. Despovărată. Imaterială. Dezbărată de tot. Când s-a trezit, avea obrajii uzi.

– Lorenzo! a șoptit. M-ai făcut să mă simt fericită în pielea mea, fericită în toată viața mea, de fapt, și acum simt că sunt în derivă. Nu plutesc liberă ca în visul meu. În schimb, am senzația cumplită că rătăcesc prin aer și cu desăvârșire singură. Fără tine, pustiul ăsta îmi sălășluiește în suflet.

Trecuse o săptămână. Contactase toate spitalele, devenise o sursă de iritare permanentă pentru prietenii și cunoștințele ei, făcuse tot ce-i trecuse prin minte ca să-l găsească. Și nimic nu fusese ușor. Conștientă că liniile telefonice erau deseori ascultate, foloseau un cod ciudat. Dar nu primea nicio veste. Oare zăcea mort într-un șanț, ucis de bombardamentele Aliaților? Sau era ceva și mai rău de atât? În toiul nopții, s-a trezit urlându-i numele, chiar dacă era doar în mintea ei.

S-a ridicat în capul oaselor în pat și apoi, după câteva minute, s-a dus la fereastră, unde a deschis obloanele fiind întâmpinată de ziua frumoasă de început de primăvară. Dar vremea bună nu se potrivea cu starea ei de spirit. S-a întors de la fereastră când a auzit-o pe Maxine intrând în cameră. Fusese un înger păzitor în perioada asta grea, încurajând-o pe Sofia să mănânce, să se spele și având mereu idei noi despre cum să-l caute pe Lorenzo.

— Am adus cafea, a spus Maxine și, mișcată de compasiunea ei, Sofia a plecat capul o clipă ca să-și alunge lacrimile înainte de a-și ridica iar privirea.

Camera era cufundată în tăcere, dar Maxine o privea cu milă și înțelegere. Nu era nevoie să spună o vorbă.

Sofia a luat cafeaua oferită și s-au așezat amândouă la fereastră.

— Trebuie să plec, a anunțat Sofia. La Roma.

Maxine a luat-o de mână.

— M-am gândit la asta. Lasă-mă pe mine să mă duc. Lasă-mă să văd dacă pot să-l găsesc pe Lorenzo. Să fiu sinceră, nu ești într-o stare prea bună.

— Ar trebui să mă duc eu.

— Mama ta mi-a dat parola pe care s-o folosesc.

— Poftim, la telefon?

Maxine a clătinat din cap.

— Da. Ieri. Când tu dormeai. Mi-a dat indicii și a cam trebuit să ghicesc, dar îmi dădea de înțeles că eram pe calea ceea bună. Ea nu vrea să te duci, Sofia.

— O să te întâlnești cu ea? Să te asiguri că e totul în regulă?

— Bineînțeles, o să-i văd pe părinții tăi și o să fac tot ce pot să aflu ce s-a întâmplat cu Lorenzo.

Sofia a strâns-o de mână.

— O să ai grijă de tine?

Maxine a dat din cap.

— Am vorbit deja cu Marco despre asta. O să vină și el. Are persoane de legătură la Roma. Dacă ne poate ajuta cineva, atunci acela e Marco.

Sofia a privit-o în ochi și a descoperit că erau umezi.

— Mulțumesc, Maxine, pentru tot.

– Pentru asta sunt prietenii. Și tu ai face la fel... Acum, gata cu asta. Să vedem dacă are Carla ceva de mâncare pentru noi. Sunt lihnită.

Sofia a zâmbit.

– Mereu ești.

– Și *tu* trebuie să te mai îngrași puțin. Haide!

– Vin după tine. Am nevoie de un minut.

După ce a ieșit Maxine, Sofia s-a întrebat cum s-ar fi descurcat fără ea. Carla era acolo, bineînțeles, bună, generoasă, grijulie, dar tot exista diferența dintre statutul lor relativ care putea să le stea în cale chiar și acum. Era profund recunoscătoare pentru compania lui Maxine.

46.

Roma

Maxine a observat că bombardarea „Cetății Eterne" a Romei fusese deja extinsă și a descoperit în scurt timp că raidurile aeriene continuau noapte de noapte. Oamenii spuneau că americanii jucaseră un rol esențial în distrugerea Romei, dar devenea foarte clar că nu aceeași părere era împărtășită și de Cabinetul Britanic de Război. Devenit acum un loc periculos, alesese să ajungă noaptea în toiul bombardamentului intens, al lipsurilor nenumărate și al brutalității crescânde. Bătrâni și tineri deopotrivă erau arestați permanent prin decretul „Noapte și Ceață" al lui Hitler, care dicta că oricine era considerat ca fiind o primejdie la adresa siguranței germanilor putea fi arestat și împușcat sau răpit în secret la adăpostul întunericului. În plus, toți bărbații apți sub șaizeci de ani erau reținuți pentru muncă silnică. Aerul orașului era uleios, îmbibat de fum și îi lăsa depuneri de praf în nări. Și umed, chiar și în martie, iar pericolul te putea pândi la tot pasul, zi și noapte. Maxine călătorise drept în inima iadului.

Regimentele germane mărșăluiau neîncetat; bombele cădeau fără oprire. Soldați cu căști de oțel și înarmați cu puști stăteau de pază la fiecare clădire și colț de stradă împrejmuit de cordoane. În iulie, cu un an înainte, Aliații atacaseră stația de mărfuri San Lorenzo și oțelăria, dar districtul rezidențial intens populat fusese de asemenea distrus și mii de cetățeni muriseră. Acum se întâmpla din nou.

Ea și Marco veniseră cu trenul pe unde se putea circula și reușiseră să parcurgă pe jos restul drumului.

Acum Maxine se îndrepta spre cea mai recentă adresă a părinților Sofiei, Elsa și Roberto Romano. În timp ce mergea, se gândea la propria ei familie, la ce se întâmplase cu fratele de care nu știuse nimic și cum trebuia să-i fi afectat pe părinții ei. În afară de izbucnirile violente, tatăl ei nu dăduse dovadă niciodată de emoții sau sentimente puternice, iar ea și-a dat seama că probabil trăise doar din inerție. Cum putea cineva să trăiască normal după pierderea unui copil în chip atât de tragic? Latura arțăgoasă a mamei ei existase dintotdeauna, de parcă o domina un resentiment tăinuit. Maxine nu știuse ce anume era, dar mama ei nu putuse niciodată să se abțină să o împungă pe fiica ei, la modul figurat. Uneori, Maxine își dădea seama că se întâmpla asta abia când momentul era deja consumat și era prea târziu să mai pună întrebări sau să se răzbune. Învățase să-și scoată spinii din carne și să nu sufere prea multă vreme. Împrejurările îngrozitoare ale morții primului lor fiu explicau multe, dar își dorea ca părinții ei să-i fi spus adevărul.

A oftat adânc și a mers mai departe. Într-un oraș plin de oameni înfometați și fără adăpost, Marco avea să ia legătura cu o echipă de partizani din zonă, sperând să găsească un loc sigur în care să stea. Primul refugiu al lui Maxine și Marco fusese atacat în a doua noapte de ședere, cu câteva minute înainte de a ajunge acolo, așa că dormiseră într-o dependință nefolosită aproape de gara mare, alături de vagabonzi și cerșetori din satele distruse de bombardamente. Chiar și cei care aveau case le părăsiseră de teama de a fi identificați și arestați, ceea ce nu era tocmai surprinzător având în vedere afișele înfiorătoare de propagandă nazistă lipite peste tot. Oamenii trăiau acum în adăposturi antiaeriene sau în pivnițele abjecte ale clădirilor guvernamentale aproape de canalizări sau, dacă aveau noroc, în case abandonate și reci.

Ziua, îi vedea înghesuiți pe treptele bisericilor, oameni cenușii și fantomatici a căror speranță murise odată cu familiile lor.

Ea și Marco urmau să se întâlnească la o cafenea micuță mai târziu, un bar „în picioare" ca la Caffè dei Ritti din Florența, a spus el. Sugerase în glumă și că ar trebui să se întâlnească la Caffè Greco pe Via dei Condotti, cel mai vechi bar din Roma, dar ea pufnise, imaginându-și toți ofițerii nemți de acolo. Zilele de îndrăzneală se sfârșiseră.

Avea umerii gârboviți de epuizare, dar, hotărâtă să nu cedeze, mergea în grabă prin Roma cu ochii în patru. Foarte puțini oameni se plimbau pe străzile tăcute, presărate cu moloz, deși se formau cozi lungi în jurul fântânilor publice. Când a întrebat, i s-a spus că locuințele private nu aveau apă, dar puteai s-o cumperi la prețuri umflate de la cărucioarele de pe străzi. Nu se găseau nici motorină, nici cărbuni, nu erau nici autobuze, deși mai circulau câteva tramvaie. A zărit cozi în fața unei băcănii sau două, dar prețurile exorbitante pentru niște resturi pe care le mai puteai cumpăra nu meritau bătaia de cap. „Poți să iei supă de la Vatican", i-a spus cineva. Dar supa era ultimul lucru la care se gândea ea. A trecut pe lângă un grup de copii cu burțile umflate, îmbrăcați doar în niște zdrențe și i s-a strâns inima la vederea lor. Dându-și părul după urechi, și-a tras baticul decolorat pe cap și l-a înnodat sub bărbie. Nu era cazul să iasă în evidență. Roma era mai înspăimântătoare acum decât în noiembrie, când fusese aici ultima dată.

După ce s-a convins că identificase în sfârșit clădirea corectă, un bloc cu trei etaje, a ezitat. Doar nu locuiau oameni aici? Vopsea scorojită, crăpături în zigzag până la acoperiș și o bucată parțial demolată confirmau că fusese lovită de o bombă a Aliaților. O scară interioară urca pe un perete acum căscat obscen spre aer. Și-a croit drum printre dărâmături, a intrat pe ușa deschisă, a găsit apartamentul șase și a bătut. A fost întâmpinată de un zgomot de ceartă, o voce stridentă de femeie căreia îi răspundea un bărbat aspru și tot mai nervos. A așteptat și în cele din urmă ușa a fost dată de perete de o femeie voinică, roșie la față, cu părul creț și vâlvoi.

– Ce e? a urlat ea și a făcut un pas înapoi să țipe din nou la bărbat.

Maxine s-a încordat, frustrată.

– Îi caut pe Elsa și Roberto.

– Nu e nimeni aici cu numele astea.

– Un bărbat și o femeie mai în vârstă. Locuiau pe Via del Biscione.

– Aha!

Femeia roșie la față s-a oprit.

– Dar de ce ți-aș spune ție? Cine ești tu?

– Trebuie să spun că *am vești despre Gabriella*.

Femeia a mijit ochii de parcă încerca să se decidă.

– Foarte bine. Au plecat în sud în orașul Trastevere.

– Aveți o adresă?

Femeia a ridicat din umeri.

– De unde să știu eu? Întreabă la Bazilica Santa Cecilia.

Maxine i-a mulțumit și a refăcut traseul înapoi pașii după care s-a îndreptat spre malul vestic al Tibrului. A traversat râul pe la Ponte Garibaldo și pe pod s-a întors să se uite la sinagogă. Ce se întâmplase în ghetoul evreiesc a îngrozit-o din nou. Fusese în octombrie, a doua zi după ce venise. Se uitase cu ochii mari de groază cum bărbații, femeile și copiii fuseseră forțați să iasă din labirintul pavat al ghetoului evreiesc suprapopulat și împinși ca pe vite în camioanele care așteptau. Paraziți, așa îi numiseră naziștii. Zvonurile circulau din abundență, dar Dumnezeu știe unde fuseseră duși. Acum, casele cu ferestrele zidite erau poate și mai înfricoșătoare decât înainte. Acestea erau camerele improvizate de tortură ale Gestapoului unde sufletele erau distruse înainte ca trupurile să fie măcelărite.

În scurt timp, și-a găsit drumul către districtul Trastevere, vechi de câteva secole și locuit de clasa de mijloc, și a mers pe străzile înguste și pietruite, surprinsă de clădirile încă viu colorate unde, în ciuda războiului, iedera se cățăra pe ziduri și balcoanele își arătau deja primele flori ale mușcatelor curgătoare. După ce a întrebat o dată sau de două ori, a găsit cu ușurință Piazza di Santa Cecilia și biserica catolică pe care o menționase femeia. Un preot în vârstă stătea lângă ușă și vorbea cu o fată tânără, prost îmbrăcată și vizibil înfometată. După ce a găsit o bucată de pâine pentru ea și fata și-a îndesat-o în gură și a fugit, Maxine s-a apropiat de el și a spus propoziția despre care Elsa promisese că avea să funcționeze.

— Am vești despre Gabriella.

El s-a ridicat încet în picioare.

— Și pe cine cauți?

— Un cuplu în vârstă, Elsa și Roberto.

— S-ar putea să știu despre cine vorbești. Încearcă la Via Giulio Cesare Santini. Nu e departe.

Și a îndrumat-o în direcția corectă.

— Ia-o la stânga și din nou la stânga. Încearcă la casa dinainte de colțul cu Via Zanazzo Giggi.

Maxine a făcut cum i s-a spus și a găsit casa în câteva minute. Fusese zugrăvită într-o nuanță bogată de teracotă la un moment dat în trecutul ei, dar acum, când vopseaua se scorojea și ușa din față se încovoia și se albea de uscăciune, părea foarte dărăpănată. A ciocănit și a așteptat. După câteva clipe, un bătrân adus de spate cu o expresie neliniștită a deschis ușa foarte puțin și s-a uitat la ea.

— Da?

— M-a trimis preotul.

— Și cine ești?

— Massima. Îi caut pe Elsa și Roberto.

El a clătinat din cap.

— Am vești despre Gabriella.

El a deschis ușa mai larg.

— Ești singură?

— Bineînțeles.

El a măsurat-o din cap până-n picioare.

— Ești doctoriță? a adăugat el mai mult sperând decât așteptându-se la asta.

Ea a clătinat din cap.

El a ridicat din sprâncene și a suflat aerul în afară, apoi i-a făcut semn să-l urmeze prin vizuina de iepure din spatele casei. În cele din urmă, au ajuns la ușa din spate a altei casei, pe care el a deschis-o și a împins-o înaintea lui.

— A doua ușă pe dreapta, a spus el și a lăsat-o singură.

Ea a ciocănit ușor în ușa maronie decolorată.

O femeie a deschis-o cu prudență.

— Da?

— Am vești despre Gabriella, a șoptit Maxine.

— Nu mai spune nimic. Intră.

Cu draperiile trase, camera era întunecoasă, iar aerul mirosea a mucegai. La început, Maxine nu l-a observat pe Roberto zăcând în pat în colț, sub o pătură subțire, dar când l-a văzut a făcut un pas în spate de uimire.

— O, îmi pare rău. Nu mi-am dat seama.

El nu a vorbit, dar a tușit cu întreruperi.

— Are o infecție pulmonară, atâta tot, a explicat Elsa, uitându-se la fața șocată a lui Maxine.

Dar Maxine înțelegea că o tuse atât de aspră paloarea lui înfiorătoare sugerau că e ceva mai grav.

— Arată tare slab. Și palid.

— *Sunt* aici, a spus el, apoi a împroșcat cu salivă.

Elsa i-a ignorat comentariul.

— Ea e Maxine. Îți amintești de ea?

— Desigur, a mormăit el. Nu e nimic în neregulă cu creierul *sau* cu ochii mei.

Elsa a ridicat din sprâncene, apoi a zâmbit întristată.

— Câteodată e țâfnos.

— Dar de ce sunteți aici... și trăiți așa?

Maxine s-a uitat în jur. Era o chiuvetă crăpată în colț, scândurile podelei erau neacoperite și o moviliță de cearșafuri roase se aflau pe unicul scaun de lemn sprijinit de perete.

– Nu e atât de rău... avem o lampă cu gaz.

Ea a dat alene din mână către lampa de lângă chiuvetă.

– Chestia e că cineva a divulgat numele lui Roberto. Nu știm cine, dar naziștii știu că el e unul dintre cei responsabilii pentru ascunderea tiparniței. Îl tot caută. Nu îndrăznim să stăm într-un singur loc mai mult de câteva zile.

– Și cum reușiți să vă mutați? Am auzit că sunt lunetiști la pândă.

– E dificil. Fascist, nazist sau partizan. Nu știm niciodată cu cine avem de-a face. Iar represaliile nemților vin tot timpul pentru orice, oricât de mărunt ar fi un lucru. Te împușcă de cum se uită la tine.

– Dumnezeule mare, trebuie să vă scoatem din Roma! Aveți documente false?

– Preotul ne-a promis c-o să ne dea. Ar trebui să ajungă aici mai târziu azi. Dar nu trebuie să-ți faci griji, suntem în regulă. Ne ajută oamenii. Acum, te rog, spune-mi ce face Sofia?

Maxine și-a plecat capul o clipă, apoi a răspuns.

– E tulburată de dispariția lui Lorenzo.

– N-am primit vești de la el, dar mă tem de ce-i mai rău.

– Aveți vreun motiv?

Ea a clătinat din cap.

– Nu, dar când cineva dispare atât de brusc și fără urmă, întotdeauna ne temem de ce-i mai rău.

– Uite, trebuie să mă întâlnesc cu un prieten în scurt timp. Vreau să vă ajut pe amândoi să ajungeți la loc sigur. Sofia nu m-ar ierta niciodată dacă v-aș abandona aici. Așa că vă las acum și o să aduc mâncare mai târziu, sper să vin cu tot cu un plan.

Elsa a privit-o îngândurată.

— Ești foarte amabilă, dar nu e nevoie... Un singur lucru... te rog să nu-i spui Sofiei despre asta, unde suntem sau ceva despre boala lui Roberto.

— Ar vrea să știe.

— Dacă știe, o să vină și-mi doresc mai mult decât orice să fie în siguranță la Castello.

Maxine a înțeles, hotărându-se să nu spună nimic despre activitățile Sofiei la Florența. Începea să-și dea seama că toate familiile aveau secrete de un fel sau altul.

47.

A doua zi, chiar înainte de ivirea zorilor, Maxine și Marco ascultau sunetele motoarelor duruind pe cer, din ce în ce mai zgomotoase în timp ce val după val de avioane ale Aliaților zburau la altitudine joasă. Sirena stridentă antiaeriană a fost urmată de șuieratul ascuțit al bombelor care urlau, apoi explodau ca niște bubuituri necruțătoare de tunet, de parcă înșiși zeii voiau să distrugă și să spulbere pământul de sub ei. Apoi s-a auzit în mod repetat sunetul sacadat al mitralierelor. Maxine și-a acoperit urechile în timp ce urletele răsunau de undeva din stradă și continuau să țiuie în capul ei. Când s-a terminat, au auzit scâncetul sirenei de undă verde. Ea s-a ridicat din pat și s-a dus afară, unde norii de praf și de fum se împrăștiaseră doar atât cât să distingă mașinile de patrulare germane gonind pe stradă.

În curând, aveau să încerce să-i scoată pe Elsa și Roberto din oraș. Ea și Marco vorbiseră până târziu în noapte, întocmind un plan. Aveau să pozeze într-o familie care lua trenul până unde puteau ajunge în satele deluroase din nord-estul Romei. Marco avea o bunică ce locuia încă într-un cătun de munte la sud de Roma, care ar fi fost un loc mai bun, dar ieșirile spre sud erau mult prea bine păzite. Și, în felul acesta, măcar ar fi fost mai aproape pentru Maxine și Marco să se întoarcă la Castello dinspre nord-est.

Ea s-a întors înăuntru, s-a strecurat în pat și s-a lipit de Marco. El a murmurat ceva în somn și s-a întins spre ea.

— Te iubesc, a șoptit ea. Te iubesc.

Și-a amintit cuvintele mamei ei: *Când iubești pe cineva, îl iubești orice ar fi.*

El s-a întors cu fața spre ea și i-a dat încet părul de pe față.

— Când se termină războiul... a spus ea, dar el i-a pus un deget pe buze s-o amuțească.

Nevrând să se lase, ea a început din nou.

— Când războiul...

De data asta, a oprit-o acoperindu-i gura cu a lui. Sărutul, acolo pe salteaua de pe podea, în camera urât mirositoare de care el făcuse rost, a fost lung și complicat. Sensul său, vorbele nerostite și intensitatea lui, rezultatul imposibilității de a privi înainte. Ea îl voia în viața ei pentru totdeauna, dar nu *exista* pentru totdeauna. Nu acum.

Au făcut dragoste în grabă, alinându-se unul pe celălalt în singurul fel care le stătea în putință. Farmecul lui, îndrăzneala, pasiunea, curajul, iubea fiecare parte din el, fiecare împingere a corpului său și, cu fiecare icnet, senzațiile pe care i le oferea. Deschisă de el, barierele construite cu grijă de ea căzuseră. Chiar îl iubea. Era adevărat, cu atât mai mult acum când erau cât de apropiați posibil. Asta nu puteau naziștii să distrugă. Acest miracol dat de Dumnezeu era mult mai puternic decât toată frica și ura. Asta era speranța și viața însăși și se desfăta cu ea. Când s-a terminat, o usturau ochii de lacrimile nevărsate. Buzele lui se mișcau tăcut, dar ea înțelegea ce spunea. *Ti amo anchi'io*. Cu fiecare fibră a ființei ei, știa că-i spunea că o iubește și el.

— Sunt obosită, a spus ea după o vreme.

El s-a sprijinit în cot, apoi a sărutat-o pe frunte.

— Toți suntem obosiți, *tesoro*. Obosiți și speriați.

— Și totuși facem ceea ce facem.

Oftatul lui era îndurerat.

— Ce altceva e de făcut?

— Să găsim un loc îndepărtat unde să ne ascundem.

— Până se termină tot?

Ea a dat din cap.

– Doar nu vorbești serios?

– Nu, sigur că nu.

Dar, în adâncul sufletului ei, vorbea serios. Voia să-l acopere și să-l țină în siguranță.

– Dar tu nu-ți dorești câteodată să fugi?

– Ce importanță are? Toți fugim deja de ceva.

– Tu de ce fugi, Marco?

El a pufnit disprețuitor.

– De teama de o viață banală, poate.

– Dar nu e asta ce ne dorim cu toții acum? Ca viețile noastre să fie normale din nou.

El a râs.

– Dacă voiai ceva normal, n-ai fi venit niciodată în Italia. Vrei să spui că regreți?

Ea a clătinat din cap. Nu regreta că venise; voia doar să se termine.

– Încă ceva, a spus el. În caz că vei avea nevoie vreodată, vreau să știi numele meu de familie.

– De ce-aș avea vreodată nevoie de el?

– Să exersezi cum sună. Ce părere ai de Maxine Vallone?

– Mă ceri...?

– Ce părere ai?

48.

23 martie 1944

Cu foarte mare prudență, Marco și Maxine s-au îndreptat spre locul unde se întâlniseră înainte cu partizanii din *Gruppi di Azione Patriottica*. Măsuri de precauție fuseseră luate pentru a menține anonimitatea membrilor grupului în timp ce erau escortați amândoi legați la ochi ca să se întâlnească cu ofițerul britanic care se ascundea într-o pivniță din oraș. Când Maxine l-a întrebat despre Lorenzo, ofițerul a spus că era convins că Lorenzo fusese arestat. Stabiliseră o întâlnire, dar Lorenzo nu apăruse.

– Și când a fost asta?
– Acum vreo lună.
– Și v-ați mai întâlnit până atunci?
– De două ori.

Marco l-a rugat pe ofițer să-l descrie și a primit indicii clare că probabil avea dreptate: ochi cenușii, păr grizonant, înalt.

– Era cultivat, educat, a adăugat ofițerul. În mod clar, venea dintr-un mediu privilegiat. Vorbea engleza foarte bine. Îi spuneam Contele și a pomenit că vine din Toscana.

– Și de ce crezi că l-au arestat nemții?

Ofițerul britanic l-a privit lung.

– Probabil că s-au prins că ne ajuta.

– Nu mai era la minister?

– Nu. Sigur că nu. Mersese mult mai departe de atât.

După ce i-au mulțumit, au aranjat să se întâlnească mai târziu, dar între timp Marco avea să verifice noua lor locuință, iar Maxine stătea la coada pentru apă.

Trei ore mai târziu, Maxine cerceta strada. Cu o senzație adâncă de ușurare, l-a zărit în sfârșit pe Marco; nu se așteptase să-i ia atât de mult timp și era neliniștită. Nu era semn bun faptul că acum se trezise prins într-o coloană a Poliției germane SS care mărșăluia și cânta prin Piazza di Spagna către îngusta Via Rasella. Maxine se afla foarte aproape. Toți urau aceste demonstrații de forță ale nemților, menite să intimideze cetățenii și să le submineze rezistența. Oamenii de rând făceau tot posibilul să-i ignore în timp ce fumegau în tăcere de resentimente sau se înecau în apatie. Niciunul dintre cei care mărșăluiau nu se uita la Marco. Se descurca extraordinar să devină invizibil, un șchiop oarecare, deznădăjduit, lipit de pereți. Naziștii nu erau interesați de cei slabi, doar de cei puternici; pentru ei, el nici măcar nu exista.

După câteva clipe, a observat că Marco reușise să-i ocolească pe nemți și o zărise stând pe Via Rasella la distanță de vreo sută de metri. Ea a ridicat canistra de apă ca să-i arate că-l văzuse.

În timp ce Marco pornea spre ea, Maxine a observat un măturător de stradă împingând un cărucior cu gunoi. Avea să-și amintească acest moment pe urmă: cum măturătorul a luat-o la fugă, subit și inexplicabil, în timp ce Marco se apropia. Apoi, fulgerul uriaș al exploziei și bubuitul ei a spintecat aerul. Nori de fum s-au ridicat și, în aerul fierbinte, Maxine a scăpat apa și și-a dus mâinile la piept. Unde era Marco? Unde era? În jurul ei, oamenii se aruncaseră la pământ cuprinși de panică. Sau fugiseră. Mirosul acru o îngrețoșa și a simțit acreala în gură. Când fumul a început să se împrăștie, a văzut trupurile zăcând alandala și inerte. Zeci de trupuri ale membrilor SS: trupuri dezmembrate, decapitate, iar sângele lor bălțea peste tot. Cei încă în picioare tremurau și se sprijineau unii pe alții în timp ce încercau cu disperare să scape. Maxine a văzut un bărbat al cărui piept fusese sfâșiat și altul fără picioare. Un altul se străduia să se ridice în picioare, sângerând puternic din zona capului. Sticla zburase peste tot. Și molozul. Un ofițer se îndepărta șchiopătând, unul dintre cei norocoși, iar oamenii care fuseseră din întâmplare pe stradă alergau, urlând unii la alții să fugă. L-a căutat mai departe pe Marco și apoi l-a văzut îndreptându-se împleticit spre ea. Ușurarea i-a inundat corpul. Slavă Domnului! Era atât de sigură că fusese prins de suflul exploziei, dar iată-l acolo. Apoi au început împușcăturile și s-a uitat în jurul ei – SS trăgeau la rândul lor? S-a întors spre Marco și a văzut îngrozită cum se ținea de piept. Ca în reluare, ochii lui i-au întâlnit pe ai ei, fața lui a fost cuprinsă de uimire, genunchii lui au cedat și s-a prăbușit la pământ. Fusese o chestiune de secunde, dar pentru Maxine lumea încetase să se mai învârtă. Încremenită, nevenindu-i să creadă, a ezitat. *Nu, nu, nu*, a șoptit ea. *Nu Marco*. A rămas împietrită doar o secundă sau două. Apoi a luat-o la fugă, clătinându-se și împiedicându-se de sticlă și moloz, rugându-se cu voce tare, strigând la el s-o aștepte, cu răsuflarea greoaie, dar, când a ajuns la el, Marco murise deja. S-a lăsat lângă el, și-a pus palma pe rana lui din piept ca și cum ar fi vrut să oprească sângele, apoi l-a strâns în brațe și s-a înfășurat în jurul trupului său fără viață.

– Iubirea mea, a șoptit ea. Iubirea mea.

Dar poliția germană trăgea acum în plin. Trebuia să scape de acolo, dar cum putea să-l lase pe Marco? A rămas agățată de trupul lui, iar hainele i se îmbibau de sânge, și s-a împotrivit ordinului de a pleca, dar în cele din urmă a fost împinsă la o parte de un soldat care a împins-o cu patul puștii. L-a implorat s-o împuște și pe ea și preț de-o clipă a sperat că ar putea s-o facă, dar el a pufnit în râs și a găsit pe altcineva pe care să hărțuiască.

Nu-și amintea cum a ajuns la preotul pe care-l întâlnise înainte în Trastevere, dar nu știuse unde în altă parte să meargă. El a lăsat-o în grija unor călugărițe. Preotul, al cărui nume era Părintele Filippo, a vizitat-o zilnic, iar în următoarele zile a aflat toată povestea din spatele atacului cu bombă și represaliile cumplite care au urmat. Maxine îl asculta absentă în timp ce el clătina din cap și-i spunea cum nemții hotărâseră că, pentru fiecare dintre cei treizeci și cinci de soldați uciși, aveau să execute zece oameni. Era îngrozitor, recunoștea Maxine, era cu adevărat îngrozitor, dar deocamdată nu se putea gândi decât la Marco.

S-a aflat, a spus preotul câteva zile mai târziu, că o călugăriță urmărise pe bicicletă camioanele care transportau victimele în zona rurală dincolo de centrul orașului unde, în tunelurile carierelor dezafectate de *pozzolana*, aproape de Via Ardeatina, avusese loc masacrul. Călugărița se ascunsese în spatele unor bolovani și raportase că soldații aleși pentru execuție au primit pahare generoase de coniac înainte să tragă. Apoi li s-a spus să ducă prizonierii în peșteri cu mâinile legate la spate. Ea nu putuse să vadă înăuntru, dar îi numărase pe toți cei care intraseră – 335 la număr. Nu avea să uite niciodată brutalitatea și groaza aceea până în ziua morții.

Preotul a spus apoi că nemții voiau să păstreze secret locul masacrului, așa că pentru siguranța ei era mai bine să nu spună ce știa acum. Maxine și-a venit în fire când a înțeles că oamenii pe care îi omorâseră erau din închisori. Peste trei sute de oameni aleși la întâmplare. O, Doamne! Lorenzo. Fusese printre ei? Cât despre bombă, acum se știa că fusese pusă de cel puțin șaisprezece partizani din organizația de rezistență condusă de comuniști *Gruppi di Azione Patriottica*, exact cei cu care se întâlnise Marco. Bomba improvizată – TNT într-o carcasă de oțel – a fost plasată într-o geantă, pusă în pubela împinsă la locul cuvenit de unul dintre partizani deghizat în măturător de stradă. Se părea că fitilul fusese aprins când soldații SS erau la patruzeci de secunde de bombă. Treizeci și cinci muriseră în total, deși nu toți imediat. Unii se stinseseră mai târziu din cauza rănilor. Toți partizanii implicați, dintre care unii au și tras în coloana de nemți – și poate chiar cei care îl omorâseră pe Marco –, au dispărut în mulțime și au ajuns în locuri sigure. Lui Maxine nu i-a scăpat ironia sorții.

În momentele în care se simțea mai puternică, își făcea planuri de plecare, căci încă trebuia să se ocupe de Elsa și Roberto, dar uneori i se părea că nu avea să mai fie niciodată cu adevărat puternică. Nu reușise să plângă pentru singurul bărbat pe care îl iubise vreodată, dar petrecea ore întregi stând și gândindu-se la el. De ce nu putuse să plângă? Momentul în care murise i se derula întruna prin minte, de parcă ar fi putut cumva să schimbe sfârșitul doar prin puterea voinței. Bineînțeles, nu putea. Marco nu putea să scape vreodată de glonț. Și, în cele din urmă, a fost nevoită să accepte, fără tragere de inimă, că nu mai era. În sfârșit, a realizat asta. Nu avea să fie niciodată Maxine Vallone, nu acum, dar avea să cinstească amintirea lui Marco luptând pentru ceea ce credea el și ducând lupta mai departe. În toate acestea, de un singur lucru era sigură: Marco avea să trăiască pentru totdeauna în sufletul ei și avea să fie mereu singura dragoste adevărată din viața ei. Fusese un om curajos și minunat și trebuia să fie și ea curajoasă. Nu putea să-l dezamăgească cu slăbiciunea ei, așa că a căutat adânc în suflet și a găsit tăria să se organizeze. Avea să-i ducă pe Elsa și Roberto la Sofia, la Castello din Toscana, și nu la unul dintre satele mai apropiate de pe dealuri.

49.

Două zile mai târziu, Maxine îi luase pe Elsa și Roberto cu tot cu noile documente și acum se instalau în trenul ce aștepta să plece. S-a auzit o sirenă zgomotoasă, urmată de un fâsâit de abur în timp ce trenul se trezea la viață zăngănind și păcănind. Se mișca încet, poticnindu-se și tremurând, cât pe ce să se oprească de tot, dar în cele din urmă și-a luat avânt și a mărit viteza. Elsa ținea strâns un coș în care era o franzelă înfășurată într-o pânză cu pătrățele albe și albastre. Roberto, așezat pe banchetă, se sprijinea de Maxine, care stătea alături de el lângă bancheta de lemn, păzind valiza cuplului mai vârstnic. Pe fața lui Roberto strălucea nesănătos sudoarea și Maxine se temea că nu va ajunge în viață la Castello. Era conștientă de ochii răvășiți ai Elsei și era conștientă de rușinea pe care trebuia s-o simtă femeia mai în vârstă. Nimeni nu voia să plece pe furiș din orașul îndrăgit ca un hoț în toiul nopții, iar disperarea pricinuită de starea tot mai proastă de sănătate a lui Roberto era vizibilă. Roberto însă își păstra curajul. Nimic nu avea să-l răpună dacă îi stătea în putere să se opună.

Trenul – plin de călugărițe, soldați și oameni care fugeau din oraș – mirosea a tutun stătut și a urină. Maxine și Elsa purtau niște fuste și bluze decolorate și șaluri țărănești. O mamă tânără cu un copil plângând stătea ghemuită pe jos, ignorată de doi soldați nemți care i-ar fi putut oferi un loc. Monștri. Pe urmă însă un soldat mult mai tânăr, mai degrabă un băiat, s-a ridicat în picioare și i-a oferit femeii locul lui. Maxine i-a zâmbit când i-a surprins privirea și el s-a înroșit. Atât de tânăr, și-a zis ea, omenia lui încă nu fusese asprită de război. În apropiere, niște băieței, cu fețele murdare brăzdate de urmele lacrimilor abia vărsate, cu brațele și picioarele presărate de răni, se țineau de poalele bunicii lor.

— Casa lor a fost bombardată, a spus bătrâna fără să se adreseze cuiva în mod special. Trebuie să-i iau la mine. Nu mai au pe nimeni.

Elsa a murmurat un răspuns, dar bătrâna pur și simplu a repetat ceea ce spusese deja.

După ce au ieșit din oraș, copacii, tufele, terenurile agricole și fermele au început să zboare pe lângă fereastră. Conversația rămânea domoală, oamenii erau prea epuizați și înfrânți să mai aibă ceva nou de spus. Maxine își odihnea ochii, zăngănitul ritmic și țăcănitul trenului estompându-se în fundal în timp ce gândurile îi alunecau prin minte. Toți erau în mișcare, într-o direcție sau alta, nimic nu stătea pe loc, dar tânjea după calm și șansa unui somn neîntrerupt. Poate la Castello. Și acum se concentra pe Sofia. Până acum, aflaseră că un bărbat care corespundea descrierii lui Lorenzo probabil fusese arestat. Cum putea să-i spună asta Sofiei pe lângă vestea sănătății șubrede a lui Roberto? Vorbise cu Elsa despre asta, care era de acord că arestarea lui Lorenzo era verosimilă.

O oră mai târziu, era pe punctul de a adormi când scrâșnetul frânelor și oprirea bruscă a trenului i-a aruncat unii peste alții, făcându-i să caute ceva de care să se agațe. S-a uitat la Elsa, care a ridicat din sprâncene. Pe urmă, s-au auzit strigăte amenințătoare, *Aufstehen, Aufstehen! În picioare, în picioare!* iar și iar.

După ce a așteptat câteva clipe ca să se gândească ce era de făcut, Maxine a spus:

— Mă duc eu.

S-a chinuit să ajungă la ușă, dar a izbutit să-și croiască drum. Afară, a văzut un șuvoi de ofițeri SS înarmați scoțând din tren femeile ce-i implorau și copiii plângând și împingându-i brutal la pământ.

Amintindu-și de Marco, îi ardea inima de ură și abia putea să se uite la ei. A reușit să schimbe câteva cuvinte cu o femeie mai în vârstă care se pregătea deja să fugă.

— Îi duc pe bărbați în pădure, a spus femeia. Știi ce înseamnă asta. O să-i împuște drept răzbunare.

Maxine a mai ascultat puțin, a auzit ce se întâmpla și s-a întors în grabă în vagon.

— Șinele sunt grav avariate. Locomotiva a deraiat, a spus ea celor din vagon, apoi doar Elsei: Trebuie să coborâm. Ofițerii SS sunt deja în tren, îl întorc pe dos, verifică documentele și ne forțează pe toți să coborâm cu pistolul la cap. Îi trimit pe toți înapoi la Roma cu trenul următor.

— Nu știu dacă Roberto poate să coboare, a șoptit Elsa.

Dintr-odată, s-a auzit zgomot de împușcături, urmat de țipete. Maxine s-a uitat la bătrân.

— Nu avem de ales.

— A fost o bombă a Aliaților?

— Ar fi putut fi partizanii. Sunt deja în față prin părțile astea acum. Formează un comitet național de eliberare, mi s-a spus.

Din vagonul alăturat se auzeau plânsete. Elsa l-a luat pe Roberto de mână și Maxine a ajutat-o să-l ridice și împreună au reușit să-l tragă, împiedicându-se și tușind, afară din tren.

— O luăm pe drum pentru început, pe urmă cotim pe potecile de pe deal, a spus Maxine.

Elsa a făcut ochii mari de îngrijorare.

— Crezi c-o să poată urca dealurile?

— Da. Cred că sunt dealuri joase.

Un camion nemțesc, acoperit cu pânză legată cu sfoară de barele laterale, a claxonat în timp ce trecea pe lângă ei spre oraș, urmat de o motocicletă cu ataș în care stătea un soldat cu cască de oțel. Pe urmă, a apărut o căruță trasă de cal plină de saci, apoi încă una, ambele mergând spre Roma. Apoi, în afară de vreo două mașini stricate, drumul a fost liber. Au mers șerpuind pe panta domoală, dar înaintau lent, din cauza durerilor pe care le avea Roberto.

– Oare am putea găsi un măgar? a sugerat Elsa. Să-l care.

Maxine a suflat în afară și a oftat.

– E posibil. O să ieșim de pe drum acum, unde se poate odihni fără să fie văzut. Am putea lua alt tren de mai sus din lungul liniei.

Au pornit pe o potecă noroioasă din stânga și au ajuns în scurt timp într-o zonă cu șanțuri vălurite, locuri împădurite și pâraie. Acolo l-au întins pe Roberto pe un mal acoperit de mușchi, la umbră sub un copac, iar Maxine și Elsa s-au așezat lângă el. Maxine a scos o sticlă cu apă din geantă și i-a întins-o Elsei, care i-a dus-o la buze soțului ei. După expresia feței ei, Maxine și-a dat seama că bătrâna se resemnase.

– Trebuie să găsim un hambar sau o biserică, un loc unde să ne petrecem noaptea, a propus ea. Se face frig după ce apune soarele.

Ochii Elsei erau înnegurați de tristețe, dar a acceptat.

Maxine a strâns-o de mână.

– Mă duc puțin înainte să cercetez. Să văd ce găsesc.

Elsa părea neliniștită.

– E riscant pentru o femeie singură pe aici.

– Nu mi-e frică.

Elsa a clătinat din cap.

– Păi, ar trebui să-ți fie.

Maxine s-a ridicat în picioare.

– Trebuie să mă duc, să văd dacă e ceva. Nu-ți face griji.

La câteva minute după ce plecase, lui Maxine i s-a ridicat părul pe ceafă la auzul unor voci. Voci de nemți în pădure – reale sau imaginare? Și-a ținut respirația, și-a spus că mereu auzea voci de nemți în cap. Au urmat și alte sunete, dar s-au dovedit a fi niște femei refugiate care căutau ierburi sălbatice pe care să mănânce. Au trecut fără o vorbă și după aceea s-a făcut liniște, cu excepția avioanelor ce zburau pe deasupra.

După ce a găsit ce căuta, Maxine s-a întors grăbită la Elsa.

— E un hambar la distanță de zece minute. A fost lovit de o bombă. Are o gaură uriașă în acoperiș și un crater în podea, dar e sigur de jur împrejur. Crezi că ne descurcăm să ajungem acolo?

Așa că Elsa și Maxine l-au sprijinit pe Roberto, care stătea acum cu ochii închiși, și pe jumătate l-au cărat, pe jumătate l-au târât până la hambar, unde Elsa a adunat niște câteva mâini de fân ca să-i încropească un culcuș pe podeaua dură de piatră. Maxine a strâns bucățile de lemne rupte din ce fuseseră cândva staulele animalelor și a făcut un foc mic să-l încălzească. Bărbatul stătea complet nemișcat, dând semne de viață doar când era cuprins de o criză de tuse; după aceea, în convulsii și icnind, abia mai putea să respire.

În noaptea aceea n-au dormit mai deloc. Maxine se uita, prin gaura din acoperiș, cum pluteau prin întuneric rachetele de semnalizare ale Aliaților, arătând ca de pe altă lume în timp ce cădeau treptat, luminând pământul sub ele. De-ar veni Aliații acum, murmura ca pentru sine. De ce le lua atât de mult să cucerească Cassino? După ce se întâmpla asta, avea să urmeze Roma. Dar toate buletinele de știri continuau să spună că Aliații duceau o luptă disperată la sol și că nemții se țineau tari pe cea mai puternică linie de apărare de până acum. Și până soldații britanici sau americanii nu reușeau să traverseze râul Rapido care era bine păzit, era imposibil să învingă la Monte Cassino. Se aflase despre rapoarte care menționau că sute de oameni încercaseră deja și se înecaseră sau fuseseră împușcați, iar râul se înroșise de sângele lor. Într-o încercare, americanii pierduseră două mii de oameni în douăzeci și patru de ore.

Aici, unde luna era atât de strălucitoare, ca într-o zi neobișnuit de albastră, Aliații abia dacă aveau nevoie de rachete. Șoarecii se furișau pe pereții hambarului, iar afară, animalele mai mari, poate mistreții, căutau mâncare. Cu puțin înaintea zorilor, a auzit soldații strigând în apropiere, scotocind pe sub arbuști, cu câinii lătrând. Când s-a făcut liniște din nou, a încercat să-și alunge neliniștile din minte. Dar era o tăcere singuratică și sinistră care o făcea să ezite în vreme ce căuta mâna lui Marco. Jalea a lovit-o din nou și ochii i s-au încețoșat. Marco nu era acolo. Nu avea să mai fie niciodată.

Câteva clipe mai târziu, la revărsatul zorilor, a văzut-o pe Elsa care se cuibărea lângă Roberto, protejându-l cu propriul corp. Apoi Maxine a fost cuprinsă de un fior de gheață, înțelegând că ceva nu era în regulă. De câteva ore, Roberto nu tușise deloc.

Deși lumina era încă slabă, ziua se înseninase puțin și a văzut-o pe Elsa ridicându-se în capul oaselor, apoi îngenunchind lângă Roberto. I-a atins fața și a stat cu capul plecat preț de o secundă sau două înainte de a-și ridica ochii spre Maxine, o lacrimă curgându-i pe obraz.

— Ei bine, a șoptit ea, nemții nu-l mai pot răni acum.

A dus mâna lui rece la buze pentru ultima dată, apoi s-a ridicat în picioare, stând mândră pentru o clipă, apoi s-a îndepărtat.

Maxine a dat s-o urmeze, dar a realizat că Elsa avea nevoie să fie lăsată singură câteva minute.

Erau nevoite să găsească o cale de a ajunge la Castello în curând, dar, în următoarele ore, Elsa și Maxine au acoperit corpul lui Roberto cu crengi și s-au consolat una pe cealaltă cât au putut. Erau două dintre femeile care pierduseră pe cineva și tare erau multe la număr, jelindu-și frații, soții, tații, iubiții și, poate cel mai tragic, fiii. Toți muriseră. Bărbați buni și răi deopotrivă. Toți, victime ale acestui război îngrozitor. Maxine nu știa dacă o făcea să se simtă mai bine sau mai rău faptul că era una dintre regimentele monstruoase de femei îndoliate, covârșitor de numeroase.

50.

Castello de' Corsi
Aprilie 1944

Maxine încă nu se întorsese cu vești despre Lorenzo, dar Sofia nu-și putea îngădui să stea degeaba. Simțea că venise vremea să discute din nou cu Gabriella, așa că a chemat-o pe fată împreună cu mama ei în salonul privat. Acum stăteau față în față cu ea, pe sofaua mică de pânză de bumbac, arătând puțin neliniștite și nelalocul lor. Fiecare familie avea modul propriu de a face lucrurile și Sofia nu era tocmai convinsă că intervenția ei avea să fie de folos, dar îi promisese Carlei să o ajute dacă avea nevoie. Și cu toate că ea era prea mândră să ceară ajutor de-a dreptul, făcuse anumite aluzii că Gabriella nu făcea față lucrurilor.

– Așadar, a început Sofia, privind-o pe fată cu ceea ce spera că era o expresie de compasiune. Știi când trebuie să se nască pruncul?

Carla a răspuns:

– Credem că la sfârșitul lui iulie.

– Mai bine o lași pe fată să vorbească pentru ea însăși, Carla.

Carla a încuviințat.

Știind că discuția putea fi stânjenitoare pentru Gabriella, Sofia a decis să abordeze subiectul pe un ton blând și încurajator.

– Mama ta are dreptate?

Gabriella a ridicat din umeri și i-a aruncat mamei o privire răzvrătită, abia mascată.

Sofia a oftat frustrată, dar a continuat.

– Gabriella, tu înțelegi că încercăm să te ajutăm?

Gabriella a lăsat capul în jos, dar a murmurat:

– N-am nevoie de ajutor.

– Draga mea, ești foarte tânără. O să ai un copil de îngrijit și niciun soț să te ajute. Nu o să-ți fie ușor. Pricepi?

Părea că Gabriella și-ar fi dorit să se uite urât la Sofia, dar nu îndrăznea, deși felul în care își împingea bărbia în afară și ochii îngustați îi dezvăluiau în mod clar gândurile.

– Ai dreptate, a spus Sofia în replică la ce înțelesese. Eu n-am avut copii, dar am văzut destule femei care au. Să fii mamă e cea mai grea meserie dintre toate.

Când Gabriella a ridicat privirea, Sofia a văzut că fața încăpățânată ceda puțin și a început să întrezărească fata speriată dincolo de sfidare.

– O să mă ajute mama, a spus Gabriella, dar vocea îi tremura.

Sofia a clătinat din cap.

– Mama ta are îndatoririle ei. Nu-și permite să aibă grijă de un copil. Doar tu ești responsabilă. I-am spus clar mamei tale să nu intervină.

Gabriella a întors capul să se uite la Carla, ca și cum nu-i venea să creadă ce i se spunea.

– Dar...

– Niciun dar, din păcate. Firește, poți să ceri sfaturi ori de câte ori vrei. Vom fi mereu aici. Mereu disponibile, înțelegi?

Gabriella a tăcut, de parcă avea nevoie să asimileze cele spuse, deși Sofia știa că i se explicase deja totul de către Carla. Poate că dacă auzea asta din partea ei totul i s-ar fi părut mai real. Sofia nu voia s-o sperie pe fată, dar știa, din ce-i povestise Carla, că Gabriella vedea copilul ca pe o jucărie, o păpușă cu care să se joace și să o pună deoparte după ce se sătura. Dar trebuia să înțeleagă semnificația a ceea ce făcuse. Nu doar pentru că făcuse sex cu fascistul acela, ceea ce i-ar fi putut pune în pericol familia, precum și pe Sofia și pe Lorenzo, și nu doar din cauza rușinii pe care ar fi provocat-o familiei aducând pe lume un copil nelegitim, ci mult, mult mai rău – din cauza informației dezvăluite care ar fi putut duce la moartea propriului frate. Și Sofia voia ca ea să înțeleagă că întotdeauna existau consecințe ale faptelor ei. Carla nu voia să fie împovărată de vină tot restul vieții, ceea ce era corect, dar era de așteptat să existe niște remușcări adevărate. Nu mai fusese vreun semn de remușcare din ziua în care Gabriella se tăiase, cam fără tragere de inimă. Oare era prea aspră? Nu credea că Gabriella voise cu adevărat să se sinucidă, dar avusese nevoie de ajutor, își dorise să scoată adevărul la lumină și acela fusese un început.

— Acum, Gabriella, a început ea din nou. Vreau să vorbesc cu tine despre ce i-ai spus Mariei.

Fata nu vorbea, dar se uita pe fereastră cu un aer insolent.

— Vorbesc despre planurile partizanilor de a arunca în aer șinele de tren. Ai spus că i-ai povestit Mariei ca să-l informeze pe nepotul ei, Paolo.

Gabriella s-a uitat spre ea și, cu toate că nu privirile nu li s-au întâlnit, Sofia a simțit cum câștigă teren.

— De ce-ai făcut asta?

Fata a clipit repede și apoi a spus adevărul.

— Pentru că a spus că mă iubește, dar pe urmă nu a mai venit. Eram tristă și voiam să se întoarcă și să-mi spună din nou că mă iubește.

— Of, draga mea...

— De ce nu s-a întors? a întrebat Gabriella cu atâta durere în ochi încât Sofiei i s-a făcut milă de ea.

Fără să dea niciun semn, Anna, care auzise în mod clar, a dat buzna în cameră, uitându-se urât mai întâi la Carla, apoi la Gabriella. Carla și Sofia au încremenit când Anna s-a aruncat asupra Gabriellei, a apucat-o de păr și a târât-o până la jumătatea camerei.

— Vulpoaică mică, proastă și răsfățată! a șuierat Anna și a plesnit-o atât de tare peste față încât aceasta a căzut la pământ.

S-a întâmplat atât de repede încât nimeni nu a apucat să intervină. Gabriella a început să se târască spre Carla ca s-o apere, dar Sofia și-a dat seama că Anna nu terminase. S-a aplecat, gata să o înșface din nou pe soră-sa de braț.

Sofia s-a ridicat imediat în picioare.

— Anna, oprește-te! Încetează chiar acum! a poruncit ea.

Anna s-a oprit, uitându-se în jur, iar Sofia a remarcat agonia din spatele mâniei.

— Nu, Anna. Nu ajută la nimic.

Anna avea pumnii strânși și oricine putea să vadă că abia aștepta s-o lovească pe sora ei din nou. Să o trosnească până se domolea durerea. Numai că asta nu avea să se întâmple. Durerea de acest fel nu înceta.

A făcut un pas spre sora ei și a înjurat-o cu foc.

— *La puttana!* Nu poate să scape basma curată. O să-i sparg fața aia proastă până înțelege ce-a făcut.

Sofia a tras-o pe Anna de acolo și n-a întâmpinat nicio împotrivire.

— Contesă, a spus ea și fața i s-a schimonosit de suferință.

— Știu, dar nu o să ajute la nimic. Știi bine că așa e. Dacă-i faci rău Gabriellei nu o să-l aduci pe Aldo înapoi.

Anna a respirat adânc și pe urmă, când Sofia i-a dat drumul la braț, și-a revărsat furia asupra Carlei.

— Întotdeauna ai răsfățat-o. Și acum, uite!

Sofia a intervenit.

— Știu că vrei să dai vina pe cineva, dar nu e vina mamei tale, Anna. Ce-ai vrea să facem? Să o dăm pe mâna partizanilor?

— De ce nu?

— Și ce crezi că o să facă? E însărcinată, pentru Dumnezeu.

— Ar primi ce merită.

— Nu. Gândeşte-te cum te-ai simţi tu. Poartă în pântec un copil, pe nepotul sau nepoata ta.

— Bastardul unui nemernic din Cămăşile Brune, a şuierat Anna cu dispreţ. Mama ar fi trebuit s-o ducă la vrăjitoarea de la Buonconvento.

Sofia ştia de bătrâna care oferea reţete cu ierburi pentru anumite probleme ale femeilor. Nimeni nu recunoscuse vreodată că se dusese la ea şi totuşi toţi ştiau de existenţa ei.

— Ştii că e o crimă, a şoptit Carla. În faţa lui Dumnezeu.

Anna s-a uitat sfidătoare la Gabriella, care s-a ghemuit pe podea cuprinzând cu braţele picioarele maică-sii.

— Ridică-te! a spus ea pe un ton care nu îngăduia să fie contrazisă.

În timp ce Gabriella scâncea şi încerca să se facă mică de tot, Carla îi mângâia părul.

— Încetează, mamă. Aşa face întotdeauna. Se preface că e copil şi o laşi să scape nepedepsită din orice. Trebuie să se ridice.

Carla s-a oprit din mângâiat şi i-a şoptit ceva Gabriellei la ureche.

— Am *spus* să te ridici! a repetat Anna.

— Te rog, nu mă lovi.

Vocea Gabriellei era ca a unui bebeluş, linguşitoare – un ton pe care sigur îl mai folosise şi altă dată.

— *Per amor del cielo!* Nu o să te lovesc. Ridică-te!

Gabriella s-a ridicat cu greu şi Sofia, considerând că Anna nu va mai fi violentă, a decis să lase lucrurile aşa cum sunt. Era o problemă de familie şi s-a gândit să iasă din cameră, dar toată situaţia era într-un echilibru atât de precar încât nu îndrăznea să-l tulbure.

După ce Gabriella s-a ridicat, Anna a înfruntat-o.

— Acum repetă după mine. *M-am culcat cu un fascist din Cămăşile Brune.*

— M-am... culcat cu un fascist...

Gabriella s-a oprit.

— *Din Cămăşile Brune.*

— Din Cămăşile Brune, a repetat Gabriella cu vocea tremurândă.

— *Deşi ştiam că aş putea să fac rău familiei.*

Vocea Gabriellei era acum o șoaptă, ca un ecou al vorbelor Annei.

– Deși știam că aș putea să fac rău familiei.

– *O să-i nasc copilul, făcându-mi familia de râs.*

Gabriella a repetat cuvintele.

– *Și am dat informații care au dus la moartea fratelui meu.*

Gabriella a rămas tăcută și foarte vulnerabilă. Sofia, îngrozită de modul brutal în care proceda Anna, simțea că ar trebui să-și ferească privirea sau să pună capăt întâmplării, dar, uluită, nu putea să nu urmărească scena pe măsură ce se desfășura. Carla nu reușise să ajungă la Gabriella. Poate asta avea să funcționeze? Și-a ținut respirația.

– Spune-o!

Anna răcnea acum.

– Spune-o!

Gabriella a respirat prelung, încet, cutremurându-se.

– Și am dat informații...

A izbucnit în plâns.

– Termină cuvintele. *Am dat informații care au dus la moartea fratelui meu.*

Gabriella și-a șters lacrimile cu dosul palmei.

– Am... dat informații... care au dus la....

Și apoi, cu umerii scuturându-se, a început să urle.

Era insuportabil să audă durerea profundă, agonizantă, și Sofia a strâns din buze ca să-și înfrâneze lacrimile. Dar ochii îi rămâneau umezi și, vrând din instinct să o ia în brațe pe Gabriella, a simțit că i se frânge inima la auzul suspinelor Carlei.

– *Care au dus la moartea fratelui meu*, a spus Anna.

– Moartea... fratelui... meu, a repetat Gabriella respirând sacadat și suspinând continuu.

– Bun, a spus Anna, satisfăcută în sfârșit.

Gabriella și-a ridicat fusta și și-a șters fața.

– Îmi pare rău, Anna. Te rog să mă crezi.

– Și ăsta e un lucru bun, a spus Anna, albă la față.

Vocea Gabriellei era tremurătoare pe măsură ce a continuat, dar părea că vorbește o persoană diferită, mai matură.

– Știu că nu mă poți ierta vreodată și nu mă aștept s-o faci.

Anna se uita lung la sora ei și Sofia se întreba ce avea să se întâmple acum. Carla se oprise din plâns.

– Dar îmi pare foarte rău. Sincer.

Preț de câteva clipe, nimeni nu a mai spus nimic.

– Eu n-o să mi-o iert niciodată, a continuat Gabriella în șoaptă.

Fața Annei era lipsită de orice expresie și s-a lăsat o tăcere adâncă, în care ai fi putut auzi și-o muscă.

– O să plec. Nu vreau să vă stingheresc pe toate. Știu că nu pot face nimic să îndrept lucrurile.

Tensiunea din cameră devenise chinuitoare. Sofia nu știa cum aveau să se desfășoare lucrurile mai departe. A tras aer în piept îndelung și a expirat foarte încet, întrebându-se dacă acum era momentul să intervină. Din nou, a decis că nu și s-a uitat pe fereastră, tânjind după aer.

Dar Anna și-a deschis atunci brațele. Sofia era atât de uimită, încât a rămas cu gura căscată și a văzut că și Carla se holba cu ochii mari.

– Vino aici! a spus Anna și la început Gabriella doar s-a uitat la ea de parcă nu înțelegea. Vino aici! a repetat Anna.

Fața Gabriellei s-a luminat deodată, înțelegând ce spunea Anna, și s-a aruncat în brațele surorii ei.

– Nu pleci nicăieri, a șoptit Anna strângând-o în brațe. O să rezolvăm asta ca o familie.

Gabriella se smiorcăia, trăgându-se înapoi să se uite la Anna.

– Promit că n-o să te mai dezamăgesc niciodată.

– O să te ajut să-ți ții promisiunea.

Gabriella a dat din cap.

– Ei bine, e timpul să-ți ștergi ochii. Nu putem sta toată ziua aici. Avem treabă de făcut.

Gabriella i-a zâmbit și fața i s-a luminat de parcă i se luase o povară enormă de pe umeri.

— Îmi cer scuze pentru deranj, Contesă Sofia, a spus Anna și Sofia aproape c-a râs de tonul ei oficial subit.

— Nu face nimic, a răspuns ea.

Și surorile au ieșit din cameră, una lângă alta, o nouă eră luând astfel naștere.

— Ei bine, a spus Sofia uitându-se la Carla, nu mă așteptam la asta.

Carla a clătinat din cap neîncrezătoare.

— Nici eu. Cine-ar fi crezut? Poate că Anna a avut dreptate tot timpul și i-am făcut prea mult pe plac Gabriellei?

— Știm amândouă că ai făcut tot ce-ai putut mai bine. Ai vrut doar să protejezi un copil vulnerabil.

— Mulțumesc. Cred că azi Gabriella s-a maturizat.

— N-o să-i fie niciodată ușor să trăiască cu contribuția ei la ceea ce s-a întâmplat cu Aldo, a spus Sofia.

— Nu. Dar măcar și-a asumat responsabilitatea și poate începe să... mă rog... nu sunt foarte sigură ce anume.

— Să-și răscumpere greșeala?

Carla a zâmbit.

— Cam așa ceva.

51.

Câteva nopți mai târziu, chiar înainte de miezul nopții, Maxine și Elsa au ajuns la Castello, murdare și epuizate. Sofia, alarmată de obrajii trași ai mamei, a alergat spre ea, dar ochii mamei ei s-au înnegurat și părea amețită, stând și tremurând de oboseală. Sofia, disperată să întrebe unde era tatăl ei, s-a uitat la Maxine și, cu ochii plini de durere, prietena ei a clătinat din cap. Sofia a înțeles pe loc. Tatăl ei era mort. Cu o voce tremurătoare, a rugat-o pe Carla să le pregătească baia și cămăși de noapte, ceea ce a făcut. Pe urmă, le-a dus supă și pâine în camere, după care ambele s-au băgat în pat.

În timpul nopții lungi, avioanele au zburat aproape fără încetare, dar în răgazul dintre era imposibil să nu audă suspinele înăbușite ale mamei ei. Sofia a vrut s-o consoleze, dar ceva dinlăuntrul ei i-a spus că Elsa avea nevoie să fie singură. Între timp, în minte i se învârteau o sumedenie de întrebări. Trebuia să știe exact ce se întâmplase cu tatăl ei și să afle dacă erau vești despre Lorenzo. Zdrobită de nefericire, nu a putut dormi.

Dimineață, pe când Sofia era în micul ei salon, a apărut Maxine și a rămas în pragul ușii, cu Elsa chiar în spatele ei, străvezie ca o stafie. Maxine părea că e gata să-i dea o veste proastă și Sofiei a simțit că se îneacă în vreme ce au schimbat priviri. Sofia a rămas în picioare, și-a pus palma pe perete să se sprijine, dar le-a făcut semn să se așeze. Maxine s-a ghemuit pe canapeaua de catifea albastră, iar Elsa a rămas dreaptă pe scaunul cu spătar, cu fața pământie. Sofia s-a întors mai întâi spre Maxine și a privit-o rugător.

– Deci? a întrebat ea, abia făcându-și curaj să audă ceea ce trebuia să fie o relatare agonizantă.

Elsa a început să vorbească cu vocea monotonă, lipsită de emoție.

– Roberto...

Sofia și-a îndesat pumnul în gură ca să nu strige. Când a vorbit, aproape că a spus în șoaptă.

– L-au... l-au... ucis?

– Nu chiar.

Elsa i-a aruncat o privire lui Maxine și a încuviințat din cap spre aceasta, părând să-i dea lui Maxine permisiunea de a continua.

– Tatăl tău a fost nevoit să se ascundă, Sofia.

A clipit repede, abia reușind să înțeleagă.

– Să se ascundă? De ce?

– Cineva l-a turnat, a spus Elsa, preluând discuția, dar părând amorțită. Au aflat că era unul dintre cei care tipăreau foile volante ilegale. Pe urmă s-a îmbolnăvit și nu i-am putut da tratamentul de care a avut nevoie.

Sofia se uita când la una, când la cealaltă, apoi s-a întors spre mama ei, care clătina deznădăjduită din cap.

– Noi... trebuia să-l scoatem pe tatăl tău din Roma, a zis Maxine. Îmi pare foarte rău. Nu a rezistat și a murit pe drum.

– O, *mio signore*! Nu, nu bietul tata! Nu el!

Sofia a înghițit în sec, simțind cum îi iau foc ochii și cum îi creștea nodul în gât.

Nici Maxine, nici Elsa nu vorbeau.

– Erai... erai cu el? a întrebat-o pe mama ei cu un scâncet în glas.

Elsa a dat din cap.

– Nu pot să suport gândul. A știut? A suferit?

– Era foarte bolnav. Știa că nu mai are mult. Dar la sfârșit a fost împăcat. Pur și simplu, s-a stins.

Ochii Sofiei s-au umplut de lacrimi.

– A știut cât de mult l-am iubit? Nu i-am spus niciodată, mamă. Nu i-am spus.

– O, fata mea dragă, sigur că a știut. Tu erai lumina vieții lui.

– Ce înseamnă *noi*? a șoptit Sofia după o clipă. Maxine a spus *noi*. Erați doar tu și Maxine?

S-a uitat prin cameră, frângându-și mâinile, de parcă se aștepta să vadă pe cineva în umbră, apoi s-a întors spre Maxine.

Maxine i-a susținut privirea, clipind rapid și încercând să-și rețină lacrimile.

– Te-a ajutat Marco cu tata? Unde-i acum?

Maxine a înghițit în sec în mod vizibil, dar vocea i-a rămas sigură.

– Marco a murit, Sofia.

Sofia a icnit îngrozită.

– Dumnezeule mare! Nu și Marco! Ce s-a întâmplat?

– Am fost surprinși pe Via Rasella când a explodat o bombă și a fost împușcat când încerca să scape.

– O nu, îmi pare cumplit de rău.

A făcut un pas în față, dar Maxine și-a lăsat privirea în jos și a clătinat din cap.

A urmat o pauză lungă, chinuitoare.

Sofia și-a înghițit nodul din gât. Pe urmă, după o clipă, a spus încet:

– Dar explozia a avut loc acum trei săptămâni. De ce n-ați venit mai repede?

Mama ei a răspuns.

– Am plecat la o săptămână după explozie, dar ne-a luat două săptămâni să ajungem aici. Trenul a deraiat. A fost o călătorie teribilă, înfricoșătoare... atâtea baraje rutiere... atâția nemți care mergeau spre nord. Și avioanele Aliaților. Groaznic!

Sofia și-a închis ochii strâns și a lăsat capul în jos. Nu existau cuvinte pentru asta și a simțit nevoia copleșitoare de a da vina pe cineva pentru moartea tatălui ei.

– Dacă tata era atât de bolnav, n-ar fi fost mai bine să rămâneți în Roma?

– Nu mai aveam unde să ne ducem. Nu era apă, nu era mai nimic de mâncare. Nu-ți poți imagina.

– Ar fi trebuit... a început ea, dar nodul din gât a revenit. A înghițit și a început iar: Ar fi trebuit să veniți aici când v-am rugat.

Maxine a privit-o plină de compătimire.

– *Ar fi trebuit* nu ajută. Toți am făcut ce am crezut mai bine la momentul respectiv.

Sofia a dat din cap, știind că avea dreptate.

– Mă tem că mai e ceva, a spus mama ei ezitând.

Un fior de teamă a străbătut-o pe Sofia.

– Ce anume? L-ați găsit pe Lorenzo?

– Suntem aproape sigure că a fost închis, a spus Maxine, apoi s-a uitat la Elsa, care a continuat. Credem că naziștii au aflat că-i ajuta pe Aliați.

Sofiei i s-a tăiat respirația și și-a dus mâna la gură.

– Trebuie să te pregătești, Sofia, a spus Maxine. Nu știm sigur, dar e posibil să fi fost unul dintre oamenii împușcați drept răzbunare pentru bomba partizanilor. Au scos peste trei sute de oameni din închisori.

Sofia a rămas în picioare, uitându-se în gol, fără să mai vadă camera. Nici măcar nu știa dacă vorbea cineva. Luminile jucau în fața ochilor ei în timp ce fiori de gheață îi străbăteau tot trupul. Frig, fierbințeală, iarăși frig și, pe lângă toate acestea, sentimentul de indignare care-i exploda în cap. Pe urmă, nu a putut decât să se apuce cu mâinile de păr și să tragă cât mai tare, ca și cum asta ar fi putut să-i domolească durerea sufletească îngrozitoare.

Mama ei a încercat să-i dea mâinile la o parte, dar Sofia a îndepărtat-o.

– Nu-i adevărat! a strigat ea. Nu poate fi adevărat!

Apoi a tras aer în piept, s-a îndoit de la mijloc și a gemut de parcă cineva o lovise în stomac. Au ajutat-o să se așeze. Deși era vreme de primăvară, o tăcere lungă și groaznică a înghețat camera. Sofia se legăna înainte și înapoi, neputând să se gândească la viața fără tatăl ei și... nici nu suporta să se gândească... Lorenzo. S-a uitat la tabloul cu San Sebastiano.

– Nu l-ai ținut în siguranță, a șoptit ea.

Apoi, de parcă ar fi avut viață proprie, un strigăt de disperare s-a ridicat dinlăuntrul ei, atât de întunecat cum nici nu știuse că poate fi.

– Ticăloșilor! a urlat. Ticăloșilor! Ticăloși criminali!

Sfâșiată de durere, s-a gândit la Lorenzo, care poate era în închisoare, poate era mort, și la tatăl ei blând și iubitor. Era prea mult. Chiar dacă ar câștiga războiul acesta îngrozitor, ce mai rămânea? A închis ochii și s-a gândit la soțul ei iubit. Cu ochii minții, vedea cum pieptul lui se ridica și cobora în ritmul respirației în timp ce dormea și nu-i venea să creadă că era posibil să nu-l mai vadă respirând niciodată. Îl vedea privind-o, cu ochii înflăcărați de dragoste. Cum putea să dispară ceva atât de puternic? Lumina aceea. Esența. Nu era posibil să fi fost împușcat. Nu era posibil să fi fost omorât. Era prea bun. Prea cinstit. Refuza să creadă. Nu voia să creadă.

– Ar putea fi încă în închisoare, a auzit-o pe mama ei șoptind. Există o șansă, iubita mea.

– Nu au dat o listă cu morții? a întrebat Sofia, agățându-se de un fir de speranță.

Maxine a clătinat din cap.

– Vor să mușamalizeze tot.

Atunci Sofia a ieșit alergând din cameră și s-a refugiat în dormitor. Știa că ar fi trebuit s-o aline pe mama ei și avea s-o facă, dar acum avea nevoie să plângă singură pentru cei doi bărbați pe care-i iubea cel mai mult. S-a aruncat pe pat și, cu o pernă pe cap, a urlat de durere până nu a mai avut aer.

În săptămâna următoare, sunetul plânsetelor a răsunat prin casă, pe coridoare și în camerele îndepărtate. Ochii Sofiei erau permanent roșii de nesomn și de lacrimi. Ai Elsei erau umflați. Bătrâna abia mânca și era atât de slabă încât Sofia se temea pentru ea. Mama ei se plimba prin casă, o umbră a femeii pline de viață care era de obicei, iar când Sofia o surprindea privind în gol ar fi dat orice s-o vadă din nou precum odinioară. Dar nu putea face nimic. Tatăl ei și Lorenzo nu-i părăseau gândurile niciodată. Își amintea felul în care tatăl ei îi citea când era mică și cum ațipea cu sunetul vocii lui frumoase. Să fie iubită, orice ar fi fost, era darul pe care i-l lăsase el moștenire. Și asta găsise și la soțul ei. Zăcea pe patul lor, cuibărită în propriile brațe și dorindu-și să fi fost ale lui Lorenzo. Voia să-i atingă pielea din nou, să-i vadă lumina din ochi și, mai mult decât orice, tânjea să-l țină în brațe.

52.

Ca pentru a o chinui parcă pe Sofia, primăvara era incredibil de frumoasă. Zilele erau mai lungi, negura iernii aproape dispăruse, iar lumina soarelui le însenina lumea, cel puțin o parte din timp. Mereu se pregăteau de frig și ploaie în perioada asta a anului, dar deocamdată vremea fusese minunată. De-a lungul potecilor dintre podgoriile tinere și până la colinele cu crânguri de măslini, macii își ridicau capetele vesele. Fluturii și albinele zburau din floare-n floare. Margaretele smălțuiau câmpurile cu galben și alb, trandafirii rozalii delicați își desfăceau bobocii și grozama și muștarul de câmp tiveau marginile câmpiei. În timp ce plimba câinii, Sofia aduna flori sălbatice sub un cer atât de albastru încât părea, în ciuda năpastei, că viața ar putea să merite a fi trăită într-o bună zi.

Punea florile în mici vaze ale speranței prin toată casa, cu parfumul atât de pur și de benefic, ceea ce era oarecum de ajutor. Elsa a început din nou să mănânce, nu la fel de pierdută în propria tăcere, în vreme ce Maxine venea și pleca. Vorbea, dar nu despre suferința ei. Sofia o vedea crescând în ea, crescând și crescând până când s-a temut că Maxine avea să cedeze. Sofia nu o întreba unde se ducea sau ce făcea. James și o parte dintre partizani luaseră echipamentul radio pentru a-l folosi în altă parte și Maxine spunea că un număr mare de informații detaliate fuseseră transmise Aliaților.

Nu exista o listă cu oamenii împuşcaţi drept răzbunare pentru bomba de pe Via Rasella, dar sub cerul albastru intens Sofia şi-a spus că, dacă nu afla cu certitudine că Lorenzo era mort, pur şi simplu avea să considere că era încă în viaţă.

Au aflat că partizanii se dedaseră la jafuri în unele locuri, ceea ce nu era semn bun. Pe de altă parte, acum erau peste patru mii de partizani care se ascundeau la Monte Amiata. O adevărată armată.

Într-o după-amiază târzie, Maxine a dat buzna în bucătărie cu ochii scăpărând şi hainele rupte.

– Ce naiba? a întrebat Sofia alarmată.

Maxine dădea din mâini prin cameră.

– Am fost acolo. Am văzut tot.

Sofia a clătinat din cap văzând în ce stare îngrozitoare se afla.

– Ce, pentru Dumnezeu?

– Nu ştii despre luptă?

– Nu, a răspuns Sofia, dar ghicise deja că modul lui Maxine de a face faţă durerii era să se arunce din nou în calea pericolului.

– A fost minunat. S-a întâmplat să fiu la Monticchiello... din întâmplare, bineînţeles.

– Şi dacă eu cred asta...

Maxine a zâmbit.

– Păi, ştii... Am auzit nişte zvonuri.

– Şi ce s-a întâmplat?

– Eram în spatele zidurilor vechi cu partizanii. Cineva mi-a întins o puşcă. O puşcă, îţi dai seama? Fasciştii atacau de jos – nu nemţi, doar fascişti italieni. Cu sutele, şi noi eram doar vreo sută cincizeci. Unele femei ajutau la încărcat, altele tot aduceau mâncare şi băutură. Mi-aş dorit să fi văzut şi tu, Sofia. A fost uimitor!

– Înţeleg că aţi câştigat?

Ochii ei scânteiau de emoţie.

– Da. O, ce bucurie să-i omori pe ticăloșii ăia nenorociți! Partizanii locali opriseră camionul cu cereale și le-au dat sătenilor încărcătura. Fasciștii au venit să se răzbune, dar au sfârșit prin a fugi, târându-și morții după ei.

– Ați avut multe pierderi?

Ea s-a întristat.

– Din păcate, unul sau doi. Dar ei au pierdut cu zecile. Idioții! Le-am plătit cu aceeași monedă... Ascultă, mă întorc. O să fie o petrecere. Restrânsă. Mă rog... nici măcar o petrecere adevărată, mai degrabă o adunare să sărbătorim, dar vreau ceva drăguț de purtat.

– Sper că știi ce faci. Nu se tem de alte represalii?

Maxine i-a făcut cu ochiul.

– Nu-ți bate capul cu asta.

Sofia nu și-a putut ascunde zâmbetul, văzând-o atât de plină de viață.

– Poți să împrumuți ceva de la mine dacă vrei.

– Mulțumesc. A fi drăguț să port niște cercei și un șal.

La etaj, au petrecut câteva minute uitându-se prin dulapul de haine, apoi Maxine a început să scoată bluzele delicate de mătase pe care le-a mângâiat cu dor, dar pe care le considera prea mici pentru ea. În curând, hainele viu colorate stăteau întinse pe pat, dar niciuna nu era bună. Pe urmă, Sofia a deschis sertarul unde păstra eșarfele.

– Uită-te aici!

A luat o eșarfă de mătase stacojie elegantă, cu franjuri aurii.

– O! a spus Maxine și și-a lipit-o de față. Ce moale e! Mă lași s-o împrumut?

– Numai s-o aduci înapoi.

În timp ce continua să o admire, Sofia își amintea de ziua în care ea și Lorenzo au găsit-o într-un magazin micuț din Montmartre, cocoțat în vârful unei străzi pietruite. Se îndrăgostise de atmosfera rurală și, dacă era posibil, se îndrăgostise și mai mult de Lorenzo.

I-a zâmbit lui Maxine.

– Dar dacă o pierzi, va fi nevoie să ne întoarcem la Paris să cumpărăm alta.
– Ai cumpărat-o cu Lorenzo?
– Da.
– Și ești sigură că e în regulă?

Sofia a îmbrățișat-o și a simțit cum îi bate inima mai repede. Fata asta fusese atât de bună cu Elsa și ajunsese să însemne atât de mult pentru ele.

– Poart-o și bucură-te de ea. Toți merităm să ne distrăm din când în când, nu-i așa, și cred că dacă cineva o meritată, aceea ești tu. Acum, hai să căutăm niște cercei!

Când au găsit perechea perfectă de cercei – rotunzi, din aur –, Maxine și i-a pus în ureche, a îmbrăcat rochia neagră a surorii lui Lorenzo, și-a desfăcut buclele și și-a înfășurat eșarfa stacojie pe umeri.

– Ca o dansatoare țigancă superbă, a spus Sofia.
– Nu e prea îndrăzneață?
– Ar putea fi ceva prea îndrăzneț pe tine?

Maxine a râs și Sofia a râs împreună cu ea.

– Pot să împrumut un ruj roșu?
– Desigur.
– Mulțumesc, a spus ea și a sărutat-o pe Sofia pe obraz. Ești o prietenă adevărată. Mă întorc în curând.

53.

Petrecerea se ținea în cea mai mare piață și toți orășenii s-au alăturat. Nu s-au aprins lămpi din cauza raidurilor aeriene și nu se vedea nici luna, dar era vin din partea locului și cineva cânta încet la vioară. Nu a durat mult până s-au ridicat toți tinerii în picioare. Era un dans ciudat, fiecare lovindu-se de alții pe întuneric, încercând să nu facă prea mult zgomot, dar cumva era cu atât mai special. Și nimeni nu avea să uite vreodată noaptea în care fantomele au ieșit să țopăie de bucurie. Pentru că într-un fel toți deveniseră stafii, umbre ale celor care fuseseră înainte, chiar și în lumina zilei.

Încă de la început, Maxine s-a apropiat de o localnică, Adriana, care își pierduse soțul la începutul războiului, în timp ce lupta de partea nemților.

– A fost greu, a spus ea într-o pauză de dans în care au stat împreună să-și tragă sufletul. Când am schimbat taberele, adică. Aliații l-au ucis pe Gianni al meu și i-am urât. Nu voiam să câștige, dar mai târziu, când am văzut ce ne fac nemții, mi-am dat seama că era singura cale.

Era adevărat, s-a gândit Maxine în timp ce asculta melodia plină de melancolie a scripcarului. Tristețea ei a schimbat atmosfera și și-a imaginat că toți participanții se gândeau la oamenii pe care îi pierduseră sau pe care încă se temeau să-i piardă.

– Te-am văzut mai devreme că încărcai armele, a spus Maxine.
– N-a fost grozav?

Adrianei i s-au luminat ochii.

Pentru o clipă, tăcerea s-a lăsat între ele.

– Ai pierdut pe cineva? a întrebat Adriana. De asta eşti aici?

Maxine s-a uitat în pământ.

– Ai pierdut, nu-i aşa? Nu vorbi dacă nu vrei.

– E în regulă.

A urmat o pauză, apoi Maxine a continuat.

– Era partizan. A murit în urma exploziei unei bombe.

– Cum îl chema?

– Marco. Marco Vallone.

Femeia a făcut ochii mari.

– Serios? Numele meu de fată era Vallone, dar pe fratele meu îl cheamă Luciano.

– Am aflat numele chiar la sfârşit când...

A înghiţit cu greu, amintindu-şi momentul.

– Nu vorbea niciodată de familia lui; a spus că nu vrea să-i pună în pericol. Nici măcar nu mi-a spus de unde venea.

– Şi tu de unde eşti? Nu pari localnică.

– Din New York, dar părinţii mei erau din Toscana.

– Cum arăta, Marco al tău? Era frumos?

Maxine a zâmbit, amintindu-şi strălucirea din ochii lui.

– Foarte. Şi, într-un fel, nesupus.

– Şi Luciano e frumos, a spus Adriana. Vino, o să-ţi arăt o fotografie!

Au intrat într-o casă mică din sat şi de îndată ce Maxine s-a uitat la fotografia înrămată de pe noptiera Adrianei n-a mai ştiut de ea. A luat poza şi a privit-o lung, cu ochii înotând în lacrimi. Cum putea să-i spună adevărul Adrianei? După o clipă, şi-a şters lacrimile cu dosul palmei.

– E Marco al tău? a şoptit Adriana cu faţa pământie, ghicind deja ce înţelesese Maxine. El e Luciano al meu.

Tulburată că dăduse fără voia ei o veste atât de cumplită, Maxine s-a uitat la el.

– Îmi pare foarte rău.

Adriana a clipit repede, a luat fotografia de la Maxine și a sărutat-o de câteva ori, cu fața scăldată în lacrimi.

– Bietul, bietul meu frate. Poți să-mi spui ce s-a întâmplat? Cum a murit?

Și după ce Maxine s-a despovărat de tot ce nu voise să povestească, ce nu putuse până acum să pună în cuvinte, cele două femei s-au ținut în brațe și au plâns în hohote.

– A fost singurul bărbat pe care l-am iubit vreodată, a spus Maxine când s-a șters în sfârșit la ochi.

Adriana a dat din cap.

– La fel și Gianni... Doare foarte tare, dar e mai bine după o vreme.

Maxine s-a uitat la ea.

– Așa e?

– Mă rog, mai degrabă ne obișnuim cu asta. Fratele meu era un om atât de bun. Mă bucur că te-a avut pe tine să-l iubești înainte de a muri. Mi-a lipsit atât de mult, dar cred că am știut că nu se mai întoarce. Am așteptat mereu momentul când voi afla. A fost soarta lui.

Maxine nu i-a spus că nu crede în soartă.

– Părinții tăi trăiesc?

– Suntem doar eu și frățiorul meu, Emilio. Fratele cel mai mare nu mai e, l-au luat fasciștii înainte de război. Eram mică pe atunci.

Maxine și-a amintit că Marco îi povestise despre fratele lui.

– Îmi pare foarte rău. Trebuie să fi fost îngrozitor. Ai pierdut atâția oameni.

– Îl am pe fiul meu.

Fața Adrianei a înflorit vorbind despre copilul ei.

– E leit Luciano.

– Și unde e băiatul acum?

– E cu o prietenă a mea la Montepulciano. Știam că aveau să fie probleme la o zi sau două după ce partizanii noștri locali au oprit camionul cu cereale și au adus hrana aici. Nu voiam să fie pe aici când urmau represalii.

– Crezi că vor mai fi?

– Să spunem că n-aș vrea să dorm prea adânc la noapte.

Maxine s-a uitat la Adriana, admirându-i rezistența și curajul pe care le vedea în ochii ei.

– Poți să dormi aici, pe canapea. Îți împrumut și niște haine. Nu vrei să te vadă îmbrăcată așa. Ar fi ca și cum le-ai pune sare pe rană.

A doua zi dimineață, Maxine s-a trezit cu niște bătăi puternice în ușa Adrianei. A sărit din pat și și-a adunat părul sub batic, pe care și l-a înnodat la gât apoi. Adriana a alergat în jos pe scări și amândouă au ascultat băile în uși care se auzeau mai jos pe stradă.

Adriana a respirat adânc.

– Ești gata?

Maxine a spus că da, iar Adriana a deschis ușa. Doi soldați nemți necruțători, cu căștile de oțel, au năvălit înăuntru și au întors casa pe dos, lăsând-o vraiște, dar negăsind nimic. Nu fusese niciun abuz fizic, doar amenințări cu bătaia dacă nu se supuneau. Scena s-a repetat în fiecare casă din oraș.

– Știai că nu vor găsi nimic, a spus Maxine, impresionată.

Adriana a dat din cap.

– Ca să ne protejeze, partizanii au dus și le-au ascuns pe toate în pădure.

Pe urmă s-a făcut liniște, apoi s-a aflat că un camion cu fasciști încercase să-i elimine pe partizanii din pădure, dar eșuaseră lamentabil și ajunseseră să se certe între ei. Cât despre partizani și armele lor, se topiseră. Cel puțin această ripostă fascistă eșuase și, cu toate că nemții veniseră să cerceteze satul, asta era tot ce aveau să facă. Lupta lor se concentra pe Aliați acum și nu prea se mai zbăteau să-i susțină pe fasciștii italieni.

54.

Mai 1944

Pe trei mai, au primit vestea îngrozitoare că în Florența fuseseră din nou bombardamente puternice. Cu inima grea, Sofia se întreba dacă propriul *palazzo* mai era în picioare. Apoi, o săptămână mai târziu, curând după ivirea zorilor, o bombă a căzut atât de aproape, încât a zdruncinat vila de la Castello. Sofia a dat fuga în camera mamei ei și a găsit-o pe Elsa uitându-se pe fereastră.

– Puteam să fim noi cei loviți, a spus ea. Am avut un noroc chior, nu-i așa?

Mai târziu, au aflat că explozia distrusese un cătun învecinat, unde femeile și copiii zăceau acum morți printre dărâmături. Acest bombardament al Aliaților aparent fără discriminare a stârnit mânia sătenilor. *De ce ne bombardează satele?* întrebau ei, iar Sofia nu putea răspunde, spunând doar că Aliații erau nevoiți să oprească tot traficul german și să le blocheze rutele spre nord. Uneori nu aveau prea mare precizie. În secret, oamenii se întrebau dacă Aliații aveau încredere în ei sau dacă le păsa vreun pic de ei. Schimbaseră tabăra. Cândva luptaseră pentru Germania. Poate că Aliații nu-i iertau pentru asta. Nu le păsa unde cădeau bombele? Nici de data asta, Sofia nu avea răspuns, dar, știind cât de mult sufereau armatele Aliaților, îi ierta.

Au auzit zvonuri despre spionii SS nemți care se infiltrau în grupurile locale de partizani și despre denunțurile din Florența care duceau la arestarea antifasciștilor. Ca să-și salveze pielea, vecinii cu ofuri mai vechi îi turnau pe cei despre care știau că nemții aveau să-i considere trădători; chiar și rudele își denunțau propriile familii dacă cineva fugea de recrutare sau ascundea vreun evreu.

Nu prea îl mai văzuse pe James, dar știa de la Maxine că lucra cu partizanii, încă primind și transmițând informații.

Dar apoi a venit bucuria absolută a datei de 19 mai, când ascultau știrile la radioul ilegal. Erau toate în bucătărie – Sofia, Maxine, Elsa, Carla, Anna și Gabriella, casa lor plină de femei. Au chiuit și au strigat și au vărsat lacrimi de speranță și ușurare. În sfârșit, Cassino căzuse. Linia Gustav fusese spartă și Aliații avansau spre Linia Adolf Hitler. Carla a desfăcut două sticle din cel mai bun vin roșu și a turnat tuturor câte un pahar generos.

– Pentru viitor! a spus ea și Sofia s-a rugat în gând ca Aliații să ajungă repede la Roma și să-l elibereze pe Lorenzo.

În mintea ei, pur și simplu nu era mort. Gabriella a dansat puțin, sărind în sus și-n jos ca o marionetă, apoi au băut și au râs în timp ce speranța a crescut până a inundat încăperea. Se simțeau ușurate, senine și vesele.

Chiar și mama Sofiei era mai veselă după această veste, așa că a doua zi au decis să se plimbe împreună, prima dată când Elsa se aventurase dincolo de zidurile de la Castello. Sofia a fluierat câinii, dar aceștia îmbătrâneau și uneori preferau să doarmă în bucătărie.

Sofia ținea mereu arma aproape și azi o avea în buzunar. S-a gândit că dacă o luau pe poteca ce înconjura Castello aveau să fie păzite de bombe, deși pe cer nu se vedeau avioane, din fericire. Când au ajuns în pădure, Elsa s-a așezat pe un copac prăbușit și i-a făcut semn Sofiei să vină lângă ea.

– Nu mai am energia pe care o aveam, a spus Elsa.

– Cred că vei trăi mai mult decât mine, i-a răspuns Sofia.

Elsa doar a zâmbit și a privit spre cer.

Sofia se uita la șirul de furnici care îi ocoleau piciorul.

– Chiar credeți că l-au arestat pe Lorenzo pentru că au aflat ce făcea?

– Da, așa credem.

– L-a trădat cineva?

O durea pe Sofia s-o spună și a gemut când mama ei a dat aprobator din cap.

– Cum pot face oamenii așa ceva?

– Se întâmplă. I s-a întâmplat și tatălui tău. Uneori au motivele lor, cred. Poate ca să-și salveze propria piele.

A urmat o tăcere lungă, întreruptă doar de ciripitul păsărilor cântătoare și de sunetul gaițelor care erau foarte gălăgioase în perioada aceea a anului.

În cele din urmă, Sofia s-a ridicat și i-a întins mâna.

– Mergem?

Elsa a luat mâna întinsă, s-a ridicat în picioare și au început să rătăcească prin pădure unde lumina soarelui desena un tipar prin crengile de deasupra.

În timp ce mergeau, Sofia simțea mirosul de mentă sălbatică, una dintre plantele ei preferate, și i-a arătat-o mamei.

– Îmi place gustul ei într-o salată de fructe proaspete, ție nu?

– Îți amintești când erai mică și găteam împreună? a întrebat Elsa.

Sofia a zâmbit amintindu-și.

– Desigur.

– Zahăr în paste! a spus Elsa și i-a dat un ghiont Sofiei.

– O, Dumnezeule! Mi-ai spus să adaug o linguriță de sare în apa din oală.

– Așa e.

– Și eu am pus zahăr. A fost o greșeală îngrozitoare. Mai știi ce față avea tata? Era oripilat.

Elsa a bătut-o ușor pe mână.

– Da.

– Iar eu simțeam că intru-n pământ de rușine, m-am ascuns sub pat.

– Și a venit Roberto să te scoată.

– Mi-a spus că nu contează, iar greșelile erau importante pentru că așa învățăm.

Mama ei a oftat.

– Avea pregătită câte o vorbă înțeleaptă pentru orice situație.

Au tăcut o clipă și Sofia s-a gândit la celelalte mese pe care le pregătiseră împreună și le mâncaseră cu tatăl lor la masa din sufragerie. Simțea mirosul de lămâie al soluției de curățat folosite de mama ei și al mâncării de fasole preferate a tatălui ei, cu ciuperci sălbatice și usturoi.

– Mai știi când decojeam mazăre în balcon? a întrebat mama ei.

– Da, și când prăjeam flori de *zucchini*. Întotdeauna le ardeam.

– Și bucătăria! Cât pe ce să-i dai foc.

– O, Doamne! N-a fost vina mea că ștergarul era așa aproape de flacără.

– Nu, trebuie să fi fost de vină zâna ștergarelor.

Sofia râdea.

– O, nu-i așa că va fi frumos când o să avem din nou mâncare bună?

– Mi-ar plăcea niște bruschete cu ficat de pui.

– Da. Sau iepure în sos de anșoa. Deși Carla a servit asta nu de mult. Iepure într-o mie de feluri.

– De unde a luat anșoa?

– Cele din conservele ascunse de ea.

Sofia a zâmbit, amintindu-și ziua în care ea, Carla și Aldo ascunseseră mâncarea.

– A fost foarte loială, nu-i așa?

– Nu a fost ușor, mai ales de când Aldo...

– Nu. Și acum fata asta tânără gravidă. Cum o să se descurce?

Sofia a decis să nu-i spună mamei sale prea multe despre asta.

– Gabriella s-a maturizat mult în ultima vreme. O să se descurce sau măcar o să învețe.

La marginea pădurii, au mers pe un câmp unde creșteau culturi atât de bogate și verzi, încât o umpleau pe Sofia de optimism.

– Crezi că americanii or să vină încoace, ce zici? a întrebat ea. Sau britanicii?

– Americanii vor avea ciocolată.

– Atunci, să sperăm că vin ei.

Au râs amândouă și Sofiei i-a lăsat gura apă.

Au înconjurat încet perimetrul câmpului.

– E cald, a spus Elsa. Ar fi trebuit să-mi aduc pălăria.

– Putem să ne întoarcem.

Ochii mamei ei s-au întunecat.

– Mi-e dor de Roberto cu fiecare bătaie de inimă. În fiecare minut din zi.

– Știu.

– Și totuși viața merge mai departe. Cumva. Nu cred că înțelegem vreodată cum se poate așa ceva. Dar se întâmplă.

– Nu cred că Lorenzo a murit. Cred că aș simți.

Mama ei a privit-o cu atâta înțelegere, încât Sofia a cuprins-o cu brațul și a strâns-o aproape, pe mama ei minionă, deșteaptă și întristată.

– O să fim bine, nu-i așa, mamă? O să ne descurcăm.

Iar când au ajuns acasă, au auzit vestea minunată: Aliații trecuseră de Linia Hitler. S-au îmbrățișat și Sofia s-a uitat la tabloul cu San Sebastiano. Poate că îi protejase până la urmă.

55.

Iunie 1944

Se dăduseră lupte crunte la sud de Roma și, în ciuda optimismului ei recent, Sofia nu scăpa de presentimentul că avea să se întâmple ceva îngrozitor. Drumurile locale erau bombardate fără încetare, așa că nimeni nu îndrăznea să călătorească sau măcar să iasă la plimbare. Zi și noapte, cu hotărârea lor înverșunată de a-i opri pe nemți, grupuri mici de bombardiere ale Aliaților zburau extrem de jos, luând la țintă orice mișca. Ce muncă periculoasă – o durea sufletul de piloți. Și pe urmă, în dimineața zilei de 5 iunie, l-a revăzut pe James. Se așteptase să apară la un moment dat, întrucât partizanii aduseseră recent radioul și transmițătorul ca să le ascundă din nou în tunel.

Dar a *fost* surprinsă să-l vadă în bucătărie la opt și jumătate dimineața. Arăta ca și cum abia coborâse din pat, cu părul ciufulit, cu ochii încă somnoroși. A învăluit-o în cel mai mare și mai larg zâmbet înainte să-i vorbească.

– N-ai aflat? Am venit imediat.

– Ce să aflu? Radioul meu nu merge cum trebuie.

– Aliații au intrat în Roma.

– Nu! Oare e adevărat?

A fost cuprinsă de ușurare când el încuviințat și ochii i s-au umplut de lacrimi.

– O, slavă Domnului! Slavă Domnului! Dar de unde știi?
– Acum am un radio mic ascuns.
Era atât de plin de viață și de încrezător, încât părea de neoprit.
– Eram convins că ai vrea să știi. Unitățile de partizani sunt pregătite.
Sofia a inspirat adânc și a expirat încet, neputând încă să digere vestea.
– Ascultă la mine. Îi urmărim pe nenorociți acum.
– În sfârșit! N-am putut dormi azi-noapte din cauza camioanelor care înaintează spre nord.
– Camioane germane. Se retrag. Sunt pe fugă. Și noi suntem chiar pe urmele lor. S-au schimbat lucrurile.
Ea l-a privit, conștientă deodată că era încă în halat.
– Uite, sunt sigură că vrei să iei micul dejun. Avem ouă.
– Perfect!
– Dă-mi cinci minute și o să vin și eu. Putem să mâncăm în grădină.
– Și să ne uităm cum cad bombele?
Ea a zâmbit. Chiar și asta părea amuzant astăzi, deși nu era de fapt.
– O rog pe Carla să servească micul dejun afară.
Când a coborât, l-a găsit pe James stând deja la masă în grădină, ținând în mâini o cafea fierbinte din cereale.
– O să aducă americanii cafea adevărată? a întrebat ea.
– Cred că o să vină prin vest, dar nu se știe niciodată. Noi mai degrabă o să aducem ceai!
Ea a râs, pe urmă s-a uitat la el în timp ce sorbea.
– O să pleci când vin britanicii?
– Da, o să ducem echipamentul mai sus în nord.
– Nu te poți duce acasă mai întâi?
El a făcut o grimasă.
– Mă îndoiesc. Dar este posibil. Pentru o scurtă pauză.
– O să-mi lipsești, a spus ea și a spus-o din suflet.

A urmat o tăcere lungă în care s-a gândit la prietenia dintre ei și la cât de mult o prețuia.

– Îmi pare foarte rău dacă ți-am lăsat o impresie greșită, a adăugat ea, simțindu-se puțin stingherită. A fost... mă rog, cred că a fost dificil ultimul an.

– Știu.

– Încă îmi iubesc soțul foarte mult și sunt convinsă că e în viață. Cred că aș ști dacă n-ar mai fi.

– Nu te scuza. Nu e nevoie. Și eu am o logodnică acasă la care să mă gândesc, dar războiul îi apropie pe oameni în moduri neașteptate.

– Sau îi desparte.

– În orice caz, sentimentele devin...

– Mai intense? Încurcate?

– Brute, cred. Nimeni nu știe cum va reacționa când e cu spatele la zid.

Ea a zâmbit, gândindu-se la noaptea în care se ascundeau pe scară.

– În cazul nostru, aproape la propriu.

– Te simțeai singură, la fel și eu.

S-a uitat în ochii lui calzi.

– Putem să uităm de asta?

– Absolut! Draga mea, eu mă țin de cuvânt. Sper că știi că mai presus de toate sunt prietenul tău și voi fi prietenul tău câtă vreme ai nevoie de mine.

A luat-o de mâini și le-a cuprins în ale lui.

– *Tu* crezi că Lorenzo ar mai putea fi în viață? a întrebat ea.

– Orice e posibil.

– Acum când Aliații sunt în Roma, o să aflăm în curând?

– Cred că s-ar putea să fie puțin haotic la început, dar da.

După câteva clipe, el i-a lăsat mâinile și au rămas tăcuți o vreme.

– Mulțumesc... pentru tot, a spus ea.

– Nu, eu îți mulțumesc.

Amândoi au respirat prelung, adânc, încheind acea parte a conversației.

– Acum, a spus el, să trecem la lucruri practice.

– Știu, e momentul. Gata cu introspecția pe ziua de azi!

– Trebuie să trimitem Aliaților informații detaliate despre situația nemților din zonă, a zis el.

– Transmițătorul radio?

– Să-l ducem din nou în vârful turnului, dacă nu te superi. Transmisiunea e mult mai bună de acolo.

I-a spus că era în regulă și, după ce a plecat el, a văzut că lumina se schimbase, atmosferă fiind mai senină. Și ea se simțea schimbată, pașii ușori cu care călca prin grădină oglindind speranța pe care începea să o simtă. Totul *avea* să fie în regulă. Senzația că ceva îngrozitor urma să se întâmple dispăruse. Se simțea eliberată de negura războiului și de teama pentru Lorenzo. *Avea* să fie bine. Pe 5 iunie, ziua memorabilă în care Aliații au intrat în Roma – începutul eliberării orașului și ziua în care ea a început să privească spre viitor.

56.

De la ultimul etaj al casei, Sofia și Carla se uitau la bombardierele Aliaților coborând deasupra convoaielor germane ce se îndreptau spre nord, strigând de bucurie când cădeau bombele și avioanele urcau din nou nevătămate. Erau curajoși acești piloți care îndrăzneau să zboare atât de jos într-o zonă care era acum plină de soldați și camioane germane. Sofia simțea o hotărâre nouă, mai puternică, și odată cu ea se aștepta să afle vești de la Lorenzo în curând. Pentru ea, speranța era o umbră care nu îndrăznea să iasă și să se arate pe deplin, dar era acolo și se apropia.

În săptămânile anterioare, cauza fascistă se prăbușise în sfârșit. La sud de Castello, sute de partizani așteptau să atace vehiculele germane aflate în retragere. La Castello, se vorbea de poduri care explodau, de căi ferate distruse și drumuri care deveneau impracticabile. Această acțiune intensă a partizanilor venise după o transmisiune a generalului Alexander care-i îndemna pe toți să-și joace rolul în oprirea nemților. Pentru oamenii sub ocupație, cum fuseseră ei, era vorba de țara și de casele lor pe care voiau să le protejeze cu disperare.

Din sud, luptele se îndreptau spre ei și Sofia și-a ținut respirația când, într-o dimineață în zori, a auzit avioane dând ocol micului lor sat, urmate de zgomotul tunurilor și al obuzelor. Când casa s-a zdruncinat, două sticle cu parfum au căzut de pe măsuța ei de toaletă și *Arpège* s-a spart. Un miros puternic și senzual a umplut camera cu arome de trandafir, iasomie și lăcrămioare. A simțit de îndată brațele lui Lorenzo în jurul ei, capul lui lipit de gâtul ei, acolo unde se parfumase. Mirosul superb, atât de diferit de sunetul bombelor care cădeau, părea aproape necuvenit. Dar amintirea lui Lorenzo, dându-i prima sticluță de parfum, ambalată elegant, în 1927, i-a invadat gândurile. De arunci, acel parfum fusese preferatul ei. Acum, în timp ce-și ștergea ochii și se apleca să adune cioburile de sticlă neagră, a observat că se tăiase. Privea încremenită, ca în transă, cum îi curgea sângele din deget. De șaptesprezece ani încoace folosise același parfum, iar acum pierduse ultima sticluță neagră, ceea ce i se părea a fi un semn rău.

Toți erau teribil de îngrijorați, zi și noapte, așa că Sofia a rugat-o pe Anna să bată la uși și să le spună sătenilor că pivnițele conacului de la Castello puteau fi folosite ca refugiu de oricine s-ar simți mai în siguranță în subteran. Timp de câteva ore, Sofia, Anna și Carla au cărat pături, perne, chiar și saltele vechi în pivnițe. Au dus carafe cu apă, câteva pâini pe care le aveau, niște fructe conservate și gaz lampant. Sofia se temea că nu va fi de ajuns. Înainte de căderea nopții, Sofia și Anna, conștiente că existau și jefuitori, au verificat toate ferestrele și au găsit una singură spartă, două etaje mai sus. Nimeni nu putea să pătrundă acolo, așa că au lăsat-o cum era.

Seara, sătenii au început să se adune. Sofia a potolit câinii, apoi i-a dus pe oameni în pivnița mare, prin vizuina cu pasaje întunecate, alcovuri și camere secrete, până în cea mai adâncă pivniță. Temperatura scădea pe măsură ce coborau. Din pivniță puteau ajunge la tunelurile prin care să fugă, dar nu le-a arătat pe acelea. S-a uitat la fețele lor trase, epuizate și s-a rugat să fie cu toții în siguranță. Sara era acolo. Și Federica, cu băiețelul ei. Unii veneau doar să tragă cu ochiul la pivnițe și unul sau doi n-au venit deloc, printre care și Maria. Când Carla a întrebat de ce nu, a spus că ar prefera să nu fie îngropată de vie. Ceilalți, bătrâni, tineri, chiar și doi bebeluși, s-au adăpostit înăuntru, deși copiii au țipat și-au țipat până când Sofia și-a spus că ar prefera să riște să stea afară, numai să nu-i mai audă. Ceilalți copii dormeau sau se jucau și se temea că nu-i va putea hrăni pe toți. Era îngrijorată și din cauza lui Maxine. Nu mai dăduse deloc pe acolo, de zile întregi, și încerca să-și aducă aminte când o văzuse ultima dată. După victoria de la Monticchiello? Nu, trebuie să fi fost în ziua în care căzuse Cassino.

Deși aveau pături, în pivniță nu era doar frig, ci și umezeală. Când doi dintre copii, un băiat înalt de vreo treisprezece ani și unul mai mărunțel, au mers spre ușa unui tunel, Sofia i-a chemat înapoi și le-a ordonat să nu mai coboare acolo. Tunelurile formau o rețea, un labirint care se întindea pe sub sat, și dacă nu știai pe unde s-o iei te puteai rătăci pentru totdeauna.

Când au auzit prima bombă explodând, copiii mai mici au început să plângă și adulții au început să tremure și s-au agățat unii de alții. Sofia a auzit-o pe Carla rugându-se, probabil la San Sebastiano, și a simțit o teamă crescând legată de turn. Avea să fie distrus în noaptea asta? Orașele de pe culmile dealurilor, ca al lor, erau în cel mai mare pericol.

Clipele înfricoșătoare au trecut când un bătrân a scos o muzicuță și a cântat în dorința de a acoperi sunetul altor bombe ce spintecau cerul. Unii au încercat să cânte și ei, Carla mai tare și mai mult decât oricare altul, dar bubuiturile erau dureros de aproape. Sofia și-a acoperit urechile cu mâinile, încercând să se cufunde în liniștea din mintea ei, sperând și rugându-se ca bombele și incendiile să nu le distrugă casele. Și totuși Carla continua să cânte pentru curaj, speranță și supraviețuirea lor. Una dintre bătrâne s-a apucat de împletit la lumina lămpii, țăcănind cu andrelele ore întregi. Zgomotul din pivniță, pe lângă sudoare și teamă, umezeală și pământ, a devenit prea puternic pentru Sofia și, în ceea ce spera că e o pauză, a urcat la suprafață cu o lanternă mică ca să-și lumineze drumul. Tânjea după aer, dar când altă bombă a explodat în depărtare și-a făcut cruce și s-a întors jos, unde fu întâmpinată de zarvă.

Câinii lătrau înnebuniți și o femeie țipa și dădea din mâini.

– Copiii mei, au dispărut. Băieții mei. Cred c-am adormit. I-a văzut cineva?

Sofia a ridicat lanterna și s-a uitat la fețele lor speriate, trase, dar era limpede că cei doi băieți pe care-i remarcase mai devreme nu se vedeau nicăieri.

– Au luat-o în sus? a întrebat ea.

A răspuns o femeie care stătea cu picioarele încrucișate lângă scări.

– Nu, i-aș fi văzut.

Mama, scoasă din minți, a început să se vaite, iar Sofia s-a dus la Carla și i-a șoptit că trebuiau să-i caute pe băieți.

– Dar, Contesă, a spus ea, dacă se sting lămpile cu ulei? Sunt deja pe terminate.

Dar alte pierderi erau ultimul lucru de care aveau nevoie, așa că Sofia și-a luat lanterna și a intrat ea însăși într-un tunel.

57.

Maxine se întorsese la Monticchiello să petreacă puțin timp cu Adriana și să se joace cu băiețelul acesteia, care era acum acasă și semăna foarte mult cu unchiul Marco. Se vedea în felul în care zâmbea, în felul în care râdea și în felul în care devenea brusc serios. Marco nu-i părăsea gândurile niciodată. Își amintea ce fusese el pentru ea, cât de mult însemnase și moștenirea pe care i-o lăsase: capacitatea de a iubi pe care nu știuse că o are. Lucrase fără încetare alături de femeile de acolo să-i ajute pe partizani și acum, împreună cu multe dintre ele, aștepta emoționată în vârful orașului Montepulciano. Vărul ei, Davide, era și el acolo cu soția, Lara.

Uralele s-au stârnit când primii soldați britanici au apărut pe străzile înguste ale vechiului orășel de pe culmea dealului și apoi, ceva mai târziu, tancurile lor au înaintat în piața de sus. Maxine stătea bucuroasă cu o pușcă de care-i făcuse rost chiar Davide, atârnată pe umăr, ușurată că urgia și fumul bătăliei se terminaseră, cel puțin aici. Femeile bătrâne plângeau în timp ce copiii se fugăreau, țipând cu bucuria aceea care lipsise atâta vreme și prinzând dulciurile pe care soldații le aruncau spre mulțime. Femeile mai tinere îi îmbrățișau pe soldați, sărutându-i pe obraji și îmbiindu-i cu pahare de vin, cu ochii sclipind de bucurie. Bătrânii se băteau unii pe alții pe spate și nu se vedea nici picior de fascist. Maxine petrecuse ultima oră căutându-i, dar, pe măsură ce se apropiau Aliații, toți fugiseră sau schimbaseră brusc tabăra. Asta nu avea să-i ajute în zilele care urmau. După-amiază târziu, un soldat britanic i-a spus că naziștii prădaseră tot din fiecare loc prin care trecuseră: pături, haine, cărți, păsări de curte și orice se putea mânca, precum și opere de artă prețioase. Maxine și-a dat seama că trebuia să se întoarcă la Castello s-o avertizeze pe Sofia înainte să se întâmple și acolo același lucru. Naziștii incendiau sau distrugeau orice nu puteau lua cu ei. Așadar, cu familia frumoasă a Sofiei în gând, și-a luat motocicleta și a pornit la vale, făcându-le din mână soldaților pe drum. Castello, la nord-vest de Montepulciano, era la vreo patruzeci de kilometri distanță dacă mergea pe drumul principal, dar cum risca să fie împușcată a decis să o ia pe poteci ascunse. Poate nu mai avea mult timp la dispoziție înainte ca nemții să facă ce era mai rău, așa că trebuia să spere că nu avea să se rătăcească.

58.

De dimineață, Sofia s-a dus în turn să verifice dacă nu suferise stricăciuni în noaptea precedentă. În aer plutea mirosul înțepător de fum și Dumnezeu știe ce altceva. S-a gândit din nou la cei doi băieți pe care nu-i putuseră găsi. Jumătate dintre oamenii din sat îi căutau acum în caz că ajunseseră mai departe în păduri, în timp ce Anna și doi dintre prietenii ei explorau tunelurile cu lămpi de ulei, lanterne și cretă ca să-și traseze drumul de întoarcere.

Până seara, tot nu fuseseră găsiți și Carla era la mama lor acasă, îngrijindu-se de biata femeie, care era înnebunită de grijă. Pentru că era liniște, Sofia a îndrăznit să spere că era o pauză între bombardamente și că i-ar putea găsi totuși pe băieți. A intrat în salonul ei luminat de lămpi și a luat de acolo o carte. Dar, oricât ar fi încercat, nu se putea concentra; după fiecare propoziție, mintea îi rătăcea, așa că era nevoită s-o recitească. Era imposibil să te rătăcești într-o poveste fiind permanent în alertă așteptând să-ți zboare avioane deasupra capului. Așa că și-a luat lucrul de mână. Uneori, o ajuta să facă ceva cu mâinile, dar era prea agitată chiar și pentru asta. Se gândea mult la trecut și la ce ar putea să-i rezerve viitorul. Închisese ferestrele ca să țină fumul la distanță, dar era cald, foarte cald, așa că a pus lucrul înapoi în coș pe o măsuță lângă fotoliu, apoi a deschis o fereastră și s-a aplecat afară să asculte zumzetul greierilor ce se împerecheau. Aerul era mai plăcut acum, amintindu-i de plimbările cu Lorenzo în serile de iunie, înainte să se facă răcoare, când petreceau o oră sau două înainte să se însereze, alungând muștele, dar bucurându-se totuși că erau afară.

Sunetul de tuse i-a întrerupt reveria. Inima-i fu cuprinsă de ușurare și s-a răsucit, crezând că era Lorenzo. În sfârșit!

Nu era Lorenzo.

Era maiorul Kaufmann, care se sprijinea nonșalant de cadrul ușii.

– O! a spus ea, uimită de apariția lui neașteptată. Mă urmăreați? N-am auzit mașina. Unde e șoferul?

El s-a îndreptat și s-a înclinat scurt și țeapăn.

– Iertați deranjul. Am bătut la ușă.

– Carla nu-i aici.

– Am intrat singur.

Ea s-a încruntat, uitându-se în ochii lui miopi și albaștri care o priveau glacial peste ochelarii cu rame de baga.

– Ar fi trebuit să încuie ușa.

– Norocul meu, atunci. Mașina e ceva mai la vale. Sunt aici pentru o chestiune privată – cel puțin, ar trebui să fie astfel dacă totul merge bine.

– Am crezut că ați plecat. Cu siguranță acum sunteți în retragere, nu?

– Nu e un cuvânt pe care l-aș folosi. Vom stabili defensive alternative când vom fi pregătiți, atâta tot. Am câteva lucruri de rezolvat aici mai întâi.

– Lucruri de rezolvat aici? a întrebat ea, încercând să pară indiferentă, dar, complet șocată de ce voia el să spună, a simțit că i se usucă gâtul.

– Într-adevăr.

El a zâmbit, un zâmbet atât de înfiorător încât era imposibil să fie sincer.

– Aliații vor fi aici în curând.

– S-ar putea să aveți dreptate, dar trebuie să înțelegeți un lucru: nu se pot lupta cu forța Reichului și câștiga.

El a râs.

– Vedeți? E imposibil.

S-au privit în ochi și ea a simțit un fior pe șira spinării. Se întreba dacă era nebun. Dacă erau toți nebuni în încrederea neclintită pe care o aveau în Hitler și în Reich. Și-a luat inima în dinți și a rostit:

— Atunci, pot să întreb ce doriți?

— Ah! Sperasem la puțină amabilitate înainte de a trece la afaceri, dar, dacă ați întrebat... Ofițerul meu superior e convins că radioul pe care l-au folosit partizanii e aici și m-a însărcinat să-l găsesc înainte să plecăm. Triangulația a depistat acest loc.

Au trecut câteva secunde și ea a remarcat că nu mai părea la fel de solid fără palton.

— Habar nu am la ce vă referiți.

— Haide, Contesă! Nu e nevoie să fiți atât de semeață. Amândoi știm că nu-i adevărat.

Sofia se străduia să-și păstreze paloarea ca să nu se dea de gol dar, convinsă că i se înroșiseră obrajii, simțea cum se înfierbânta. A tras aer încet ca să ascundă primul răspuns. Nu a funcționat. În schimb, teama a devenit și mai puternică, încordându-i mușchii gâtului până a simțit că se sufocă.

El și-a înclinat capul și a făcut un pas în față. Acum stăteau în spatele canapelei înflorate și își plimba degetele pe spătarul ei. Avea unghiile curate, perfect îngrijite.

— Asta e, vedeți, a zis el. Întotdeauna îmi dau seama când cineva minte. Cred că *dumneavoastră* ați mințit. Și de mai multe ori.

— Ce ridicol! a reușit ea să murmure. Ce-aș putea să știu eu despre radiouri și transmițătoare?

— Am spus eu ceva de transmițătoare? a întrebat el încruntându-se. Nu... Nu cred.

— Ați spus că partizanii foloseau un radio. Firește, ar avea un transmițător.

— Poate aveți dreptate, a zis el.

— Unde sunt oamenii dumneavoastră?

El i-a ignorat întrebarea și s-a dus spre tabloul cu San Sebastiano.

— O piesă frumoasă, a spus el și s-a răsucit să o privească în față. Atât de frumoasă!

De data asta, nu și-a putut reține fiorul la remarca lui glacială. Se referea la ea sau la tablou?

El a râs, bătându-și joc de ea.

— Mă refer la tablou, desigur. Doar nu credeați că vorbeam despre dumneavoastră?

— Nu.

— Arătați cam obosită, dacă nu vă supărați că spun asta. V-ați pierdut puțin frumusețea, cred.

A râs din nou scurt.

— Dar sunt sigur că sunteți de acord că tabloul e foarte frumos și că nu îmbătrânește niciodată, spre deosebire de o femeie frumoasă. Bine, bine, uitați ce e!

S-a dat înapoi câțiva pași, dar apoi a tăcut, uitându-se la tiparele complicate ale pardoselii.

A urmat o tăcere scurtă, care a lăsat-o nedumerită, neștiind cum să reacționeze.

— Acum, unde am rămas?

Și-a ridicat capul, s-a uitat la ea.

— Vorbeați de o afacere.

El a zâmbit disprețuitor.

— Cred că asemenea chestiuni de afaceri sunt puțin sub nivelul meu. Dar, desigur. Desigur. Înțelegerea este să-mi dăruiți acest mic tablou și eu o să raportez în schimb că radioul nu e aici, pur și simplu.

Ea și-a înăbușit râsul. Cu siguranță, glumea? Nu era ca și cum l-ar fi putut opri să ia tabloul dacă asta voia.

— Nu vă place ideea mea? Credeți că e amuzantă?

Doar pentru o clipă, fața lui s-a întunecat de furie. A ascuns-o repede, dar ea o zărise. O, da!

— Nu. Nu e amuzantă; pur și simplu, nu vă cred.

L-a privit drept în față și a ridicat din sprâncene.

– Ce fel de vorbe sunt astea? Sunt un om de cuvânt.
– Deci eu vă dau tabloul și plecați? Pur și simplu?

El a ridicat din umeri.

Nu era sigură ce altceva să spună, iar el a făcut câțiva pași mai aproape de ea.

– E o ofertă excelentă... Altfel, veți fi împușcați cu toții. Pe baza suspiciunilor, înțelegeți. Nu-mi face plăcere să împușc femei.

– Suspiciuni?

El a venit în fața ei și i-a ridicat bărbia ca s-o privească în ochi. Apoi i-a dat părul de pe frunte și ea și-a înfrânat impulsul de a-l scuipa în față.

– Nu sunteți o femeie proastă.

– E o nebunie! a spus ea, dându-se înapoi și lovindu-se de o măsuță. Nu puteți intra aici cu nonșalanță și cere să luați un tablou. Soțul meu s-ar enerva groaznic dacă ar ști.

El a clătinat din cap și s-a întors să mângâie drăgăstos rama tabloului. Ea încerca să-și aducă aminte unde pusese arma. Știa, bineînțeles că știa... în fiecare zi știa, în fiecare oră a fiecărei zilei, dar atunci, în clipa aceea, mintea i se golise complet.

– Nu, a spus ea, dintr-o nevoie disperată de a câștiga timp, în vreme ce se gândea ce să facă.

Avea să ia tabloul indiferent de ce spunea ea și, la urma urmei, era doar un tablou. Și totuși... fără să știe de ce, a continuat. Poate din mândrie sau încăpățânare, sau poate pentru că se săturase ca nemții să ia orice aveau chef, voia să se țină tare pe poziție de data asta. Probabil avea s-o împuște oricum.

– Nici nu încape în discuție, nu-l puteți lua. Lorenzo nu m-ar ierta niciodată dacă aș îngădui asta.

El a privit-o peste umăr.

– O, să fim serioși! Mă tem că soțul dumneavoastră nu mai e în măsură să vă acorde sau nu iertarea.

Ei i-a tresăltat inima.

– Ce vreți să spuneți?

În acel moment de tăcere, în care el s-a întors cu fața spre ea, a simțit că i se înmoaie genunchii. În ultima clipă, s-a încordat și a reușit să reziste.

— Soțul dumneavoastră, draga mea doamnă, a lucrat pentru dușmani. Mare păcat, pe cuvânt!

Ea s-a uitat lung la el.

— Vă mai fac o ofertă.

Ea și-a înghițit lacrimile care-i împungeau pleoapele și, într-o clipită, și-a amintit exact unde ascunsese arma.

— Nu o să spun doar că radioul nu e aici, în plus o să le dau ordin oamenilor mei să *nu* distrugă Castello... și să nu distrugă nimic. Poftim, e o ofertă pe care nu o puteți refuza.

— Ce s-a întâmplat cu soțul meu? a șuierat ea, abia putând să scoată cuvintele.

El a zâmbit.

— O, draga mea doamnă, cum a dansat. Dansează, știți, la capătul funiei. Scutură din picioare. A fost un pic spânzurat, atâta tot. E chiar distractiv... Înțeleg că acceptați oferta mea?

Era din nou cu spatele la ea și lua tabloul de pe perete. Ea a pășit în spate și, în vreme ce el rostea în șoaptă cuvinte de apreciere la adresa tabloului, ea a scos tăcută pistolul din coșul de lucru și l-a ascuns la spate. S-a întrebat o secundă dacă o ispitea, provocând-o, să vadă cât de departe avea să meargă.

— Domnule maior, a spus ea apăsat. În privința ofertei dumneavoastră...

El s-a întors cu tabloul sub braț, cât se poate de încrezător în privința acordului ei și scărpinându-se relaxat la ceafă.

Era atât de încântat să aibă tabloul, încât chipul lui parcă arăta mai puțină cruzime, dar ea nu putea să lase nimic s-o descurajeze, nu? Și atunci el a zâmbit.

Până să vadă zâmbetul acela strâmb, cel care nici măcar nu era un zâmbet adevărat, nu fusese convinsă că putea s-o facă. În timp ce-și făcea curaj, și-a văzut toată viața trecând prin fața ochilor de parcă ea era cea care urma să moară. S-a uitat pe fereastră și momentul s-a prelungit la nesfârșit, cu toate astea n-ar fi putut să fie mai mult de o fracțiune de secundă. Un val de căldură a năpădit-o, stârnind o furie atât de mare în ea încât a știut că acesta era momentul.

Înainte ca el să-și dea seama ce era pe cale să facă, a scos arma de la spate, a ochit și l-a împușcat de două ori în piept. Trebuia să fie de două ori. O dată pentru Aldo și o dată pentru Lorenzo. El s-a dat în spate, forțat de inerție, încă în picioare, cu ochii mari de uimire. Ea s-a gândit că ar fi putut fi ea cea care se prăbușea pe podea, șocul tăindu-i respirația, dar neamțul era cel care se zvârcolea grotesc, gemând în cădere și prăbușindu-se apoi lângă perete, cu bărbia în pieptul plin de sânge. *Peretele va fi groaznic de murdar*, și-a zis ea. După o clipă sau două, a rămas complet nemișcat. „*Un pic spânzurat*", a șoptit ea, „*ce distractiv!*", apoi a închis ochii. Pentru o secundă, n-a îndrăznit să se uite de teamă că nu era mort și ar putea încă să se ridice și s-o atace. Dar altminteri, nu simțea nimic. Apoi, a deschis ochii din nou și a văzut sângele împrăștiindu-se pe podea și tot nu simțea nimic. S-a uitat la arma din mâna ei, neștiind ce să facă cu ea. Era ușor să omori un om, mult mai ușor decât ai crede. Și pe urmă a cuprins-o un sentiment de nezdruncinat: nu era omul care crezuse că era. Nu exista un cuvânt pentru asta. A fi, și totuși a nu fi. Când și-a ridicat privirea, lumina din cameră se îmblânzise și mai mult, o lumină frumoasă și aurie care cădea pe peretele din spatele lui Kaufmann, chiar încântător, dar a observat apoi că tabloul lor minunat devenea stacojiu din cauza sângelui maiorului. Pereții camerei au început să se strângă, amețitor.

De parcă o părăsise voința, s-a adâncit într-un fel de toropeală. O lăsa fără forță, fără suflet... și s-a pierdut ca în transă. Se tot gândea că ar trebui să facă ceva, să acționeze, să curețe mizeria, sângele, bucățile de carne pe care le vedea lipite de perete, dar se simțea paralizată în acele momente de liniște deplină. Apoi, două voci din trecut au început să-i șoptească în gând, chemând-o, insistând ca ea să asculte ce aveau de spus. Așa că asta a făcut. Mai întâi tatăl ei, apoi Lorenzo. Era vital să le audă, dar vocile lor au devenit neclare și n-a mai înțeles ce voiau. A întins mâna după Lorenzo, vrând să-i atingă pielea, să-l privească în ochi, dar n-a dat de nimic. S-a uitat din nou la brațele ei goale și a văzut arma. Cei doi bărbați deveniseră unul. Cei doi bărbați pe care-i iubise cel mai mult. Amândoi morți. Și când vocile au încetat, s-a simțit de parcă îi dezamăgise total și durerea era insuportabilă. Nimeni nu putea să înțeleagă ce însemna cu adevărat să pierzi până când nu pierdeai cea mai de preț, cea mai iubită persoană din lume. Acum auzea pe altcineva strigând-o, deși sunetul venea de foarte departe. Se auzeau scâncete și și-a dat seama că era ea. Ea era cea care scâncea.

59.

Până să ajungă Maxine înapoi la Castello de la Montepulciano, se înserase deja. Recunoscătoare și mai mult decât ușurată că nu nimerise în bătaia gloanțelor, a parcat motocicleta și a văzut-o pe Carla care înainta precaută prin piață.

– Mi s-a părut că aud focuri de armă, a spus ea. Păreau aproape. Le-ai auzit?

Carla a ridicat din umeri.

– Întotdeauna sunt focuri de armă. Spune-mi când nu vor mai fi.

– Și ce se întâmplă aici? Am văzut o mașină germană parcată mai jos pe deal. Nu e nimeni în ea.

Au ajuns la ușa din spate și au găsit-o puțin întredeschisă. Carla s-a încruntat.

– Am uitat s-o încui.

Maxine a ridicat din sprâncene.

– Ai fost cam neglijentă.

– Am fost puțin distrasă, a bombănit Carla. Au dispărut doi băieți. Unul a apărut, dar nu și celălalt. Fratele lui crede că încă se ascunde în pădure.

Au intrat în holul întunecat și Maxine a strigat.

– Sofia, Elsa?

Nu a răspuns nimeni, dar Maxine a auzit un plânset slab din salon. Ea și Carla au schimbat priviri îngrijorate, apoi s-au apropiat de ușă. Când au deschis-o, Maxine a gemut șocată.

– Dumnezeule mare! a șoptit ea, paralizată de groază la vederea carnagiului din fața ei.

Elsa și-a șters lacrimile ca să le oprească și s-a ridicat șovăind în picioare.

– Nu vrea să vorbească. Stă acolo tremurând, plânge și strânge arma în mâini. Nu pot să i-o iau.

Maxine s-a cutremurat, dar s-a forțat să se apropie de cadavrul lui Kaufmann.

– Iisuse, cât sânge!

Elsa s-a uitat la cadavru.

– Am verificat deja. În mod sigur e mort.

Maxine s-a uitat la Carla și a văzut panica din ochii ei.

Preț de o clipă, au încremenit nehotărâte, apoi Carla a clipit repede, și-a revenit și s-a dus direct la Sofia. Maxine a văzut cum o cuprins-o cu brațul pe stăpâna ei și a condus-o la sofa, ajutând-o încet să se așeze. Apoi a desfăcut încet degetele Sofiei, luând cu grijă arma din mâna ei. Elsa s-a dus să se așeze lângă fiica sa.

– Crezi că a atacat-o? a întrebat Carla cu o expresie de neliniște pe față. N-o să mi-o iert niciodată. Ar fi trebuit să fiu aici.

Elsa a clătinat din cap.

– Nu știu. Vezi tabloul de pe jos? S-ar putea să fi venit după el.

Carla părea derutată.

– Nu l-ar fi ucis pentru un tablou.

– Așa e, a zis Maxine, adunându-se deodată și preluând controlul. Nu mai contează ce s-a întâmplat. Trebuie să scăpăm repede de cadavru. Mașina pe care am văzut-o era goală, așa că e posibil să fi venit singur, dar n-aș paria pe asta.

Carla s-a uitat la ea.

– Nu vin singuri de obicei.

– Ai mai văzut pe careva?

Carla a clătinat din cap.

Maxine a ridicat din umeri.

– În orice caz, trebuie să ne mișcăm repede.

În ciuda insistențelor lui Maxine, Carla se uita încă la Kaufmann.

– Dar *de ce* e tabloul acela pe jos? E plin de sângele lui.

– Nu mai are importanță acum. Haide! a insistat Maxine. Ajută-mă să ascund corpul în covorul ăsta.

După ce au răsucit și au tras covorul ca să-l înfășoare cu totul, au încercat amândouă să ridice cadavrul, una de umeri, cealaltă de glezne, dar partea din mijloc s-a lăsat imediat atârnând pe podea.

– Lasă-l jos! a șuierat Maxine, cu simț practic ca întotdeauna, în ciuda undelor de șoc care o străbăteau și acum. Mai avem nevoie de o mână de ajutor. O să lăsăm urme de sânge prin toată casa așa. Trebuie să fim trei să-l cărăm.

– Vă ajut eu, a spus Elsa, dând să se ridice de pe canapea.

– Nu, a spus Carla. O aduc pe Anna. Trebuie să rămâi cu doamna.

– Atunci, grăbește-te!

Cât a lipsit Carla, Maxine a întrebat-o pe Elsa dacă Sofia spusese ceva despre ce se întâmplase.

– Nu a spus decât că l-au spânzurat.

– Pe cine? Doar nu crezi că pe Lorenzo?

Elsa a răsuflat încet.

– E posibil.

– Atunci, nu mă mir că l-a împușcat.

– Are sânge pe bluză.

– Poate a verificat dacă e mort. Trebuie să se schimbe.

Maxine s-a uitat la propriile haine.

– Toate trebuie să ne schimbăm.

Câteva minute mai târziu, Carla s-a întors cu Anna, care se holba stupefiată, mai întâi la sângele de pe perete și de pe podea, apoi la cizmele lui Kaufmann atârnând din covorul rulat și în cele din urmă la Sofia. Și-a făcut cruce șoptind întruna: *Madonna santa*.

– Ei bine? a întrebat Maxine după o clipă.

Anna a clipit repede și s-a trezit din amorțire.

– În tuneluri? a întrebat ea. Nu pot să stau mult. L-am lăsat singur pe Alberto.

Carla a bătut-o pe mână pe fiica ei.

– O să fie în regulă, dar oricum trebuie să ne grăbim. După ce începe bombardamentul, tot satul o să se adăpostească acolo jos.

– Sătenii se refugiază acolo? a întrebat Maxine când au început să ridice cadavrul înfășurat. Doamne, e mai greu decât pare!

– Greutatea morții, a spus Anna și a pufnit în râs la propria glumă.

– Taci! a mustrat-o Carla și a clătinat din cap către fiica ei.

Maxine s-a uitat la Elsa, care mângâia încet mâna Sofiei.

– *Ele* or să fie în regulă?

– Deocamdată, a răspuns Carla. O să curăț eu când ne întoarcem și tu ascunzi arma, Anna.

– Să sperăm că ajung Aliații aici înainte să-și dea seama nemții că lipsește Kaufmann. Trebuie să mut mașina, s-o ascund pe undeva, a spus Maxine.

– Dar cheile?

Toate și-au dat seama deodată de același lucru și Maxine și-a dat ochii peste cap.

– Iisuse! Nu putem să-l tot ridicăm și să-l punem iar jos. Nu e o geantă afurisită.

– Ai o idee mai bună? a murmurat Anna.

– Atunci, lasă-l jos.

Maxine s-a strâmbat desfăcând covorul și s-a cutremurat văzând ochii lipsiți de viață ai lui Kaufmann. Pe urmă, s-a forțat să caute cheile prin buzunare.

– Nu ți-e frică? Te umpli de sânge.

– O să ard hainele pe urmă.

– Înainte sau după ce muți mașina? a întrebat Anna.

– În regulă. Arzi tu hainele. Eu o să îmbrac haine curate și pe urmă mut mașina. Acum, haide! Am luat cheile. Întoarceți-l din nou pe ticălosul ăsta.

A zâmbit, umorul ei negru făcându-și apariția în toiul întregii nebunii.

– Mi-ar fi plăcut să-i văd fața când ea a apăsat pe trăgaci.

S-a auzit deodată un zgomot. Bătea cineva la ușă sau era o creangă împinsă de vânt în fereastră? Cu ochii mari, s-au uitat unele la altele, copleșite încă de șoc și spaimă, iar teama le-a făcut să se gândească la ce era mai rău. Oare erau nemții? Deja?

– Am încuiat ușa?

Carla a tresărit gândindu-se la posibilitatea că nu încuiase ușa după ce o adusese pe Anna.

– Prea târziu. Treci peste, a ordonat Maxine.

– Ai încuiat-o, a zis Anna. Nu-ți face griji.

Carla s-a strâmbat și a șovăit înainte să vorbească.

– Îmi pare rău, dar mai e ceva. Avem nevoie de o lampă.

– O, pentru numele lui Dumnezeu, ce-ar fi să coacem și o prăjitură?

Maxine s-a uitat la Elsa frustrată.

– N-ai vrea să vii cu noi, totuși? Avem nevoie de cineva să ducă lampa.

– E una în bucătărie, chibriturile sunt pe raft, a adăugat Carla.

Elsa a dat fuga la bucătărie și s-a întors să aprindă lampa. După aceea, au ieșit din cameră.

– Picură sânge, a murmurat Maxine, uitându-se în jos. Covorul nu e destul de gros.

Carla a gemut.

– E prea târziu să ne batem acum capul cu asta.

În cele din urmă, au ajuns în pivniță și apoi în tuneluri. Carla știa exact unde să se ducă și l-au cărat, cam stângace, lovindu-l și izbindu-l prin tunel cât mai departe de casă puteau să-l ducă.

– Trebuie să-l ascundem doar până vin Aliații. Pe urmă, se pot ocupa ei de cadavru, a zis Maxine. Au ajuns deja la Montepulciano, așa că nu mai durează mult.

Carla a scos un mic strigăt de bucurie.

– Mă întreb dacă băiețelul o mai fi aici, a spus Anna. Să-l căutăm?

– Mama lui e într-o stare groaznică, dar fratele lui insistă că e în pădure. Oricum, nu-l putem căuta acum. Avem prea multe de făcut.

S-au întors în casă, gata să o ia fiecare în altă direcție: Anna să ascundă arma, Carla să curețe mizeria, Maxine să scape de mașina lui Kaufmann și Elsa să-și consoleze fiica. Numai că, atunci când s-au întors în salon, Sofia nu mai era acolo.

60.

Carla a luat o găleată cu apă, un mop, niște cârpe vechi și o perie de curățat, făcându-și griji pentru stăpâna ei. Înainte de a pleca, Anna căutase prin casă, dar nu o găsise. Ușa de la studioul Sofiei era încuiată, așa că au presupus că nu se dusese acolo. Carla voia să verifice din nou, dar toate aveau sarcini mai urgente înainte să înceapă bombardamentul, așa că Elsa a început să caute singură, în cazul în care Sofia nu era în studio. Când Carla a intrat în micul salon, s-a uitat peste umăr, temându-se că un ofițer german ar putea să intre și să o găsească ștergând sângele lui Kaufmann. Aliații încă nu ajunseseră și nemții *sigur* erau încă acolo, așa că era posibil. Mai mult decât atât, dacă Maxine nu scăpa suficient de repede de mașină, putea fi prinsă în bătaia focurilor de mitralieră.

Carla s-a speriat de sunetul unei explozii îndepărtate, și-a făcut cruce și a început să curețe. Trebuia să termine înainte să vină sătenii să se adăpostească în pivnițe. Dar, Dumnezeule, nu mai văzuse niciodată atâta sânge. Duhoarea dulceagă și grețoasă de animal îi umplea nările în timp ce spăla. Sângele se îmbibase în covor și ajunsese până la podea, așa că a șters mai întâi acolo, dând fuga să aducă apă proaspătă o dată la câteva minute, dar o pată ștearsă rozalie încă se vedea pe dalele cu model. A lăsat mopul deoparte și a fugit apoi să găsească un covor din altă cameră ca să acopere pata. Pe urmă, s-a ocupat de perete, unde sângele se vedea cel mai tare. A tot șters și a șters, dar trebuia să culeagă bucățile de carne cu degetele. Nu avea să-și mai scoată niciodată sângele de sub unghii. Când a terminat, a adus o cârpă curată și apă proaspătă să șteargă tabloul, atingându-l ușor de tot așa încât să nu-i strice foița de aur frecând prea tare. Dragul ei San Sebastiano. A găsit ochelarii lui Kaufmann cu rame de baga și i-a pus în buzunar, să-i arunce mai târziu. Pe urmă, a verificat și a curățat dârele de sânge pe care le făcuseră când l-au cărat prin casă. Maxine avea dreptate, covorul nu fusese destul de gros și sângele picurase pe tot drumul. În cele din urmă, și-a curățat mâinile până la carne, și-a scos șorțul pătat și s-a dus în camera boilerului unde hainele lui Maxine ardeau deja. A rămas nemișcată, auzind avioanele zburând pe deasupra și primele bombe explodând, deși încă nu prea aproape, slavă Domnului. Sătenii aveau să bată la ușă dintr-o clipă în alta.

Noaptea care a urmat a fost cea mai rea de până atunci. Nimeni nu știa sigur unde era Sofia și au fost nevoiți s-o forțeze pe Elsa să abandoneze căutarea și să coboare în pivnițe. Bătuse în mod repetat la ușa studioului fără succes și se dusese în grădină să se uite prin ferestre, dar găsise obloanele trase. Anna ajunsese la ea în timp ce rătăcea pe afară, strigând numele fiicei ei și plângând.

Bombardamentele erau puternice, dar păreau să se mute mai spre nord de ei. Probabil că Aliații făceau tot ce puteau să blocheze retragerea nemților. Nu cânta nimeni, doar se rugau. Nimeni nu dormea. Mama băiatului care lipsea voia să-l caute prin tuneluri, dar Carla i-a spus că nu mai aveau destul ulei în nicio lampă și că fără lampă nu putea să vadă nimic. Se simțea prost, pentru că nu era tocmai adevărat, dar nu puteau risca să dea peste cadavrul lui Kaufmann. Avea să caute ea însăși copilul de dimineață, să ia câinii cu ea și să parcurgă toate tunelurile odată ce plecau sătenii. Avea să caute și în pădure. Crescuse acolo și cunoștea fiecare colțișor din acele păduri, fiecare scorbură de copac, toate locurile perfecte în care putea să se ascundă un copil mic și speriat.

61.

29 iunie 1944

Dimineață, o lumină rozalie învăluia pământul, dar când Carla a bătut la ușa studioului tot nu a primit răspuns. Presimțind ceva, s-a dus în turn și, găsind ușa descuiată, a urcat. Nu se gândise până acum; la urma urmei, cine alegea să urce în vârful turnului în timpul unui raid aerian? Camera din vârf era goală, dar a urcat pe treptele înguste și acolo a găsit-o pe Sofia pe acoperiș, ghemuită pe dalele aspre de piatră. Carla a încremenit. O găsise, însă Sofia se afla într-o nemișcare nefirească. Temându-se de ce era mai rău, Carla și-a ținut respirația și a întins mâna s-o scuture ușor. Sofia a murmurat ceva și i-a dat mâna la o parte, așa că s-a dus înapoi în casă și a adus o pătură și o pernă, apoi s-a întors cu un pahar și o carafă cu apă proaspătă. A ajutat-o pe Sofia să bea puțin, pe urmă i-a înfășurat pătura pe umeri.

– După ce urcă soarele mai sus, o să fie prea cald aici. Nu vrei să cobori în studio?

Sofia a lăsat-o pe Carla să o ia de mână și s-o conducă în jos pe trepte.

– Ai stat aici toată noaptea?

– Voiam ca ei să lovească turnul.

– O, draga mea Contesă, nu trebuie să gândești așa.

— L-au spânzurat, a spus Sofia cu vocea frântă. L-au spânzurat pe Lorenzo al meu.

Carlei i s-a strâns inima. Deci era adevărat. Trebuia să rămână tare dacă voia s-o ajute pe Sofia, deși nenorocirea asta îi putea distruge și pe cei mai puternici, darămite pe blânda ei stăpână.

— Acum hai! a spus ea, ajutând-o pe Sofia să se așeze pe un scaun, împleticindu-se. Stai aici și eu te învelesc. Crezi că poți să mănânci ceva?

Sofia a clătinat din cap.

— Doar lasă-mă aici.

— Singură? N-ar trebui să stai singură.

— Te rog. Nu lăsa pe nimeni să urce. Nu le spune că sunt aici. Spune-le că sunt bine și mă odihnesc.

— Dar mama ta și Maxine?

— Spune-le că sunt bine.

S-a oprit puțin.

— Am ucis un om, Carla. L-am ucis cu sânge rece. Trebuie să fiu singură.

— Ai făcut ceea ce trebuia.

— Voia tabloul.

— Cu San Sebastiano?

— Nu conta, de fapt. L-aș fi lăsat să-l ia. În realitate, ar fi putut să ia orice voia, dar... am făcut-o când mi-a spus că l-au spânzurat pe Lorenzo.

Carla a tăcut îngrozită, dar Sofia nu a mai spus nimic.

— Ei bine, coboară dumneata mai târziu când ești gata, a spus Carla în cele din urmă, vorbind încet ca unui copil. O să las apă și o să-ți pregătesc o cină bună în seara asta, una specială. Acum dormi, dormi cât poți.

Sofia a încuviințat.

Și Carla a ținut în ea durerea oribilă și chinuitoare, a coborât în grabă și a alergat la bucătărie. Voia să fie în altă parte. Să fie altcineva. Cineva care nu era pe punctul de a ceda nervos. A respirat lent și îndelung ca să se calmeze, pe urmă s-a așezat, și-a sprijinit capul pe brațele încrucișate și a plâns mult, în hohote. Nu-i plăcea să-și vadă stăpâna îndrăgită în halul acesta, dar Lorenzo... îl cunoștea de când era mic. Dacă ar fi stat ea în fața lui Kaufmann cu o armă în mână, l-ar fi împușcat și ea. De fapt, pistolul era prea bun pentru el. Și-o imagina pe Sofia, singurică acolo sus, cu ochii goi și frântă. Nu i se părea în regulă.

Mai târziu, s-a furișat pe scările din turn și a găsit-o pe Sofia dormind dusă. Nu voia să riște să-i tulbure somnul din nou, dar avea să facă exact ce-i spusese. Să încerce să gătească ceva îmbietor pentru ea și să spere că avea să coboare în seara aceea. Durerea îi afecta pe oameni în feluri diferite. Unii aveau nevoie de compania altor oameni. Alții aveau nevoie să fie singuri. Avea s-o liniștească pe Elsa. Probabil avea să spună că fiica ei va fi bine și apoi își va petrece timpul căutându-l pe copilul dispărut.

Dar până să se însereze, neavând norocul să-l găsească, Carla a alertat-o pe Maxine; nu se îngrijora doar pentru copil, ci și pentru Contesă, pentru că Sofia tot nu coborâse. Maxine dormise o mare parte din zi, dar auzind asta de la Carla a luat o manta și a îmbrăcat-o.

62.

Chiar și la finalul zilei, mirosul de fum încă plutea în aer. Pătrundea în păr, în haine, chiar și în piele, așa că majoritatea sătenilor rămăseseră înăuntru, dormind sau odihnindu-se după noaptea de veghe din pivnițe. Seara era tot mai greoaie și încremenită. În depărtare, sunetul focurilor de armă continua, dar în piațetă singurele voci care se auzeau era cele ale micilor rândunele. Dar când o cioară mare cu aripi negre și-a luat zborul din vârful turnului, s-a auzit un vaiet asurzitor. A urmat încă o cioară. Și încă una.

– Trei ciori, a șoptit Maria.

Trei. Nu se săturaseră de moarte? Și-a înăbușit un căscat și, cu toate că seara era caldă, și-a pus pe umeri șalul de lână cu franjuri.

Pe cerul azuriu, soarele, o minge uriașă și galbenă la acel moment, avea să asfințească în curând. În ciuda bombelor care căzuseră atât de aproape, clădirile străvechi de piatră din jurul pieței erau încă intacte, sclipind ca transformate în aur pur de lumina soarelui. Fusese un loc atât de frumos și de pașnic în care să locuiești până la război.

Un strigăt neașteptat a răsunat în piață. O clipă mai târziu, un oblon întunecat s-a dat la o parte și fața speriată a Annei a apărut la fereastră, cu ochii somnoroși încă privind spre locul de unde venea sunetul. *Ce mai e acum?* Cu siguranță, nu avea ce să mai fie. Nu erau Aliații aproape aici? Maria și-a ridicat privirea de parcă știa deja răspunsul la *ce mai e acum*, dar nu se vedea nimic în afară de câțiva porumbei care dădeau din aripi spre fântâna din mijloc.

O adiere proaspătă făcea frunzele să foșnească într-un smochin și se auzea cum aerul începe să cânte.

A urmat încă un strigăt, în timp ce Alberto alerga pe sub arcada principală după câinele cu trei picioare al Gabriellei, care avea coaja de pâine a copilului în dinți. În timp ce se rotea în jurul fântânii și aluneca pe o smochină necoaptă, Anna l-a strigat pe băiat și câinele a tulit-o.

Maxine, purtând mantaua bleumarin pe care i-o împrumutase Sofia, a ieșit din casă și s-a dus în piață, unde a vorbit cu Carla.

– A stat singură prea mult. Du-te! Fii blândă cu ea!

A arătat cu mâna spre dreapta, știind că ea va merge prin pasajul ascuns.

– Am cheia de rezervă de la turn în cazul în care a încuiat ușa. În orice caz, trebuie neapărat să se întoarcă acum în casă.

După ce Carla se furișase pe ușă în întuneric, Maxine a pornit spre turn. Auzind sunetul unui motor, la ceva distanță, s-a oprit. Doar nu erau nemții, tocmai acum? A stat o clipă să-și facă semnul crucii și a mers mai departe.

Dar în clipa aceea, o clipă care putea să dăinuie veșnic în amintirea ei, a auzit un strigăt sugrumat din vârful turnului. S-a uitat în sus, acoperindu-și ochii cu mâna, uluirea inundându-i întreaga ființă. Acolo, pe meterezele crenelate din vârful turnului, Sofia stătea chiar pe margine, cu spatele la piață. Doar stătea, fără să se miște, fără să privească în jur, cu capul plecat ca în rugăciune. Lui Maxine i se usca gâtul strigând la Sofia să aibă grijă, pe urmă, a mijit ochii nedumerită. Au trecut câteva secunde, deși pentru Maxine timpul se oprise în loc. Parcă mai era cineva acolo cu Sofia, dar pe urmă lumina s-a schimbat și a putut vedea că prietena ei era singură. Apoi ceva a căzut, unduindu-se, alunecând, plutind în vânt. A văzut că era o eșarfă și când Sofia s-a mișcat puțin și s-a înclinat încă puțin, Maxine a luat-o la fugă.

63.

Două ore mai târziu

Lorenzo se afla în jeepul armatei britanice în timp ce urca pe potecă și apropiindu-se în mișcări circulare de Castello. Amețit de ușurare și emoție, bucurându-se de mirosurile de acasă – rozmarin, lămâi, pământul în sine –, nu putea ignora mirosul de fum care încă plutea în aer. Dar după subterfugiu, după pericol, după fugă, după ce se ascunsese și stătuse în închisoare, se simțea copleșit de fericire să fie acasă.

Jeepul s-a oprit în fața arcadei mari la intrarea în Castello. Britanicii călătoreau spre nord, dar fuseseră de acord să-l aducă aici, cu toate că se abătuseră puțin din drum. Desigur, ar fi mers pe jos cei două sute și ceva de kilometri ca să ajungă acasă, dar oferta îl ajutase să câștige timp și acum abia aștepta. Din politețe, a întrebat dacă voiau să viziteze Castello și cei trei au coborât imediat, bucuroși să-și dezmorțească picioarele. După ce au trecut pe sub arcadă și de zidurile familiare de piatră care ținuseră în siguranță familia lui Lorenzo generații întregi, au intrat în piațetă. În aerul plin de insecte în zbor, priveau uimiți dând țânțarii la o parte cu mâna.

– Nu avem din ăștia în Yorkshire, a glumit unul dintre ei.

Lui Lorenzo îi plăcea apusul, lipsa umbrelor, clădirile frumoase profilate pe cerul senin și încremenit și felul în care totul era atât de liniștit, cu excepția insectelor. Poate prea liniștit? Dar avea să se întunece în curând, așa că oricine ieșise la o plimbare de seară probabil că intrase în casă. Era încântat, imaginându-și fața frumoasă a Sofiei încununată de zâmbete în timp ce alerga să-l întâmpine. Trecuse prea mult timp, așa că le-a făcut un tur scurt britanicilor și pe urmă și-a luat rămas-bun de la ei, bătându-i pe fiecare pe spate și urându-le noroc.

Aceștia au aruncat o ultimă privire clădirilor străvechi și priveliștii către Val d'Orcia, acum estompându-se odată cu ultima geană de lumină.

– Superb loc, amice! a spus altul, iar ceilalți au dat din cap.

S-a bucurat să audă asta și, fericit că nimic prea rău nu părea să se fi întâmplat aici, a privit din nou în jur, ca să se asigure. Toate clădirile erau intacte – o binecuvântare, într-adevăr. Pe urmă, a pășit spre ușa din față, cu un dor nerostit în inimă. Ochii, zâmbetul, părul ei lung și negru. Și felul ei de a se uita la el, în timp ce se îndeletnicea cu altceva, așa încât doar el să știe cât de mult îl iubea. Pe urmă însă a simțit o împunsătură de teamă, ceea ce se putea întâmpla uneori după o despărțire prelungită. S-a mustrat singur și a râs de prostia lui. Sofia avea să se bucure la fel de mult să-l vadă pe cât se bucura el s-o vadă pe ea.

Și-a scos cheia, a descuiat ușa și a intrat în casă, strigând-o nerăbdător pe Sofia. Nu a răspuns nimeni și, cu o senzație bruscă și înfiorătoare în stomac, a simțit că ceva era în neregulă. În timp ce se apropia de micul salon al Sofiei, a auzit șoapte insistente. Carla a ieșit din cameră să răspundă, cu fața roșie, ștergându-și ochii roșii și umflați cu șorțul.

– Carla?

Dar Carla rămăsese cu gura deschisă.

– Carla, a repetat el.

Ea a continuat să tacă, dar a arătat spre camera Sofiei și un fior înghețat i-a trecut prin corp. Ce naiba se întâmpla aici?

A intrat în cameră, unde a văzut-o pe Maxine stând în genunchi lângă cineva întins pe canapea.

– Maxine? a întrebat el.

Ea nu a părut că-l aude la început, dar a ridicat capul și s-a uitat la el cu ochii mari, parcă uluită să-l vadă acolo.

El a tras aer adânc în piept și s-a apropiat, pe urmă a văzut-o pe fata lui dragă întinsă pe canapea, cu fața complet lipsită de culoare. Teama i-a pus un nod în gât atât de mare încât nu putea înghiți și simțea cum durerea îi zdrobea pieptul.

Maxine s-a ridicat în picioare și a întins palma, ca și cum voia să-l oprească.

– Nu. Nu e... nu e... a spus ea.

Și atunci Sofia a deschis ochii și s-a uitat la el, nevenindu-i să creadă. Într-o secundă era în picioare, acoperindu-și gura cu mâna tremurândă, chinuindu-se să respire, pe urmă tot corpul ei a încremenit din cauza șocului. Ea s-a legănat, el a alergat spre ea și a prins-o în brațe când a leșinat.

A dus-o înapoi pe canapea. Era atât de ușoară, de fragilă, iar când și-a revenit în fire a strâns-o la piept, nevrând să-i mai dea drumul vreodată. Niciodată, niciodată. I-a sărutat buzele, obrajii, fruntea, dar pielea ei era rece și vineție. Încă îl privea cu o căutătură atât de mirată încât el nu-i înțelegea tulburarea.

– Pentru o clipă am crezut c-ai murit, a spus el. O, Doamne, n-aș fi putut să suport.

Ea a întins mâna să-i mângâie fața, clătinând din cap și sorbindu-l din priviri.

– Ești chiar tu?

El a zâmbit.

– Sigur că sunt eu. De ce arăți ca și cum ai văzut o fantomă?

– Pentru că ești o fantomă.

Ea clipi cu repeziciune.

– Pentru că e imposibil. Mi-au spus...

Și-a mușcat buza, trăgând aer în piept cu dificultate și vocea i s-a frânt spunând cuvintele acelea îngrozitoare.

– Mi-au spus că ai fost spânzurat.

Stând unul lângă altul, privindu-se, el voia să urle de furie, gândindu-se prin ce trecuse ea.

Lacrimile îi umezeau ochii, dar nu a plâns. Doamne, ce puternică era! Fata lui adorată. Erau atât de multe de spus, dar acum sentimentele crescânde de iubire și bucurie copleșitoare îi frângeau glasul. I-a luat mâinile și i le-a așezat în poală, mângâindu-le, ridicându-le din nou, sărutându-le, lăsându-le să cadă din nou. Pe urmă, a început să plângă, înghițind aerul, zvâcnind din umeri. Își vedea și își simțea propriile lacrimi căzând peste mâinile lor împreunate, lacrimi fierbinți, furioase. Ea i-a luat mâna și i-a șters lacrimile cu sărutări, apoi au continuat să stea unul lângă altul până s-a făcut întuneric.

Maxine a intrat în cameră cu o cafea pentru fiecare și abia atunci și-a dat el seama că nu fuseseră singuri. Mama Sofiei, Elsa, stătea tăcută într-un colț, cu ochii umflați, cu durerea tăcută întipărită în fiecare cută a chipului. Sofia s-a ridicat și s-a dus la ea. S-au strâns în brațe, legănându-se așa o vreme.

Pe urmă, soția lui s-a întors la el, a întins brațele și amândoi au urcat scările spre dormitor.

Odată ajunși acolo, a întins-o încet pe Sofia pe cuvertură, găsindu-și vocea și șoptindu-i tot ce voia să-i spună, tot ce visase să-i spună, ce avea să-i spună tot restul vieții. Acele câteva secunde în care crezuse că a murit îl răniseră foarte adânc. I-a spus cât de mult o iubea, cât de dor îi fusese de ea, repetând întruna, „Tu ești dragostea vieții mele. Unica dragoste din viața mea." Pe urmă, după o vreme, când nu au mai avut cuvinte, s-au ținut de mână și s-au adâncit în taina din ochii celuilalt, clătinând din cap din când în când, copleșiți încă de uimire și ușurare. Ea l-a strâns în brațe, alinându-l, radioasă, cu ochii însuflețiți plini de lumină.

– Ești mai caldă acum, a spus el. Erai atât de rece.

– Am stat prea mult în turn.

– De ce?

Ea a clătinat din cap și a dus un deget la buze.

Avea dreptate, și-a spus el, avea să fie destul timp să audă povestea. Acum tot ce le trebuia era acolo, în camera aceea. Sentimentul din inima lor era atât de desăvârșit încât nu putea fi descris sau povestit vreodată. Eliberare. Cruțare. Libertate. A doua șansă. Toate acele lucruri, dar, mai presus de toate, recunoștința trainică și profundă că erau amândoi în viață.

Deodată, ca din senin, ea a spus:

– Îți amintești ziua în care ne-am întâlnit prima dată?

– Îmi amintesc că te-ai înseninat la față la o glumă caraghioasă pe care am făcut-o și felul în care ai izbucnit în râs.

Și în clipa aceea de reamintire a simțit din nou cum același râs contagios și vesel îi cuprindea pe amândoi.

64.

Septembrie 1945

Pe 8 mai 1945, Aliații au acceptat capitularea Germaniei. Ca una dintre cei care supraviețuiseră războiului din Italia, Sofia văzuse brutalitatea de aproape, la fel ca toți sătenii de la Castello. Avuseseră parte de cele mai profunde suferințe și totuși nu renunțaseră și nici nu cedaseră. Cu ingeniozitate și hotărâre, cei din Rezistență și cei care susțineau Rezistența se împotriviseră fascismului pe plan local și fascismului din afară. Sofia era mândră că luase parte la asta, deși Lorenzo fusese uluit când îi spusese tot ce făcuse. Făcuse ochii mari și se uitase la ea cu atâta admirație și dragoste, încât îi făcu inima să tresalte de bucurie.

Acum știau că atunci când ultimii soldați nemți plecaseră din Florența, partizanii merseseră pe străzile pustii în fața celor câțiva soldați Aliați care veneau din urmă. Văzuseră sute de ochi privindu-i tăcuți din spatele ferestrelor oblonite, apoi, la început mai încet, apoi din ce în ce mai tare, sute de mâini au început să-i aplaude. Partizanii erau în lacrimi, soldații erau în lacrimi și, Sofia era convinsă, majoritatea cetățenilor trebuie să fi fost la fel.

Și acum, într-o zi frumoasă și strălucitoare de septembrie, Sofia stătea afară în grădină, lângă rodiu, gândindu-se la toate astea, mulțumindu-i lui Dumnezeu că totul se terminase cu adevărat. Auzind ușa din spate deschizându-se, a întors capul.

– Maxine!

S-a ridicat în picioare, zâmbind larg, și a alergat spre prietena ei.

– Ce mă bucur să te revăd!

Cele două femei s-au îmbrățișat, strângându-se una pe alta timp îndelungat.

Sofia s-a dat înapoi prima, a prins-o de mâini pe Maxine și i-a cercetat fața.

– Ai fost plecată atâta vreme. Mai bine de un an.

– Știu. A trebuit să merg acasă. Britanicii au fost fantastici, mi-au aranjat zborurile și tot.

Sofia a întins o mână spre ea.

– Ai părul mai scurt.

Maxine a zâmbit și a întors capul dintr-o parte în alta, iar părul tuns scurt s-a înfoiat.

– Îți place?

– E minunat.

– Mulțumesc.

S-a oprit o clipă.

– Arăți bine, Sofia.

– Carla m-a pus la îngrășat. Acum spune-mi despre tine.

– Păi, m-am întors în Italia de puțină vreme, mi-am căutat rudele și oamenii pe care i-au cunoscut cândva părinții mei în Santa Cecilia.

– Ai vorbit cu părinții tăi despre Matteo?

– Puțin. A fost destul de tensionat, pot să spun. Și tocmai am vizitat-o pe sora lui Marco înainte să vin aici.

– Ce mai fac ea și nepotul lui Marco, bineînțeles?

– Foarte bine... Dar tu ce faci, Sofia, serios?

– Sunt bine. Sincer, sunt bine. Luăm loc?

Pe urmă, s-a uitat cu o privire serioasă la prietena ei în timp ce-și trăgea un scaun.

– Ce e? a întrebat Maxine în timp ce se aşezau.

– N-am vorbit niciodată, nu-i aşa? Ai plecat atât de repede... după ce s-a întors Lorenzo.

– Ştiu. Mi s-a părut că asta trebuia să fac. Tu şi Lorenzo aveaţi nevoie de timp împreună.

Sofia s-a încruntat, uitându-se în pământ, apoi din nou la Maxine.

– E un lucru cumplit de greu de spus, dar voiam s-o fac, să ştii.

Maxine a dat din cap.

– Da. Cred că ştiu şi asta.

– Nu suportam, după ce am trecut prin atâtea, să-mi trăiesc viaţa fără Lorenzo. Cred că am luat-o puţin razna după ce l-am ucis pe Kaufmann.

Maxine a întins mâna. Sofia a luat-o şi a strâns-o.

– Eram cât se poate de îngrozită, a zis Maxine. N-am alergat niciodată atât de repede şi inima îmi bătea atât de tare încât am crezut că o să se oprească de tot. Pe urmă, ai apărut acolo, coborând calmă scările.

– Şi tu ai venit direct peste mine, m-ai culcat la pământ.

Au început amândouă să râdă.

– Faţa ta. Erai roşie ca focul din cauză că alergaseşi pe scări.

Maxine a clătinat din cap.

– Am tras o sperietură soră cu moartea din cauza ta, madam. Uite, a zis arătând spre părul ei, e cărunt!

Sofia s-a uitat cu atenţie.

– Nici măcar un fir, a pufnit ea.

– Nu pot să-ţi spun ce bucuroasă sunt că te-ai răzgândit.

Maxine s-a oprit şi a privit în jos, pe urmă s-a uitat pieziş la Sofia.

– N-am avut ocazia să te întreb de ce. Când ne-am întors în casă erai atât de pământie şi de rece, nu puteam să te iau la întrebări. Te superi dacă te întreb acum?

– E în regulă.

Sofia a răsuflat încet și prelung. Era dureros să-și amintească cea mai groaznică zi din viața ei și se simțea rușinată de ceea ce fusese cât pe ce să facă, dar știa că Maxine merita un răspuns.

— Nu voiam să trăiesc, ăsta e adevărul, dar m-am gândit la mama și asta m-a adus înapoi de pe margine. Ce-ar fi însemnat pentru ea după ce l-a pierdut pe tata. M-am gândit și la tine. Nu puteam să te dezamăgesc, nici pe Carla, pe Anna, pe săteni. Muriseră oameni care și-ar fi dorit atât de mult să trăiască.

Ochii lui Maxine s-au umplut de lacrimi.

— Marco.

— Da. Cum aș fi putut să-i fac asta? Sau lui Aldo sau altcuiva care luptase cu atâta vitejie. Nu. Trebuia să-i cinstesc pe cei care au murit trăindu-mi viața, nu fugind de ea.

— N-ai ales să rămâi în viață și pentru tine?

Sofia a încuviințat încet.

— Da. Și pentru asta, în cele din urmă. Am ales viața. Dar nu pot să neg că am simțit atracția unui îndemn copleșitor de a sări, de a cădea în uitare, de a renunța la tot.

S-a lăsat o tăcere prelungă în vreme ce Maxine își ștergea lacrimile.

— Mulțumesc că mi-ai spus, a zis într-un târziu și s-a ridicat în picioare. Vrei să ne plimbăm puțin?

Au cutreierat prin sat, pe urmă au rămas să privească spre Val d'Orcia la soarele de după ploaie. Din copaci curgeau stropi de apă, frunzele străluceau. Vara era pe sfârșite, lumina mai puțin aspră. Viile erau prea pline de struguri parfumați. Și amândouă știau că era un fel de sfârșit.

— Un lucru e sigur, a spus Maxine și s-a uitat la dealurile îndepărtate, scânteietoare. Nu o să-l iert niciodată pe Kaufmann pentru minciuna pe care ți-a spus-o. Dintre toate lucrurile oribile care s-au întâmplat, acesta a fost cel mai crud. Slavă Domnului că ai avut timp să te gândești.

– Îi mulțumesc lui Dumnezeu pentru asta tot timpul. Dar știi că e un preț de plătit când ucizi un om.

– Și care e acela?

– Nu sunt sigură că am aflat până acum. E interior. Greu de identificat cu precizie.

– Lorenzo ce părere are?

– Nu i-am spus ce simt. O să dureze o vreme. Deocamdată, cred că amândoi vrem doar să uităm. Nici el nu vorbește de perioada în care a fost închis, dar are semne pe trup care nu erau acolo înainte.

– O, Sofia!

Sofia a clătinat ușor din cap.

– Nu era nevoie să-l ucid pe Kaufmann, să știi. Aș fi putut să-l las pur și simplu să ia tabloul.

– Iar el ar fi putut să te împuște oricum.

– Ei, asta e. Am făcut-o. N-am crezut niciodată că aș fi capabilă de așa ceva.

După câteva clipe de tăcere, Sofia a vorbit din nou.

– Și tu, Maxine, tu ce faci?

– Ce vrei să spui?

– Te-ai schimbat și tu, nu-i așa? Pari, nu știu, mai îmblânzită, poate?

Maxine a zâmbit.

– Nici eu nu știu, dar mă simt ca și cum am o identitate mai bine definită. Sună caraghios, nu?

– Sigur că nu.

– Nu știam cine sunt când am venit aici. Acum, cel puțin, sunt la jumătatea drumului.

Sofia a zâmbit.

– Cred că am știut întotdeauna cine ești, chiar dacă tu nu știai. Ești cea mai curajoasă și mai plină de viață persoană pe care am cunoscut-o vreodată și o să-mi lipsești *mult* mai mult decât pot spune. Dar, Maxine, vei fi întotdeauna bine-venită la Castello.

– Mulțumesc.

– Și până te întorci o să mă gândesc deseori la tine și o să mă rog pentru tine în fiecare zi.

– Acum te rogi?

Sofia a râs.

– Mai bine mai târziu decât niciodată.

– Ei bine, și mie o să-mi fie dor de tine.

Maxine și-a tras nasul și a clipit ca să alunge o lacrimă.

Sofia a luat-o de mână.

– Măcar lucrurile încep să se îmbunătățească. Mama dă semne că se întoarce la viață puțin câte puțin, începe să treacă de cea mai grea perioadă.

– Gabriella a născut? a întrebat Maxine.

– O, da! Un băiat. Carla și Maria se întrec pentru titlul de cea mai bună bunică, sau străbunică în cazul Mariei, și se ceartă al cui e rândul să aibă grijă de micul Aldo.

Sofia și-a amintit ziua în care au descoperit că Maria nu dăduse mai departe informația primită de la Gabriella; fusese o mare ușurare să știe că fata nu era vinovată. N-au aflat niciodată cine-i trădase. Oamenii se gândiseră la Giulia, servitoarea care plecase atât de brusc, dar nimic nu se putea dovedi, chiar dacă o bănuiau. Băiatul dispărut a apărut, din fericire, nevătămat, deși lihnit de foame. Se ascunsese în tot acel timp într-o scorbură de copac.

– Ai mai terminat portretul lui Aldo? a întrebat Maxine.

– Desigur. Carla îl ține în dormitorul ei.

– Probabil o alină.

– Așa sper.

Sofia a oftat.

– Și când te întorci în America?

– Iau vaporul peste o săptămână. Îmi pare rău că vizita e atât de scurtă, dar bieții mei părinți suferă de mult. Am discutat despre Matteo, cum ziceam, însă mai sunt multe de spus. Dar o să mă întorc aici, poate anul viitor sau peste doi ani. Și îți promit asta. Mai întâi, trebuie să câștig niște bani.

– Te întorci la jurnalism?

Maxine a dat din cap.

– Am primit câteva oferte, chiar am scris câteva articole când am ajuns acasă.

– Bravo ție! Și, oricând ar fi, o să ne bucurăm să te vedem. Aici e locul tău, măcar al unei părți din tine, și *va fi* întotdeauna.

În timp ce mergeau la braț spre casă, Sofia a înțeles că niciuna nu va uita vreodată acea zi de sfârșit de iunie: căldura, lumina puternică, sosirea Aliaților și soarele care stătea să cadă din cer. Ziua în care venise Lorenzo acasă și în care alesese să trăiască. Se întreba dacă generațiile viitoare, chiar vizitatorii viitori, aveau să înțeleagă ce se întâmplase acolo în timp ce admirau dealurile și văile, aleile cu chiparoși. Când vor vedea strălucirea primăverii – câmpurile îmbrăcate în macii de un roșu intens, marginile tivite cu flori sălbatice și aerul însuflețit de fluturi – ce aveau să creadă?

Și când vor simți miros de pâine proaspăt scoasă din cuptor și se vor plimba prin grădinile cu miros de rozmarin și iasomie dulce, inima lor avea să cânte la fel ca a ei? Sau cu ochii minții aveau să vadă tancurile germane și soldații cu căști de oțel? Aveau să invidieze simplitatea vieții la țară sau să se întrebe cum supraviețuiseră oamenii?

În timp ce conduceau prin peisajul acela care-ți tăia răsuflarea, aveau să simtă pace? Pace – ce cuvânt mic pentru ceva atât de mare, ceva pe care toți îl considerau de la sine înțeles până când îl pierdeau.

Poate era mai bine să nu știe nimic despre trecut.

Poate era vital să știe.

Nota autoarei

Inspirația mea pentru cadru

Castello di Gargonza

Mi-am imaginat ca loc de desfășurare a acțiunii o comunitate frumoasă, relativ izolată și independentă unde, la început, sătenii și-au închipuit că războiul îi ocolise. Adevărul s-a dovedit altul și multe orașe și sate de acest fel din Toscana au fost prinse în unele dintre cele mai aprige bătălii din al Doilea Război Mondial.

Satul meu fictiv, Castello de' Corsi, a fost inspirat și se bazează pe așezarea fortificată din vârf de deal de la Castello di Gargonza, deși am combinat elemente ale altor sate și cătune medievale izolate pe care le-am găsit aventurându-mă în necunoscut pe o rețea de drumuri nepavate în vehiculul nostru închiriat.

Pentru această istorisire, am mutat satul meu mai la sud de locația reală a satului Gargonza. Am ales o parte a dealurilor la nord de Val d'Orcia, la sud de Crete Senesi și la vest de Val di Chiana. Scopul era să apropii narațiunea de un front important unde s-au dat lupte în Toscana în timpul celui de-al Doilea Război Mondial.

Gargonza e situat la câțiva kilometri de Monte San Savino, în provincia Arezzo. Ieși de pe șosea spre Siena și urmezi o potecă șerpuită și îngustă prin pădure până când apare în față acest sat împrejmuit de ziduri. Exact ca în cartea mea, o singură arcadă de piatră permite accesul în sat, cândva căminul celor o sută zece oameni care munceau la rețeaua de ferme ce aparțineau domeniului. Când intri, te simți de parcă ai ajuns într-un trecut mitic. Mergi pe aleile înguste și străzile pietruite și s-ar putea să nu mai vrei să abandonezi senzația seducătoare de liniște pe care o descoperi. Am fost acolo în noiembrie, când cețurile de dimineață învăluiau zidurile străvechi, contribuind la atmosfera deja copleșitoare, de inaccesibilitate. Totuși, după ce soarele împrăștie ceața, priveliștile sunt captivante. Înălțându-se deasupra pieței mici, un turn străvechi stă între zidurile cu contraforturi – turnul din povestea mea.

Trebuie să-i mulțumesc lui Neri Guicciardini, proprietarul, care ne-a făcut turul și ne-a explicat istoria locului. Relaxat și informal, nu a dat de înțeles că face parte dintr-o familie de conți și marchizi cu o descendență care ajunge până la familia Medici, în afară, poate, de modul elegant și atent în care ne-a primit.

Satul a ajuns în mâinile familiei lui Neri, Guicciardini Corsi Salviati, în 1696. A fost centrul de administrare și sprijin al fermelor din jur până la sfârșitul celui de-al Doilea Război Mondial când un exod din zona rurală a dus la abandonarea satului. Până la începutul anilor 1970, a fost părăsit și a devenit unul dintre celebrele orașe-fantomă ale Italiei. Tâmplarii, fierarii, mecanicii, zidarii pricepuți și alții care susțineau comunitatea de țărani fermieri au plecat.

Castello este acum înconjurat de pădure, unde vânătoarea de animale și trufe continuă, dar pământul a fost curățat înainte pentru a cultiva grâu, măsline și vii. Gargonza are un restaurant minunat unde se servește uleiul de măsline local și unde trufele proaspete culese dimineața se folosesc într-o rețetă de sos ragu cu mistreț sălbatic și *tagliatelle* făcute în casă.

Tatăl lui Neri, Roberto Guicciardini Corsi Salviati, a avut ambiția de a restaura satul și a crea ceva care să surprindă gloria lui de altădată și așa a început evoluția lui de la oraș-fantomă la oraș turistic. Deși termenul *castello* poate să însemne „castel", poate să desemneze și locuințele fortificate precum cele din jurul unui conac sau sat. Presele pentru măsline, cuptorul comun și atelierele fierarilor erau adunate în jurul pieței mici și satul se lăuda cu o biserică și o capelă. Cea din urmă a fost secularizată și e folosită în prezent pentru degustări de vinuri. În mica biserică, acoperită de fresce, se celebrează cununii religioase, precum și slujbe obișnuite.

Casele diferiților muncitori și ale funcționarilor din sat au fost transformate în apartamente sau camere de oaspeți. Deși arată ca un sat normal, tot locul este acum un hotel, cu un centru de conferințe unde se țin spectacole muzicale și unde au loc întruniri ale organizațiilor academice de top. În apropierea restaurantului se află o piscină extraordinară. Nu există televizoare, deși s-a instalat Wi-Fi. Pur și simplu ne-am oprit, ne-am bucurat de mâncarea grozavă și am asimilat atmosfera incredibilă din acest loc unic și plin de inspirație. Dacă vreți să citiți mai multe și să vedeți fotografii, website-ul lor este: http://www.gargonza.it/

San Gimignano

Inspirația pentru turnul din *Contesa din Toscana* a venit și din lunile pe care le-am petrecut ca *au pair* îngrijind doi copii din La Rocca în San Gimignano, pentru familia lui Roberto Guicciardini Strozzi. Era în 1967, cu mult înainte ca orașul să devină atracția turistică de azi, dar amintirea turnurilor sale numeroase m-a bântuit mereu. Nu-mi puteam imagina cât de groaznic ar fi să cazi dintr-unul, așadar se vede că sămânța acestei cărți a fost semănată cu mulți ani în urmă.

Lucignano d'Asso

M-am îndrăgostit de acest cătun micuț și a devenit o altă sursă de inspirație pentru locul creat sub înfățișarea satului meu pașnic și fictiv cu vedere spre dealurile domoale, înconjurat de chiparoși. Prima dată l-am întâlnit într-o excursie din Montalcino, când valea de dincolo de Lucignano era învăluită în ceață, așa că am fost nevoită să mă întorc în luna mai când înfloresc toate florile. Am stat în ceea ce fusese o casă din sat, transformată acum într-o casă de vacanță pe care puteai s-o închiriezi. La fel ca Gargonza, multe dintre case fac parte acum dintr-un hotel, unul dintre cele mai magice locuri în care am stat vreodată. Website-ul lor este http://www.borgolucignanello.com/en/

Buonconvento

Acest splendid oraș medieval din cărămidă roșie trebuia inclus, așa că l-am folosit ca oraș mai mare în carte. E absolut superb, cu o atmosferă de vis.

Călătorii de cercetare

Am fost în patru călătorii de cercetare în Toscana în perioade diferite din an și în una la Florența, unde am stat într-un *palazzo* care mi-a servit drept inspirație pentru casa Sofiei din Florența. Deși am locuit în Toscana în 1967, n-am mai revenit acolo decât în 2018 și 2019. Am savurat fiecare moment al revenirii și abia aștept să mă întorc.

Cercetare

Am citit o mulțime de cărți despre Italia în cel de-al Doilea Război Mondial, printre care:

Maria de Blasio Wilhelm, *The Other Italy: The Italian Resistance in World War II,* Ishi Press International, 2013.
Roberto Guicciardini Corsi Salviati, *Gargonza, the Castle, the People: Memoirs of a Landowner*, Edifir Edizioni Firenze, 2014.

James Holland, *Italy's Sorrow: A Year of War 1944-45*, HarperPress, 2009.
Iris Origo, *War in Val d'Orcia: An Italian War Diary 1943-1944*, Pushkin Press, 2017.

Două filme mi-au fost de ajutor în mod deosebit:

Roma, oraș deschis, Roberto Rossellini, 1945
La ceai cu Mussolini, Franco Zeffirelli, 1999

Mulțumiri

Sunt în continuare nespus de recunoscătoare pentru tot sprijinul pe care îl primesc de la echipa minunată de la Penguin și mai ales de la Venetia Butterfield, care are cu adevărat o mână fermecată. Îi datorez multe mulțumiri agentei mele, Caroline Hardman, în care am încredere fără nicio rezervă și care e mereu acolo când am nevoie de ea, ageră și isteață foc. Cititorilor mei? Le mulțumesc tuturor; nu vă pot spune cât sunt de recunoscătoare că vă plac cărțile mele. Și nu trebuie să uit de autorii de bloguri de carte care au fost susținătorii devotați ai romanelor mele – vă mulțumesc foarte mult, înseamnă foarte mult pentru mine.

În toamna anului 2019, am urmat un curs pentru „Descătușarea potențialului" și vreau să le mulțumesc lui Bertie Ekperigin și Philippei Gray, precum și întregii mele familii de la RASA, că mi-au schimbat viața și mi-au dat încredere să trec prin unele dintre cele mai dificile editări și să am curajul să cred că pot încerca ceva diferit.

Cât despre familia mea – ei bine, voi sunteți sursa mea de inspirație, motivul pentru care mă trezesc dimineața și pentru care vreau să continui să scriu. Voi sunteți totul pentru mine. Pentru viitorul nostru, al tuturor, și multe alte aventuri minunate.

Dinah Jefferies

NEMIRA ONLINE
Urmărește-ne ca să fii la curent cu ultimele:

 **NEMIRA** | promoții pe site:
nemira.ro »

 **facebook** | concursuri pe Facebook
facebook.com/ed.nemira »

 **NEMIRA** | articole pe blog:
blog.nemira.ro »